国学经典
唐宋名家文集

李俊标 注译

曾巩集

中州古籍出版社
·郑州·

图书在版编目（CIP）数据

唐宋名家文集．曾巩集／李俊标注译．—郑州：中州古籍出版社，2010.6（2021.1重印）
（国学经典）
ISBN 978-7-5348-3352-6

Ⅰ.①唐… Ⅱ.①李… Ⅲ.①古典文学–作品集–中国–唐代②古典文学–作品集–中国–宋代③古典散文–作品集–中国–北宋　Ⅳ.①I214.01②I264.41

中国版本图书馆CIP数据核字（2010）第096025号

TANG–SONG MINGJIA WENJI · ZENG GONG JI
唐宋名家文集·曾巩集

责任编辑	张　雯
责任校对	李丽军
装帧设计	张　胜
美术编辑	李志英

出版社	中州古籍出版社（地址：郑州市郑东新区祥盛街27号6层　邮编：450016　电话：0371-65723280）
发行单位	新华书店
承印单位	河南新华印刷集团有限公司
开　　本	640 mm×960 mm　1/16
印　　张	24.5
字　　数	253千字
印　　数	22 001—25 000册
版　　次	2010年6月第1版
印　　次	2021年1月第6次印刷
定　　价	35.00元

本书如有印装质量问题，请与出版社调换。

前　言

一

在宋代文坛上曾巩应该算是一个难以引起人们多少兴趣的人物，他既没有苏东坡、黄山谷如此的才华横溢与风流倜傥，也没有欧阳修、王安石那样的声望卓著与影响广泛。在唐宋八大家中，他往往被划归入苏辙、苏洵一类的弱势群体。但二苏总有大苏依傍结为"三苏"，于是明代朱右的《八先生文集》也曾被改称为《唐宋六家文衡》，清代袁枚更直截了当地说："三苏之文如出一手，故不得判而为三。"这正应了那句老话："打仗亲兄弟，上阵父子兵。"在当时的诗话、笔记中这团队效应显然要比单枪匹马热闹得多。

随着魏晋"人的自觉"，到了宋代开始逐渐形成文人的小我世界。文人自多才情，其动人处也正在此。苏东坡、黄山谷、蔡君谟、米海岳笔走龙蛇、惊世骇俗，即使是欧阳修、范仲淹、苏辙等书名不显，但也有墨宝流传，供泥古者膜拜不已。绘画上虽不如元代众彩纷呈、炉火纯青，但文与可的醉竹、米海岳的墨戏也足以令后人滋润唇齿。其他如柳耆卿的浅斟低唱、周清真的谙声识曲、姜白石的自度新声，都是心有慧质、风流绝代。文人最擅抒情，或以诗，或以文。到了宋代，更有小词或轻启朱唇，或铁板铮鸣。对于这有宋一代之新声，范仲淹、欧阳修、王安石、苏轼等等，何人不有一二首快人小曲，勾人心弦？但如此风流似乎都与曾巩无关。虽然史载其"能书"，却无片纸流传，今日于家谱中突然重见天日的一幅法帖，大概也是慕想者的一厢情愿吧。对于绘画，那就更是史无明文了。至于度曲填词，据说是有一首《赏南枝》。姑且不说可靠与否，仅就这首词而言，整个宋代再无人用此调进行过创作，这与《水调歌头》等曲的反复赓和相比即可看出这曲子大概也是属于"呕哑嘲哳"之类的。由此就只剩下了诗、文，而就后世的影响而言，其诗名远为文名所掩，远不如韩、柳、欧、苏等人诗文并茂、相得益彰。在文中，我们也很难看到如前后《赤壁赋》那样摇曳荡漾的抒情写意之作。由此可见，他的普通与寂寞也就可想而知了。然而上苍在抽去了这诸多斑驳陆离的霞光之时，也给他留下了一绝大的好处，由这种简单与纯粹，越发锻造出他的坚定与执著，并由此将为他赢得后世的荣光与辉煌。

  宋朝人具有很强的好奇心，遇到新鲜有趣的东西总喜欢学几手，加上雕版印刷的普及，使得他们的知识量达到前无古人的高度。我们常常于宋人文集中看到他们自诩学识渊博，实际上他们也的确是天文地理、五行八卦无所不学。曾巩也同样如此，然而他又与众人有一很大不同。宋代的文人或者兼容并蓄、照单全收，或者是虽有宗旨但也兼顾其他。比如对于宋代大行其道的禅宗，宋人往往趋之若鹜，似乎不沾染点佛光法气就显得老土而寡陋。在这种环境之下，曾巩以他一尘不染的坚定信念执著地捍卫儒家传统思想，这在有宋文学创作诸大家中是极为罕见的。他的这种执著甚至到了令人瞠目结舌的地步，我们在他的文集中所看到的有关佛老的文章，或是如《鹅湖院佛殿记》指着鼻子训斥，或是如《仙都观三门记》别有所讽，好一点的如《菜园院佛殿记》虽然也有赞语但最终总要归结到对于儒道的捍卫。这些文章都是寺院主人慕名远道而来的请托之作，即使排佛坚定如韩愈也不可能做到如此不近人情的地步，以至于何焯在《义门读书记》中评论此类文章："笔力高而非记事正体。"曾巩这种见和尚骂秃头的做法，来自于他对儒道无比的热爱，而这份坚定与执著正源自于他刚强骨鲠的性格。

曾巩在宋代很早就引述《中庸》、《大学》以谈论心性，如《梁书目录序》、《清心亭记》等。虽然每有浅尝辄止之憾，然而北宋文学诸大家中也只有曾巩能有此敏锐之思了。就连大儒朱熹对此也不禁连连称赞，一会儿称其"平正好"，一会儿又以为"固宜以欧、曾文字为正"，大才如苏东坡也被贬到了等而下之的地位。这自然有理学家的偏好，但若抛开辞藻而就儒道的纯正而言，他们确是要对曾巩自愧弗如的。明人就将其誉为理学之先驱，如艾南英在《易三房同门稿序》中就说："子固以六经之文典重醇深为公所推服。自今观之，其文当濂洛未兴之先，已能开性命之宗。"正因其思想的纯正，使其文行相得益彰如杜子美、颜鲁公，故而后世名声日起，至明清之际更臻至高峰。唐宋派以为楷模，桐城派誉为宗师。《御选唐宋文醇》评价其"天资英妙，绝伦离群"。《御选古文渊鉴》著录曾巩文章的篇数只少于苏轼，位列八家第二。而张伯行所编《唐宋八大家文钞》选录曾巩文章竟达七卷一百二十八篇，几乎占到全部三百一十六篇作品的一半。后人或以为张伯行过于古直，然而风流倜傥的袁子才也同样以为曾巩于诸大家中可谓一枝独秀："曾文平纯，如大轩骈骨，连缀不得断，实开南宋理学一门，又安得与半山、六一较伯仲也？"曾巩对于儒道的如此执著，再加之他对儒学的这番贡献，也确是可堪当"纯儒"的美名。

二

在曾巩至亲好友所写的传记中，免不了"幼而颖悟"这类套语。可仅就他三十九岁方才屡试及第来看，又似乎与这不太靠谱。

虽然"五十少进士",但才子是不可以寻常而论的。试看八家中除了苏老泉醒悟晚了些,其他几个最迟的韩愈也是二十五岁就登科折了桂。不过曾巩如此晚成,实在是别有苦衷。

从他早年的文章中我们可以看到他极为自负与自傲。二十多岁时所作《麻姑山送南城尉罗君》,长达三百四十六字的杂言诗,句式参差错落,一意盘桓捭阖,高歌"丈夫舒卷要宏达",尽显青春之豪迈,凌云之壮气,宋世罕有如此大气磅礴的杂言诗作,就是有"李白后身"之誉的郭祥正也不得不让其一头。无大志大才者自当不会有此自负与自傲。他的这种傲气也并非是纳西索斯的顾影自怜,现存文集中就有不少早年作品是他人慕名请托之作,甚至有不远千里者,如《繁昌县兴造记》。求文的人实在太多,以至于他"拒而莫之与也"。如此聪慧的一个年轻人,却迟迟不得高中,沉重的家庭负累应当是主要原因所在。庆历七年曾巩二十九岁,其父曾易占驾鹤西去,三十五岁时长兄曾晔又卒于江州,正如小弟曾肇为其所写《行状》中深情表述的:"光禄不幸蚤世,太夫人在堂,阖门待哺者数十口,太夫人以勤俭经理其内,而教养四弟,相继得禄仕,嫁九妹皆以时,且得所归。"此种艰难坎坷的具体状况可见于曾巩所作《学舍记》,其中"予之侵扰多事故益甚,予之力无以为",真可以说是精疲力竭者的哀叹了。这无疑耽误了很多工夫,使他年近不惑方才金榜题名,此时离他庆历二年首次参加科考已经过去了整整十五载春秋。生活的磨难消退了许多不切实际的浪漫与恣肆,同时也在不断增强他性格的沉稳与执著,他的思维越发严谨与缜密,虽缺乏闪亮的色彩,但却造就了他善于周详叙事、纵横论说的特长。在欧、王、苏、黄耀眼光芒的映射之下,曾巩则以另一种姿态展示着他别样的才华。

曾巩的文章以长于叙事论理而著称于世,再烦琐的事情也能叙述得原原本本、周到细致。如《越州鉴湖图序》,虽殊乏意趣,但却是干净利落、明明白白。尤其是他文章中常有大量详细的数据，他似乎对数字格外敏感，这种扎实严谨的作风使他的文章清晰明了、一丝不苟。论理更是他的拿手好戏，一个极小的题目如《墨池记》等，他却能于螺丝壳里闹乾坤，而像《唐论》这样的大题目就更能展示他纵横捭阖的好手段。论题不论大小，他都能"排空驭气奔如电，升天入地求之遍"，极尽想象推理之能事。尤为可贵的是，虽信马游空，却又能按部就班，不论伸展得如何辽远，都能及时收束，做到这种大跨度的收纵自如确是要有相当高明的手段与娴熟的技巧。其叙事论理大有大之好处，小有小之妙意，这种大小兼善之能，于有宋一代实罕有其匹。

曾巩的诗歌创作往往被文名所掩，加之固守儒道的老夫子形象，使人们总不愿将抒情写意的诗歌与他联系起来。故而在当时"短于韵语"之说就已甚嚣尘上，更进而演化成惠洪《冷斋夜话》所记载的彭渊材"五恨"之一，一时成为笑柄。对此，宋代的孙觌就曾在《鸿庆居士集·与曾端伯书》中加以辩难。之后方回的《瀛奎律髓》、李东阳的《书愧斋倡和诗序后》都曾对此多加指责。到现代钱钟书先生以为"就'八家'而论，他的诗远比苏洵、苏辙父子的诗好，七言绝句更有王安石的风致"，则极大洗刷了这一恶名。在曾巩现存二百二十二首律体诗歌中，大部分都是七言律诗，共有一百四十一首，钱先生着重谈到的七言绝句只有五十九首，与之相比，曾巩所作的七律要更为精彩。风格由老杜的沉郁转出阔大与豪迈，气象境界与他的杂言古调可谓同工异曲。如《遣兴》下半片："百忧忽忽丹心破，万事悠悠两鬓华。谁与健帆先度鸟，更无留滞向天涯。"读来令人荡气回肠。王安石的七绝以悠然洒脱的风格著称于世，而这一点在曾巩七律中表现得更为飘逸超然。如《北渚亭》诗：

四楹虚彻地无邻，断送孤高与使君。

午夜坐临沧海日，半天吟看泰山云。
青徐气接川原秀，常碣风连草木薰。
莫笑一樽留恋久，下阶尘土便纷纷。

再如《金山寺》一诗：

尘外岧峣鹫岭宫，架虚排险出青红。
林光巧转沧波上，海色遥涵白日东。
夜静神龙听咒食，秋深苍鹘起抟风。
连荆控蜀长江水，尽在回廊顾盼中。

曾巩这份超然与洒脱是与他对于名利少有芥蒂密切相关的。他的宦海生涯一直不太顺畅，三十九岁方及第入仕，直到临死前一年才凭借优秀的才华晋升中书舍人。其骨鲠之性淘净出的这份高洁越发映衬出诗情的清远与飘逸，诗歌的创作也因文行合一而浑然天成，毫无造作牵强之色。虽然他的律体创作多是唐人的老路，但其手法的自如与圆熟也是宋人中不可多得的。

除了律体，曾巩还有二百二十五首古体诗，风格更是变化多方。既有纵横恣肆的《麻姑山送南城尉罗君》、《冬望》，其风神情韵直逼李太白，也有气韵内敛、沉郁浓厚与杜子美"三吏"、"三别"相仿佛的《追租》、《冬暮感怀》，再有由沉郁中升华出一种苍劲与豪荡的《北风》，还有直追六朝吴侬软曲的《青青间青青》、《南湖行二首》，更有与律调相辉映超旷洒然的《游金山寺作》、《汉阳泊舟》。另外尤其值得一提的是，曾巩于有宋还较早地进行了宋调的探索与创新。他的《金陵初食河豚戏书》行以散笔，夹叙夹议，"以议论为诗"的"奇特解会"很是巧妙。将之与宋调的鼻祖梅尧臣《范饶州坐中客语食河豚鱼》相比，要更出一头。

三

曾巩的这份执著与坚定除了受益于家庭经历的磨难，还与其家族的遗传有关。南丰曾氏家族自其祖曾致尧开始声名渐起。史书中对曾致尧的记载多没什么好话，《东都事略》说他"性刚率"，《宋史》更不客气地说其"词多激讦"、"词旨狂躁"。这人看来脾气倔得很，应当是得罪了不少人。他的"刚率"与曾巩的"刚毅直方"正是一脉相承。曾巩的三弟曾布名声则更糟糕，因参与变法被《宋史》打入《奸臣传》。《东都事略》卷九五《曾布列传》记载："安石尝曰：'法之初行，异论纷纷，始终以为可行者，吕惠卿、曾布也。'"又载其尝与蔡京廷争，"布忿然争辩，久之，声色稍厉"。可见曾布也是个犟脾气，自己认准的事不论新党、旧党都要较个真儿。曾布曾在给小弟曾肇的信中说："布自熙宁立朝至今，时事屡变，惟其不雷同熙、丰，故免元祐之窜斥；惟其不附元祐，故免绍圣之中伤。"显示了他独立自守、不随波逐流的性格特点。而曾肇也同样如此，"刚大之气见于颜面，望之不可犯"。看来曾氏几代人的脾气都有相似之处，正是这种耿介固守的家族性格，促成了曾巩在"禅学始兴趋之者如水走下"的时期竟然能够如此顽强甚至是执拗地固守儒道抵斥杂学。

　　曾氏家族的这种耿介、固执还体现在文学创作的一致性上。曾布、曾肇兄弟同样也是擅长叙事论理自不用说，尤其有意思的是两人与二哥曾巩一样，对于宋人爱不释手的小词竟然都没多大兴趣。词之特性正如缪钺先生所说："一曰其文小，二曰其质轻，三曰其径狭，四曰其境隐。"曾氏兄弟"刚毅"、"刚直"、"刚大"与之实在是刚柔难以相济。如前所说，曾巩只有那一首古怪的《赏南枝》。《全宋词》记载了一首署名曾肇的《好事近》，然而这出自于宋代《过庭录》的记载实际上是张冠李戴的伪作。曾布《水调歌头》大曲开有宋一代新声，但大曲的性质与词性相差甚远，其中最擅长展现的恰恰是文学创作的叙事功能。除大曲之外，曾布还有一首五十四字六韵的《江南好》，这是极为原始的词调。曾巩的《赏南枝》

算是宋代独一无二，而这首《江南好》也与之有着异曲同工之妙，整个宋代就只有两首。文如其人，性格之使然或许是文学创作上这种独特共性的原因所在吧。

"有德者必有言"，曾巩为人为文正很好地体现了儒家文行合一的道德要求。然而随着五四时期孔家店被打倒，曾巩也被丢进了犄角旮旯，少有人问津。人们往往被风流才子的流光溢彩所吸引，哪有闲心关注什么"平正"与"雄浑"呢？明清似乎太过于热闹，而此时又似乎太过于冷落了。现在我们倒是可以静下心来，看一看这位风格独特的曾夫子了。

四

说完了曾巩，就该谈到选本的安排了。按照策划的统一要求，这个本子主要以茅坤《唐宋八大家文钞》（以下简称《文钞》）所选曾巩文章为选文范围。虽然对此本历来议论不断，如袁枚就对这《文钞》是否真的是茅坤通观全集而精挑细选所成深表怀疑，萧穆又说它"不得为治古文者之善本"，但就唐宋散文选本而言它的名声无疑是最大的。现在依此而定，也可算是预流了。由于字数所限，《文钞》所选并没有都收纳进来。选本虽然选的是他人文章，但篇章的取舍却透露着自己的心声，从孔老夫子的诗歌选本《诗经》以来都是如此。但本书的篇目取舍并没有任何高见，只是按照《文钞》依次注译，字数到了也即就此搁笔了。对于某些文字的校勘以及有些篇章的完整性都参照了中华书局的《曾巩集》，此本是斟酌金、元诸本而定，明代人的草率自然不如前人的精心。本书在每卷篇章的安排上则另起炉灶，大原则是依照年代排定座次，其中某几篇若性质相同，比如写给同一人的几篇书信，就顺势都放在一块儿，以便阅读时加以参照。年代无考者放置末尾，最后一卷所选《洪渥传》因体裁独特也将之置于卷末。

最后自然要说一些感谢与包涵之类的话。没有小所贤弟的无私牵挂自然也不可能有在此唠叨的机会,没有欣欣编辑的殷殷督促依我的散漫也实难及时完工,没有魏耕原先生《南丰文钞》的翔实注解,关公战秦琼的喜剧可能要更加频繁地在本书上演。魏先生的确体现了三秦学人的敦厚与严谨,注释准确精到。也许是被现在的文章吓多了,自己对于魏先生的注释也总少不了要核对一下,然而大多只是徒劳地搬运几趟图书而已。有好友的牵挂、责编的殷勤、魏先生的严谨,自己自然也是不敢怠慢。加之质性钝鲁、年届不惑,两三本字典打天下的胆识与勇气是断断不及的。故而注释虽然不多,但也手忙脚乱了好一阵儿。虽然不至于"上穷碧落下黄泉",可在书房中也确是翻来倒去没少折腾。其实,这样的工作一向是得不偿失的。一来也没多少人愿意瞪大眼睛去仔细辨识那被挤缩在一块儿的可怜的家伙们,它们不论是在专著还是在论文中总没有正文来得堂而皇之,往往像被审查的偷渡犯一样遭受着不公的待遇。二来短短几行小字别人也不大能知道你是如何费老才劲捣腾出来的。不过自己做这事倒没什么怨言,因为顺带既锻炼了身体,也为宝贝藏书做了不少清扫工作。

此选本是注而译之,注尚且如此,译就更为困难了。这几年自己倒是将《曾巩集》仔细翻了几遍,这一点是可以无愧于袁子才的质疑的。然而临到译时却发现麻烦一大堆。捉襟见肘还只是自己尴尬,倘若郢书燕说则是要冤枉古人、祸害今人了。古人尚好糊弄过去,但今人可是无颜以对的。由是越发担心,由是越发力不从心,不禁想到道安在《摩诃钵罗若波罗蜜经抄序》所说的"愚智天隔,圣人叵阶",最终大概也只好怪罪到时间的仓促了。唐初孔颖达在《礼记·王制》的疏解中说:"译,陈也,谓陈说外内之言。"北宋赞宁在《宋高僧传》中说得更为详细:"译之言易也,谓以所有易所无也。譬诸枳橘焉，由易土而殖，橘化为枳。枳橘之呼虽殊，而辛芳干叶无异。"然而三闾大夫早已申明："后皇嘉树，橘徕服兮。受命不迁，生南国兮。"为何不迁？晏子说得清楚："王不见夫江南之树乎？名橘，树之江北，则化为枳。何则？土地使然尔。"枳果小味酸，若要与橘"辛芳无异"，实非易事。正因如此，译文也尽己所能尽量避免这水土不服的毛病，使内外陈说之时，少有"化枳"之涩。由此翻译也相应采用了直译为主，意译为辅的原则，最终都是希望在"辞达"之际能够使读者"了然于心"。不过这种"嚼饭与人"的事向来味道就不大好，不是"失味"就是"呕哕"，钝根之人自然更是等而下之。惟是费了不少嚼功，不管味道如何，这片心意还是真诚的。

依体例本选集另有一题解，篇幅虽然胖瘦不均、长短不齐，但却是最费心思的地方。翻译总不免狗尾续貂之嫌，故而希望能在题解上将作者的心意仔细勾摹出来。在篇章的取舍、翻译、注释上自己都是被迫戴着枷锁跳舞，再想使劲也总跳不出那金箍棒画的圈儿。若仅是如此，众选本也近乎成了多胞胎，虽有差异但多如六耳猕猴难辨彼此。如此坊间即使再多出几种，大概也都是要去"覆酱瓿"或是要去"糊屋壁"了。为了避免这种命运，自己在题解中自不敢懈怠。不论是好听还是不好听的话，只要是同情以待、公道而论，就应当是对"刚毅直方"的曾子固最好的纪念了。同时也能对得起自己，在"心悟转法华"的同时，也可修得一些正果。至于其中的是是非非，也只能希望通心君子"有以相期于文外耳"。

毋庸讳言，注释、翻译、题解之中错误自是不少，就文责自负而言也是没什么可推脱的，贩针儿自当就教于针师之家，这份心意也同样是真诚的。北宋初释道诚在《释氏要览》中记载隋释彦琮翻译须深得"八备"、"十条"之要旨，此实难之又难。然"沈于道术，淡于名利"自忖是扪心无愧的；"诚心受法，志在益人"更是拙作之真心所在了。

这前言虽放在正文前，但却是全部工作完成之后写就的，这倒颇符古制，也深合事理。如此以来，话可以说得更加周全，心情也显得分外轻松，但愿这轻松的心情能够带给读完本书的每一位聪明的读者。

李俊标
2009 年 12 月写于徐州师范大学

目 录

卷 一

移沧州过阙上殿劄子	3
请减五路城堡劄子	16
明州拟辞高丽送遗状	22
请令州县特举士劄子	27

卷 二

上欧阳学士第二书	37
附：上欧阳学士第一书	41
与抚州知州书	44
附：上齐工部书	46
上蔡学士书	48
上欧蔡书	53
寄欧阳舍人书	61
上范资政书	66
答范资政书	71
上杜相公书	74

谢杜相公书	80
附：谢杜相公启	82
与杜相公书	84
与王介甫第二书	87
附：与王介甫第一书	91
与孙司封书	92
福州上执政书	99
附一：辞直龙图阁知福州状	107
附二：福州奏乞在京主判闲慢曹局或近京一便郡状	107
答王深父论扬雄书	109
答孙都官书	118

卷 三

战国策目录序	123
南齐书目录序	128
梁书目录序	133
陈书目录序	138
太祖皇帝总序	142
新序目录序	153
列女传目录序	157
说苑目录序	162
徐幹中论目录序	166
礼阁新仪目录序	169
李白诗集后序	175
范贯之奏议集序	179
强几圣文集序	182
王子直文集序	185

王深父文集序	188
附：王容季文集序	191
王平甫文集序	193
先大夫集后序	197
相国寺维摩院听琴序	202
附：听琴序	207
类要序	209

卷 四

送赵宏序	215
送江任序	219
送丁琰序	223
送蔡元振序	227
送周屯田序	230
赠黎安二生序	233
送傅向老令瑞安序	236
馆阁送钱纯老知婺州诗序	238
叙盗	241
越州鉴湖图序	244
送李材叔知柳州序	254

卷 五

分宁县云峰院记	259
仙都观三门记	263
醒心亭记	267
附：丰乐亭记	269
繁昌县兴造记	271

饮归亭记 ... 275
菜园院佛殿记 ... 279
墨池记 ... 282
鹅湖院佛殿记 ... 285
宜黄县县学记 ... 287
南轩记 ... 293
学舍记 ... 296
抚州颜鲁公祠堂记 ... 300
拟岘台记 ... 305
洪州新建县厅壁记 ... 309
阆州张侯庙记 ... 312
清心亭记 ... 316
筠州学记 ... 319
尹公亭记 ... 324
瀛州兴造记 ... 328
广德军重修鼓角楼记 ... 332
广德湖记 ... 336
齐州二堂记 ... 342
襄州宜城县长渠记 ... 347
徐孺子祠堂记 ... 352
道山亭记 ... 356
越州赵公救灾记 ... 361
归老桥记 ... 366
洪渥传 ... 369

卷 一

移沧州过阙上殿劄子

臣闻基厚者势崇,力大者任重,故功德之殊,垂光锡祚,舄奕①繁衍,久而弥昌者,盖天人之理,必至之符。然生民以来,能济登兹者,未有如大宋之隆也。

夫禹之绩大矣,而其孙太康,乃坠厥绪。汤之烈盛矣,而其孙太甲,既立不明。周自后稷十有五世至于文王,②而大统未集,武王、成王始收太平之功,而康王之子昭王难于南狩,昭王之子穆王殆于荒服,暨于幽厉,陵夷尽矣。及秦,以累世之智并天下,然二世而亡。汉定其乱,而诸吕、七国之祸,③相寻以起,建武中兴,然冲、质以后,世故多矣。魏之患,天下为三。晋、宋之患,天下为南北。隋文始一海内,然传子而失。唐之治在于贞观、开元之际,而女祸世出,④天宝以还,纲纪微矣。至于五代,盖五十有六年,而更八姓,十有四君,⑤其废兴之故甚矣。

宋兴,太祖皇帝为民去大残,致更生,兵不再试,而粤蜀吴楚五国之君,生致阙下,⑥九州来同,复禹之迹。内辑师旅,而齐以节制;外卑藩服,而纳以绳墨。所以安百姓,御四夷,纲理万事之具,虽创始经营,而弥纶已悉。莫贵于为天子,莫富于有天下。而舍子传弟,为万世策,造邦受命之勤,为帝太祖,功未有高焉者也。

太宗皇帝遹求厥宁，既定晋疆，钱俶自归。作则垂宪，克绍克类。保世靖民，丕丕之烈。为帝太宗，德未有高焉者也。

真宗皇帝继统遵业，以涵煦生养，蕃息齐民，以并容遍覆，扰服异类。盖自天宝之末，宇内板荡，⑦及真人出，天下平。而西北之虏，犹间入窥边，至于景德二百五十余年，契丹始讲和好，德明亦受约束，而天下销锋灌燧，无鸡鸣犬吠之警，以迄于今。故于是时，遂封泰山，禅社首，荐告功德，以明示万世不祧之庙，⑧所以为帝真宗。

仁宗皇帝宽仁慈恕，虚心纳谏，慎注措，谨规矩，早朝晏退，无一日之懈。在位日久，明于群臣之贤不肖忠邪，选用政事之臣，委任责成。然公听并观，以周知其情伪，其用舍之际，一稽于众，故任事者亦皆警惧，否辄罢免，世以谓得驭臣之体。春秋未高，援立有德，传付惟允，故传天下之日，不陈一兵，不宿一士，以戒非常，而上下晏然，殆古所未有。其岂弟之行，足以附众者，非家施而人悦之也。积之以诚心，民皆有父之尊，有母之亲，故弃群臣之日，天下闻之，路祭巷哭，人人感动歔欷。其得人之深，未有知其所由然者，故皇祖之庙，⑨为帝仁宗。

英宗皇帝聪明睿知，言动以礼，上帝眷相，大命所集，而称疾逊避，至于累月。自践东朝，渊默恭慎，无所言议施为，而天下传颂称说，德号彰闻。及正南面，勤劳庶政，每延见三事，⑩省决万机，必咨询旧章，考求古义，闻者惕然，皆知其志在有为。虽早遗天下，成功盛烈，未及宣究，而明识大略，足以克配前人之休，故皇考之庙，为帝英宗。

陛下神圣文武，可谓有不世出之姿；仁孝恭俭，可谓有君人之大德。悯自晚周、秦汉以来，世主率皆不能独见于众人之表，其政治所出，大抵踵袭卑近，因于世俗而已。于是慨然以上追唐虞三代荒绝之迹，修列先王法度之政，为其任在己，可谓有出于数千载之大志。变易因循，号令必信，使海内观听，莫不奋起；群下遵职，以后为羞，可谓有能行之效。今斟酌损益，革弊兴坏，制作法度之事，日以大备，非因陋就寡，拘牵常见之世所能及也。继一祖四宗之绪，⑪推而大之，可谓至矣。

盖前世或不能附其民者，刑与赋役之政暴也。宋兴以来，所用者鞭朴之刑，然犹详审反复，至于缓故纵之诛，⑫重误入之辟，盖未尝用一暴刑也；田或二十而税一，⑬然岁时省察，数议宽减之宜，下蠲除之令，盖未尝加一暴赋也；民或老死不知力政，然犹忧怜恻怛，常谨复除之科，急擅兴之禁，盖未常兴一暴役也。所以附民者如此。前世或失其操柄者，天下之势或在于外戚，或在于近习，或在于大臣。宋兴以来，戚里宦臣，曰将曰相，未尝得以擅事也。所以谨其操柄者如此。而况辑师旅于内，天下不得私尺兵一卒之用；卑藩服于外，天下不得专尺土一民之力。其自处之势如此。至于畏天事神，仁民爱物之际，未尝有须臾懈也。其忧劳者又如此。盖不能附其民，而至于失其操柄，又怠且忽，此前世之所以危且乱也。民附于下，操柄谨于上，处势甚便，而加之以忧劳，此今之所以治且安也。故人主之尊，意谕色授，而六服震动；言传号涣，而万里奔走。山岩窟穴之氓，不待期会，而时输岁送以供其职者，惟恐在后；航浮索引之国，非有发召，而籯赍橐负以致其贽者，惟恐不及。西北之戎，投弓纵马，相与袨服而戏豫；东南之夷，正冠束衽，相与挟册而吟诵。至于六府顺叙⑭，百嘉鬯遂，凡在天地之内，含气之属，皆裕如也。盖远莫懿于三代，近莫盛于汉唐，然或四三世，或一二世，而天下之变不可胜道也。岂有若今五世六圣，百有二十余年，自通邑大都至于荒陬海聚，无变容动色之虑萌于其心，无援桴击柝之戒接于其耳目。臣故曰：生民以来，未有如大宋之隆也。

窃观于《诗》，其在《风》、《雅》，陈太王、王季、文王致王迹之所由，与武王之所以继代，而成王之兴，则美有《假乐》、《凫鹥》，戒有《公刘》、《泂酌》。⑮其所言者，盖农夫女工筑室治田，师旅祭祀饮尸受福，⑯委曲之常务。至于《兔罝》之武夫，行修于隐；⑰牛羊之牧人，爱及微物，⑱无不称纪。所以论功德者，由小以及大，其详如此。后嗣所以昭先人之功，当世之臣子所以归美其上，非徒荐告鬼神、觉寤黎庶而已也。《书》称"劝之以《九歌》，俾勿坏"，盖歌其善者，所以兴其向慕兴起之意，防其怠废难久之情，养之于听而成之于心。其于劝帝者之功美，昭法戒于将来，圣人所以列之于经，垂为世教也。

今大宋祖宗，兴造功业，犹太王、王季、文王。陛下承之以德，犹武王、成王。而群臣之于考次论撰，列之简册，被之金石，以通神明，昭法式者，阙而不图，此学士大夫之过也。盖周之德盛于文、武，而《雅》、《颂》之作皆在成王之世。今以时考之，则祖宗神灵固有待于陛下。臣诚不自揆，辄冒言其大体。至于寻类取称，本隐以之显，使莫不究悉，则今文学之臣，充于列位，惟陛下之所使。至若周之积仁累善，至成王、周公为最盛之时，而《泂酌》言"皇天亲有德、飨有道"，所以为成王之戒。盖履极盛之势，而动之以戒惧者，明之至，智之尽也。如此者，非周独然，唐虞至治之极也，其君臣相饬曰："兢兢业业，一日二日万几。"⑲则处至治之极，而保之以祗慎，唐虞之所同也。今陛下履祖宗之基，广太平之祚，而世世治安，三代所不及。则宋兴以来，全盛之时实在今日。陛下仰探皇天所以亲有德、飨有道之意，而奉之以寅畏，俯念一日二日万几之不可以不察，而处之以兢兢，使休光美实，日新岁益，闳远崇侈，循之无穷，至千万世永有法则，此陛下之素所蓄积。臣愚区区爱君之心，诚不自揆，欲以庶几诗人之义也，惟陛下之所择。

[题解]

　　熙宁二年，因不满王安石变法之事，曾巩毅然辞去英宗实录检讨官外任越州，至此他已在外转了一大圈，换了七个地方，时间长达十二年之久，此时的心境与十二年前相比，骨鲠的曾巩多少也会添了一些复杂的滋味。

　　熙宁八年九月，在襄州任满之后尚且"情愿守待远阙"，可是在熙宁十年任将被移知福州时则换了语气，以老母年高多病为请，"特寝新命，与臣一便地差遣"。《福州上执政书》更是引经据典，婉言相求。这似乎有了点效果，元丰元年，终于盼来太常寺之任。然而好事多磨，中途又被差到了明州。虽然是离皇都近了许多，但沮丧也是可想而知。于是在《明州谢到任表》这样的正式公文中也忍不住寓怨于谢，发起牢骚，最终感叹自己"眇是羁单，了无党助"。

　　元丰二年五月被转徙亳州，离朝廷又近了点。曾巩似乎看到了一线光明，《亳州谢到任表》中再接再厉，"身屡更于外朝，已凋零于齿发"，已全是哀苦之辞了。在亳州任上也与福州、明州相同，不断地以冠冕堂皇的理由：老母年高多病为请。然而曾巩近似其祖曾致尧的拗劲是举朝皆知的（参见《先大夫集后序》题解），老于世故的执政自然不被他放出的烟雾弹所迷惑，这次他们把曾巩戏弄了一番，竟然由亳州跨过近在咫尺的京都又把他打发到了北面的沧州。这下东、南、北三面都去过了，看来下次就该轮到更为偏远的西面了。然而执政们也是百密一疏，前几次搬出老母都没法奏效，这次曾巩终于可以借路过京师的机会当面向皇帝陈情了。执政们自然知道官员路过京师有可能被召见，但他们轻视了这位唐宋八大家之一曾巩的文字的力量。憋了十二年之久，对于这样一个难得的机会曾巩怎能放过。由此可知，这是曾巩用足了心思的匠心之作。

　　全篇绝大部分都弥漫在对大宋歌功颂德之中，由太祖开始依次表其功，用力最多的自然是他所要面见的也是欲有所求的神宗皇帝。这其中涉及许多史实可补史书，然而饰美是他的主旨，故而添油加醋，甚至是移花接木的地方俯拾即得。犹如是《战国策》，不可与《左传》等量齐观；更像是汉大赋，"雕绘满眼"。

说完帝王欢喜的功德之后，窥其所好，知其希望有人详加记录以便流芳百世，于是曾巩引经据典，称赞上古经书记载先王功德之详细，让人看得眼馋。接着就要转入他的正题了，神宗具有如此功德，可是如今的学士们乏善可陈，没有一个记得好的，再看一看眼前这篇花团锦簇的长篇大作，神宗于飘飘然之际怎么能不爱屋及乌呢？留于京师自然是顺理成章的事了。曾巩文章最擅长的"由小以及大"的铺张蔓延本领，于此篇可谓发挥到了淋漓尽致的境地。

这样长的篇幅，又多是陈词老调，最容易拖沓臃肿。因此看似简单，尽拣好的说就行，其实作起来确是不易。曾巩这篇文章正因铆足了劲儿，故读起来拟金伐鼓，铿锵有力，可谓一气呵成。沈德潜说："长篇文字，最易筋懈肉缓，文中节节关琐，层层提挈，重规叠矩，脉络关通绝无懈缓之病。"他只是就技巧而言，而技巧背后的这股劲道正是本文关键所在。

[注释]

①舄奕：《后汉书·班固传下》："发祥流庆，对越天地者，舄奕乎千载。"李贤注："舄奕，犹蝉联不绝也。"②周自后稷十有五世至于文王：详见《史记·周本纪》。但后稷是尧的臣子，到文王时代上千年而只有十五代，每人都太高寿了。张守节《史记正义》引《毛诗疏》说得好："虞及夏、殷共有千二百岁，每世在位皆八十年乃可充其数耳。命之短长古今一也，而使十五世君在位皆八十許載，子必將老始生，不近人情之甚。以理而推，實難據信也。"③汉定其乱，而诸吕、七国之祸：诸吕之祸指汉高祖皇后吕雉及其家族同党祸乱朝政。七国之祸指景帝前三年（前154），吴王与楚、赵、胶东、胶西、济南、淄川等七国以诛杀晁错为名，兴兵造反，后被周亚夫平定。④唐之治在于贞观、开元之际，而女祸世出：指武则天与杨玉环祸乱朝政。⑤至于五代，盖五十有六年，而更八姓，十有四君：五代从907至960年首尾共五十四年。八姓：后梁朱姓、后唐庄宗李氏、后唐明宗本出身沙陀平民姓氏不明、后唐末帝李从珂本姓王、后晋石姓、后汉刘氏、后周太祖郭姓、后周世宗柴姓。十四君：后梁三帝，太祖朱温、郢王朱友珪、末帝朱友贞；后唐四帝，庄宗李存勖、明宗李嗣源、闵帝李从厚、末帝李从珂；后晋两帝，高祖石敬瑭、出帝石重贵；后汉两帝，高祖刘知远、隐帝刘承祐；后周三帝，太祖郭威、世宗柴

荣、恭帝柴宗训。⑥而粤蜀吴楚五国之君,生致阙下:粤,开宝四年(971)二月,南汉刘铱投降。蜀,乾德三年(965),后蜀孟昶投降。吴:开宝八年(975),南唐李煜归降。楚为两地,建隆四年(963)二月,荆南(今湖北江陵)节度使高继冲称臣。同月,湖南武平(今湖南常德)节度使周保权被俘。⑦宇内板荡:《板》、《荡》都是《诗经·大雅》中的诗篇,都是讥刺周厉王无道而导致国家败坏、社会动乱的诗篇。后借以指政局混乱或社会动荡。⑧以明示万世不祧之庙:按照《礼记·祭法》所言,天子祭祀立七庙,父庙、祖庙、曾祖庙、高祖庙、始祖庙,另两个是为高祖之父、高祖之祖所立的祧庙。对于每一位后代而言,始祖是不变的。但随着代代相传,父、祖等会不断变化。等到父死,子登基为帝,则父之父、祖、曾祖就依次为祖、曾祖、高祖,而原来的高祖就迁出去,一起纳入祧庙中。不可变动的只有始祖,故不祧又引申为永久、永恒之意。此表明真宗之功业可垂万世。⑨故皇祖之庙:仁宗为神宗祖父。⑩每延见三事:《诗·小雅·雨无正》:"三事大夫,莫肯夙夜。"孔颖达疏:"三事大夫为三公耳。"这里泛指公卿大臣。"三事"另含有各种政务之意。《尚书》卷十七《立政》:"立政,任人、准夫、牧,作三事。"孔安国传曰:"文武亦法禹、汤以立政,常任、准人及牧,治为天地人之三事。"孔颖达疏曰:"立官所以事天地,治人民,为此三事而已,故以'三事'谓天地人也。"⑪继一祖四宗之绪:一祖指太祖,四宗指太宗、真宗、仁宗、英宗。⑫至于缓故纵之诛:《汉书·刑法志》:"于是招进张汤、赵禹之属条定法令,作见知故纵、监临部主之法,缓深故之罪,急纵出之诛。"颜师古注:"见知人犯法不举告为故纵,而所监临部主有罪并连坐也。"曾巩此语的意思是与张汤、赵禹所定暴刑正相反,为刑以宽缓为宗。⑬田或二十而税一:古代按十分之一来收税都已是轻的了,二十分之一则轻之又轻,此语为形容美政之词,不可信以为真。《春秋穀梁传注疏·宣公卷第十二》传曰:"古者什一。"苏轼《策别十》:"三代之赋,以什一为轻。"⑭六府顺叙:古以水、火、金、木、土、谷为"六府"。《春秋左传注疏·文公卷第十九上》:"水、火、金、木、土、谷,谓之六府。"⑮则美有《假乐》、《凫鹥》,戒有《公刘》、《泂酌》:四首诗都是《大雅》中的诗篇。《假乐》、《凫鹥》歌颂成王。前者是讲成王"能持盈守成,神祇祖考安乐之"。后者言其"宜民宜人,受禄于天"。《公刘》、《泂酌》则是"召康公戒成王也"。⑯师旅祭祀饮尸受福：尸是古代祭祀时代死者受祭的人。《仪礼·士虞礼》："祝迎尸，一人衰绖奉篚哭从尸。"郑玄注："尸，主也。孝子之祭，不见亲之形象，心无所系，立尸而主意焉。"《春秋公羊传注疏·宣公卷第十五》汉何休注："祭必有尸者，节神也。礼，天子以卿为尸，诸侯以大夫为尸，卿大夫以下以孙为尸。"⑰至于《兔罝》之武夫，行修于隐：《诗·周南·兔罝》："肃肃兔罝，椓之丁丁。赳赳武夫，公侯干城。肃肃兔罝，施于中逵。赳赳武夫，公侯好仇。"诗小序以为后妃德化天下，以至使罝兔的武夫也成了贤人。⑱牛羊之牧人，爱及微物：指《诗·大雅·行苇》："敦彼行苇，牛羊勿践履。"⑲其君臣相饬曰："兢兢业业，一日二日万几"：出自《尚书·皋陶谟》。

[译文]

臣听说，根基打得厚实，台阁就能盖得高，力气大的人就能背很重的东西，所以若有特殊的功德，就能泽被后世，连绵不绝，久而更昌，这是天地之至理，是毋庸置疑的。然而自从有人类以来，从没有国家能够像大宋一样达到如此昌盛的局面。

比如禹的功绩很大，可是他的孙子太康却丢了国家。汤的事业非常兴盛，可是他的孙子太甲却昏庸乱国。周朝自后稷经过十五代传到文王，天下尚未统一。武王、成王最终统一天下，可是到了康王的儿子昭王却死在了南方，昭王的儿子穆王又只想游乐，到了幽王、厉王时期国家就衰败殆尽了。到了秦朝，始皇凭借数代功业而吞并天下，然而到了秦二世就灭亡了。汉朝平定天下，可是诸吕、七国之乱相继而起。光武帝中兴汉世，然而冲帝、质帝之后灾乱不断。曹魏之时，天下一分为三。晋、宋之时，天下又被分割成南北朝。到隋文帝才又统一海内，然而传到他儿子就亡了国。唐朝天下太平的鼎盛时期是在贞观、开元之时，可是女祸不断。天宝以后，国家就日益衰落了。至于五代时期，五十六年却换了八个姓氏、十四个皇帝，废兴的变化也太厉害了。

宋朝兴起，太祖皇帝为民除害，使百姓重新获得生机，没有用什么武力粤、蜀、吴、楚等地五国国君就被生擒。天下百姓都来归顺，又恢复了禹的大一统的局面。对内整顿军队，统一指挥。对外威慑臣服藩国，制定规条严加管束。由此百姓安宁，四夷平定，法律条文得到修订，虽然是处于草创阶段，但事情都已得到初步治理。没有人比天子更为高贵，没有哪一个人比拥有天下更富有。太祖舍弃自己的儿子而传位给弟弟，为子孙万世深谋远虑，勤于开创国家，尊为太祖，功劳没有比他更高的了。

太宗皇帝谋求国家长治久安，既收复了北汉，吴越钱俶也自动归降。为天下制定纲常大法，能够很好地继承太祖开创的事业。保世安民，功业之大，尊为太宗，恩德没有比他更高的了。

真宗皇帝继承大统遵守祖业，养育百姓使他们生活安定，同时又并容共举，兼怀万物。自天宝末年天下大乱，至宋代真人出，天下开始太平。可是西北西夏、契丹不断伺机而动，到景德年间有二百五十余年，契丹开始与我和好，西夏赵德明也受到制约，于是销毁武器、浇灭烽火，天下太平，连鸡鸣犬吠这样的骚动都没有了，时至今日亦是如此。故而开始封泰山，禅社首山，向上天禀告功德，其功业可垂万世，由此而尊为真宗。

仁宗皇帝宽仁慈恕，虚心纳谏，施政谨慎，法度谨严，早来晚退，无一日懈怠。在位日久，明察群臣贤与不肖、忠与奸邪，选用执政大臣，赏罚分明。从谏如流又敏于观察，故而详知事情的真假。在施政取舍上善于听取众人建议，所以办事的人非常认真，否则就会被罢免掉。世人都认为仁宗皇帝对待群臣很是得体。年事不高就开始为传位之事早作安排，确立德高望重之人为太子，所以传位之时，不用一兵一卒来警戒，而上下都很安定，这大概是自古未有的事情。为人慈爱仁厚，万众归附。并非家家都能得到他的赐予，但人人都心悦诚服。再加之他拥有至诚之心，所以百姓都尊以为父，亲以为母。因此归天的时候，天下百姓听说之后，到处祭拜，举国痛哭，每人都为此感动抽泣，这都是由于自然之化，深入人心。所以陛下祖父的庙号，尊为仁宗。

英宗皇帝聪明睿智，言动有礼，当上帝眷顾、天命所集而传位于他之时，他却称病谦让至于数月。被立为太子的时候，沉默少言，恭敬谨慎，虽然没有什么言论作为，但天下颂扬称赞，德行已彰显出来。等到登基为帝的时候，勤劳政务，召见公卿大臣，日理万机，必定要参照法典，查考古义，大臣都为之肃然起敬，知道他欲有为于天下。虽然过早辞世，丰功伟业未及完成，但他深明大义，足以堪比前代之美德，所以陛下父亲的庙号，尊为英宗。

陛下神圣文武，可以说是举世罕有的英明皇帝；仁、孝、恭、俭，可以说具有帝王的大德。曾哀叹自东周末年、秦汉以来，国君大都不能具有非凡的才华，他们施政治国，大抵因循守旧，乏善可陈，因袭世俗陈见而已。有鉴于此，陛下慨然要上效唐尧、虞舜及夏、商、周三代的伟大事业，按照先王的法度修治国政，自担重任，可以说是具有遥跨数千年的远大志向。改革政治，号令必令人信服，使海内之人闻之莫不精神振奋；群臣忠于职守，以后进为羞耻，可以说具有很好的实际效果。如今斟酌得失，革除弊政，百废待兴，各项制度日益完善，这不是因陋就简，拘谨于平常的识见所能做到的。继承一祖四宗之事业，更能发扬光大，真是太伟大了。

前朝不能使百姓生活安定，是因为刑罚和赋役之政残暴。宋兴以后，所用都是鞭、扑这些轻刑，虽然如此犹且反复审核，定罪以宽缓为宗旨，对于误入法网的都要从轻发落，故而不曾用一暴刑；田地有的按二十分之一来收税，还不时检查，屡次考虑宽减赋税，颁布蠲除赋税的法令，故而不曾加一暴赋；百姓有的至老死都不曾服过劳役，即使这样还时常关心百姓的劳苦，常常免除劳役，禁止擅自滋事扰民，故而不曾兴一暴役。由此百姓纷纷归附。前世有的朝代皇权旁落，天下大权有的归于外戚，有的归于君王亲近的人，有的归于大臣。宋兴以来，外戚宠臣做大将做宰相的，未尝能够擅权生事。由此国家大权得以谨慎掌控。更何况对内整顿军队，天下不得私自擅用一兵一卒；对外威慑藩国，使其臣服，天下不得私自专有一寸土地、一个百姓。国君的权势得到如此强化。至于敬畏上天、谨事神明、仁爱百姓、体护万物，这些都不曾有须臾懈怠。国君又是如此的忧劳。在下不能安抚百姓，在上皇权旁落，自己又懈怠疏忽，这就是前世之所以危乱的原因所在。百姓安抚于下，皇权谨守于上，帝势得到强化可从容治国，再加之以勤奋治政，这就是如今安定太平的原因所在。所以人主尊贵，意谕色授之际，天下都要为之震动；言传令发之时，要为之急忙奔走万里。天下各地的百姓不待召集，就自觉地按时输送贡赋，唯恐落后；远在海外的国家，没有向他们发出诏令，都已载满各种贡品前来，唯恐不及。西北少数民族，扔掉武器，放掉马匹，彼此都穿着漂亮的服装嬉戏游乐；东南的少数民族，穿戴整齐，彼此都拿着书本读书吟诵。至于万物顺时，百草丰茂，凡在天地之间，各种生灵都生活得舒适自如。国政远没有美善如三代的，近没有繁盛如汉唐，然而或三四世，或一二世，天下就发生动乱，真是数不胜数，哪里有像如今这样五世六圣，一百二十多年间，自交通便利的都市到荒远偏僻的聚落，没有邪心歹意萌发于心中，没有敲鼓击柝的警戒之声闻见于耳目。臣所以说：自从有人类以来，没有如我大宋这样兴盛昌隆的了。

臣私下里阅读《诗经》，在《国风》、《大雅》之中，讲述太王、王季、文王祖孙三人开创王业的经过，以及武王继承大业的原委，还有成王的兴盛等史事的诗篇，赞美的有《假乐》、《兔罴》，劝诫的有《公刘》、《泂酌》。其中所说的都是农夫、女工、盖房、种田以及师旅、祭祀、饮尸、受福这些日常生活琐细之事。至于《兔罝》中所说的武夫，表明德行要从隐微之处开始修行；（《行苇》中说）牧人爱及微物，不让牛羊践踏路边小草，这些小小的德行无不记载。所以记载功德就应该由小及大，《诗经》中作了如此详细的描述。所以后代彰显先人的功业，当代的臣子赞美天子，并不只是进献祷告鬼神，启发百姓而已啊。《尚书·大禹谟》中说："用《九歌》鼓励他们，使他们不要败坏善政。"这是歌颂美好的事物，使他们油然兴起向善之意，防其懈怠而难以持久，用歌声去不断培养而最终使他们的内心得到感化。歌颂帝王功业之美，昭示法戒于将来，圣人将这些列之于经书之中，就是为了让教诲流传后世。

如今大宋祖宗建立功业，犹如太王、王季、文王祖孙三人。陛下拥有美好的德行能继承祖业，犹如是武王、成王。而群臣应当查考清楚，详细记载于简册，并刻之金石，以感通神明，昭示法戒，然而却是多有缺乏，这是学士大夫们的过错。周代以文王、武王最有盛德，而歌颂赞扬他们的《雅》、《颂》诗篇却是在成王之时才写成的。如今由此而论，则祖宗的功德自然是有待于陛下去揄扬歌颂。臣的确是不自量力，冒失唐突地申述了这件事的大概情况。至于要触类旁通、发扬光大，将所有的事情都考察详尽，这些对于如今的文学侍臣而言，是难以堪任的，他们只是列位朝堂，唯供陛下使用而已。至于周朝积累仁善，到成王、周公之时最为兴盛，而《洞酌》中还要说"皇天亲爱有德之人，只接受有道之人的祭祀"，以此来告诫成王。拥有极盛的权势，却还要时刻劝诫，这真是最为聪明、睿智的表现啊。这种事并非仅仅周朝才有，唐尧、虞舜之时治政到达了极盛，可是君臣还要相互告诫："要兢兢业业呀，一二日的工夫就会有万机之事，怎能有片刻懈怠。"治政极盛之时，尚且要保持恭敬谨慎的态度，唐尧、虞舜都是如此。如今陛下继承祖宗的基业，扩大祖宗太平之治，能够世代安定，这是夏、商、周三代都比不上的。由此可知，宋朝建立以来，全盛之时就在今日。陛下上探皇天所以亲爱有德之人、接受有道之人祭祀的深意，而能恭敬谨慎保持祖业；下念一日两日之间有万机之事不可不察，而能兢兢业业，使祖业更加美善光大，这是陛下平素日夜操劳所致。臣虽愚，但有区区爱君之心，不自量力有此进言，希望能够符合诗人之义，唯望陛下加以取舍。

请减五路城堡劄子

臣尝议今之兵,以谓西北之宜在择将帅,东南之备在益戍兵。臣之妄意,盖谓西北之兵已多,东南之兵不足也。待罪三班,[①]修定陕西河东城堡之赏法,因得考于载籍。盖秦凤、鄜延、泾原、环庆、并代五路,[②]嘉祐之间,城堡一百一十有二,熙宁二百一十有二,元丰二年二百七十有四。熙宁较于嘉祐为一倍,元丰较于嘉祐为再倍。而熙河城堡又三十有一。虽故有之城,始籍在于三班者,或在此数,然以再倍言之,新立之城固多矣。

夫将之于兵,犹弈之于棋。善弈者置棋虽疏,取数必多,得其要而已。故敌虽万变,途虽百出,而形势足以相援,攻守足以相赴,所保者必其地也。非特如此,所应者又合其变,故用力少而得算多也。不善弈者,置棋虽密,取数必寡,不得其要而已。故敌有他变,途有他出,而形势不得相援,攻守不能相赴,所保者非必其地也。非特如此,所应者又不能合其变,故用力多而得算少也。守边之臣,知其要者,所保者必其地,故立城不多则兵不分,兵不分则用士少,所应者又能合其变,故用力少而得算多,犹之善弈也。不得其要者,所保非必其地,故立城必多,立城多则兵分,兵分则用士众,所应者又不能合其变,故用力多而得算少,犹之不善弈也。

昔张仁愿度河筑三受降城,③相去各四百余里,首尾相应,由是朔方以安,减镇兵数万。此则能得其要,立城虽疏,所保者必其地也。仁愿之建三城,皆不为守备,曰:"寇至当并力出战,回顾望城,犹须斩之,何用守备?"自是突厥遂不敢度山,可谓所应者合其变也。

今五路新立之城,十数岁中,至于再倍,则兵安得不分?士安得不众?殆疆场之吏,谋利害者不得其要也。以弈棋况之,则立城不必多。臣言不为无据也。以他路况之,则北边之备胡,以遵誓约之故,数十年间,④不增一城一堡,而不患戍守之不足,则立城不必多,又已事之明验也。臣以此窃意城多则兵分,故谓西北之兵已多,而殆恐守边之臣,未有称其任者也。今守边之臣,遇陛下之明,常受成算以从事,又不敢不奉法令,幸可备驱策。然出万全之画,常诿于上,人臣之于职,苟简而已,固非体理之所当然。况由其所保者未得其要,所应者未合其变,顾使西北之兵独多,而东南不足。

在陛下之时,方欲事无不当其理,官无不称其任,则因其旧而不变,必非圣意之所取也。夫公选天下之材,而属之以三军之任,以陛下之明,圣虑之绪余,足以周此。臣历观世主,知人善任使,未有如宋兴太祖之用将英伟特出者也。故能拨唐季、五代数百年之乱,使天下大定,四夷轨道,可谓千岁以来不世出之盛美,非常材之君、拘牵常见者之所能及也。以陛下之聪明睿圣,有非常之大略,同符太祖。则能任天下之材以定乱,莫如太祖;能继太祖之志以经武,莫如陛下。臣诚不自揆,得太祖任将之一二,窃尝见于斯文,敢缮写以献。万分之一,或有以上当天心,使西北守边之臣,用众少而得算多,不益兵而东南之备足,有助圣虑之纤芥,以终臣前日之议,惟陛下之所裁择。

[题解]

元丰三年九月，曾巩由亳州移任沧州，途经京师开封，上殿应对博得神宗欢喜，由此留任京师勾当三班院公事，此文即在此时所作。文章虽短，但涉及事体颇大，这主要有两个方面。第一个是冗兵问题。诚如曾巩所说："能继太祖之志以经武，莫如陛下"，宋朝能够"经武"的皇帝大概也只有太祖与神宗。其他大多时间都是逢战即败，败了又想不出别的，只是不断增加士兵人数。看上去黑压压一片，能干的却没几个，这就日益造成一种恶性循环，以致兵一天比一天多，成为社会的一个沉重负担。陈襄在《上神宗论冗兵》中列举数据很是触目惊心："臣观治平二年，天下所入财用大数，都约缗钱六千余万，养兵之费约五千万。乃是六分之财，兵占其五。"而此文所言城堡的增加无疑也是要不断地增加军队以驻防，战时不见得就顶用，平时又耗财扰民，鸡肋日益成了毒瘤。就此问题前有包拯《上仁宗乞那移河北兵马以苏民力》、蔡襄《上英宗论兵九事》，后有范纯粹《上徽宗论进筑非便》、张舜民《上徽宗论河北备边五事》等，可见仁人志士都是对此深感头痛。正如曾巩在《边将》一诗中所说"兵如疽痈理须决"，此问题待解之迫切可见一斑。

第二个是所谓的"强干弱枝"的宋朝家法。赵匡胤由军队叛乱起家，故而对此忌讳颇重，以至把地方上的兵丁搜刮得没几个人，就像王禹偁《上真宗乞江湖诸郡置本城守捉兵士》中所说："大郡给二十人，小郡减五人。"就凭这几个兵造反是不可能了，但同时也就没什么力量去约束地方上不时出现的动乱。关于此点，文章说得不多，这是因为此文是对前一奏章《请西北择将东南益兵劄子》的补充，因此两劄子当对照着看。另外也可参看富弼《上仁宗乞东南诸郡募兵以防寇盗》、张方平《上仁宗论州郡武备》，说得更具体细致。

曾巩此文的重点在第一个方面即如何减少西北冗兵，他的方法就是择将，在《请西北择将东南益兵劄子》、《任将》中说得更详细。这是个老方法，范镇在《上仁宗论益兵困民》中早已说过："夫兵不在众，在练之与将何如尔。"曾巩在《财用》中也主张"练兵去冗"。不过对于边境省下来的士兵该如何处理，东南兵力不足该如何增补，曾巩此文倒出了一个新主意，即省西北之兵以补东南，如此"不益兵而东南之备足"，仅从字面上看这应当是个两全其美的办法，至少要比富弼"或令归营"聪明得多。前一奏劄问题都说到了，曾巩还嫌不够具体充分,于是再上此奏,明确言西北减兵是减五路城堡,东南增兵是补充西北所省军队。两劄接连而上,正可见出刚刚回归中央的曾巩积极参政的兴奋与热忱。

[注释]

①待罪三班:三班院相当于兵部,掌管军队铨选、差遣、考察等事。②盖秦凤、鄜延、泾原、环庆、并代五路:《宋史》卷八十七《地理三》:"庆历元年,分陕西沿边为秦凤、泾原、环庆、鄜延四路。"秦凤路治所在今陕西凤翔,泾原路治所在今甘肃平凉,环庆路治所在今甘肃庆阳,鄜延路治所在今延安,并代包括并州、代州,并州在今山西太原,代州在今山西代县。③昔张仁愿度河筑三受降城:三受降城,张仁愿于唐中宗神龙三年所建,以抵御突厥进攻。三城均在内蒙古,西受降城在五原西北,中受降城在包头附近,东受降城在托克托附近。④则北边之备胡,以遵誓约之故,数十年间:指真宗景德元年十二月与契丹达成的澶渊之盟,规定宋朝年贡银十万两、绢二十万匹。这之后两国虽也不时打打闹闹,但都无大碍,保持了长期相对太平无事的局面。

[译文]

臣曾经探讨如今的用兵方法,认为西北的防务在于选择将帅,东南的防务在于增加军队。臣妄自推测,以为西北的军队已多,东南的军力不足。臣供职三班院,修订陕西、河东城堡的赏罚条例,因此得以有机会查看档案资料。由此而知,秦凤、鄜延、泾原、环庆、并代五路,嘉祐之间城堡有一百一十二座,熙宁时有二百一十二座,元丰二年时有二百七十四座。熙宁比嘉祐多了近一倍,元丰比嘉祐又多了近两倍。另外熙河城堡又有三十一座。虽然这其中或许还有少数三班院早年记载的旧城堡没有扣除掉,然而就以现在的两倍而言,新立的城堡也实在太多了。

带兵的方法犹如下棋。高手放置的棋子虽少,但获取的点数却很多,这是因为他控制了要点。所以敌人虽然千变万化,进攻路线很多,但我方却能相互支援,攻守协调得当,这是因为位置恰当的缘故。不仅如此,策略总能适时而变,所以用力很少却能成效显著。不会下棋的人，虽然放置了很多棋子，取得的点数却很少，这是因为他下棋不得要领。所以敌人有了变化，进攻路线作了调整之时，他却不能相互救援，攻守不能互相配合，这是因为位置不恰当的缘故。不仅如此，策略又不能适时变化，所以用力多而成效甚微。驻守边疆的官员，知道战略要点，恰当设置城堡，所以建立城堡不多，军队也不分散；军队不分散征用的士兵就少，策略又能适时而变，所以用力少却能成效显著，犹如善下棋的高手。不得战略要点的人，城堡安排不周，所以建立的城堡必然会很多；立城多军队就会分散，军队分散征用的士兵就多，策略又不能适时而变，所以，用力多而成效甚微，犹如不会下棋的人。

从前张仁愿渡过黄河修筑了三座受降城，相隔四百多里，首尾相应，由是北方得以太平安定，减少镇守军队数万人。这就是能得战略要点，建立城堡虽然很少，但所保卫的都是关键之处。仁愿建了三座城池，但都不修筑防守设施，他说："敌人来了就全力出战，回头望一望城堡都要斩首，还要防守设施干什么？"从此以后突厥不敢再越山而过，这真可以说是能够适时而变啊。

如今五路新建立的城池，十多年中达到原先的两倍，如此军队怎能不分散？士兵怎能不多？这大概就是因为守边官员出谋划策之时不得战略要点的缘故。以上面所说的下棋来作比，这些城池没必要建这么多。臣所说不是没有根据的。以其他路的情况来对比一下，北边抵御契丹，因为双方遵守誓约的缘故，所以数十年之间，没有增加一城一堡，如此也没有担心守边力量不足，可见建立城堡不必多，这已是有事实证明的。臣由此私下以为，城多则军队必然就会分散，所以说西北的军队已经很多，只是担心守边的官员没有恪尽职守。如今守边的官员幸逢陛下圣明，由此按部就班接受现成的命令办事，他们又不敢违法乱纪，故而只是姑且奉命办事而已。至于出谋划策都推诿给陛下，官员们对于自己的职守只是苟且偷安而已,这自然是不合理之事。况且所建城堡又不得其要,更不能随机应变,由此使得西北的驻军独多,而东南的驻军反而不足。

陛下的心意总希望万事无不合理,官员无不称职,由此可知因循守旧必然不符合陛下的圣意。应当公开选拔天下优秀人才,让他们担当统帅三军之重任,陛下如此英明,只要稍加留意就足以办妥此事。臣考察历代君王,即使是知人善任的也没有像太祖这样能够选用如此卓越优秀的将领。所以能够拯救唐末、五代数百年的乱世,使天下大定,四夷安顺服帖,可以说是千年以来少有的盛世,这不是一般的君王、因循守旧的人所能做到的。以陛下的聪明睿圣,具有非凡的雄心壮志,这些都与太祖相同。由此可知,能选拔天下优秀人才以安定乱世的没有能比得上太祖的;能够继承太祖的志向整治武备,没有能比得上陛下的。臣的确是不自量力,曾在书中看到太祖选将用兵的一点皮毛,故将它们记载下来进献给陛下。希望能够万分侥幸地符合陛下的心意,使西北守边的官员裁减军队反而能得到很多利益,再将西北裁减的军队抽调到东南,如此在总体上不增加军队人数东南的军备也就充足了。这些或许对陛下能有一点点帮助,也对我前日的建议作一补充,希望陛下裁夺。

明州拟辞高丽送遗状①

窃以高丽于蛮夷中为通于文学,颇有知识,可以德怀,难以力服也。故以隋之全盛,炀帝之世,大兵三出,天下骚然,而不能朝其君。及至唐室,以太宗之英武,李勣之善将,至于君臣皆东向,以身督战,而不能拔其一城,此臣之所谓难以力服也。宋兴,自建隆以来,其王王昭以降,六王继修贡职,使者相望。②其中间压于强虏,自天圣以后,始不能自通于中国。陛下即祚,声教四塞,其国闻风不敢宁息,不忌强胡之难,不虞大海之阻,效其土实,五岁三至,如东西州,唯恐在后。其所以致之者,不以兵威,此臣之所谓可以德怀也。陛下亦怜其万里惓惓,归心有德,收而抚之,恩礼甚厚。州郡当其道途所出,迎劳燕饯,所以宣达陛下宠锡待遇之意,此守臣之职分也。其使者所历之州,贽其所有,以为好于邦域之臣。陛下加恩,皆许受之,而资以官用,为其酬币。其使一再至之间,许其如此,不为常制可也。今其使数来,邦域之臣受其贽遗,著于科条,以为常制,则臣窃有疑焉。

盖古者相聘,贽有圭璋,③及其卒事,则皆还之,以明轻财重礼之义。今蛮夷使来,邦域之臣与之相接,示之以轻财重礼之义,使知中国之所以为贵,此人事之所宜先,则当还其贽,如古之聘礼,还其圭璋,此谊之所不可已也。又古之以贽见君者,国君于其臣则受之，非其臣则还之。今蛮夷向化，来献其方物，以致其为臣之义，天子受之，以明天下一尊，有臣而畜之之义，此不易之制也。邦域之臣与其使接，以非其臣之义，还其贽，以明守礼而不敢逾，亦不易之制也。以此相属，以明天子之尊，中国之贵，所重者礼义，所轻者货财。其于待遇蛮夷之道，未有当先于此者也。且彼赍其所有，以明州一州计之，④知州、通判所受，为钱一二十万，受之者既于义未安。其使自明而西，以达京师，历者尚十余州，当皆有贽。以彼之力度之，蛮夷小国，于其货财，恐未必有余也。使其有亲附中国之心，而或忧于货财之不足，臣窃恐有伤中国之义，而非陛下所以畜之幸之之意也。

臣愚，窃欲自今高丽使来，贽其所有以为好于邦域之臣者，许皆以诏旨还之。其资于官用以为酬币已有故事者，许皆以诏旨与之如故。惟陛下详择之。如可推行，愿更著于令。盖复其贽以及于恐其力之不足，厚其与以及于察其来之不易，所谓尚之以义，绥之以仁。中国之所以待蛮夷，未有可以易此者也。其国粗为有知，归相告语，必皆心服诚悦，慕义于无穷，此不论而可知也。

臣愚，非敢以是为廉，诚以拊接蛮夷，示之以轻财重礼之义，不可不先。庶几万分之一，无累于陛下以德怀远人之体。是以不敢不言，惟陛下裁择。谨具状奏闻，伏候敕旨。

[题解]

这是曾巩于元丰二年在明州任上所作。高丽与宋中间被辽国阻隔，所以高丽人来华只能跨海而来，早期是在山东的登州即如今的蓬莱登陆，与明州没什么关系。虽然直线距离要远比陆地近得多，但海路波涛之险恶远过陆途。到了熙宁七年，高丽使臣金良鉴建议从遥隔千里的明州登陆。表面上看这是迫于契丹之威胁不得不绕远，而从明州可进入中国腹地，获取更多情报或许是此举的真正目的。正如苏轼在《论高丽买书利害劄子三首》中所说："今使者所至,图画山川形胜,窥测虚实。"苏轼另一篇《论高丽进奉状》,以及苏辙《乞裁抑高丽入使》、胡舜陟《论高丽入使所过州县之扰》等奏状中我们都能看到高丽使臣的诸多危害:或是与契丹串通窥探情报,或是接待其使臣而耗资巨大,或是在所过州县滋事扰民。苏轼在《论高丽买书利害劄子三首》中更将之总结为五害。这些虽有夸大过虑之处,但接待费用太大则是不争之共识。《宋史》就说:"高丽入使,明、越困于供给,朝廷观遇燕赉锡予之费巨万计,馈其主者不在焉。"之所以干这些吃力不讨好的傻事,太祖时或许有挟制契丹之美意,但到了后期,这一不切实际的想法完全为苏辙所说的"太平粉饰"所代替。对于宋朝皇帝来说,在四面楚歌声中难得有一点动听的声音,哪怕说的尽是假话,也可稍微满足一下自己的虚荣心。

曾巩此文所论与上述所说完全不同,在这篇文章中我们看到的是大宋官员给高丽使臣带来的麻烦。曾巩希望高丽人被大宋王朝轻财重礼的道义所折服,故而不仅不许收礼,甚至连他们的馈赠也要如数退还,这也就是曾巩所说的对待蛮夷的最好方法:"尚之以义,绥之以仁。"孔子主张仁爱,倡言忠恕,然而他老人家也说:"有文事者必有武备",年过半百尚有夹谷之勇。可见仁而无勇不可谓仁。表面上看,曾巩此论可谓堂而皇之,由此以见我大宋气度,茅坤就评此文是"极为通达国体之言"。与此相比,苏轼等人似乎也太小家子气了。然而过日子总要算计着过,不切实际的堂皇只会大而无当以致丧家亡国。曾巩于此处的仁厚似乎有点过了头。

[注释]

①本文正本前还有一段文字被茅坤删略,其文为:"窃见接送高丽使副仪内一项,高丽国进奉使副,经过州军,送知州、通判土物,并无答谢书。候进奉使回日,依例估价,以系官生帛,就整数量加回答。检会熙宁六年高丽国进奉有使副,送明州知州、通判土物,共估钱二百贯以上九十九陌。熙宁五年及九年,有进奉使,无副使,送明州知州、通判土物,共估计价钱一百贯以上九十九陌。其土物,奉圣旨并依例令收,估价回答。臣今有愚见合具奏闻者,右谨具如前。"②自建隆以来,其王王昭以降,六王继修贡职,使者相望:曾巩另作有《请访问高丽世次劄子》后附有《高丽世次》,王昭以下世次为:王昭、(王昭子)王伷、(王伷弟)王治、(王治弟)王诵、(王诵弟)王询,再

补上《宋史》卷四百八十七《外国三·高丽》中所述王询孙王徽，合为六王。③赞有圭璋：圭、璋都是贵重的玉器，其种类繁多，大致而言长方形上尖下方者为圭，圭之半形为璋。可参见清人黄以周《礼书通故》卷四十九《名物图二》。④以明州一州计之：明州治所在今宁波，所辖范围大致在如今浙江省的东北部，包括宁波、慈溪、镇海、奉化、象山等地。

[译文]

　　臣私下以为高丽是蛮夷之中通晓文学的，很有些知识，可以用恩德感化，难以用武力征服。所以隋全盛之时炀帝之世，大军三次出征高丽，惊动天下，可还是没能将其征服。到了唐代，凭借太宗的英武，李勣的善战，以至君臣上下协力东征、身先士卒，也不能攻下一座城池，这就是臣所说的难以武力征服。宋朝兴起，自从太祖建隆以来，其国自王昭之后六王相继来朝贡，使者络绎不绝。由于受到辽国的胁迫，自从仁宗天圣以后，开始不能与我中国相往来。陛下登基之后，声名与教化传播天下，他们国家听说以后不敢再不朝贡，于是不畏强敌之胁迫，不顾大海之阻隔，前来进贡土产，五年来了三次，就像是我朝东部州郡一样，唯恐落后。之所以能够让他们不远万里而来，并不依靠武力，这就是臣所说的可以用恩德感化。陛下也有感其万里奔波，诚心可嘉，于是多加安抚，恩礼甚厚。其沿途州郡迎接慰劳、宴请饯送丝毫不敢懈怠，好以此来表示陛下优待宠爱之意，这是守臣的职责所在。高丽使臣途中经过州郡都要送上礼物，表示彼此之间的友好。陛下恩赐准予接受，以之作为酬金补贴官用。使臣偶尔来一两次，不作为长久的规定这是可以的。然而如今使臣往来频繁，沿途州县大臣接受其馈赠已写成条款，成为常规，这是臣窃自感到疑惑的。

　　古代使者前来问候，以圭璋作为礼物，完事之后，还要将圭璋还给他，表示轻财重礼之义。如今蛮夷使臣前来朝聘，沿途大臣与之往来，表明轻财重礼之义，使他们知道中国之尊贵，这是接待使臣首先要做到的，因此应当将礼物还给使臣，如同古代的聘礼，还其圭璋，这是理当如此的。另外古代人们拿着礼物去见国君，如果是国君的臣子就接受下来，不是他自己的臣子就将礼物还给来者。如今蛮夷仰慕中华礼仪文化，来进献当地特产，以此表示臣服之义，天子接受进贡，表明至尊于天下，接受其臣服而加以抚育，这是古今不变的制度。沿途各地大臣与其使臣交往，相互平等均为臣子，故而归还其礼物，严格遵守此礼制而不敢违反，这也是古今不变的制度。以此相互交往，表明天子之尊，中国之贵，注重礼义，轻视财货，接待蛮夷之道，没有比这更为重要的了。况且他们所送的礼物以明州一州计算，知州、通判所接受的钱为一二十万，接受者就事理而言对此事深感不安。高丽使臣自明州向西到达京师要经过的州尚有十多个，都须送上礼物。考虑到他们国家的财力，蛮夷小国未必有多少余产。如此使他们虽具有亲附中国之心，可是有时又要担忧财货不足，臣私下恐怕这样有伤中国的仁义，这也不是陛下抚育宠幸之意。

臣愚钝，私下以为从今以后高丽使臣来朝贡，送给沿途所到州县大臣的礼物，都应该下诏让他们归还。已作为官资用掉的，也要下诏让其如数归还。这些都请陛下详细审查。如果这些办法可以推行，希望将之写成法令。归还所馈赠的礼物以至于担心他们财力不足，注重与他们的交往以至于体察他们来之不易，这就是所说的宠之以义，安之以仁。中国对待蛮夷的办法没有可以超过这个的。其国家只要是略有教化，使臣回国禀报之后，一定都心悦诚服，一心仰慕于仁义之道，这是不言自明的事。

臣愚钝，不敢以此为廉政，实在是以为接待蛮夷，让其明了轻财重礼之义，这是最要紧的。希望这些想法能够有一点有助于陛下以德关怀边远之人的心意，所以不敢不说，希望陛下裁夺。恭敬地将这些想法上达陛下，恭候您的旨意。

请令州县特举士劄子

臣闻三代之道,乡里有学①。士之秀者,自乡升诸司徒,自司徒升诸学。大乐正论其秀者,升诸司马。司马论其贤者,以告于王。"论定然后官之,任官然后爵之,位定然后禄之。""论定然后官之"者,郑康成云:谓使试守。"任官然后爵之"者,盖试守而能任其官,然后命之以位也。②其取士之详如此。然此特于王畿之内,论其乡之秀士耳。故在《周礼》,则称"乡老献贤能之书于王"也。至于诸侯贡士,则有一适、再适、三适之赏,③黜爵削地之罚。而其法之详,莫得而考。此三代之事也。

汉兴,采董生之议,始令郡国举孝廉一人④。其后,又以口为率,口百二十万至不满十万,自一岁至三岁,自六人至一人,察举各有差。至用丞相公孙弘、太常孔臧议,则又置太常博士弟子员。郡国县官有好文学、孝悌谨顺、出入无悖者,所闻,令相长丞上属所二千石。二千石谨察可者,令诣太常受业如弟子。一岁皆课试,通一艺以上,补文学掌故缺。其高第可为郎中者,太常籍奏。即有秀才异等,辄以名闻。又请以治礼掌故,比二百石及百石吏,选择为左右内史、大行下郡太守卒史,皆各二人,边郡一人,不足,择掌故以补中二千石属,文学掌故补郡属,备员。其郡国贡士、太常试选之法详矣。此汉之事也。⑤

今陛下隆至德，昭大道，参天地，本人伦，兴学崇化，以风天下，唐虞用心，何以加此？然患今之学校，非先王教养之法；今之科举，非先王选士之制。圣意卓然，自三代以后，当途之君，未有能及此者也。臣以谓三代学校劝教之具，汉氏郡国太常察举之目，揆今之宜，理可参用。今州郡京师有学，同于三代，而教养选举非先王之法者，岂不以其遗素励之实行，课无用之空文，非陛下隆世教育人材之本意欤！诚令州县有好文学、厉名节、孝悌谨顺、出入无悖者所闻，令佐升诸州学，州谨察其可者上太学，以州大小为岁及人数之差。太学一岁，谨察其可者上礼部，礼部谨察其可者籍奏。自州学至礼部，皆取课试，通一艺以上，御试与否，取自圣裁。今既正三省诸寺之任，其都事、主事、掌故之属，⑥旧品不卑，宜清其选，更用士人，以应古义。遂取礼部所选之士，中第或高第者，以次使试守，满再岁或三岁，选择以为州属及县令丞。即有秀才异等，皆以名闻，不拘此制。如此者谓之特举。其课试不用糊名誊录之法，使之通一艺以上者，非独采用汉制而已。《周礼·大司徒》"以乡三物教万民，而宾兴之"，⑦亦以礼乐射御书数也。

如臣之议为可取者，其教养选用之意，愿降明诏以谕之。得人失士之效，当信赏罚以厉之。以陛下之所向，孰敢不虔于奉承？以陛下之至明，孰敢不公于考择？行之以渐，循之以久，如是而俗化不美，人材不盛，官守不修，政事不举者，未之闻也。其旧制科举，以习者既久，难一日废之，请且如故事。惟贡举疏数，一以特举为准，而入官试守选用之叙，皆出特举之下。至夫教化已洽、风俗既成之后，则一切罢之。如圣意以谓可行，其立法弥纶之详，愿诏有司而定议焉。取进止。

[题解]

宋朝的皇帝好人很多，但能人太少。好而无能，对于一般人，顶多是个窝囊废，但若是帝王，闹不好会丧家亡国。难能可贵的是，整个宋朝，神宗可谓太祖赵匡胤之后最有作为的皇帝。元丰二年任命天不怕、地不怕的王安石为参知政事，力主改革。三年九月，又开始向混乱不堪的官制开刀，这往往是历代改革中最触动人心、最为艰巨的地方。此文作于官制改革不久之后的十一月二十一日，正是改革欣欣向荣之际。

曾巩此文议论的是相对较为轻松的科举制度改革。这其实是个老话题，仁宗庆历新政之时，先天下之忧而忧的范仲淹注重品行经术的培养，反对考试华而不实的诗文。神宗熙宁四年，在王安石的建议下，罢黜诗赋、明经诸科，专考经义、论、策。曾巩等人对于科举考试的不满，实际上涉及中国古代两种最基本选才方式的优劣矛盾问题。这两种方式就是以人口传赞为主的贡举和课以严格考试规程的科举。前者最大的好处是可以全面了解一个人，既看成绩又重品行，但人为因素过大以致失控。后者最大的好处是客观公正，但只重成绩而忽视品行。然而两项比照，前者弊远大于利，后者利远大于弊。人类自从意识到自我之后，再好的设想若无严密的规范，最终必将流于营私舞弊。科举肇始于隋唐，确定于有宋真宗景德年间，此后一直沿用至清末，成为古代最为科学有效的选拔人才的制度。其间随着周进的号啕痛哭、范进的痰迷心窍，科举之臭，臭不可闻。然而试想若换用其他方式，周、范二人恐怕连号啕、发疯的机会都不会有，故而曾巩也明智地以为"请且如故事"。然而号啕之声也不能充耳不闻，因此他主张以经过优化的贡举"特举"来弥补其弊端，这犹如今日大力提倡的素质教育。然而这些主张多是雷声大雨点小，最终不了了之而已。

文中引经据典，然多是陈词滥调，没什么新意，不过用心可谓良苦。在主张科举改革上，曾巩倒是与当时的改革派桴鼓相应。然而改革派正可通过"特举"给营私舞弊撒上金粉以便党同伐异，这恐怕是老实的曾巩没有想到的。

[注释]

①乡里有学：乡、里均为基层行政区划。《周礼注疏》卷十《地官·大司徒》："令五家为比，使之相保；五比为闾，使之相受；四闾为族，使之相

葬；五族为党，使之相救；五党为州，使之相赒；五州为乡，使之相宾。"郑玄注："乡，万二千五百家。"里的规定较为杂乱，据史料所记，有二十五家、五十家、七十二家、八十家、一百家、一百一十家之多。②以上部分，乃曾巩综合参考《礼记正义》卷十三《王制》的经、注、疏而成。③至于诸侯贡士，则有一适、再适、三适之赏：刘向《说苑·修文》："诸侯三年一贡士，士一适谓之好德，再适谓之尊贤，三适谓之有功。有功者天子一赐以舆服弓矢，再赐以秬鬯，三赐以虎贲百人，号曰命诸侯……诸侯贡士，一不适谓之过，再不适谓之傲，三不适谓之诬。诬者，天子黜之。一黜以爵，再黜以地，三黜而地毕。诸侯有不贡士，谓之不率正。不率正者，天子黜之。一黜以爵，再黜以地，三黜而地毕。"《汉书·武帝纪》有相似言论。"适"就是"得"的意思。④始令郡国举孝廉一人：《汉书》卷六《武帝纪》："元光元年冬十一月，初令郡国举孝廉各一人。"颜师古注："孝谓善事父母者，廉谓清洁有廉隅者。"⑤此段原文为《史记》卷一百二十一《儒林列传》的总序，与《汉书》卷八十八《儒林传》大致相同。曾巩参考此文而有所缩减，故而有语焉不详甚至错误之处。因此，本段乃参考《史记》、《汉书》而作译文。"郡国县官有好文学"：此句有误，依《史记》此句当为"郡国县道邑有好文学"，郡、国、县、道、邑分别是汉代的地方行政区划单位。《汉书》卷二十八下《地理志第八下》："讫于孝平，凡郡国一百三，县邑千三百一十四，道三十二，侯国二百四十一。"北宋刘奉世解释说："有蛮夷曰道。""令相长丞上属所二千石"："相"为汉所分封诸王国的最高长官。"长"为长史，"丞"为郡丞，都是郡的属官，俸禄同为六百石。《汉书》卷十九上《百官公卿表第七上》："郡守秦官，掌治其郡，秩二千石，有丞；边郡又有长史，掌兵马；秩皆六百石。""大行下郡太守卒史"：大行即《周礼·秋官》的大行人。汉称典客，景帝时改名大行。《汉书》卷十九《百官公卿表》作大行令，武帝太初元年改名大鸿胪。大行与太守都有卒史这一属官。"择掌故以补中二千石属，文学掌故补郡属"：《汉书》卷八《宣帝纪》："颍川太守黄霸以治行尤异，秩中二千石。"颜师古注："汉制，秩二千石者，一岁得一千四百四十石，实不满二千石也。其云中二千石者，一岁得二千一百六十石，举成数言之，故曰中二千石。中者，满也。"汉制九卿秩皆中二千石，故又用为九卿的代称。而郡太守的俸禄有六级：中二千石、二千石、比二千石、千石、比千石、八百石，大部分情况都低于九卿之俸禄。⑥其都事、主事、掌故之属：都事，尚书省属官，掌管尚书省文件。主事，枢密院、门下省、尚书省的属官，掌管三部门文件。掌故，宋无此官名，只是尚书省主管六部架阁库文字的官员与汉掌故的职守相近而以此为别名。架阁库文字就是现在档案库的档案。⑦《周礼·大司徒》"以乡三物教万民，而宾兴之"：《周礼注疏》卷十《地官·大司徒》："以乡三物教万民而宾兴之：一曰六德，知、仁、圣、义、忠、和；二曰六行，孝、友、睦、姻、任、恤；三曰六艺，礼、乐、射、御、书、数。"

[译文]

臣听说上古三代治国之道，乡、里都有学校。读书人中最优秀的就由乡推荐给中央司徒之官，再由司徒推荐进入大学深造。大乐正考定他们的名次，再推荐给司马。司马评定其优劣，再禀报给国君。"评定之后就任命官职，任命官职之后就授予爵位，授予爵位之后就给予俸禄。"对于"评定之后就任命官职"，郑康成解释说：让他先试着做一下。"任命官职之后就授予爵位"的意思是试任以后见其可堪此职，就授予他合适的爵位。上古选拔人才就是如此周到完善。以上是王畿之内由乡开始选士的过程，所以《周礼·地官·乡大夫》中说：乡老进献荐举贤良的文书给君王。至于诸侯贡举人才，则有一适、再适、三适的赏赐，也有罢黜爵位、削减土地的惩罚，其具体的措施已经无法详细了解了。这是上古三代的举士之法。

汉朝兴起，采纳董仲舒的建议，开始命令郡国举孝廉一人。之后，又按照郡国人口数量为标准确定选拔人才的数量，人口一百二十万至不满十万的，从一年到三年，从六人到一人，察举各有差等。后采用丞相公孙弘、太常孔臧建议，又设置太常博士弟子员。郡、国、县、道、邑有爱好学习、孝悌谨顺、言行一致的人，则命令各地的丞相、长史、郡丞推荐给当地的长官，长官考察通过的就让他们随计吏一道上京城到太常处报到，成为博士弟子，受业学习。一年后考试，精通一种经书以上的，补文学掌故的缺职。考试成绩特别优秀的可为郎中，太常登记名姓上奏朝廷。有卓越才华的人，也要上报。又请求选择治礼学掌故中二百石的官吏，以及一百石且能精通一经以上的官吏为左右内史、大行的卒史，一百石以下的就补为下郡太守卒史，这些都是各为二人，边远郡则为一人。官职若不够任命，就选择掌故补九卿的属官。文学掌故则补郡太守的属官，这些都是徒有其名而已，没有实际的职务。其郡国贡士、太常试选的方法非常详细。这是汉朝的举士之法。

如今陛下兴隆至德，昭示大道，参化天地，本源人伦，兴办教育鼓励教化，以此来感化天下，唐尧、虞舜的用心也不过如此吧？然而令人担忧的是，如今的学校没有了先王教养的方法；如今的科举，没有了先王选士的制度。而皇上您圣意高远，自三代以后，国君没有一个能比得上。臣以为，上古三代学校劝学兴教的方法，汉代郡国太常察举的条目，将这些适当地加以斟酌，是可以参考利用的。如今州郡京师都有学校，与三代相同，可是教养选举的方法并非先王之法，这难道不是舍弃了长久以来得到检验的有效方法，反而去学无用的空文吗？这真不是陛下昌隆之世教育人才的本意啊！应当命令州县，若有爱好学习、修持名节、孝悌谨顺、言行一致的人，当地的官员就将他们保举入州学，州里再严格考察，合格者进入太学。按照州的大小确定年数、人数的差异。在太学学习一年，经过严格考察合格者上报礼部，礼部再严格考察合格后登记姓名而上奏朝廷。自州学至礼部，都要考试，精通一种经书以上的，陛下是否亲自测试，则可由陛下自己定夺。如今既然已经端正了三省诸寺的职守，其都事、主事、掌故这些官职，官品从来不低，应当慎重其选，选用读书士人，以符合古制。如此选拔礼部荐举的学子，合格的或是成绩特别优秀的，按照等第依次试用，任满两三年，经过考核选拔为州、县的属官。若有卓越才华的学子，都要上报,不拘束于这些规定。以上这些就叫做特举。其考试不用糊名誊录的一般办法,这样就可以使精通一种以上经书的才子,可以灵活加以选拔。《周礼·地官·大司徒》说"以六德、六行、六艺这三类教育万民,待之以宾客之礼",其中就有礼、乐、射、御、书、数的教学内容。

假如臣的建议有可取之处,以上所说的对于教养选拔的建议,希望陛下降旨晓谕天下。得到或是错失人才的情况,应当明确赏罚来加以督促。陛下想要做的事,哪一个人敢不全力去办?陛下明察秋毫,哪一个人敢不认真考察?如此日积月累、天长日久,反而风俗不美化,人才不兴盛,职能不完善,政事不治理,这是从来也没听说的怪事了。原来就有的科举制度,因为应用日久,难以立刻废除,就让它照常实行。只是贡举当以特举为准,而选拔官员的顺序也应当以特举为优先。等到教化普畅、风俗美善之后,则将这些方法都废止。如果圣意以为可行,其具体条款规则的制定,希望诏示有关部门去斟酌探讨。听候圣意裁夺。

卷 二

上欧阳学士第二书

学士先生执事①：伏以执事好贤乐善，孜孜于道德，以辅时及物为事，方今海内未有伦比。其文章、智谋、材力之雄伟挺特，信韩文公以来一人而已②。某之获幸于左右，非有一日之素、宾客之谈，率然自进于门下，而执事不以众人待之。坐而与之言，未尝不以前古圣人之至德要道，可行于当今之世者，使巩薰蒸渐渍，忽不自知其益，而及于中庸之门户，受赐甚大，且感且喜。重念巩无似，见弃于有司，环视其中所有，颇识涯分，故报罢之初，释然不自动，岂好大哉？诚其材资召取之如此故也。

道中来，见行有操瓢囊、负任挽车、挈携老弱而东者，曰：某土之民，避旱暵饥馑与征赋徭役之事，将徙占他郡，觊得水浆藜糗，窃活旦暮。行且戚戚，惧不克如愿。昼则奔走在道，夜则无所容寄焉。若是者，所见殆不减百千人。因窃自感，幸生长四方无事时，与此民均被朝廷德泽涵养，而独不识袯襫锄耒辛苦之事，③旦暮有衣食之给。及一日有文移发召之警，则又承藉世德，不蒙矢石，备战守，驭车仆马，数千里馈饷。自少至于长，业乃以《诗》、《书》、文史，其蚤暮思念，皆道德之事，前世当今之得失，诚不能尽解，亦庶几识其一二远者大者焉。今虽群进于有司，与众人偕下，名字不列于荐书，不得比数于下士，以望主上之休光，而尚获收齿于大贤之门。道中来，又有鞍马仆使代其劳，以执事于道路。至则可力求箪食瓢饮，④以支旦暮之饥饿，比此民绰绰有余裕，是亦足以自慰矣。此事屑屑不足为长者言，然辱爱幸之深，不敢自外于门下，故复陈说，觊执事知巩居之何如。

所深念者，执事每曰："过吾门者百千人，独于得生为喜。"及行之日，又赠序引，不以规而以赏识其愚，又叹嗟其去。此巩得之于众人，尚宜感知己之深，恳恻不忘，况大贤长者，海内所师表，其言一出，四方以卜其人之轻重。某乃得是，是宜感戴欣幸，倍万于寻常可知也。然此实皆圣贤之志业，非自知其材能与力能当之者，不宜受此。此巩既夤缘幸知少之所学，有分寸合于圣贤之道，既而又敢不自力于进修哉！日夜克苦，不敢有愧于古人之道，是亦为报之心也。然恨资性短缺，学出己意，无有师法。觊南方之行李，时枉笔墨，特赐教诲，不惟增疏贱之光明，抑实得以刻心思、铭肌骨，而佩服矜式焉。想惟循诱之方，无所不至，曲借恩力，使终成人材，无所爱惜，穷陋之迹，故不敢望于众人，而独注心于大贤也。徒恨身奉甘旨，不得旦夕于几杖之侧，禀教诲，俟讲画，不胜驰恋怀仰之至。不宣。巩再拜。

[题解]

一般而言，人生最困难之时所得到的温暖是最为刻骨铭心以至没齿难忘的。这种"及时雨"曾巩一生有幸得到过两次。第一次就是这封书信中所提到的贫贱之时、落第之刻，欧阳修对他的无私关爱。第二次则是在《谢杜相公书》中谈到的杜衍对他及时的帮助。

庆历元年，曾巩首次来到京师进入太学，预备参加来年平生第一次科考。（有学者以为曾巩曾于景祐三年赴京科考，然景祐二年、三年均权停贡举。）这位二十三岁"贫且贱"的举子鼓足勇气，更要说服自己的倔犟，给刚刚官复原职回到京城的欧阳修写了封信以自荐，这就是文后所附《上欧阳学士第一书》。欧阳修虽年仅三十五,官不过馆阁校勘,然而五年前一封《与高司谏书》早已是名满天下,跻身"四贤"之列。曾巩也正是冲着他的为人、为学才肯"干浼清重"。与《上范资政书》相比,同样都是自荐书,但或许是年岁更为接近,或许是对其为人更为了解,这封给欧阳修的自荐信要诚恳实在得多。

欧阳修与之相见后对其极为欣赏,大力延誉,这让"寡与俗人合"的曾巩受宠若惊,偶偶独行中终于有了一盏明灯。加之第二年铩羽而归,欧阳修的提携奖誉之恩更是让他备感珍贵,于是我们看到,第一封书信虽不乏赞誉但多是客观平实之论,而第二封信中两人已有师生之谊,故全是出于私情的感激。由"徒恨身奉甘旨,不得旦夕于几杖之侧",可以看出曾巩的兴奋真是有点不知所以了。

茅坤看好此文"蕴思缀语,种种斟酌",其实这种"斟酌"远不如《上范资政书》费尽思量。再之,此文也不如第一封书信未曾相识而劳神费心。看他的感激可以选第二封信,但若看他的文笔则还是第一封写得更有风度。

[注释]

①学士先生执事:庆历四年八月欧阳修升为龙图阁直学士、河北转运按察使,"学士"即是指此。故而此文也当作于此年之后。执事原意为仆从,此处则为对对方的敬称,不敢直呼对方而称呼其仆从。②信韩文公以来一人而已:韩愈谥号为"文",所以又称为韩文公。③而独不识被襏(bó shì)锄耒辛苦之事:被襏,蓑衣之类的防雨衣,这里借指穷苦人所穿的寒衣破服。④至则可力求箪食瓢饮:箪食瓢饮,形容极简陋的饭食,出自《论语·雍也》中孔子对颜回的赞美:"子曰:'贤哉,回也!一箪食,一瓢饮,在陋巷,人不堪其忧,回也不改其乐。贤哉,回也!'"

[译文]

学士先生执事:私下以为执事好贤乐善,孜孜以求于道德,以辅助时政关爱万物为己任,于当今海内无与伦比。其文章、智谋、材力雄伟挺拔、特异卓越,的确是韩文公以来的第一人。我有幸受知于先生,之前与先生从没交往,冒冒失失地自荐于先生,而先生却对我刮目相看。与我促膝相谈中,以可融贯古今的古圣人的至德要道谆谆教导，使我在耳濡目染之中，不知不觉地臻于儒道的真谛，真是受益匪浅，既感动又欢喜。再想到我因才能有限而科考落第，自顾心中所学，也知道这是正常的结果，所以当初落第之时，并没有感到意外，我哪里是自高自傲而不屑于此？实在是自己的才能有限所致啊。

　　来京城的途中，看到有百姓带着锅碗瓢盆，拉着大车，扶老携幼向东而来，说：我是某地方的，为了躲避干旱造成的饥荒以及赋税苦役，将要逃到其他地方，希望能够得到一些吃的，苟活度日而已。边走边哭，担心希望破灭。白天奔走于道路，晚上连个睡觉的地方都没有。像这样的，我见到了不下千百人。由此我窃自感叹，有幸生长于天下太平无事的时候，我与这些百姓均得到朝廷的养育，而唯独自己却没有身披草衣手把犁锄辛苦度日，早晚都无衣食之忧。一旦国家有急征召兵丁，也能凭借祖上的阴德而免于冲锋陷阵，也不必为了战备，驾车赶马数千里运输粮草。从小到大，只以《诗》、《书》、文史为业，早晚所想的都是道德学术之事，前世与当今的得失这些大问题虽然只能一知半解，但也希望能学到一些大学问。如今虽然一同与举子参加考试，而同多数人一样都是名落孙山，不能金榜题名，无法与那些考上的人相提并论，由此不能位列朝堂侍奉君王，然而没有想到却有幸被大贤您收为学生。路上来的时候有仆人伺候，到了这里，虽只是一些粗茶淡饭，但早晚不会挨饿，比路上那些百姓绰绰有余，这也是够幸运的了。这些琐碎的事情不值得跟长者您说，然而承蒙您的厚爱，因此不敢不识好歹对您敬而远之，所以说了这些家常话，窃自希望先生能够了解曾巩平常的生活。

　　我深深不忘的是先生您常说："来拜我为师的有千百人，唯独得到了你让我最为欢喜。"等到我离开京城的时候，又写序文相赠，不因为我的落榜而另眼相看，反倒是很赏识我，并叹惜我的离去。

如此知遇之恩，即使得自一般人，尚且都要感激知己之恩，恳切不忘，何况您是如此的大贤人，海内众学子的师表，此言一出，天下都瞩目这一学子。而我得到了这一殊荣，真是感恩戴德，欣喜不已，这可是万倍于一般人所给予的知遇之恩啊。然而这些都是圣贤的希望，没有自知之明的人，不应当受此殊荣。我有此机缘知道从小所学还是有一些符合圣贤之道的，如此怎敢不继续努力学习呢！于是日夜刻苦读书，不敢有愧于古人之道，我也正可以此报答先生的知遇之恩。然而深恨资质不高，闭门造车没有师法。希望我去南方之后，能够不时得到先生的书信，以赐教诲，不仅使我增加一些识见，同时也使我得以刻骨铭心地记住先生的恩德。想来先生循循善诱，无微不至，希望借此以成就人才，故而倾尽全力。像我这样贫贱寡陋之人，自然是不敢指望于一般众人，故而唯有倾心于大贤您了。只是我遗憾的是要侍奉父母，不能够早晚伴随在先生左右禀承您的教诲，听候您的吩咐，不胜怀念仰慕之至。不再多说了。曾巩再拜。

附：上欧阳学士第一书

学士执事：夫世之所谓大贤者，何哉？以其明圣人之心于百世之上，明圣人之心于百世之下。其口讲之，身行之，以其余者又书存之，三者必相表里。其仁与义，磊磊然横天地，冠古今，不穷也；其闻与实，卓卓然轩士林，犹雷霆震而风飙驰，不浮也。则其谓之大贤，与穹壤等高大，与《诗》、《书》所称无间宜矣。

夫道之难全也，周公之政不可见，而仲尼生于干戈之间，无时无位，存帝王之法于天下，俾学者有所依归。仲尼既没，析辨诡词，骈驾塞路，观圣人之道者，宜莫如于孟、荀、扬、韩四君子之书也，舍是醨矣。退之既没，骤登其域，广开其辞，使圣人之道复明于世，亦难矣哉。近世学士，饰藻缋以夸诩，增刑法以趋向，析财利以拘曲者，则有闻矣。仁义礼乐之道，则为民之师表者，尚不识其所为，而况百姓之蚩蚩乎！圣人之道泯泯没没，其不绝若一发之系千钧也，耗矣哀哉！非命世大贤以仁义为己任者，畴能救而振之乎？

巩自成童，闻执事之名，及长得执事之文章，口诵而心记之。观其根极理要，拨正邪僻，掎挈当世，张皇大中，其深纯温厚，与孟子、韩吏部之书为相唱和，无半言片辞蹐驳于其间，真六经之羽翼，道义之师祖也。既有志于学，于时事，万亦识其一焉。则又闻执事之行事，不顾流俗之态，卓然以体道扶教为己务。往者推吐赤心，敷建大论，不与高明，独援摧缩，俾蹈正者有所禀法，怀疑者有所问执，义益坚而德益高，出乎外者合乎内，推于人者诚于己，信所谓能言之，能行之，既有德而且有言也。韩退之没，观圣人之道者，固在执事之门矣。天下学士有志于圣人者，莫不攘袂引领，愿受指教，听诲谕，宜矣。窃计将明圣人之心于百世之下者，亦不以语言退托而拒学者也。

巩性朴陋，无所能似，家世为儒，故不业他。自幼逮长，努力文字间，其心之所得庶不凡近，尝自谓于圣人之道有丝发之见焉。周游当世，常斐然有扶衰救缺之心，非徒嗜皮肤，随波流，搴枝叶而已也。惟其寡与俗人合也，于公卿之门未尝有姓名，亦无达者之车回顾其疏贱，抱道而无所与论，心常愤愤悱悱，恨不得发也。今者，乃敢因简墨布腹心于执事，苟得望执事之门而入，则圣人之堂奥室家，巩自知亦可以少分万一于其间也。执事将推仁义之道，横天地，冠古今，则宜取奇伟闳通之士，使趋理不避荣辱利害，以共争先王之教于衰灭之中。谓执事无意焉，则巩不信也。若巩者，亦粗可以为多士先矣，执事其亦受之而不拒乎？伏惟不以己长退人，察愚言而矜怜之，知巩非苟慕执事者，慕观圣人之道于执事者也，是其存心亦不凡近矣。若其以庸众待之，寻常拒之，则巩之望于世者愈狭，而执事之循诱亦未广矣。窃料有心于圣人者固不如是也。觊少垂意而图之，谨献杂文时务策两编，其传缮不谨，其简帙大小不均齐，巩贫故也，观其内而略其外可也。干浼清重，悚仄悚仄。不宣。巩再拜。

与抚州知州书

士有与一时之士相参错而居，其衣服食饮、语默止作之节无异也。及其心有所独得者，放之天地而有余，敛之秋毫之端而不遗。望之不见其前，蹑之不见其后。峛乎其高，浩乎其深，烨乎其光明。非四时而信，非风雨雷电霜雪而吹嘘泽润。声鸣严威，列之乎公卿彻官①而不为泰，无匹夫之势而不为不足。天下吾赖，万世吾师，而不为大；天下吾违，万世吾异，而不为贬也。其然也，岂翦翦然而为洁，婷婷然而为谅哉？②岂沾沾者所能动其意哉？其与一时之士相参错而居，岂惟衣服食饮、语默止作之节无异也？凡与人相追接、相恩爱之道，一而已矣。

若夫食于人之境，而出入于其里，进焉而见其邦之大人，亦人之所同也，安得而不同哉？不然，则立异矣。翦翦然而已矣，婷婷然而已矣，岂其所汲汲为哉？巩方慎此以自得也。于执事之至，而始也自疑于其进焉，既而释然。故具道其本末，而为进见之资，伏惟少赐省察。不宣。巩再拜。

[题解]

曾巩乃南丰人，十七岁时他父亲在信州玉山县丢了官归乡，他也随之一同返家。然而因家贫不能自立，就搬到了抚州临川投靠几个姑姑。此时恰逢新政，仁宗庆历四年三月十三日下诏规定："士须在学习业三百日乃听预秋赋。"

这也就给身在他乡多年的曾巩带来一个上学问题。因为他不是当地户口，也就是所谓的"寓籍"。宋朝也有高考移民现象，所以朝廷对"籍非本土，假户冒名"管得还挺严。这封请求拜谒抚州知州的信，就是为了解决这一寓籍问题而写的。此文英气逼人，看似与日后风格相差甚远，故而世人多以其少年血气方刚为解。曾巩初次与欧阳修相见，后者即以鸟中之"鹗"相誉，又说他"昆仑倾黄河"。曾巩早期诗文如《麻姑山送南城尉罗君》、《一鹗》也正可与此文相应。因欧阳修那句"渐敛收横澜"，人们多以为曾氏自师从欧公之后风格大异。实际上这种"鹗"鸟的英气始终灌注文中，只不过或外在或内敛而已。

稍后不久，曾巩又因同样的事情给州大人写了封信，即文后所附《上齐工部书》，风格与之迥别。似乎曾巩也是因人下菜，官大一级，文辞也退了许多火气。虽然《上范资政书》也有股劲，但远没这么冲。不管如何，两相比照，我们至少可以看到，遇欧公之前，他已是面目自具，欧公的提携，或许在精神上要更为有益吧。

[注释]

①彻官：即达官贵人。②岂翦翦然而为洁，婞婞然而为谅哉：翦翦，形容狭隘、浅薄。婞婞，形容倔强固执。

[译文]

当一士人与其他读书人错杂而居，他们的服装饮食、言语举止是没有差异的。然而他内心所独自领悟到的真谛，即使扩大到天地之间都还绰绰有余，即使缩小到秋天动物毫毛的尖上也不会掉下来。仰望他的学识看不到前后的边际，肖然高耸，浩然渊深，熠熠生辉。虽不是四季却如四季准时降临人间一般言行如一，虽不是风雨雷电霜雪，却能吹拂润泽。声威肃穆，即使跻身公卿高官之列也不为过，就算没有一点权势也不会被人轻视。天下都要以我为依赖，万世都要以我为导师，也不妄自尊大；天下都与我相悖，万世都与我相反，也不自我贬损。这难道是心地狭隘反而自以为高洁，固执己见反而自以为诚信吗？难道一时之喜就能改变其意志吗？当他与众人错杂而居，难道只是服装饮食、言语举止没有差异吗？另外凡是与人相互交往、相互恩爱的方式也都是一模一样的。

至于在他乡饮食生活，进而去拜见当地的官长，这是人之常情，又怎能与此相反？否则就是标新立异了，就真是心地狭隘、固执己见了，这难道是应该汲汲效仿的吗？多年所学使我能够尽量避免这些弊端而有所得。对于拜谒您这件事，起初我担心这是钻营进身之阶，不久也就消除了疑虑。因此向您详细陈述了事情的本末缘由，以此作为拜谒的礼物，恳望您能稍微体察一下。不再多说了。曾巩再拜。

附：上齐工部书

巩尝谓县比而听于州，州比而听于部使者。以大较言之，县之民以万家，州数倍于县，部使者之所治十倍于州，则部使者数十万家之命也，岂轻也哉？部使者之门，授天子之令者之焉，凡民之平曲直者之焉，辨利害者之焉。为吏者相与就而质其为吏之事也，为士者相与就而质其为士之事也。三省邻部之政相闻、书相移者，又未尝间焉，其亦烦矣。

执事为部使者于江西，巩也幸齿于执事之所部，其饰容而进谒也，敢质其为士之事也。

巩世家南丰，及大人谪官以还，无屋庐田园于南丰也。祖母年九十余，诸姑之归人者多在临川，故祖母乐居临川也，居临川者久矣。进学之制，凡入学者，不三百日则不得举于有司。而巩也与诸弟循侨居之，又欲学于临川，虽已疏于州而见许矣，然不得执事一言，转牒而明之，有司或有所疑，学者或有所缘以相嫉，私心未敢安也。来此者数日矣，欲请于门下，未敢进也。有同进章适来言曰:"进也。执事礼以俟士,明以伸法令之疑。适也寓籍于此,既往而受赐矣。"尚自思曰:巩材鄙而性野,其敢进也欤?又自解曰:执事之所以然,伸法令之疑也。伸法令之疑者,不为一人行,不为一人废,为天下公也,虽愚且野可进也。是以敢具书而布其心焉。伏惟不罪其以为烦而察之,赐之一言而进之,则幸甚幸甚。

上蔡学士①书

庆历四年五月日，南丰曾巩谨再拜上书谏院学士执事：

朝廷自更两府、谏官来，②言事者皆为天下贺得人而已。贺之诚当也，顾不贺则不可乎？③巩尝静思天下之事矣，以天子而行圣贤之道，不古圣贤然者否也。然而古今难之者，盖无异焉。邪人以不己利也则怨，庸人以己不及也则忌，怨且忌，则造饰以行其间。人主不寤其然，则贤者必疏而殆矣。故圣贤之道，往往而不行也，东汉之末是已。今主上至圣，虽有庸人、邪人，将不入其间。然今日两府、谏官之所陈，上已尽白而信邪？抑未然邪？其已尽白而信也，尚惧其造之未深，临事而差也。其未尽白而信也，则当屡进而陈之，待其尽白而信，造之深，临事而不差而后已也。成此美者，其不在于谏官乎？

古之制善矣。夫天子所尊而听者，宰相也。然接之有时，不得数且久矣。惟谏官随宰相入奏事，奏已，宰相退归中书，盖常然矣。至于谏官，出入言动相缀接，蚤暮相亲，未闻其当退也。如此，则事之得失，蚤思之，不待暮而以言可也；暮思之，不待越宿而以言可也。不谕，则极辨之可也。屡进而陈之，宜莫若此之详且实也，虽有邪人、庸人，不得而间焉。故曰：成此美者，其不在于谏官乎！

今谏官之见也有间矣。其不能朝夕上下议亦明矣。禁中之与居,女妇而已尔。舍是则寺人而已尔,庸人、邪人而已尔。其于冥冥之间,议论之际,岂不易行其间哉?如此,则巩见今日两府、谏官之危,而未见国家天下之安也。度执事亦已念之矣。苟念之,则在使谏官侍臣复其职而已,安有不得其职而在其位者欤?

噫!自汉降戾后世,士之盛未有若唐太宗也。自唐降戾后世,士之盛亦未有若今也。唐太宗有士之盛而能成治功,今有士之盛,能行其道,则前数百年之弊无不除也,否则后数百年之患,将又兴也,可不为深念乎!

巩生于远,厄于无衣食以事亲,今又将集于乡学④,当圣贤之时,不得抵京师而一言,故敢布于执事,并书所作通论杂文一编以献。伏惟执事,庄士也,不拒人之言者也,愿赐观览,以其意少施焉。

巩之友王安石者,文甚古,行称其文,虽已得科名,然居今知安石者尚少也。彼诚自重,不愿知于人。然如此人,古今不常有。如今时所急,虽无常人千万不害也,顾如安石,此不可失也。执事倘进于朝廷,其有补于天下。亦书其所为文一编进左右,庶知巩之非妄也。

[题解]

此封书信主要有主、从两个内容,一是谈论谏官之职守,二是推荐于安石,前者为主,后者附带而言。庆历新政时期,宰臣有范仲淹、富弼,为一时之选;而谏官王素、欧阳修、余靖、蔡襄也同样享誉一时,被时人赞为"四谏"。四人都以敢言著称,堪比凶猛的鸷鸟"鹘",故而时人号为"一棚鹘"。石介更写了《庆历圣德颂》为之大声鼓动。

此虽为上蔡学士书,但全篇多是详述谏官之职守,赞美谏官之优绩,谈到蔡襄的地方很少。而实际上通过这种叙述,于无言之中正对蔡襄起到了鞭策、督促、鼓励等诸多妙用。文中又通过古今对比显示出今日谏官的困难以至危险，而这一点正是当时朝政斗争的一个关键。当时虽然新政开始不久，但已到了矛盾即将全面爆发的时刻。这年刚开春，欧阳修即上《论臣僚不和劄子》，对此发出了警告。果然，四月七日，内侍蓝元震在其同党的唆使下上疏弹劾范仲淹、欧阳修等结为"朋党"，宋代政坛上轰轰烈烈的"朋党"之争由此开始了。欧阳修随即写下了那篇流传千古的佳作《朋党论》，针锋相对地提出了"君子真朋"、"小人伪朋"之别。六月，斗争白热化，范仲淹、富弼不得不引退自保。偏处一隅的曾巩恰于这个关键时期上言蔡襄，既是鼓励，更是督促他无所畏惧地投身到这场斗争之中，曾巩之用心可谓良苦。文章之用意正在于此。从中我们亦能感受到他敏锐的政治判断力，以及作为一介草民却时刻关心朝政的赤子之心。

[注释]

①蔡学士：指蔡襄（1012~1067），字君谟，兴化仙游（今属福建）人。仁宗天圣八年中进士甲科，英宗治平四年卒，年五十六，孝宗乾道中，赐谥忠惠。②朝廷自更两府、谏官来：两府，指中书省、枢密院。谏官指隶属门下省的监察机关谏院的官员。庆历三年四月八日，韩琦、范仲淹为枢密副使，八日夏竦被罢免，改为杜衍出任枢密使。二十七日，吕夷简被罢议军国大事。七月十一日，王举正被罢参知政事。八月十三日，范仲淹为参知政事，富弼为枢密副使。庆历三年四月十三日，蔡襄知谏院，加之前时已被任命的王素、欧阳修、余靖，两府、谏院人才济济，都是锐意改革的有识之士，为正人君子所乐道。③贺之诚当也，顾不贺则不可乎：清代校勘者多以此处文字有缺失，译文也只得直译。④今又将集于乡学：仁宗庆历四年三月十三日，诏令天下州县皆立学，推行新的科举法。规定读书人必须在学校学习满三百天，然后才能参加科考。

[译文]

庆历四年五月日，南丰曾巩谨再拜上书谏院学士先生：

朝廷自从更换了两府、谏官以来，人们纷纷称赞，都为选对了人才而相互祝贺。祝贺自然是应该的，但不祝贺就不可以吗？我曾静思天下之事，以为天子按照古代圣人所说去做事，那么他自然也就是古代的圣贤了。然而要做到这一点，从古到今都是很难的，这一点是没有什么不同的。邪人因为对自己不利而怨恨，庸人因为自己不如别人而忌恨。既怨又忌，他们就会弄虚作假、诋毁中伤。人主若不能洞察事实真相，那么贤人必然就会被疏远，那就危险了。所以圣贤之道，往往行不通，东汉之末就是如此。如今主上至为圣明，虽有庸人、邪人也不会被他们挑拨离间。然而今日两府、谏官所进言的，主上已经完全明白、确信无疑了吗？抑或是与此相反呢？如果主上已经完全明白、确信无疑，尚且还要担心他并没有深刻领会，以致处理事情时会有偏差。如果主上并没有完全明白、确信无疑，则当反复陈述，等到他完全明白、确信无疑，更有了深刻领会，处理事情时不会有偏差，这样才算可以。成全这一美事的难道不是谏官吗？

　　古代的制度真是完善啊！天子以之为尊并听信的是宰相，然而也是按时接见，不应当频繁接见，时间过久。只有谏官随宰相入朝奏事，奏毕，宰相退归中书，这是正常的制度规定。至于谏官，要将帝王的言行记录下来，故而早晚都伴随左右，没有听说他也要退归的。如此，事情的得失，若早上知道，不等到晚上就可以上奏；晚上知道，不等到第二天就可以上奏。若不明白，就反复申说。大臣们虽屡次进谏也不如谏官所说详细充分。虽有邪人、庸人，也无机可乘。所以说成全这一美事的，难道不是谏官吗？

　　如今谏官的进见受到了阻隔，不能随时谏言也是众所周知之事。在禁中与皇帝共同生活的，只是妇女而已。除此之外就是宦官而已，庸人、邪人而已。他们暗地里正可以挑拨离间。如此这种情况，我只看到两府、谏官的危险，而没有见到国家天下的太平。大概这一点先生您已经想到了。若果真想到了，就应当赶紧让谏官恢复原来的职守，怎可以不谋其职而徒有其位呢？

　　噫！自汉朝以来，人才的兴盛从没有像唐太宗时那样的。自唐朝以来，人才的兴盛从没有像今天这样的。唐太宗正因有如此众多的人才而能成就贞观之治。如今也有如此众多的人才，若能够像他那样，那么之前数百年的弊端将会全部铲除，否则后数百年的灾患将会肇始于今天了。想到这，怎能不好好考虑呢？

  我生于偏远之地，没有衣食侍奉亲人，如今又要入乡学。当此圣贤之时，不能到京师进言，所以写信给先生您，并献上一编我写的通论和杂文。自认为先生您是一个正人君子，不会拒绝别人的言论，所以希望您能抽空看一看，提一点宝贵的建议。

  我的朋友王安石，文章很有古风，行为与他的文章表里如一。虽已中第，然而现在了解安石的人很少。他很真诚自重，不愿被他人了解。像这样的人，确是古今少有的人才。今日局面如此迫在眉睫，虽少了千万普通人也没有什么关系，但像安石这样的优秀人才，是万不可失的。先生将他推荐给朝廷，他必将有益于天下。也将他所作一编文章进呈给先生您，希望您由此知道我所说并非虚假。

上欧蔡书

巩少读《唐书》及《贞观政要》,①见魏郑公、王珪之徒在太宗左右,②事之大小,无不议论谏诤,当时邪人、庸人相参者少,虽有如封伦、李义府辈,太宗又能识而疏之,故其言无不信听,卒能成贞观太平,刑置不以,居成、康上,未尝不反复欣慕,继以嗟惜,以谓三代、君臣,不知曾有如此周旋议论否?虽皋陶、禹、稷与唐、舜上下谋谟载于《书》者,亦未有若此委曲备具。颇意三代、唐、舜去今时远,其时虽有谋议如贞观间,或尚过之,而其史不尽存,故于今无所闻见,是不可知,所不敢臆定。繇汉以降至于陈、隋,复繇高宗以降至于五代,其史甚完,其君臣无如此谋议决也,故其治皆出贞观下,理势然尔。窃自恨不幸不生于其时,亲见其事,歌颂推说,以饱足其心。又恨不得升降进退于其间,与之往复议论也。自长以来,则好问当世事,所见闻士大夫不少,人人惟一以苟且畏慎阴拱默处为故,未尝有一人见当世事仅若毛发而肯以身任之,不为回避计惜者。况所系安危治乱有未可立睹,计谋有未可立效者,其谁肯奋然迎为之虑而己当之邪?则又谓所欣慕者已矣,数千百年间,不可复及。

昨者天子赫然独见于万世之表,既更两府,复引二公为谏官。见所条下及四方人所传道，知二公在上左右，为上论治乱得失，群臣忠邪，小大无所隐，不为锱铢计惜，以避怨忌毁骂谗构之患。窃又奋起，以谓从古以来，有言责者自任其事，未知有如此周详悃至，议论未知有如此之多者否？虽郑公、王珪又能过是耶？今事虽不合，亦足暴之万世，而使邪者惧，懦者有所树矣，况合乎否，未可必也。不知所谓数百千年已矣，不可复有者，今幸遇而见之，其心欢喜震动，不可比说。日夜庶几，虽有邪人、庸人如封、李者，上必斥而远之，惟二公之听，致今日之治，居贞观之上，令巩小者得歌颂推说，以饱足其心；大者得出于其间，吐片言片辞，以托名于千万世。是所望于古者不负，且令后世闻今之盛，疑唐、舜、三代不及远甚，与今之疑唐太宗时无异。

虽然，亦未尝不忧一日有于冥冥之中、议论之际而行谤者，使二公之道未尽用，故前以书献二公，先举是为言。已而果然，二公相次出，两府亦更改。③而怨忌毁骂谗构之患，一日俱发，翕翕万状。至于乘女子之隙，造非常之谤，④而欲加之天下之大贤，不顾四方人议论，不畏天地鬼神之临已，公然欺诬，骇天下之耳目，令人感愤痛切，废食与寝，不知所为。噫！二公之不幸，实疾首蹙额之民之不幸也！

虽然，君子之于道也，既得诸内，汲汲焉而务施之于外。汲汲焉务施之于外，在我者也；务施之外而有可有不可，在彼者也。在我者，姑肆力焉至于其极而后已也；在彼者，则不可必得吾志焉。然君子不以必得之难而废其肆力者，故孔子之所说而聘者七十国，而孟子亦区区于梁、齐、滕、邾之间。为孔子者，聘六十九国尚未已。而孟子亦之梁、之齐二大国，不可，则犹俯而与邾、滕之君谋。其去齐也，迟迟而后出昼，其言曰："王庶几改之，则必召予。如用予，则岂惟齐民安，天下之民举安。"观其心若是，岂以一不合而止哉？诚不若是，亦无以为孔孟。今二公固一不合者也，其心岂不曰"天子庶几召我而用之"，如孟子之所云乎？肆力焉于其所在我者，而任其所在彼者，不以必得之难而已，莫大于斯时矣。况今天子仁恕聪明，求治之心未尝息，天下一归，四方诸侯承号令奔走之不暇，二公之言，如朝得于上，则夕被于四海，夕得于上，则不越宿而被于四海，岂与聘七十国，游梁、齐、邾、滕之区区难艰比耶？姑有待而已矣。此非独巩之望，乃天下之望，而二公所宜自任者也。岂不谓然乎！

感愤之不已，谨成《忆昨诗》一篇，杂说三篇，粗道其意。后二篇并他事，因亦写寄。此皆人所厌闻，不宜为二公道，然欲启告觉悟天下之可告者，使明知二公志。次亦使邪者、庸者见之，知世有断然自守者，不从己于邪，则又庶几发于天子视听，有所开益。使二公之道行，则天下之嗷嗷者，举被其赐，是亦为天下计，不独于二公发也，则二公之道何如哉？尝窃思更贡举法，责之累日于学，使学者不待乎按天下之籍，而盛须土著以待举行，悖者不能籍以进，此历代之思虑所未及，善乎，莫与为善也。故诗中善学尤具，伏惟赐省察焉！

[题解]

曾巩庆历五年写这封书信的时候，新政引发的大地震已成一边倒之势，旧党开始秋后算账，不断对新党打击报复。庆历四年十月二十一日，蔡襄出知福州。五年正月，范仲淹、富弼被赶出了中央。五月十五日，余靖被贬到吉州。这期间，欧阳修倒没受到什么打击，他先是于四年八月升官做了河北都转运使，还有了龙图阁直学士的荣衔。第二年初春，又到正定做官去了。然而这看似的好运背后正酝酿着最为猛烈的打击，暴风雨就要来了。这年八月二十一日，谏官钱明逸、开封府知府杨日严大兴"张甥案"，用意之恶毒非常人所想。欧阳修也随即被贬滁州。此时，欧阳修的痛苦是可想而知的。曾巩恰于此时寄言相慰，虽是寄语二人，但更多的是为了安慰他的恩师欧阳修，这实不亚于雪中送炭。再联系《上欧阳学士第二书》中欧阳修对他的及时春雨，师生两人真可谓是情谊深重。

文章前半是盛赞其新政之善，后半是安慰仕途蹉跎，总而言之都是慰问之意。此慰问非小儿女嗫嚅之语，而是叙事至唐虞三代，说理至孔孟之道，行文舒展开朗，其相慰之情也显得透彻爽然。由于其用意真诚、真切，故而前半部虽多是高头大论，也不觉其空洞乏味。曾巩的文章尤其善于小题大做，这一大段敷陈，犹如盛夏中的一场大雨，浇得人透心的舒畅。

[注释]

①巩少读《唐书》及《贞观政要》：《唐书》有新、旧两种，新唐书修成于北宋嘉祐五年（1060），此年曾巩四十二岁，所以此处所读乃五代后晋张昭远、贾纬等人所修的《旧唐书》。《贞观政要》，唐吴兢编，记录唐太宗时君臣治政言论。②见魏郑公、王珪之徒在太宗左右：魏郑公，魏征字玄成，馆陶人（今属河南）。贞观七年，进封郑国公，故世称魏郑公。王珪，字叔玠，太原祁人（今属山西）。贞观二年，与房玄龄、魏征等同知国政。③二公相次出，两府亦更改：庆历四年六月二十二日，参知政事范仲淹离京宣抚河南、陕西。八月五日，枢密副使富弼离京宣抚河北。十四日，欧阳修被授予龙图阁直学士、河北都转运按察使。十月二十一日，蔡襄出知福州。庆历五年正月二十八日，范仲淹以"朋党"被罢参知政事，出知邠州，兼陕西四路缘边安抚使。富弼被罢枢密副使，出知郓州，兼京东西路安抚使。二十九日，杜衍被罢相，知兖州。④至于乘女子之隙，造非常之谤：指庆历五年八月二十一日，谏官钱明逸、开封府知府杨日严兴办的"张甥案"。先是欧阳修有妹嫁于张龟正，龟正卒而无子，唯有前任妻子所生一女。欧阳修妹遂携其归于娘家。后长大，欧阳修将之嫁于族兄之子欧阳晟。岂知此女嫁后与家奴通奸，事下开封府查办。知府杨日严前守益州时，欧阳修曾弹劾其贪赃枉法，加之旧党兴风作浪，于是借此弹劾欧阳修私通此女，欲谋其财。欧阳修也由此遭到打击，被罢龙图阁直学士、都转运使职，贬知滁州。此事自有公论，可参见《续资治通鉴长编》卷一百五十七、《吹剑录·续录》、《涑水纪闻》、《宋朝事实类苑》、《默记》。

[译文]

　　我从小就读《唐书》和《贞观政要》,看到魏郑公、王珪等人伴随太宗左右,事无大小无不讨论谏诤,当时的邪人、庸人参政的很少,即使有如封伦、李义府这样的,太宗也都能明察秋毫从而疏远他们,而对于魏征等人的言论言听计从,所以才能成就贞观太平,刑法废置不用,政绩居周成王、康王之上,我读后总是为之反复赞叹不已,继之又感叹上古夏、商、周三代君臣,不知曾有如此融洽的关系吗?虽如皋陶、大禹、后稷以及唐尧、虞舜君臣上下的言论记载于《尚书》之中,也没有如此周详完备的。又很是怀疑三代、唐尧、虞舜之时离现在时代遥远,那时即使有像贞观君臣这样融洽的议论,或者更有超过他们的,但传至今日,史书残缺,所以现在已经无法看到,不可知之事,也就不敢乱猜测了。由汉朝以来至于陈、隋,再由唐高宗以来至于五代,其中史书保存完好,他们君臣绝没有这样优秀的言论,所以其治政都不如贞观之时,这也是理所当然的。我曾私下自恨不能有幸生于贞观之时,不能躬逢盛世,亲自歌颂宣传,使自己得到极大的内心满足。更恨自己不能侧身其间,与他们反复探讨啊。自从长大以后,喜好议论国事,看到听到的士大夫也不少,但人人都是苟且畏缩、胆小怕事,不曾有一人勇于承担责任而不去为自己多作打算。更何况荣辱祸福、功过是非不能立刻看得清楚,计策谋划也不可能立刻奏效,这样又有谁愿意奋不顾身迎难而上呢?自己所仰慕的那些贤人都已逝去,数千百年间,再也看不到了。

　　前时,天子以千古少有的胸襟卓识,更换了两府官员,再任命二公为谏官,锐意进行改革。看见诏旨已下,四方传诵不已,知道二公伴随国君左右,为国君讨论治乱得失,由此群臣的忠邪,大小各种事情都无所隐藏,而自己却从不计个人得失,不避怨恨、猜忌、诋毁、谩骂、中伤等祸患。我因此感奋不已,以为从古以来,勇于承担责任的谏官，不知有没有像这样周密详细、诚恳细致的，也不知是否有这么多好建议的？即使是郑公、王珪恐怕又能超过吗？如今事情虽没能如愿以偿，但你们的言行足以昭示万世，从而使邪者胆战心惊，为儒者树立了榜样，何况事情能否成功还不一定呢。我没有想到，所谓数千百年之间再也没有出现过的盛事，如今我却幸运地见到了，心中的欢喜鼓舞，真是无法用语言来表达。我日夜希望虽然有像封伦、李义府这样的邪人、庸人，国君必定加以斥责而疏远他们，只听从像二公这样的贤人，使今日的国政居贞观之上，如此让我就小处而言可以歌颂宣扬，欢喜雀跃；就大处而言，可以与你们交往，抒发一己之见，借此以扬名于千万世。如此可以不辜负后来者对我们的期望，并且使后世听说今日的兴盛，而怀疑唐尧、虞舜、三代都远远不及，与今天怀疑唐尧、虞舜、三代赶不上唐太宗时是一样的。

虽说是如此，但又未尝不担忧奸邪之人暗地里乘机造谣诽谤，使二公的主张不能完全实施，所以前次写信给二公时，就专门谈到了这件事。不久果然如此，二公相继离开了中央，两府也改换了官员。同时怨恨、猜忌、诋毁、谩骂、中伤等祸患一起涌来，邪人、庸人丑态百出。更有甚者，利用一个女子的丑行竟然制造出弥天之谤，想以此迫害天下的大贤人，不顾四方人们的议论，不担心天地鬼神的惩罚，公然欺诈、陷害，这真是骇人听闻，令人感愤痛切，食寝俱废，不知如何是好。啊！二公的不幸，实在是为国事、群贤痛心疾首的百姓的不幸啊！

虽然如此，君子对于道的学习，既要内心深切领悟，同时也要汲汲以求运用于外在的实践之中。汲汲以求运用于外在的实践之中，这是我的主观方面的努力；而运用于外在的实践之中，有赞成的有不赞成的，这是别人的态度问题。主观方面的事情，我就应该拼命努力，竭尽所能而后已。别人的态度问题，则不可能一定顺从我的心愿。然而君子不以别人的态度左右自己的积极进取，所以孔子游说了七十个国家，而孟子亦奔波于梁、齐、滕、邾之间。作为孔子，游说了六十九个国家都没有罢休。而孟子跑到了梁、齐两个大国游说，行不通之后，又降低身份，为邾、滕两个小国的国君出谋划策。他离开齐国的时候，迟迟不愿离去，在昼滞留了三天，才依依不舍地离去，说："齐王有可能改变主意，那样的话他一定要召见我。如果用我，何止是齐国的百姓得到太平，天下的百姓也都可以得到太平。"看他是如此的心志，难道就会因为一次不合心意就停止吗？如果不是这样汲汲奔走的话，那也就不能称为孔、孟了。如今二公只是有一次不合自己心意的事情，心中难道不会认为"天子有可能召我而任用"，就如同孟子所说的那样吗？在主观上积极进取就可以了，不必在意别人的态度，不以别人的态度左右自己，实现这一切的关键时刻就在现在啊。更何况如今的天子仁慈、宽恕、聪明，谋求国家治理的决心并没有懈怠，天下已大一统，四方诸侯一听号令即奔走不暇，二公的言论，早上得以奏上，晚上就会传播于四海；晚上奏上，不到第二天就会传播于四海，岂能与游说七十国，奔走梁、齐、邾、滕这些艰辛劳苦相比？这事毕竟还是有希望的，暂且等待吧。这并非是我曾巩一个人的愿望，乃是天下人的愿望，二公应当肩负起这个重担。难道你们不认为应当这样吗？

  我为此事感愤不已，写成《忆昨诗》一篇，杂说三篇，略说此意。后两篇以及其他事情，一并写了寄给你们。这些都是别人不愿听的，似乎不适合说与二公，然而想要告诉、启发天下那些可以告诉的人，使他们明白二公的心志。其次，也使邪者、庸者看见了知道这世上还是有意志坚强、自守节操的高尚之士，不愿与他们同流合污。又希望传播于天下，对他们有所启示、教益。使二公的道德言行鼓励、温暖那些因邪者当道而饱受痛苦的人们，这是为天下人考虑，不仅仅是为了二公，如此二公之道也就可想而知了。我曾私下思考改革贡举法之事，要求在学校学习三百日，使读书人可以就近上学，品德不好的人不能由此参加科考，这是历代的贡举法都比不上的，真是太好了，没有比它更优秀的了。所以诗中对于贡举法尤其作了许多赞扬，恳请二公详查！

寄欧阳舍人书

巩顿首再拜舍人先生：^①去秋人还，蒙赐书及所撰先大父墓碑铭。^②反复观诵，感与惭并。

夫铭志之著于世，^③义近于史，而亦有与史异者。盖史之于善恶无所不书，而铭者，盖古之人有功德材行志义之美者，惧后世之不知，则必铭而见之。或纳于庙，或存于墓，一也。苟其人之恶，则于铭乎何有？此其所以与史异也。其辞之作，所以使死者无有所憾，生者得致其严。而善人喜于见传，则勇于自立；恶人无有所纪，则以愧而惧。至于通材达识，义烈节士，嘉言善状，皆见于篇，则足为后法警劝之道。非近乎史，其将安近？

及世之衰，为人之子孙者，一欲褒扬其亲而不本乎理。故虽恶人，皆务勒铭以夸后世。立言者既莫之拒而不为，又以其子孙之所请也，书其恶焉，则人情之所不得，于是乎铭始不实。后之作铭者，常观其人。苟托之非人，则书之非公与是，则不足以行世而传后。故千百年来，公卿大夫至于里巷之士，莫不有铭，而传者盖少。其故非他，托之非人，书之非公与是故也。

然则孰为其人而能尽公与是欤？非畜道德而能文章者无以为也。盖有道德者之于恶人，则不受而铭之，于众人则能辨焉。而人之行，有情善而迹非，有意奸而外淑，有善恶相悬而不可以实指，有实大于名，有名侈于实。犹之用人，非畜道德者恶能辨之不惑、议之不徇？不惑不徇，则公且是矣。而其辞之不工，则世犹不传。于是又在其文章兼胜焉。故曰非畜道德而能文章者无以为也。岂非然哉？

然畜道德而能文章者，虽或并世而有，亦或数十年或一二百年而有之。其传之难如此，其遇之难又如此。若先生之道德文章，固所谓数百年而有者也。先祖之言行卓卓，幸遇而得铭，其公与是，其传世行后无疑也。而世之学者，每观传记所书古人之事，至其所可感，则往往蠹然不知涕之流落也，况其子孙也哉？况巩也哉？其追睎祖德而思所以传之之繇，则知先生推一赐于巩而及其三世。其感与报，宜若何而图之？

抑又思若巩之浅薄滞拙，而先生进之；先祖之屯蹶否塞以死，而先生显之。则世之魁闳豪杰不世出之士，其谁不愿进于门？潜遁幽抑之士，其谁不有望于世？善谁不为？而恶谁不愧以惧？为人之父祖者，孰不欲教其子孙？为人之子孙者，孰不欲宠荣其父祖？此数美者，一归于先生。

既拜赐之辱，且敢进其所以然。所谕世族之次，④敢不承教而加详焉。幸甚，不宣。巩再拜。

[题解]

这是一篇广为世人赞许的酬谢书信，以至清初林云铭更将之评为"南丰集中第一"。其中最为人所称道的就是小题大做，此"大"又非是一般的肆笔敷陈，而总是导入正途，无有枝蔓。这似乎成了曾巩文章的专利，由此也成了曾文最为显著的标志。这一点将在后面所选的序、记文中得到更为自如的发挥。具体就本文而言，本是应酬之作，却写得富丽堂皇，反而倒像是有关碑铭的论说文了。这的确是要有一定的识见和阅读量才能做到的。同样是感谢，但他的感谢却显得格外深厚广博，既显示了自己的才识，更让受谢者从内心最深处感到是那样地舒服、滋润。由此也使极普通的感谢不生涩、平淡、无趣，而是如行云流水般顺理成章。

虽然众人交口称赞，其实这种行文方式也很简单。开篇总有一个大帽子，之后再顺势转入正文。曾巩的这一专利大多都是通过此类方式来体现。不过帽子如何安，势又如何顺，这确是非一般手眼可及。

因为他确是能想非一般人所想，故而行文中也能看到他的自负与自得，有时就难免"下笔不能自休"。这一方面是帽子太大，有点头重脚轻；另一方面骋辞之时难免不如汉赋会添油加醋。如此文对于铭文的要求是"公且是"，但全部安到欧阳修身上就有点过重。欧集中墓志铭多达数十篇，不免有鱼龙混杂处，如充斥其中的某某"郡君"、"县君"的墓志铭，多是泛泛应酬之作。就是写曾致尧的这篇铭文，与《宋史》、《东都事略》对照，也能看出一些微妙的差异。

[注释]

①巩顿首再拜舍人先生：南宋宁宗庆元二年，胡柯编撰了《庐陵欧阳文忠公年谱》，其中言："庆历八年闰正月乙卯，转起居舍人，依旧知制诰，徙知扬州。"之后，近人林逸《欧阳文忠公修年谱》、严杰《欧阳修年谱》、刘德清《欧阳修纪年录》等均沿其说。欧阳修曾为曾巩祖父曾致尧撰神道碑铭，说："庆历六年夏，其孙巩称其父命以来请，曰：'愿有述。'"而曾巩此封信开篇即言："去秋人还，蒙赐书及所撰先大父墓碑铭。"可知此文当作于庆历七年。然此时信中已称欧阳修为"舍人先生"，与胡柯所言时间不符。《宋史·欧阳修传》言："左迁知制诰、知滁州。居二年，徙扬州、颍州。"左迁滁州为庆历五年八月二十一日下诏，十月二十二日至郡。此时至八年已跨入第三年了，与"居二年"不合。故而起居舍人之任命当授于庆历七年。②蒙赐书及所撰先大父墓碑铭：曾巩祖父曾致尧（947~1012），字正臣，太平兴国八年进士及第，大中祥符五年卒，年六十六岁。"书"指《与曾巩论氏族书》，"墓碑铭"指《尚书户部郎中赠右谏议大夫曾公神道碑（一作墓志）铭》。③夫铭志之著于世：墓葬中的铭文一般分为地上的墓碑铭文和地下的墓志铭文，具体制度可参见赵超著《古代墓志通论》。④所谕世族之次：就是指《与曾巩论氏族书》。

[译文]

巩顿首再拜舍人先生：去年秋天，使者回来，承蒙带来您的这封信以及所撰写的先祖父墓碑铭文。反复诵读，感激与惭愧之情油然而生。

墓志铭著称于世，它的意义近似于史书，但又与史书有差异。史书对于善恶无所不书，而墓志铭的撰写是由于古人有美好的功德、才行、志义而担心后世不知，故而以铭文的方式昭示于后世。将之或者保存在庙中，或者埋藏于墓中，用意都是一样的。假如其为人有恶迹，那么铭文中又能记什么呢？这就是它与史书的区别。铭文之作，是为了使死者没有什么遗憾，生者也能通过它表达自己对死者的尊敬。于是善人就会因喜于立传而积极进取，恶人因没有什么可以铭记而羞愧畏惧。至于那些有广博才华、通达识见、坚贞节操的人，他们优秀的言论、卓越的事迹，都记载于铭文中，足以为后世的法则。铭文这种警戒、劝勉的方法，不近似于史书，又将近似于什么呢？

世道衰颓之后，子孙们只是一意要褒奖他们的亲人而不管是否合理。所以虽是恶人，也都力求能有个铭文以夸耀于后世。撰写者也是来者不拒，又因为是其子孙的请托，要是写上他的恶迹，那也是有悖人情的，于是铭文开始华而不实了。因此，后代若要求人撰写铭文，应当先考察一下他的为人。若托付的人不对，那么撰写的就不会公正真实，如此也就不能够广为传诵以至流芳百世。正是因为这种情况，所以千百年来，公卿大夫以至市井百姓，死后没有无铭文的，然而铭文能够流传后世的却很少。原因没有别的，就是托付的人不行，因此撰写的内容缺乏公正与真实。

然而怎样的人能够做到公正又真实呢？不是富有道德修养又善于写作的人是做不到这一点的。富有道德修养的人对于恶人就会拒绝为他撰写铭文，对于众多请托者，他就能辨别出善恶好坏来。而世人的言行，有的心善但做的事却不好，有的内心奸诈但外表友善，有的善恶相差悬殊但又没有什么实证，有的好事很多却没有什么名声，有的则又名不副实。这就犹如用人，不是富有道德修养的人又怎能不被迷惑，又怎能不囿于私情？不被迷惑，不囿于私情，那么就会自然做到公正、真实了。虽然如此，假若文辞不优秀，还是不能流传后世，于是又要兼有优秀的文才。所以说不是富有道德修养又能善于文章写作的人是无法写好一篇铭文的。实际情况难道不是像我所说的这样吗？

然而富有道德修养又善于文章写作的人，即使有，也是数十年或一二百年才会有的。铭文能够流传已是如此困难，而能幸逢优秀的作者又是这样困难。而就先生的道德文章而言，却恰恰就是所谓数百年才会有的优秀作者啊。先祖言行卓越，幸亏能遇上先生这样的人为他撰写铭文，其铭文的公正、真实，其铭文能否流传于后世都已是不言而喻的了。而当今的学者，每当看到传记所记载的古人的事迹，当读到可歌可泣之处，往往就会情不自禁地潸然泪下，更何况是他自己的子孙后代呢？又更何况是我曾巩呢？由此就会思祖上的恩德并希望流传后世，这些都是先生您惠及我们祖孙三代的。想到这里，我该怎样感激与报答您呢？

再想到像我这样浅薄笨拙之人，先生却多加错爱；先祖困顿坎坷而亡，而先生却能让他扬名后世。如此当今之世卓荦杰出罕有其匹的优秀人才，哪一个又不愿与您交往呢？被埋没压抑的人才，哪一个不看到了希望？谁不想行善？而哪一个不对恶行感到惭愧与畏惧？为人祖、为人父的人，又哪一个不希望如此教育他们的子孙？而为人子孙的人，又哪一个不想光宗耀祖？这些善事，都可归结于先生的言行教诲。

承蒙您撰写先祖的墓志铭，我十分冒昧地表述了我感激的缘由。您上次来信所说的世族顺序的问题，我怎能不按照您所说的而详加改正呢。非常有幸得到您的教诲，不再多说了。曾巩再拜。

上范资政书

资政给事①：夫学者之于道，非处其大要之难也。至其晦明消长、弛张用舍之际，而事之有委曲几微，欲其取之于心而无疑，发之于行而无择。推而通之，则万变而不穷；合而言之，则一致而已，是难也。难如是，故古之人有断其志，虽各合于义，极其分，以谓备圣人之道，则未可者。②自伊尹、伯夷、展禽之徒所不免如此。③而孔子之称其门人，曰德行、文学、政事、言语，④亦各殊科，彼其材于天下之选，可谓盛矣。然独至于颜氏之子，乃曰："用之则行，舍之则藏，唯我与尔有是夫。"是所谓难者久矣。故圣人之所教人者，至其晦明消长、弛张用舍之际，极大之为无穷，极小之为至隐，虽他经靡不同其意，然尤委曲其变于《易》，而重复显著其义于卦爻、彖、象、系辞之文，⑤欲人之自得诸心而惟所用之也。然有《易》以来，自孔子之时，以至于今，得此者颜氏而已尔，孟氏而已尔。二氏而下，孰为得之者欤？甚矣，其难也。

若巩之鄙，有志于学，常惧乎其明之不远，其力之不强，而事之有不得者。既自求之，又欲交天下之贤以辅而进，繇其磨砻灌溉以持其志、养其气者有矣。其临事而忘、其自反而馁者，岂得已哉？则又惧乎陷溺其心，以至于老而无所庶几也。尝间而论天下之士，豪杰不世出之材，数百年之间未有盛于斯时也。而造于道尤可谓宏且深，更天下之事尤可谓详且博者，未有过阁下也，故阁下尝履天下之任矣。事之有天下非之，君子非之，而阁下独曰是者；天下是之，君子是之，而阁下独曰非者。及其既也，君子皆自以为不及，天下亦曰范公之守是也。则阁下之于道何如哉？当其至于事之几微，而讲之以《易》之变化，其岂有未尽者邪？

夫贤乎天下者，天下之所慕也，况若巩者哉？故愿闻议论之详，而观所以应于万事者之无穷，庶几自癗以得其所难得者，此巩之心也。然阁下之位可谓贵矣，士之愿附者可谓众矣，使巩也不自别于其间，岂独非巩之志哉？亦阁下之所贱也。故巩不敢为之。不意阁下欲收之而教焉，而辱召之。巩虽自守，岂敢固于一邪？故进于门下，而因自叙其所愿与所志以献左右，伏惟赐省察焉。

[题解]

这篇文章读来很是艰涩，与曾巩惯有的行文风格有点相悖。表面上看犹如现在的食品包装，里三层外三层，等拆开一瞧，就俩粽子；而曾巩也似乎就是想巴结权贵又不好意思直说而已。其实，若结合这篇文章主客双方当时的处境来看，则又远非如此简单。

庆历三年八月，五十五岁的范仲淹自枢密副使、右谏议大夫升为参知政事，一场轰轰烈烈的庆历新政由此拉开了序幕。然而自古改革者似乎总难有好报，商鞅、吴起、屈原无不如此。当时对范仲淹也是骂声不断，不得已，庆历四年六月范仲淹只好上表请辞。第二年正月，被打发到边远的邠州。年轻人少有陈腐之气，往往是改革的有力支持者，曾巩自然不例外。我们可以看到，日后他的许多政见都与范仲淹的新政主张相通。在这封信中，曾巩即表达了他对于这位新政主持者范仲淹的慰问、同情与爱戴。

数年前的科考让曾巩铩羽而归，而好友王安石却是高中甲科，不过此次赴京之行也给他带来了梦寐以求的声誉。而如今蛰居乡间多年苦读，让他堕入自傲与沮丧的漩涡。写信的就是这样一个贫贱、耿介、自傲、失落却充满渴望的青年，当他面对德高望重的范资政时，就犹如打翻了杂酱铺，各种滋味都渗透在字里行间。故而他文章大论皇皇、高深莫测，以显示自己"有别于其间"；但高而无当、华而不实，又可看出他的气虚与勉强。这种高论也透出初次往来的生疏，之后所作《答范资政书》则远没有这种生硬的高论。

本来，以"纯儒"著称的曾巩最擅长说理，发言高远、以小见大是他谋篇布局的一贯特点，如日后所作《梁书目录序》、《南齐书目录序》等。然而将此文与之对比，立刻就能看到其年轻时的青涩。可见，高深的并不一定难读，难读的也不一定高深。

[注释]

①资政给事：资政是资政殿学士、资政殿大学士的简称，属于宋官制中的"职名"。学士始设于真宗景德二年四月二十六日，正三品，是优待离任的参知政事等执政官的一个荣誉衔。大学士始设于景德二年十二月七日，正三品，也是离任优待执政的荣衔，比学士地位更高。据《续资治通鉴长编》卷一百五十四、《隆平集》卷八《范仲淹传》、楼钥《范文正公年谱》记载，庆历五年正月乙酉，范仲淹自谏议大夫、参知政事改任资政殿学士知邠州兼陕西四路沿边安抚使。范仲淹一生未曾任过资政殿大学士，故此书当作于此年之后。这一年，范仲淹五十七岁，曾巩二十七岁。给事，即执事。②难如是，故古之人有断其志，虽各合于义，极其分，以谓备圣人之道，则未可者：此处似少了一些字句，故而译文也只能照字面直解。③自伊尹、伯夷、展禽之徒所不免如此：在《论语》中孔子对伊尹评价不错，认为其可比仁者。但史载他曾放逐国君太甲，《竹书纪年》更说他篡位，这就不符合儒家君臣之准则，故曾巩此处对其有微词。伯夷，孤竹国君的儿子。父死，与兄弟叔齐互相让位，两人都逃到周文王那里。后又劝阻周武王发兵讨伐商纣王。周统一天下，他们不吃周朝的粮食，饿死于首阳山。展禽，鲁国人，名展获，字禽，又叫展季、柳下惠。"柳下"可能是他住的地方。"惠"据《列女传》，是他妻子给他的私谥。《论语》中孔子多次称赞他们两人是"贤人"，同时也指出他们是"贤者避世，是"逸民"。对此孔子明确表示"我则异于是"，孔子是"知其不可为而为之"的社会改革者。故而两人的思想行为并不完全符合儒家标准。④而

孔子之称其门人，曰德行、文学、政事、言语：《论语·先进》："德行：颜渊、闵子骞、冉伯牛、仲弓。言语：宰我、子贡。政事：冉有、季路。文学：子游、子夏。"⑤而重复显著其义于卦爻、彖、象、系辞之文：《周易》六十四卦，每卦有卦辞，每卦六爻有爻辞，这些都是对卦、爻的解释。另有整体性的解释被称为《易传》，又称《十翼》，包括七类十篇文章：《文言》、《彖传》上下、《象传》上下、《系辞传》上下、《说卦传》、《序卦传》、《杂卦传》。

[译文]

资政大人：学者学习大道并非难在对于要领的掌握。更要在晦明消长、弛张用舍的矛盾变化中能够洞晓事物的来龙去脉、幽微深邃之理，由此心中没有疑惑，又能运用于实际行动之中。如果能够触类旁通，就能运用无穷；总而言之，能一以贯之，这是最难的。其难如此，所以古代的人有的意志坚定，合于道义，尽其本分，从而自认为已经具备了圣人之道，这是不妥当的。伊尹、伯夷、展禽等人不免如此，而孔子称其弟子分为德行、文学、政事、言语四类，也是各有专长，他们都是天下第一流的才子，真可以说人才济济啊。然而唯独对颜路的儿子颜回称赞道："如果用我，我就做；如果不用我，我就隐退。只有我与你两个人才能做到这样吧！"由此可知，这种困难由来已久了。所以，圣人教育学生，对于晦明消长、弛张用舍的这种矛盾变化，极大处可以推至无穷，极小处又可以深入幽微，虽然经书中多有论述，但《易经》对此论述得最为详细，充分显示在卦爻辞、《彖传》、《象传》、《系辞传》之中，希望人们能够用心领悟灵活运用。然而从《易经》产生以来，到孔子之时以至于今，能够领悟这一道理的只有颜回而已，孟子而已。二人之后，哪一个人又能领悟这一道理呢？真是太难了啊！

像我曾巩这样孤陋寡闻之人，虽然有志于学习，但常常担心认识能力不够，又学习不够勤奋，故而难免有挂一漏万之处。自己在学习过程中希望结交天下的贤人加以辅导使自己不断进步，在他们的培养锻炼之下使自己能够坚定志向，养成浩然之气。故而，我有时遇事不免有所不足，自省时又常气馁，这些难道是我心甘情愿的吗？同时我又担心志气消磨，以至于老而无成。我曾以为天下的英才、举世罕有的豪杰，数百年之间从没有像如今这样人才济济。也从没有人能够超过阁下对于大道的领悟如此广博而深远，所经历的事情又是如此丰富而全面。所以阁下曾肩负起天下的重任，为参知政事。有的事情天下人都认为是错的，官员们都认为是错的，而阁下却独独说它是对的；天下人都认为是对的，官员们都认为是对的，而阁下独独说它是错的。等到真相大白之时，官员们都认为不如您，天下人也都说您范公的观点是正确的。那么阁下对于大道的领悟又是怎样的呢？当面临复杂多变的事物时，能够灵活运用《易经》所述变化之道，如此怎能不穷尽其理？

最杰出的人才，天下人都仰慕，何况像我曾巩这样的人呢？所以希望能听听您的建议，向您请教如何应对事物的变化，以便有助于领悟大道最难理解的地方，这是我的心愿所在。然而阁下的职位如此高贵，想要依附的学士又如此众多，假使我不能有别于他们，这不仅不是我所愿意的，恐怕也是阁下所看不起的。所以我不敢这样做。没有想到的是，阁下竟然想要接见我而给予教诲，我虽然个性骨鲠，又怎敢再自视清高？所以写就此信上呈阁下，自述一己之愿望与志向，恳望阁下详察。

答范资政书

巩启：王寺丞①至，蒙赐手书及绢等。伏以阁下贤德之盛，而所施为在于天下。巩虽不熟于门，然于阁下之事，或可以知。

若巩之鄙，窃伏草茅，阁下于羁旅之中，一见而已。令巩有所自得者，尚未可以致阁下之知。况巩学不足以明先圣之意，识古今之变，材不足以任中人之事，行不足以无愧悔于心。而流落寄寓，无田畴屋庐匹夫之业，有奉养嫁送百事之役②，非可责思虑之精，诏道德之进也。是皆无以致阁下之知者。而拜别期年之间，相去数千里之远，不意阁下犹记其人，而不为年辈爵德之间，有以存之。此盖阁下乐得天下之英材，异于世俗之常见。而如巩者，亦不欲弃之，故以及此，幸甚幸甚。

夫古之人，以王公之势而下贫贱之士者，盖惟其常。而今之布衣之交，及其穷达毫发之殊，然相弃者有之。则士之愚且贱，无积素之义，而为当世有大贤德大名位君子先之以礼，是岂不于衰薄之中，为有激于天下哉！则其感服，固宜如何？

仰望门下，不任区区之至。

[题解]

庆历五年十一月，范仲淹由邠州改知邓州。任满，皇祐元年求知杭州。三年任满改知青州。四年正月徙知颍州，五月二十日至徐州卒。纵观其履历，杭州离曾巩所住临川、南丰等地最近，范仲淹当是于此任上托人寄去手书与绢帛。这位庆历新政的功臣当是有感于贬谪途中，那个后生却能寄言相慰，以述衷心爱戴之情，故而时隔一年之后馈赠物品以表谢意。而不久前的庆历六年，曾巩因病耽误了科考，第二年，父亲又病故，此时正疲于家事缠绕，功名渺茫之际。故而能得到这样一位年高爵贵者的馈赠、问候，真有喜从天降之感，也多少温暖了他困苦不堪的内心。因此，信中充满了对于范仲淹礼贤下士的感激。这虽是个人情感，但文中却总是能将小我之情引申到国家天下，这正是曾巩的特长，使得文章不至显得小家子气。在私人书信中，这一点尤为难能可贵。

[注释]

①王寺丞：宋代太常、宗正、光禄、卫尉、司农、太仆、大理、鸿胪、太府等九寺均设置丞，为长官的助手。②有奉养嫁送百事之役：庆历七年，巩父曾易占亡故。此年，曾巩二十九岁，小弟曾布十三岁，曾肇一岁，八妹德耀六岁，九妹德操四岁。这之后，家庭的重担确是落到了他和哥哥曾晔的肩上。可参见《学舍记》。

[译文]

巩启：王寺丞来到我这里，承蒙您通过他带给我亲笔书信以及绢帛等物品。私下以为阁下富有贤德，新政主张都是为了天下苍生。我虽与阁下不熟，然而阁下的事情，还是可以了解一二的。

像我这样鄙陋之人，蛰居乡间，阁下于羁旅途中与我只有一面之缘而已。我虽有所得，但尚不足以让您费神眷顾于我。更何况我所学还不足以明了先圣的心意、认识古今的变化，才能还不足以担当一般人能做的事情，行为还不足以无愧于自己的内心。而且流落于他处，暂得寄居，没有田地、房屋等一般人所拥有的产业，反倒有奉养老母、婚嫁弟妹这些诸多繁杂的事情，故而也无暇使自己的思想更为成熟、道德上更为精进有成。这些都是我没有资格让阁下费心眷顾的。与阁下拜别之后的一年时间内，与阁下相距数千里之遥，没想到阁下还记得我，而不囿于年辈、爵位的高低差异，有心对我多加慰问。这是阁下乐意培养天下的英才，而异于世俗人寻常的见识，以至像我这样的人也不愿弃之不顾，所以才这样做，这真是我的幸运啊！

　　在古代，王公贵族能礼贤下士的事情很是寻常。而如今有的布衣之交，等到两人地位有了一点差异，就不再理睬对方。故而像我这样愚笨、贫寒之士，与您并无多少交往，却被当今有大贤德大名位的君子先以礼相待，如此怎能不使天下人为之感奋，从而改变浇薄的世风。这种高尚品德的感染力是不可估量的。

　　仰望于先生，我心怀无限向往之情。

上杜相公书

庆历七年九月日，南丰曾巩再拜上书致政相公阁下①：巩闻夫宰相者，以己之材为天下用，则用天下而不足；以天下之材为天下用，则用天下而有余。古之称良宰相者无异焉，知此而已矣。

舜尝为宰相矣，称其功则曰"举八元八凯"，②称其德则曰"无为而治者，其舜也与"。③卒之为宰相者，无与舜为比也。则宰相之体，其亦可知也已。或曰：舜大圣人也。或曰：舜远矣，不可尚也。请言近。

近之可言者，莫若汉与唐。汉之相曰陈平，对文帝曰："陛下即问决狱，责廷尉；问钱谷，责治粟内史。"对周勃曰："且陛下问长安盗贼数，又可强对邪？"问平之所以为宰相者，则曰："使卿大夫各得任其职也。"观平之所自任者如此，而汉之治莫盛于平为相时，则其所守者可谓当矣。④

降而至于唐，唐之相曰房、杜。当房、杜之时，所与共事则长孙无忌、岑文本，主谏诤则魏郑公、王珪，振纲维则戴胄、刘洎，持宪法则张元素、孙伏伽，用兵征伐则李勣、李靖，长民守土则李大亮。其余为卿大夫，各任其事，则马周、温彦博、杜正伦、张行成、李纲、虞世南、褚遂良之徒，不可胜数。夫谏诤其君，与正纲维、持宪法、用兵征伐、长民守土，皆天下之大务也，而尽付之人，又与人共宰相之任，又有他卿大夫各任其事，则房、杜者何为者邪？考于其传，不过曰："闻人有善，若己有之"，"不以求备取人，不以己长格物，随能收叙，不隔卑贱"而已。⑤卒之称良宰相者，必先此二人。然则著于近者，宰相之体，其亦可知也已。

唐以降，天下未尝无宰相也。称良相者，不过有一二大节可道语而已。能以天下之材为天下用，真知宰相体者，其谁哉？

数岁之前，阁下为宰相。当是时，人主方急于致天下治，而当世之士，豪杰魁垒者，相继而进，杂遝于朝。虽然，邪者恶之，庸者忌之，亦甚矣。独阁下奋然自信，乐海内之善人用于世，争出其力，以唱而助之，惟恐失其所自立，使豪杰者皆若素由门下以出。于是与之佐人主，立州县学，为累日之格以励学者；课农桑，以损益之数为吏升黜之法；重名教，以矫衰弊之俗；变苟且，以起百官众职之坠。革任子之滥，明赏罚之信，一切欲整齐法度，以立天下之本，而庶几三代之事。虽然，纷而疑，且排其议者亦众矣。阁下复毅然坚金石之断，周旋上下，扶持树植，欲使其有成也。及不合矣，则引身而退，与之俱否。呜呼！能以天下之材为天下用，真知宰相体者，非阁下其谁哉！使充其所树立，功德可胜道哉！虽不充其志，岂愧于二帝、三代、汉唐之为宰相者哉！

若巩者，诚鄙且贱，然常从事于书，而得闻古圣贤之道，每观今贤杰之士角立并出，与三代、汉唐相侔，则未尝不叹其盛也。观阁下与之反复议而更张庶事之意，知后有圣人作，救万事之弊，不易此矣，则未尝不爱其明也。观其不合而散逐消藏，则未尝不恨其道之难行也。以叹其盛、爱其明、恨其道之难行之心，岂须臾忘其人哉！地之相去也千里，世之相后也千载，尚慕而欲见之，况同其时，过其门墙之下也欤？今也过阁下之门，又当阁下释衮冕而归，非干名蹈利者所趋走之日，故敢道其所以然，而并书杂文一编，以为进拜之资。蒙赐之一见焉，则其愿得矣。

噫！贤阁下之心，非系于见否也，而复汲汲如是者，盖其忻慕之志而已耳。伏惟幸察。不宣。巩再拜。

[题解]

此文与《上欧阳学士第一书》、《上范资政书》都是自荐干谒之作，说白了即是拉关系、走门路的求人信，这自然少不了许多套话、空话、奉承话。然而将这三封信对比一下可看出，它们又非一般的求人之作。对于年仅三十五岁的小官欧阳修，曾巩是出于真心之钦佩而由衷相求。另两位高官在为人上也都可谓年高德劭，尤其是一个败走麦城，一个赋闲林下，曾巩选择这样的人物、这样的时机拜谒，正是为了区别于"干名蹈利"之徒，要"自别于其间"。由此可知，人生世间虽不可免俗，但同俗也要讲究人格之尊严。

这三封信，开篇都有一个帽子罩着，不是大谈"圣人之道"，就是高论"学者之道"、"宰相之体"。这是因为都是初次交往，难免多有客套。但这个帽子又并非清一色，而是同中有异。《上范资政书》中的高论有故弄玄虚之疑，此信大论"宰相之体"又过于迂阔无当。相较而言，《上欧阳学士第一书》要亲近许多、真诚许多。其次是《上范资政书》，虽多有玄虚，但也少了许多不实之辞。最下者，非此信莫属。由庆历元年的《上欧阳学士第一书》，再到庆历五年至庆历六年间的《上范资政书》，再至七年的此信，多年困守乡间的蛰居生活，已近而立之年的曾巩似乎越发感到时间的紧迫，故而少了些矜持，多了些虚饰。这也是论者多有微词之处。然而，在不违背为人之准则的大前提之下，稍有变通也是人情之常吧。

[注释]

①致政相公阁下：指杜衍。杜衍（978~1057），字世昌，越州山阴（今浙江绍兴）人。真宗大中祥符初进士及第，庆历三年四月八日任枢密使，协

助范仲淹推动变法维新，庆历四年九月二十六日兼任宰相。变法失败后，庆历五年正月二十九日，被罢改知兖州。七年正月十三日，以太子少师致仕，居南京应天府（今河南商丘），时年七十。皇祐中封祁国公。嘉祐二年，卒于家，年八十，赠司徒兼侍中，谥正献。②称其功则曰"举八元八凯"：《左传·文公十八年》："昔高阳氏有才子八人：苍舒、隤敱、梼戭、大临、尨降、庭坚、仲容、叔达，齐、圣、广、渊、明、允、笃、诚，天下之民谓之'八恺'。"孔颖达疏："恺，和也，言其和于物也。""高辛氏有才子八人：伯奋、仲堪、叔献、季仲、伯虎、仲熊、叔豹、季狸，忠、肃、共、懿、宣、慈、惠、和，天下之民，谓之'八元'。"孔颖达疏："元，善也，言其善于事也。"③称其德则曰"无为而治者，其舜也与"：《论语·卫灵公》："无为而治者，其舜也与？夫何为哉？恭己正南面而已矣。"④陈平之事见《史记》卷五十六《陈丞相世家》。⑤引文见《旧唐书》卷六十六《房玄龄传》。

[译文]

庆历七年九月日，南丰曾巩再拜上书致政相公阁下：我听说，作为宰相仅以一己之才干而为天下所用，如此治理天下时就会显得力不从心；使天下的才子为天下所用，如此治理天下时就会显得绰绰有余。在古代被人称赞的贤相在这一点上并无异处，都是知道这个道理罢了。

舜为宰相的时候，人们称赞他的功绩就说他"推举了八个心地善良的人，八个心地宽和的人"，称赞他的品德则说"不纠缠于具体事物而天下得到治理，这样的人大概就是舜吧"。后来做宰相的人，都无法与舜相比啊！做宰相的精要也就由此可知了。有的人又说：舜是大圣人啊，我们没法相比。有的人又说：舜的时代太远了，实在是无法仿效。请让我说说较近的时代吧。

较近的时代值得可说的没有比得上汉朝和唐朝的了。汉代的贤相是陈平，一次他对文帝说："陛下问有关断案审判方面的问题，就去问廷尉吧；问钱粮方面的问题，就去问治粟内史吧。"对周勃又说："况且陛下要是问长安盗贼的数量，又怎么勉强应对呢？"文帝问陈平宰相的职责是什么，陈平则说："使卿大夫各尽其职。"看陈平说自己的职责即是如此，而汉朝的强盛没有超过陈平为相的时代，由此可见陈平的职守可以说是非常恰当的。

之后到了唐朝，唐代的贤相是房玄龄、杜如晦。当房、杜做宰相的时代，与他们共事的是长孙无忌、岑文本，做监察官的是魏郑公、王珪，端正朝纲的是戴胄、刘洎，执掌刑法的是张元素、孙伏伽，率兵征战的是李勣、李靖，养民守土的是李大亮。其余为卿大夫的各尽职守，如马周、温彦博、杜正伦、张行成、李纲、虞世南、褚遂良这样的人，不可胜数。主持监察谏诤其君，与端正朝纲、执掌刑法、率兵征战、养民守土，这些都是治理天下的重大事务，却都任命他人办理，又与他人共宰相之职，又有众卿大夫各任其事，那么房、杜又干什么呢？研究其传书，不过是"听说别人有善行，就像是自己有了"，"不对别人求全责备，不妒贤害能，不论贵贱，唯才是举"而已。后来人们说到贤相必定要先举这两人。这些都是离现在不远的事情，做宰相的精要也就应该知晓了。

唐朝以后，天下并不是没有宰相。被称做良相的，不过是一两个善行值得称赞而已。能够使天下的才子为天下所用的宰相才算是真正了解为相之道，而这样的人又是哪一个呢？

数年以前，阁下做过宰相。那个时候，国君正急于整治朝政。而当时主持朝政的大臣，真可谓豪杰卓越者相继而来，纷纷陈列于朝堂。虽然如此，邪人憎恨他们，庸人忌妒他们，局势也是相当严峻。此时，唯独阁下奋然自信，乐于接纳天下的正人君子任官授职，为其全力以赴，大声鼓动以助其声势，唯恐他们无法立足，就像这些豪杰早已与您交情深厚一样。于是与您一道辅佐人主，兴立州县学校，规定必须学习三百天才能参加科考，以此勉励督促读书人；鼓励农桑，以其成效作为官吏升黜的标准；注重儒道，以此矫正衰颓弊败的风俗；改变因袭苟且的为官作风，恢复各官职原有的职能。改革混乱的荫子制度，明确赏罚，这一切都是要整齐法度，以为天下之根本，希望能够成为夏、商、周那样的盛世。虽然人们议论纷纷多有疑惑，而且有很多人持不同意见，但是阁下毅然以截断金石般坚定的信念，周旋上下，扶持建设，希望使改革事业能够成功。等到事业不能成功，又引身而退，与众贤士同荣辱。啊！能够利用天下的才子为天下所用，真正明了做宰相真谛的非阁下莫属啊！假使能够任其充分发挥，功德真是不可限量啊！虽然志向没能完全实现，又何愧于唐尧、虞舜二帝，夏、商、周三代，以及汉朝、唐朝的贤相呢？

像我曾巩这样的人，实在是鄙陋而贫贱，然而也曾读过书，由此得以了解古代圣贤之道。每看到如今贤能杰出之士卓然并起，与三代、汉唐相等，由此不由得感叹人才之兴盛啊。再看阁下与众贤反复探讨改革国政，可以想见后代即使有圣人出现振救各种弊政，其成就也不过如此啊，由此未尝不喜爱阁下的贤明。看到改革事业没能成功，众贤士贬谪各地，又未尝不痛恨人间正道之难行啊。由于感叹人才之兴盛、喜爱阁下之贤明、痛恨正道之难行这样的心情，故而时刻都不能将阁下忘记。地方虽相距千里之远，时代相差有千载之遥，尚且仰慕而希望见一面，何况处于同一个时代，又正经过其所住之地呢？如今正巧路过阁下的住处，又正当阁下退休归家，因此此时也正非趋炎附势的时候，所以才敢进呈我希望一见的理由，并呈上我所作的一编杂文，以此作为进见的礼物。恳请能够抽空赐见一面，以了我的心愿。

噫！仰慕阁下的心情并非一定要表现在见不见面上，但我仍然如此汲汲以求，确是由于我诚心向往而已。恳请阁下详察。不再多说了，曾巩再拜。

谢杜相公书

伏念昔者，方巩之得祸罚于河滨①，去其家四千里之远。南向而望，迅河大淮，埭堰湖江，天下之险，为其阻厄。而以孤独之身，抱不测之疾，茕茕路隅，无攀缘之亲、一见之旧，以为之托。又无至行上之可以感人，利势下之可以动俗。惟先人之医药，与凡丧之所急，不知所以为赖，而旅榇之重大，惧无以归者。明公独于此时，闵闵勤勤，营救护视，亲屈车骑，临于河上。使其方先人之病，得一意于左右，而医药之有与谋。至其既孤，无外事之夺其哀，而毫发之私，无有不如其欲；莫大之丧，得以卒致而南。其为存全之恩，过越之义如此。

窃惟明公相天下之道，吟颂推说者穷万世，非如曲士汲汲一节之善。而位之极、年之高，天子不敢烦以政，岂乡间新学危苦之情、丛细之事，宜以彻于视听而蒙省察？然明公存先人之故，而所以尽于巩之德如此。盖明公虽不可起而寄天下之政，而爱育天下之人材，不忍一夫失其所之道，出于自然，推而行之，不以进退。而巩独幸遭明公于此时也。

在丧之日，不敢以世俗浅意越礼进谢。丧除，又惟大恩之不可名，空言之不足陈，徘徊迄今，一书之未进。顾其惭生于心，无须臾废也。伏惟明公终赐亮察。夫明公存天下之义而无有所私，则巩之所以报于明公者，亦惟天下之义而已。誓心则然，未敢谓能也。

[题解]

写《上杜相公书》时，大概曾巩不曾料到，客套之词却给他带来了莫大的恩泽。庆历七年秋冬之际，曾巩伴随父亲赴京，然行走至商丘，其父突然病故，而曾巩本人也是疾病缠身，这真是祸不单行。出门万事难，此时更是难上加难。隐退在家的杜衍虽与他相识不久，但及时给予了他一些帮助。这些帮助或许是举手之劳，然而就曾巩而言不亚于甘霖醇浆，感恩戴德之情溢于言表。文章虽无甚高义弘旨，但也言真意切，非应酬浮泛之作可比。文章最可陈说处，就在于如何解释丧后为何久未复信以谢，又将如何感谢。曾巩对此回答得颇为得体，文章本为狭小的私人感情，却能开拓出去，不为私情小意所限。也可以说是"言有尽而意无穷"了。姚鼐《古文辞类纂》中引刘大櫆言"温雅中有浑雄之气"，若说此话有一点道理，主要也是就此点而论吧。

文后所附《谢杜相公启》与书信内容相同，可参照着看。《启》所用的是与文不一样的骈体，也可看看这位古文大家的基本功。

[注释]

①方巩之得祸罚于河滨：庆历七年六月，曾巩的父亲曾易占赋闲十二年之后奉召进京，曾巩抱病陪侍北上。行走到汴河边的南京应天府（今河南商丘）时，其父病故。

[译文]

想到过去，正是我痛遭父丧于汴河之畔的时候，离家有四千里之远。向南面的故乡望去，湍急的汴河、浩瀚的淮水，江河湖泊纵横，天险阻遏了我的归程。我孤独一人，又染上不可预料的疾病，茕茕徘徊于路边，没有亲戚可以依靠，没有旧友可以救助，也没有卓越的品行可以感动他人，更没有钱财权势让人听候差遣。先父生病时所需的医药，以及病故后治理丧事所需的各项东西，都不知该如何是好，而棺材又是如此笨重，真是担心无法运送回去。明公却能独于此时殷勤体贴，多方营救慰问，并且屈尊亲临鄙处，使我在先父生病时能够尽心侍奉左右，求医问药也有人可以商量。等到先父亡故，又没有琐碎的杂事影响我为先父守孝尽哀，各项事情都能如我心愿，遭受如此重大的丧事，最终也能将棺椁运回家乡。明公体恤保全的恩情、无比高尚的仁义是如此让我感动。

  私下以为明公为相之时治理天下的恩德，被世人广为传颂宣扬可至万代，并非仅仅对我这样的一个普通士人的小恩小惠而已。明公位极人臣，年高德劭，天子都不敢以政事相烦，我这样的乡野晚辈又岂能以危苦之情、琐细之事向您申述而承蒙您劳神费力？然而明公同情我亡父之痛，而对我如此倾尽恩德。明公虽不能复出重掌朝政，然而爱护抚育天下的人才，哪怕是一个人都不忍心让他处境艰难，这是出于您自然仁慈的本心，并将其广惠天下，与您仕途的进退无关。而我曾巩恰巧有幸在此时此地遇到了明公。

  居丧之日，不敢违反丧制向您表达我浅薄的谢意。除丧之后，又以为大恩是无法形容的，空洞的言辞不足以表达我的谢意，所以徘徊至今，没有写过一封书信。想到这，我内心就无时不感到惭愧。因此，恳望明公体谅明察。明公心存天下的公义而没有私心，那么我能够报答明公的也只有天下的公义了。心里的誓愿就是如此，并不敢说能够做到，但我愿意努力进取。

附：谢杜相公启

  伏念巩志虽策砺，性实滞顽。行不足比古之人，材不足适时之用。居常龃龉，动辄困穷。往以孤生而蒙收接，又遭大故而被救存。非常之恩德所加，空知感激；无用之技能素定，曷有报偿。至于数千里之间，三四年之后，去冬之首，方能属思以为书；积日之勤，庶或因辞而见意。不谓使者至门之日，正值相君失子之初。远渎高明，已难期于省览；况逢哀恻，岂能必于荐闻。因此复忧恳恼之诚，无由自达视听之侧。虽推心之远大，宁责礼于贱微。然义未足以论酬，而言又不得以叙谢。其为私计，岂敢自皇？伏惟相公当世表仪、本朝柱石。许还私第，圣意虽优于大臣；召用安车，人心素望于元老。伏祈上为邦国，善保寝兴。

与杜相公书

巩启：巩多难而贫且贱，学与众违，而言行少合于世，公卿大臣之门，无可藉以进，而亦不敢辄有意于求闻。阁下致位于天子而归，始独得望舄履于门下。阁下以旧相之重，元老之尊，而猥自抑损①，加礼于草茅之中，孤茕之际。然去门下以来，九岁于此，初不敢为书以进，比至近岁，岁不过得以一书之问荐于左右，以伺侍御者之作止。又辄拜教之辱，是以滋不敢有意以干省察，以烦贶施，而自以得不韪之诛，顾未尝一日而忘拜赐也。

伏以阁下朴厚清明谠直之行，乐善好义远大之心，施于朝廷而博见于天下，锐于强力而不懈于耄期。当今内自京师，外至岩野，宿师硕士，杰立相望，必将愈精疲思，写之册书，磊磊明明，宣布万世，固非浅陋小生所能道说而有益毫发也。

巩年齿益长，血气益衰，疾病人事，不得以休，然用心于载籍之文，以求古人之绪言余旨，以自乐于环堵之内，而不乱于贫贱之中，虽不足希盛德之万一，亦庶几不负其意。非自以谓能也，怀区区之心于数千里，因尺书之好，而惟所以报大君子之谊，不知所以裁，而恐欲知其趋，故辄及之也。

春暄，不审尊用如何。伏惟以时善保尊重，不胜鄙劣之望。不宣。巩再拜。

[题解]

　　以上所选给杜衍的三封书信体现了曾巩三个阶段的不同心境。第一封是素昧平生的客套话,第二封是突获恩泽的感激,第三封是日久相识的常情。第一封正因素不相识,故而对于如何达其款曲而又不显阿谀颇费心思。第二封正因感恩戴德,故而真情不能自已。而此封书信,只是例行公事而已。由"岁不过得以一书之问荐于左右"来看,两人自从南京相助之后也没有多少亲密的交往。四十一岁的年龄差距,也难有共同的兴趣与爱好。这一点与他和欧阳修三番五次的书信往还相比,就显而易见了。南京援手相助,对于杜衍而言只是国家老臣赈危扶贫的诸多善举之一而已,原无多少深意。而滴水之恩必当涌泉以报,日后虽无多少交往,曾巩也当例有问存。故而此文实无多大意趣可加品味,茅坤以为"此子固所不可及处,在不失己上",也未免小题大做了。

[注释]

　　①而猥自抑损:猥,谦词,表示对对方的尊敬,意为因自己的某些行为而使对方受辱。

[译文]

　　巩启:我生活多磨难,既贫穷又卑贱,所学与众人不同,言行也与世多有不合。公卿大臣那里,没有什么关系可以借之加以引荐,也不敢刻意谋求声誉。阁下退休归来,我这才有机会拜见阁下。阁下曾端居宰相的高位,有当朝元老的尊贵,竟能屈尊俯就,对于身居客栈、茕茕孤独的我以礼相待。离开阁下以来,至今已经九年了,一开始我不敢给您写信。到最近几年,一年也不过写上一封信去问候一下您的起居情况,却又让您费心写信不断给予我教诲,由此越发不敢去讨扰您,给您增加麻烦,这是我罪不敢当的,但我不曾有一日忘掉您的恩情啊。

　　阁下有纯朴厚重、清明正直的言行,有乐善好义的远大心志,将之施于朝廷而广为传播于天下,积极进取而不因年老有所懈怠。当今内自京师,外至乡野山林,耆宿硕士引颈相望,必定是劳神费心地记载于史册,明明白白地昭示于万世,像我这样浅陋后辈的赞誉自然是不能增加阁下的荣光的。

　　我随着年龄的增长，血气也日益衰颓，疾病加之繁杂的生活琐事，没完没了。然而我仍然刻苦读书，追求古人的道德仁义，自乐于陋室，安心于贫贱之中，虽然不足以达到古人盛德的万分之一，但也希望能不辜负阁下的一片心意。并不是我认为自己有才能才这样做的，我在数千里之外怀着极为诚挚的心情，希望能够凭借短短的书信，表达我欲报答大君子深情厚意的心绪。不知该如何表达，只是担心阁下急于想知道我的近况，所以不加仔细推敲就赶紧写了这封信。

　　现在已是春暖花开了，不知道阁下您的近况如何。恳切希望您能随时保重身体，这当是我最大的愿望。不再一一细说了。曾巩再拜。

与王介甫第二书

巩顿首介甫足下:①比辱书,以谓时时小有案举,而谤议已纷然矣②。足下无怪其如此也。夫我之得行其志而有为于世,则必先之以教化,而待之以久,然后乃可以为治,此不易之道也。盖先之以教化,则人不知其所以然,而至于迁善而远罪,虽有不肖,不能违也。待之以久,则人之功罪善恶之实自见,虽有幽隐,不能掩也。故有渐磨陶冶之易,而无按致操切之难;有恺悌忠笃之纯,而无偏听摘抉之苛。己之用力也简,而人之从化也博。虽有不从而俟之以刑者,固少矣。古之人有行此者,人皆悦而恐不得归之。其政已熄而人皆思,而恨不得见之,而岂至于谤且怒哉?

今为吏于此,欲遵古人之治,守不易之道,先之以教化,而待之以久,诚有所不得为也。以吾之无所于归,而不得不有负冒于此,则姑汲汲乎于其厚者,徐徐乎于其薄者,其小庶几乎其可也。

顾反不然,不先之以教化,而遽欲责善于人;不待之以久,而遽欲人之功罪善恶之必见。故按致操切之法用,而怨忿违倍之情生;偏听摘抉之势行,而潜诉告讦之害集。己之用力也愈烦,而人之违己也愈甚。况今之士非有素厉之行,而为吏者又非素择之材也。③一日卒然除去，遂欲齐之以法，岂非左右者之误而不为无害也哉？则谤怒之来，诚有以召之。故曰足下无怪其如此也。

虽然，致此者岂有他哉？思之不审而已矣。顾吾之职而急于奉法，则志在于去恶，务于达人言而广视听，以谓为治者当如此。故事至于已察，曾不思夫志于去恶者，俟之之道已尽矣，④则为恶者不得不去也。务于达人言而广视听者，己之治乱得失，则吾将于此而观之，人之短长之私，则吾无所任意于此也。故曰思之不审而已矣。

足下于今最能取于人以为善，而比闻有相晓者，足下皆不受之，必其理未有以夺足下之见也。巩比懒作书，既离南康，⑤相见尚远，故因书及此，足下以为如何？不宣。巩顿首。

[题解]

作为世代姻亲、同乡故旧，曾巩与王安石虽差着一辈，但两人岁数相仿，年轻时关系非常密切。在曾巩现存早期著作中可以看到他不断向人赞许、推荐王安石这位"古今不常有"之才。文后所附庆历七年所作第一封信中，对王安石如饥似渴的思念之情跃然纸上。其更有《一昼千万思》言其相思之情："一昼千万思，一夜千万愁，昼思复夜愁，昼夜千万秋"，若不看下文，还真以为是对情人的焦思难耐。可让世人大跌眼镜的是，如此深情厚谊最后竟因思想、政见的不同而形同路人。这又一次让人看到情感在现实面前的脆弱。将第一、第二两封书信加以对比，可见前封信随意的"巩启"，此时已换成了恭敬而生硬的"巩顿首介甫足下"，裂痕已无可挽回地产生。信中曾巩明确主张"先之以教化"的儒家仁政思想，这也是他一生所坚持的准则。与此相反，他批评王安石"按致操切之法用"的法术之治。看似个人之间的思想矛盾，实际上正是数百年来后人对王安石为人、为政多加指责的地方。而由王安石《答王深父书》之二中，我们可以看到，此时的王安石处理政务时还是相当慎重的。一路数千里只惩处了五人，"小者罚金，大者才绌一官"。然而曾巩所论又并非无实，因为即使如此，王安石已是"自江东日得毁于流俗之士"。实际上由早年的庆历新政到后来的熙宁变法都是雷声大雨点小，举措并非多么激烈，却惹来了滔天巨浪。

世人往往为喧嚣所没,其实透过迷雾看过去,改革不过如此而已。后世的许多主张看似为新法摇旗呐喊,而实际上却是替浊浪多舀了一瓢水。

从曾巩两封书信的巨大落差,我们可以感受到他内心的痛苦;由《答王深父书》我们也能看到王安石无人会心的焦灼。然而孰是孰非,真如一套二十四史,不知该如何说起了。

[注释]

①巩顿首介甫足下:王安石(1021~1086)字介甫,号半山,抚州临川(今江西抚州)人。庆历二年进士甲科及第,嘉祐三年提点江南东路刑狱。熙宁二年参知政事,三年十二月拜礼部侍郎、同中书门下平章事,主持变法。元丰三年封荆国公。元祐元年四月卒,年六十六岁。绍圣间谥文公,政和三年进封舒王。②以谓时时小有案举,而谤议已纷然矣:南宋陆九渊《象山集》卷十九《荆国王文公祠堂记》载:"公为使时,舍人曾公复书切磋,有曰:'足下于今最能取于人以为善,而比闻有相晓者,足下皆不受之,必其理未有以夺足下之见也。'"此段即曾巩这封书信末尾的原文,故可知写此信时,王安石正出使。《续资治通鉴长编》卷一百八十七至一百八十八载王安石于嘉祐三年二月丙辰至十月甲子提点江南东路刑狱,治所在饶州鄱阳(今江西波阳),出使当即为此时之事。③而为吏者又非素择之材也:此指王安石越级大胆选拔人才,这在熙宁变法时期表现得尤为明显,也多受人诟病。这种作风早在此时就已显露,比如任命饶州小吏刘季孙为州学教授等,事见叶梦得《石林诗话》卷下、周辉《清波杂志》卷八。④故事至于已察,曾不思夫志于去恶者,俟之之道已尽矣:此段文字疑有缺失,译文只能照此直译。⑤既离南康:指江南东路南康军,治所在星子(今江西星子县)。曾巩于嘉祐二年进士及第,三年春出为太平州司法参军。太平州属江南东路,治所在芜湖(今安徽芜湖)。曾巩由家乡走到星子,准备顺江而下赴任,星子离鄱阳很近,故给在此任职的王安石写了这封信。

[译文]

巩顿首介甫足下:最近烦您寄来书信,说经常有案子要办理,各地流言蜚语已是漫天飞。足下对此无须见怪。我们若想要实现自己的志向而有所作为,就必须先对百姓进行教化工作,要持之以恒地长久坚持下去,如此之后才可以治理国家,这是自古不变的真理。先进行教化，人们就会于不知不觉中趋于向善远离邪恶，虽有一些不肖之徒，但也不能违背这一规律。持之以恒地长久坚持下去，人们功过善恶的实际情况自然就会暴露出来，虽有一些隐情，但也不能遮掩多久。所以在不断的教化熏陶之下，治理就会比较容易，而没有督察责罚以至事倍功半的结果；能使人培养出安和忠厚的纯真性情，而没有偏听挑剔的苛刻性格。自己用力少，而听从教化的人却很多。虽有不听从教化而以刑法加以惩处的，但这是非常少见的。古代若是这样治理国家的话，人们都心悦诚服地前来归附，人人争先唯恐不及。如今古道已无，人们不禁无限向往之，恨不能身临其境，又怎能诽谤而怨恨呢？

今天的官员想要遵循古人治国的方法，遵守这自古不变的真理，必先进行教化，并且持之以恒地长久坚持下去。这一方法实施到现在确是遇到一些困难，百姓无家可归，于是就不得不铤而走险。然而姑且试着努力从事于教化之道，而宽缓于督察责罚，或许还是可以治理好的。

可是反过来就不是这样了。不先进行教化，而急切地督促他人行善；不持之以恒地长久坚持下去，而急切地想要人们功过善恶全部暴露出来。所以督察责罚的方法一旦得到广泛使用，则怨恨、忿怒、违反、悖戾的事情就会发生；偏听挑剔的苛刻风气得到助长，则造谣诬告的祸害就会集中发生。自己用了很大的力气，可是事与愿违的情况却是越来越严重。更何况如今的士人并没有很好的修养，做官的又不是素有声望的人。一日之间突然就要革故维新，于是就要用法律强制执行，这难道不是周围办事官吏的失误而造成的危害吗？如此招致诽谤怨怒，也的确是有原因的。所以说足下对此无须见怪了。

虽然是如此，造成这种局面难道是其他什么原因吗？就是考虑不周全而已。想到自己的职责而急于奉法执行，其用意在于除恶扬善，务求听取不同意见而广开言路，认为治理国家就应该如此。由此每件事都严加苛察，务必铲除邪恶，不意之间各种严刑峻法都使用尽了，如此作恶的人就会不得不跑到别的地方。力求听取不同意见而广开言路，以为自己的工作成效，就可以通过反馈来的意见而体现出来。别人的短长优劣，我都不去考虑。所以说这就是考虑不周全的缘故而已。

足下如今最能听取别人意见，以此为善政，但最近听说有人规劝，而足下都不接纳，这一定是理由不够充分而不能让足下信服。我最近懒于写信，既然已经离开了南康，与你相见之日还远，所以就写了这封信，不知足下以为如何？不再多说了。曾巩顿首。

附：与王介甫第一书

巩启：近托彦弼、黄九各奉书，当致矣。巩至金陵后，自宣化渡江来滁上，见欧阳先生，住且二十日。今从泗上出，及舟船侍从以西。欧公悉见足下之文，爱叹诵写，不胜其勤。间以王回、王向文示之，亦以书来，言此人文字可惊，世所无有。盖古之学者有或气力不足动人，使如此文字不光耀于世，吾徒可耻也。其重之如此。又尝编《文林》者，悉时人之文佳者，此文与足下文多编入矣。至此论人事甚众，恨不与足下共讲评之，其恨无量，虽欧公亦然也。欧公甚欲一见足下，能作一来计否？胸中事万万，非面不可道。

巩此行至春，方应得至京师也。时乞寓书慰区区，疾病尚如黄九见时，未知竟何如也。心中有与足下论者，想虽未相见，足下之心潜有同者矣。欧公更欲足下少开廓其文，勿用造语及摸拟前人，请相度示及。欧云：孟韩文虽高，不必似之也，取其自然耳。余俟到京作书去。不宣。巩再拜。

与孙司封书

运使司封阁下①：窃闻侬智高未反时，②已夺邕邑地而有之，为吏者不能御，因不以告。皇祐三年，邕有白气起廷中，江水横溢，司户孔宗旦以为兵象③，策智高必反，以书告其将陈拱。④拱不听，宗旦言不已。拱怒，诋之曰："司户狂邪！"四年，智高出横山，略其寨人，因其仓库而大赈之。宗旦又告曰："事急矣，不可以不戒。"拱又不从。凡宗旦之于拱，以书告者七，以口告者多至不可数。度拱终不可得意，即载其家走桂州，曰："吾有官守不得去，吾亲毋为与死此。"既行之二日，智高果反，城中皆应之。宗旦犹力守南门，为书召邻兵，欲拒之。城亡，智高得宗旦喜，欲用之。宗旦怒曰："贼！汝今立死，吾岂可污邪！"骂不绝口。智高度终不可下，乃杀之。

当其初，使宗旦言不废，则邕之祸必不发。发而吾有以待之，则必无事。使独有此一善，固不可不旌，况其死节堂堂如是，而其事未白于天下。比见朝廷所宠赠南兵以来伏节死难之臣，宗旦乃独不与，此非所谓"曲突徙薪无恩泽，焦头烂额为上客"邪？⑤

使宗旦初无一言，但贼至而能死不去，固不可以无赏。盖先事以为备，全城而保民者，宜责之陈拱，非宗旦事也。今猥令与陈拱同戮，既遗其言，又负其节。为天下者，赏善而罚恶；为君子者，乐道人之善，乐成人之美。岂当如是邪？凡南方之事，卒至于破十余州，⑥覆军杀将，丧元元之命，竭山海之财者，非其变发于隐伏，而起于仓卒也。内外上下有职事者，初莫不知，或隐而不言，或忽而不备，苟且偷托，以至于不可御耳。有一人先能言者，又为世所侵蔽，令与罪人同罚，则天下之事，其谁复言耶！

闻宗旦非独以书告陈拱，当时为使者于广东西者，宗旦皆历告之。今彼既不能用，惧重为己累，必不肯复言宗旦尝告我也。为天下者，使万事已理，天下已安，犹须力开言者之路，以防未至之患。况天下之事，其可忧者甚众，而当世之患，莫大于人不能言与不肯言，而甚者或不敢言也。则宗旦之事，岂可不汲汲载之天下视听，显扬褒大其人，以惊动当世耶！

宗旦喜学《易》，所为注有可采者。家不能有书，而人或质问以《易》，则贯穿驰骋，至数十家，皆能言其意。事祖母尽心，贫几不能自存。好议论，喜功名。巩尝与之接，故颇知之。则其所立，亦非一时偶然发也。世多非其在京东时不能自重，至为世所指目，此固一眚。⑦今其所立，亦可赎矣。

巩初闻其死之事，未敢决然信也。前后得言者甚众，又得其弟自言，而闻祖袁州在广东亦为之言⑧，然后知其事，使虽有小差，要其大概不诬也。况陈拱以下皆覆其家，而宗旦独先以其亲遁，则其有先知之效可知也。以其性之喜事，则其有先言之效亦可知也。

以阁下好古力学，志乐天下之善，又方使南方，以赏罚善恶为职，故敢以告。其亦何惜须臾之听，尺纸之议，博问而极陈之。使其事白，固有补于天下，不独一时为宗旦发也。伏惟少留意焉。如有未合，愿赐还答。不宣。巩顿首。

[题解]

作为一介小吏，孔宗旦的义举可歌可泣；而作为一介草民，曾巩能以匹夫之责自任而仗义执言亦可谓大丈夫矣。尤其是此年他参加科考又是名落孙山，遭到乡人嘲讽嬉笑。其大哥曾晔竟由此病倒，而他却能于此时不顾一己之愁烦，愤然为友人上书伸冤，诚可谓古道热肠，这就更加令人感动了。由此我们也正可看到，后世浮光掠影于《墨池记》等篇章，往往以为他不过一敦厚仁者而已，甚或以为他"厚"得过了头而近于愚鲁。而细心感受此书，才能看到他刚毅骨鲠的真面。时人之所以将其誉为"纯儒"，究其原因，并非仅仅是由于他对儒道的深刻认识，更在于他刚毅的性格。正是源于这一性格，从而导致他对儒道始终刻苦追求、不离不弃。

也正由此性格，他敢于跨越数级，置冒犯君长于不顾，直接上书一路之最高长官。文中更由孔宗旦的遭遇而尖锐指出，宋代在以苟且退缩而换来的表面太平之下，整个官僚制度的腐朽与庸碌。就官僚制度而言，庸碌要比作恶更为可怕。人人苟且，只求自安；毫无血性，不知廉耻。为了维持这种昏沉沉的太平，他们更是肆意遏制打击清醒有为之士。从一个小小的孔宗旦，曾巩能想到天下国家，而他的文章中又常常是如此。我们可以看到，这往往并非是出于小题大做等文章技巧的考虑，而是出于他情不自禁的爱君忧国之忠心。和《上蔡学士书》一样，我们对此不应如八股先生一样点点画画，对于一篇有血性的文章，就应该为之热血沸腾。

[注释]

①运使司封阁下：运使，指路转运使或路转运副使，掌管一路财权，兼有监察一路官吏之职责。司封，为吏部司封司，有判司封司事、司封司郎中、员外郎等官职。此为其寄禄官，无实际职守，运使当是他的实际差遣。②窃闻侬智高未反时：侬智高，宋广源州（今属越南）蛮首领。庆历元年（1041）据傥犹州（今广西靖西东）建立大历国。后徙安德州（今靖西）建南天国。皇祐四年（1052）起兵反宋，攻陷邕州（今广西南宁），自称仁惠皇帝，改元启历（一作端懿）。沿邕江而下，攻陷横、贵、龚、浔、藤、梧、封、康、端等九州，直抵广州，受挫还军。五年，宋以狄青为宣抚使，与安抚使余靖、孙沔统兵三万余人，破之于邕州，俘获其母阿侬及其弟。他则遁入大理国，不知所终。③司户孔宗旦以为兵象：司户，为司户参军事的简称，为地方幕职官，掌管赋税、仓库等。中州司户参军正八品上，下州为从八品下。邕州属于下州，故而孔宗旦

只是一从八品下管仓库、赋税的小官,所以曾巩说:"盖先事以为备,全城而保民者,宜责之陈拱,非宗旦事也。"孔宗旦,生卒年不详,字公韩,兖州人。为京东转运使薛绅部吏时有恶迹,被朝廷贬逐至偏远之地邕州为司户参军事。被害后,皇祐五年六月甲午,因祖无择的上报,被赠为太子中允。《隆平集》、《东都事略》、《宋史》、《宋史质》均有传。④以书告其将陈拱:陈拱于皇祐末以诸司使知邕州。此时有旨,任内无边事可除阁门使,故无视侬智高造反之事,以致酿成大祸。城陷后竟无耻请降,终被杀戮,与孔宗旦之就义判若霄壤。所以曾巩说:"今猥令与陈拱同戮,既遗其言,又负其节。"事见魏泰《东轩笔录》卷十二、欧阳守道《巽斋文集》卷二十一。⑤此非所谓"曲突徙薪无恩泽,焦头烂额为上客"邪:引文见《艺文类聚》卷八十引汉桓谭《新论》:"淳于髡至邻家,见其灶突之直而积薪在傍,谓曰'此且有火',使为曲突而徙薪。邻家不听,后果焚其屋,邻家救火,乃灭。烹羊具酒谢救火者,不肯呼髡。智士讥之曰:'曲突徙薪无恩泽,焦头烂额为上客。'盖伤其贱本而贵末也。"⑥凡南方之事,卒至于破十余州:此夸大之辞,见第二条注。⑦世多非其在京东时不能自重,至为世所指目,此固一眚:《续资治通鉴长编》卷一百六十,仁宗庆历七年夏四月记载:"己酉,内出诏曰:'前京东转运使薛绅,任部吏孔宗旦、尚同、徐程、李思道等为耳目,侦取州县细过,以滋刑狱,陷害人命,时号"四瞪"……宗旦等四人,并与远小处差遣。"⑧而闻祖袁州在广东亦为之言:《续资治通鉴长编》卷一百七十四,仁宗皇祐五年六月记载:"甲午,赠邕州司户参军孔宗旦为太子中允,知袁州祖无择始以宗旦死事闻故也。"可知在皇祐五年六月之前,祖无择已出任袁州知州。而狄青打败侬智高在皇祐五年正月,故而曾巩的这封信也当作于五年的正月至六月之间。祖无择(1010~1085),字择之,蔡州(今河南上蔡)人。宝元元年进士及第,历任广南东路、荆湖北路提点刑狱,改广南东路转运使。后居洛阳,与司马光并称"九老"。元丰八年正月卒,年七十六岁。

[译文]

转运使司封阁下:私下里听说侬智高没有起兵造反的时候,已经夺取了邕州四周的县城,当官的打不过,也就不敢上报了。皇祐三年,邕州有一股白气从官厅中冲天而起,江水为之泛滥,司户参军孔宗旦认为这是兵象，算出侬智高必反，上书告诉知州陈拱。陈拱不听，宗旦反复进言。陈拱大怒，骂道："司户你是发狂了吧！"皇祐四年，侬智高出横山，抢掠山寨，夺其仓库而大肆分赏其部众。于是宗旦又紧急报告："事情已经十分危急了，不能不作戒备。"陈拱还是不予理睬，总计宗旦向陈拱所作的汇报，书面报告就有七份，口头报告更是数不胜数。考虑到陈拱终究是不会听从他的建议，于是宗旦就让其全家搬迁到桂州，说："我官职在身不能离开，但我的家眷却不能让他们与我一道白白死在这儿。"搬迁的第二天，侬智高果然就造反了，城中的叛民一起响应他。在这种恶劣的情况下，宗旦仍然拼力坚守南门，并写信搬请临近州县的援兵，想要坚持到底。州城陷落，侬智高抓住了宗旦，敬佩他的坚贞想要任用他。宗旦怒目骂道："反贼！你必将灭亡，我岂能与你同流合污！"骂不绝口。侬智高始终不能降服他，只好把他给杀害了。

当初，假使宗旦的进言不被弃之不顾，那么邕州的灾难也就不会发生。即使叛乱发生但是我们有所准备，也一定能够化险为夷。就凭这一项善举，就不能不加以表彰，更何况他誓死不屈，如此英勇，然而他的英雄事迹却没有昭示于天下。近来看到朝廷表彰邕州战乱以来大义赴死的臣子，宗旦却独独不在其列，这难道不是"建议改变烟囱方向、搬走柴火堆的人却没有犒劳，焦头烂额救火的人倒敬为上客"吗？

假使宗旦当初并没有上报警告，但是贼兵到来能够誓死守卫而不临阵脱逃，也不能不加以表彰。事先应当有所准备，保全城池与百姓应当是陈拱的职守，宗旦并没有这样的职责。如今却要屈辱地被认为是与叛徒陈拱一道被杀的，既与他的言论不符，也更加辜负了他的节操。管理天下的官员就应该赏善罚恶，作为君子就应该喜于称赞别人的善行，乐于成人之美，哪能这样办事呢？南方的战乱，一共陷落了十几个州，损兵折将，使百姓生灵涂炭，财产遭受了重大损失，这场变故并不是没有任何征兆突然发生的。朝廷内外大小官员，起初并非不知道，只是有的隐瞒不报，有的疏于防守，都是苟且偷安，以至于一发不可收拾。这其中有一个人预先发出了警告，可是又被世人掩盖，如今让他与罪人一道接受惩罚，如此天下之事以后谁还敢说呢？

听说宗旦并非仅仅向陈拱上书警告，当时在广南东、西路出使的官员宗旦都一一向他们作了汇报，但是他们都没有听从宗旦的建议。如今事件已经发生，都担心连累自己，因此必然不肯将宗旦已经预察之事上报朝廷。管理天下的官长，为了使各项事务得到治理，天下能够安定，尚且需要努力开拓进谏之路，以防患于未然，更何况天下的事情让人担忧的有很多，而当今最令人担心的就是人们不能直言进谏与不肯进谏，更有甚者有的还不敢进谏。由此可见，宗旦的事情又怎能不务求广为宣扬，表彰褒奖他的后人，以此来救治当今的不良风气呢！

宗旦喜欢钻研《周易》，所作的注有的很有价值。他家中贫困没有什么藏书，但是有人问他有关《周易》的问题时，他却能滔滔不绝地援引数十家的言论，都能说出他们的思想主旨。侍奉祖母能够尽心尽力，贫穷得以致都不能养活自己。喜欢谈论天下事，热衷于建功立业。我曾经与他有所接触，所以对他很是了解。从他平时的言行看，他的义举并非一时的偶然行为。世人多指责他在京东路时不能自重，以至于多加批评，这的确是他的一个小过失。如今他的行为，已经可以将功补过了。

我初次听到他的死讯时不敢立刻就相信。然而前前后后听到的言论非常多，又有他弟弟亲口对我说。后又听说祖大人在广东也为他上表请功，这才相信此事不假。即使小有出入，想其主要内容不会虚假。何况自陈拱以下官员们都是全家覆没，而唯独宗旦先让他的亲人逃走，由此可知他的确是有先见之明的。凭着他喜欢议论时事的性子，也可知他应当事先有所禀报。

  阁下仰慕古道勤奋学习，内心乐于宣扬天下人的善行，又正巧出使南方，以赏善罚恶为本职，所以我敢斗胆上告。您又何至于珍惜以简短的奏疏，广泛寻访而向上推荐这么一点时间呢？使宗旦的英勇事迹大白于天下，这自然是对天下有益，并不仅仅是为了宗旦一人而已。恳切希望您稍微留意于此。如果有什么地方还不清楚，希望您能来信告知。不再多说了。曾巩顿首。

福州上执政书

巩顿首再拜上书某官：窃以先王之迹去今远矣，其可概见者尚存于《诗》。《诗》存先王养士之法，所以抚循待遇之者，恩意可谓备矣。故其长育天下之材，使之成就，则如萝蒿之在大陵，无有不遂①。其宾而接之，出于恳诚，则如《鹿鸣》之相呼召，其声音非自外至也。②其燕之，则有饮食之具；乐之，则有琴瑟之音。将其厚意，则有币帛筐篚之赠；要其大旨，则未尝不在于得其欢心。其人材既众，列于庶位，则如《棫朴》之盛，得而薪之。③其以为使臣，则宠其往也，必以礼乐，使其光华皇皇于远近；劳其来也，则既知其功，又本其情而叙其勤。④其以为将率，则于其行也，既送遣之，又识薇蕨之始生，而恐其归时之晚；及其还也，既休息之，又追念其悄悄之忧，而及于仆夫之瘁。⑤当此之时，后妃之于内助，又知臣下之勤劳，其忧思之深，至于山脊、石砠、仆马之间；而志意之一，至于虽采卷耳，而心不在焉。⑥盖先王之世，待天下士，其勤且详如此。故称"周之士也贵"，又称"周之士也肆"，而《天保》亦称"君能下下，以成其政；臣能归美，以报其上"。其君臣上下相与之际如此，可谓至矣。

所谓必本其情而叙其勤者，在《四牡》之三章曰："王事靡盬，不遑将父。"四章曰："王事靡盬，不遑将母。"而其卒章则曰："岂不怀归？是用作歌，将母来谂。"释者以谓："谂，告也。君劳使臣，叙述其情，曰：女岂不诚思归乎？故作此诗之歌，以养父母之志，来告于君也。"既休息之，而又追叙其情如此。繇是观之，上之所以接下，未尝不恐失其养父母之心；下之所以事上，有养父母之心，未尝不以告也。其劳使臣之辞则然，而推至于戍役之人，亦劳之以"王事靡盬，忧我父母"，则先王之政，即人之心，莫大于此也。及其后世，或任使不均，或苦于征役，而不得养其父母，则有《北山》之感，《鸨羽》之嗟；或行役不已，而父母兄弟离散，则有《陟岵》之思。⑦诗人皆推其意，见于《国风》，所谓"发乎情，止乎礼义"者也。

伏惟吾君有出于数千载之大志，方兴先王之治，以上继三代。吾相于时，皆同德合谋，则所以待天下之士者，岂异于古？士之出于是时者，岂有不得尽其志邪？巩独何人，幸遇兹日。巩少之时，尚不敢饰其固陋之质，以干当世之用。今齿发日衰，聪明日耗，令其至愚，固不敢有徼进之心，况其少有知邪？转走五郡，盖十年矣。⑧未尝敢有半言片辞，求去邦域之任，而冀陪朝廷之仪。此巩之所以自处，窃计已在听察之日久矣。今辄以其区区之腹心，敢布于下执事者，诚以巩年六十，老母年八十有八，老母寓食京师，而巩守闽越，仲弟守南越。二越者，天下之远处也。于著令，有一人仕于此二邦者，同居之亲当远仕者，皆得不行。巩固不敢为不肖之身，求自比于是也。顾以道里之阻，既不可御老母而南，则非独省晨昏、承颜色，不得效其犬马之愚。至于书问往还，盖以万里，非累月逾时不通。此白首之母子，所以义不可以苟安，恩不可以苟止者也。

方去岁之春，有此邦之命，巩敢以情告于朝，而诏报不许。

属闽有盗贼之事，因不敢继请。及去秋到职，闽之余盗，或数十百为曹伍者，往往蚁聚于山谷。桀黠能动众为魁首者，又以十数，相望于州县。闽之室间莫能宁，而远近闻者，亦莫不疑且骇也。州之属邑，又有出于饥旱之后。巩于此时，又不敢以私计自陈。其于寇孽，属前日之屡败，士气既夺，而吏亦无可属者。其于经营，既不敢以轻动迫之，又不敢以少纵玩之。一则谕以招纳，一则戒以剪除。既而其悔悟者自相执拘以归，其不变者亦为士吏之所系获。其魁首则或縻而致之，或歼而去之。自冬至春，远近皆定。亭无桴鼓之警，里有室家之乐。士气始奋，而人和始洽。至于风雨时若，田出自倍。今野行海涉，不待朋俦。市粟四来，价减什七。此皆吾君吾相至仁元泽覆冒所及。故寇旱之余，曾未期岁，既安且富，至于如此。巩与斯民，与蒙其幸。方地数千里，既无一事，系官于此，又已弥年，则可以将母之心，告于吾君吾相，未有易于此时也。

伏惟推古之所以待士之详，思劳归之诗。本士大夫之情，而及于其亲，逮之以即乎人心之政。或还之阙下，或处以闲曹，或引之近畿，属以一郡，使得谐其就养之心，慰其高年之母。则仁治之行，岂独昏愚得蒙赐于今日，其流风余法，传之永久。后世之士，且将赖此。其无《北山》之怨，《鸨羽》之讥，《陟岵》之叹，盖行之甚易，而为德于士类者甚广。惟留意而图之。不宣。巩顿首。

[题解]

曾巩这篇奏书，赞许的人说他"本《风》、《雅》以陈情，温然蔼然"，"纡徐委备"，可谓是"非近代所及"。挑毛病的则以为这弯子绕得也忒大了。文章要说的事很简单，但在日常生活中却又相当棘手，这就是调动工作。早在一年前刚被委任到福州的时候，他就老大不愿意去，上了一份辞呈（见附一），但很快被驳回。他似乎还不死心，一直磨蹭到八月份才赴任，以致因延期而被惩处。他在辞呈中申述的理由是他与三弟曾布都被打发到南方而无法照料老母。曾巩的生母早在天圣四年三十五岁时就已亡故，此处所说的是他的继母朱氏，曾布、曾肇即由其所生。熙宁十年曾巩被任命到福州的时候，小弟曾肇正在京为官，故而母亲朱氏也正可由其照顾。可见这一理由并不充分，这或许也是辞呈没被批准的原因。曾巩不愿远任的主要原因当是福州实在是太荒远了，曾巩在《道山亭记》中所说"闽以险且远，故仕者常惮往"，恐怕正是他此时心境的写照。青壮年都难堪此任，年近六十的曾巩这一请求的确也是人之常情。然而为官办差，又怎能挑三拣四，故而此论只能以老母为请。这似乎成了官场托辞，元祐四年当蔡确被贬谪新州时也是以母老而不欲过岭。曾巩到任后例行上呈的公文《福州谢到任表》、《福州谢上》中顺带都要描述一下母子别离之凄苦。然而执政们已是看惯了这一腔调，故而此论毫不奏效。等了一年之后，曾巩蓄势再发。虽然还是只能以老母为请，但他吸取教训改变策略，不仅给执政，还给皇帝本人也上了一份奏章（见附二）。而从这两篇文章的长度对比中也能看出，执政应当是起到决定作用的。在这份给执政的奏书中，他确是下了一番惊人的功夫，几乎把《诗经》中体恤臣子、思念父母的诗作搜刮殆尽。这一大段文字想必执政们也没时间仔细推敲，但只要看一看它的长度，它的劳神费思，铁石心肠也要被其诚恳所打动。虽然奏书中附带的政绩几近于儿戏，但曾巩还是达到了目的，最终被召回京师。由此可见，仅就行文而言，文章确是冗长。然而这冗长，却真实地体现了曾巩极为迫切的心情，以及调动工作的艰巨。简有简的好，啰唆也有啰唆的妙处。中国人一旦涉及人事问题，往往特别善于复杂化。曾巩这篇文章也可算是这方面的一个佐证吧。

[注释]

①则如萝蒿之在大陵，无有不遂：《诗经·小雅·菁菁者莪》的小序说："乐育材也。君子能长育人材，则天下喜乐之矣。"诗曰："菁菁者莪，在彼中阿。"毛传说："莪，萝蒿也。中阿，阿中也，大陵曰阿。君子能长育人材，如阿之长莪菁菁然。"②其宾而接之，出于恳诚，则如《鹿鸣》之相呼召，其声音非自外至也：《诗经·小雅·鹿鸣》言："呦呦鹿鸣，食野之苹。我有嘉宾，鼓瑟吹笙。"毛传说："鹿得苹，呦呦然鸣而相呼，恳诚发乎中。以兴嘉乐宾客，当有恳诚相招呼以成礼也。"③其人材既众，列于庶位，则如《棫

朴》之盛，得而薪之：《诗经·大雅·棫朴》："芃芃棫朴，薪之槱之。"毛传说："山木茂盛，万民得而薪之。贤人众多，国家得用蕃兴。"④以上部分，参见《诗经·小雅》之《四牡》、《皇皇者华》。《皇皇者华》小序说："君遣使臣也。送之以礼乐，言远而有光华也。"《四牡》小序说："劳使臣之来也，有功而见知则说矣。"⑤以上部分，参见《诗经·小雅》之《采薇》、《出车》、《杕杜》。《采薇》小序说："《采薇》，遣戍役也。文王之时，西有昆夷之患，北有猃狁之难。以天子之命，命将率遣戍役，以守卫中国。故歌《采薇》以遣之，《出车》以劳还，《杕杜》以勤归也。"⑥以上部分，参见《诗经·国风·周南·卷耳》，其小序说："《卷耳》，后妃之志也，又当辅佐君子，求贤审官，知臣下之勤劳，内有进贤之志，而无险诐私谒之心，朝夕思念，至于忧勤也。"诗言："陟彼崔嵬"、"陟彼高冈"、"陟彼砠矣，我马瘏矣，我仆痡矣，云何吁矣！"就是文中所说"至于山脊、石砠、仆马之间"。诗言："采采卷耳，不盈顷筐。嗟我怀人，寘彼周行。"《正义》解释说："顷筐，易盈之器，而不能满者，由此人志有所念，忧思不在于此故也。"⑦《诗经·小雅·北山》小序言："《北山》，大夫刺幽王也。役使不均，己劳于从事，而不得养其父母焉。"《诗经·国风·唐风·鸨羽》小序言："《鸨羽》，刺时也。昭公之后，大乱五世，君子下从征役，不得养其父母，而作是诗也。"《诗经·国风·魏风·陟岵》小序言："《陟岵》，孝子行役，思念父母也。国迫而数侵削，役乎大国，父母兄弟离散，而作是诗也。"⑧转走五郡，盖十年矣：曾巩于熙宁二年春通判越州，后于熙宁四年六月知齐州，六年九月知襄州，八年冬知洪州，十年春知福州。共五郡，近十年。

[译文]

巩顿首再拜上书于某官：私下以为先王的事迹离今天已经很遥远了，现在大概能够看到的，都保存在《诗经》中。《诗经》中所保存的先王养育士人的方法，关怀体贴无微不至，恩义真是周全。故而培养天下英才，使他们有所成就，就如同《菁菁者莪》中所说的萝蒿在山陵中的成长，没有什么不顺心的。诚心诚意地将他们待若上宾，就如同《鹿鸣》中所说的鹿觅食时相互呼唤，是完全发自内心的。宴请他们，就准备上丰盛的菜肴；娱乐他们，就有优美的琴瑟之音。为了表示深厚的情谊，又赠给许多礼物。这一切举动的主旨就在于希望得到英才们的欢心。人才众多，使各尽其职，就如同《棫朴》诗中棫朴之茂盛，百姓可以有众多的薪材。派遣使臣时，一定要礼乐相送，使他荣耀显于四方；归来慰劳时，既论功行赏，又能体味臣子的心情而叙述他的辛劳。将帅出征，就亲自送行，又约定以采薇为归期，担心他晚归；等到他归来，既让他得到充分休息，还追念他在征途中的忧劳，甚至还想到他仆夫的劳苦。那个时代，后妃们贤于内助，体贴臣下的辛劳，其忧思是如此深远，以至于想到了臣下们奔波于崇山峻岭之间，连奴仆、马匹都疲惫不堪；她们的思虑是如此专一，以至于手中采着卷耳，而心思却已飞到了遥远的地方。先王的时代，关怀天下士人是如此殷勤、周详。所以扬雄《法言·五百篇》就说"周朝的士人最尊贵"，又说"周朝的士人最顺心"，而《诗经·小雅·天保》的小序也说："国君能够礼贤下士，治理好国政；臣子也能尊重他的君王，报答他的恩德。"君臣上下相互之间的关系是如此的融洽，可以说是做到极致了。

　　之所以说国君必定能体味臣子的心情而叙述他的辛劳，因为《四牡》第三章就说："君王安排的事情没完没了，没有闲暇养育父亲。"第四章又说："君王的事情没完没了，没有闲暇养育母亲。"最后一章则说："难道不想归家吗？因此作首歌曲，来表达对母亲的思念。"郑玄解释说："谂就是告诉的意思。国君慰劳使臣，体贴他的心情，说：你难道不想家吗？使臣就作了这首歌曲，将希望养育父母的心愿告诉国君。"既让他好好休息，又是如此体贴他的心情。由此来看，国君对待臣子，未尝不担心失察他们养育父母的心愿；臣子侍奉国君，若有养育父母的心愿，未尝不向上禀告。那慰劳使臣的诗句是如此，至于推及征戍之人，也说："君王安排的事情没完没了，不由得心里惦记起家中的父母。"可见先王的善政体贴人心没有比这更大的了。到了后世，或差遣劳逸不均，或苦于征战劳役而不得闲暇养育父母，于是就有了《北山》的感慨，《鸨羽》的嗟叹；或行役不已，父母兄弟离散，于是就有了《陟岵》的愁思。诗人们描述他们的心意将之抒写于《国风》之中，这就是《诗大序》所说的"抒发性情，但要符合礼义之道"吧。

　　我国君王有上承数千年的远大志向，正要振兴先王之治，以此上继夏、商、周三代。我国的宰相生逢其时，齐心协力辅佐君王，可见他们礼遇天下士人的方法又怎能与古人相异？士人生逢其时又怎能不竭尽其力？我曾巩又是怎样一个人，竟然能够有幸遇此盛世。我年轻的时候，尚且不敢沽名钓誉，谋求一己之私利。如今齿发日益衰颓，耳聋眼花，即使再愚蠢，也不敢有侥幸谋求自进的想法，更何况我年轻时即有自知之明。转任五郡，已经有十年了。未尝敢有半言片辞请求调离州郡去中央任职。这就是我行事的准则，私下以为在州郡之任已经很久了。如今我以发自肺腑之情敢向执事申述，这的确是因为我已六十岁了，老母年高八十八岁，现寓居于京师，而我却远守福州，三弟曾布又在广州。闽越、南越都是天下偏远之地。政府条例明文规定，有一人在此二邦任职，家中亲人若又被派到远方工作，则可以不去。像我曾巩这样的人自然是不敢去对照这一条例。但路途遥遥阻隔，故而不能把老母千里迢迢地接到南方来，由此不能早晚侍奉老母以尽人子之孝道。至于书信问候，因为路途太远，没有几个月是到不了的。这使得我们俱已白头的母子二人于母慈子孝的道义上不能安心，恩情的报答上也不应该就这样停止了。

　　去年春天，任命下来的时候，我就将我的这些隐情禀报朝廷，可是没得到准许。那时正巧福州发生盗贼作乱事件，因此也就不敢再次上奏。等到去年秋天到任时，这些残余的盗贼有的百十人纠集在一起，占山为王。最为狡黠能够聚众闹事的匪首有十几个，在各个州县遥相呼应。闽地的百姓不得安宁，远近听说之后又都担心害怕。州所属的邑县有的还遭了旱灾，出现了饥荒。我在此时更不敢为一己私利忙于向上陈述。当地对于匪患屡战屡败，军队丧失了士气，官员也没有堪当重任的。治理盗贼既不能轻举妄动引起更大的动乱，又不能纵虎为患。我一方面晓之以大义将其招纳，另一方面则严厉告诫斩草除根。不久悔改者相互捆绑着前来自首，顽固不化的也被官兵抓获归案。对匪首或是好言相劝使其归顺，或是将其歼灭殆尽。从去年冬季到今年春季，远近地区都得到了安定。地方上没有了击鼓警报之声，家家由此也都能够安居乐业，士气开始振奋，百姓也开始能够和睦相处。此时风调雨顺，收成成倍增长。如今在野外旅行或是跋山涉水，都不需要结伴而行。商贾云集，物价减了七成。这一切都是君王、宰相至仁至厚的恩泽抚育所致。所以匪祸、旱灾之后不到一年，百姓已是如此的安定富裕。我与本地的百姓都蒙受了这样的幸福。数千里之地既无一事，为官于此，又已满一年，如此就可以将孝顺父母的心意禀告于国君、宰相，这个时候是最恰当的了。

　　推想古代优待士人是如何的周详，就想到了《诗经》中慰劳归来的诗歌。这些诗都是本原于士大夫的内心，并推及到他们的亲人，由此而成就符合民心的治政。或回到京师，或就任一些闲散的官职，或在京都附近就任一郡，使得能够实现自己的一片孝心，照顾自己年迈的母亲。如此实行仁政，何止是昏愚如我得蒙赐恩泽，其流风余法必将传之久远，后世士人也将赖此得尽孝道。如此必无《北山》的愁怨，《鸨羽》的讥讽，《陟岵》的感叹，这件事办起来非常容易，对于士人所赐予的恩泽却非常广泛。希望执政能够留意体察。不再多说了。曾巩顿首。

附一：辞直龙图阁知福州状

右，臣准洪州送到敕牒一道，授臣直龙图阁、就差权知福州，交割本职公事与以次官员，发赴本任者。孤远之臣，幸蒙收擢。圣恩深厚，谊岂敢辞？伏念臣老母年高，近岁多病。臣弟布已移知广州，见赴本任。臣若更适闽越，则兄弟并就远官。犬马之志，不胜徬徨。伏望圣慈矜悯，特寝新命，与臣一便地差遣。所有敕牒，臣未敢祗受，已牒洪州，寄军资库收管。臣已交割本职公事与以次官员，不敢于旧任处久住，见迤逦前来，听候指挥。谨具状奏闻，伏候敕旨。

附二：福州奏乞在京主判闲慢曹局或近京一便郡状

右，臣辄露悃愊，仰干旒扆。臣母老多病，见居京师。臣任福州，臣弟布任广州，相去皆数千里。臣犬马之志，实不遑宁。臣昨移福州之日，曾乞哀怜，改授近地，寻奉圣旨不允，不敢再请。臣既到任，属所部之内，寇孽遗类往往尚聚山谷，居人未宁，远近疑骇，而州之属邑，又有出于旱饥之后。臣于此时，正当竭其驽钝，复不敢以私计自陈。自去冬及今春以来，上赖朝廷威德，蚁聚余寇，悉又殄除。田畴之间，连获登稔。今山海清谧，千里宴然，里闾相安，粟米丰羡。臣于所部，乃无一事可以自效。况臣到任，今年八月已及一年。远去庭闱，为日已久。晨昏之恋，谊难苟止。则臣可以乞恩，实在今日。伏见朝廷至仁，比来群臣之中，有欲便于养亲者，并蒙听许。况臣母子各已白头，兄弟二人皆任远地，今臣于官守，又无可以驱驰之事。伏望圣慈悯恻，以臣老母见在京师，与臣一在京主判闲慢曹局差遣，或就移近京一便郡，庶便亲养。臣虽糜殒，曷报圣恩？臣不任惶惧战汗激切屏营之至。

答王深父论扬雄书[①]

蒙疏示巩,谓扬雄处王莽之际[②],合于箕子之明夷。常夷甫以谓纣为继世,[③]箕子乃同姓之臣,事与雄不同。又谓《美新》之文,[④]恐箕子不为也。又谓雄非有求于莽,特于义命有所未尽。巩思之恐皆不然。

方纣之乱,微子、箕子、比干三子者,盖皆谏而不从,则相与谋,以谓去之可也,任其难可也,各以其所守自献于先生,不必同也。此见于《书》三子之志也。[⑤]三子之志,或去或任其难,乃人臣不易之大义,非同姓独然者也。于是微子去之,比干谏而死,箕子谏而不从,至辱于囚奴。夫任其难者,箕子之志也,其谏而不从,至辱于囚奴,盖尽其志矣,不如比干之死,所谓各以其所守自献于先王,不必同也。当其辱于囚奴而就之,乃所谓"明夷"[⑥]也。然而不去,非怀禄也;不死,非畏死也;辱于囚奴而就之,非无耻也。在我者,固彼之所不能易也。故曰"内难而能正其志",又曰"箕子之正,明不可息也"。[⑦]此箕子之事,见于《书》、《易》、《论语》[⑧],其说不同,而其终始可考者如此也。

雄遭王莽之际,有所不得去,又不必死,辱于仕莽而就之,固所谓"明夷"也。然雄之言著于书,行著于史者,可得而考。

不去非怀禄也，不死非畏死也，辱于仕莽而就之，非无耻也。在我者亦彼之所不能易也，故吾以谓与箕子合。吾之所谓与箕子合者如此，非谓合其事纣之初也。

至于《美新》之文，则非可已而不已者也。若可已而不已，则乡里自好者不为也，况若雄者乎？且较其轻重，辱于仕莽为重矣，雄不得而已，则于其轻者，其得已哉！⑨箕子者至辱于囚奴而就之，则于《美新》，安知其不为？⑩而为之亦岂有累哉？"不曰坚乎，磨而不磷；不曰白乎，涅而不淄。"⑪顾在我者如何耳。若此者，孔子所不能免。故"于南子，非所欲见也；于阳虎，非所欲敬也。见所不见，敬所不敬"，此《法言》所谓"诎身所以伸道"者也。⑫

然则非雄所以自见者欤？孟子有言曰："天下有道，小德役大德，小贤役大贤；天下无道，小役大，弱役强。二者皆天也，顺天者存，逆天者亡。"而孔子之见南子，亦曰："予所否者，天厌之！天厌之！"则雄于义命，岂有不尽哉？

又云：介甫以谓雄之仕，合于孔子"无不可"之义。⑬夷甫以谓"无不可"者，圣人微妙之处，神而不可知者也。雄德不逮圣人，强学力行，而于义命有所未尽，故于仕莽之际，不能无差。又谓以《美新》考之，则投阁之事，不可谓之无也。夫孔子所谓"无不可"者，则孟子所谓圣之时也。⑭而孟子历叙伯夷以降，终曰"乃所愿，则学孔子"。⑮雄亦为《太玄赋》，称夷、齐之徒，而亦曰："我异于是，执太玄兮。荡然肆志，不拘挛兮。"以二子之志，足以自知而任己者如此，则"无不可"者，非二子之所不可学也。在我者不及二子，则宜有可有不可，以学孔子之无可无不可，然后为善学孔子。此言有以瘉学者，然不得施于雄也。前世之传者，以谓伊尹以割烹要汤，孔子主痈疽、瘠环,孟子皆断以为非伊尹、孔子之事。⑯盖以理考之,知其不然也。观雄之所自立,故介甫以谓世传其投阁者妄,岂不亦犹孟子之意哉!

巩自度学每有所进,则于雄书每有所得。介甫亦以为然。则雄之言,不几于"测之而愈深、穷之而愈远"者乎?故于雄之事有所不通,必且求其意。况若雄处莽之际,考之于经而不缪,质之于圣人而无疑,固不待议论而后明者也。

为告夷甫,或以为未尽,愿更疏示。

[题解]

本文所涉及的扬雄优劣论实在是我国历史上的一个大问题,千百年来聚讼纷纭。其中大致可划分为两个阵列,一者叫好,一者耻笑。这麻烦似乎也是夫子本人惹出来的。一方面他"恬于势利",《法言》、《太玄》著述等身,可谓儒道之功臣;可另一方面又做了"莽大夫",写了《元后诔》、《剧秦美新》,儒家的忠孝思想在此又遇到了很大的挑战。最早桓谭、张子侯将其誉为"圣人",班固尊其为"扬子",都是源自于第一个方面。然而到了初唐,李善却唾之为"素餐所刺,何以加焉"。中唐时,风向又发生转变,韩愈则以为"雄者亦圣人之徒"。由此延至宋代,虽噪音不断,但叫好声渐盛渐隆。先是柳开对其大声高歌,再誉之为圣人,说得四库馆臣实在有点受不了,批他"持论殊谬"。之后,孙复、石介、孔道辅的赞美声如出一辙。连政见如同水火的王安石、司马光在这一点上也总算是英雄所见略同。至南宋,声势逆转,朱熹在《通鉴纲目》中给他烙上了"莽大夫"的印记,比他的前辈二程要严厉得多。从这简单的罗列可以发现,每当有振兴儒道的必要之时,扬雄的作用就体现了出来。不论是"道济天下之溺"的韩愈,还是要重振道统的柳开、石介等人,都是出于这样的目的。曾巩也正是如此。然而这些人总是要面对"莽大夫"的尴尬,于是就想尽各种点子替扬雄打扮,但往往是越抹越黑。这就在于上面所说的第二个方面是无论如何也绕不过去的坎儿。这对于心头挨了金人一刀的南宋人来说尤其不是滋味。然而在西汉时期人们的眼中,扬雄之举又是否能算作贰臣呢?在那个第一次由破落户当上皇帝的时代,在那个三统论、五行说、灾异观盛行天下的时期，有些事确实让后人瞠目结舌。昭帝元凤三年，眭弘以为应"求索贤人，禅以帝位"。这之后，宣帝神爵二年司隶校尉盖宽饶，成帝阳朔二年甘忠可、夏贺良等都相继推波助澜、鼓动其说。至延元年谷永更倡言："天下乃天下之天下，非一人之天下。"可见逢汉世之衰败，应有人取而代之，这对于当时人而言并非如后世那样值得大惊小怪。加之王莽之贤德明载于史册，尤其是在"诋訾圣人"、"破大道而惑众"之时，王莽却能大力复古，"制礼作乐，讲合《六经》之说"，这对于扬雄等儒者诱惑极大。故当时贤士对其赞许者有之，出仕新莽者有之。如桓谭以及众多古、今文博士比比皆是。如此，美新莽又何可怪哉？至于扬雄的跳楼也并非可笑，一介武夫李广尚且"终不能复对刀笔之吏"，更何况大儒扬雄。可见，世易时移，若不囿于后起之见而将此看破也可免了这许多纷争。赞美者虽拼力辩说，但恰是囿于贰臣之见去破除此见。这就犹如拿左手打右手，越打越疼，同样，这样的帮忙也是越忙越乱。曾巩一向以说理见长，八大家中另七家也不得不让其一头，然而这篇文章却是少有的出现了逻辑混乱、生拉硬扯的地方（见注⑨、⑩），由此引来后人的众多声讨，也正是掉进了这个陷阱的缘故。

[注释]

①王深父见《王深父文集序》注。②扬雄处王莽之际：扬雄（前53~18），一作"杨雄"，字子云。西汉辞赋家、思想家，蜀郡成都人。少好学，口吃而多思。王莽时，刘歆子刘棻作符命，王莽诛刘棻，刘棻曾师从扬雄学古文，雄怕祸及自身，遂从阁上自投而下，几乎死掉。雄曾作《剧秦美新》歌颂王莽的德政。又曾作《太玄》十九篇以仿效《周易》，作《法言》十三篇以仿效《论语》。年七十一岁卒。③常夷甫以谓纣为继世：常秩（1019~1077），字夷甫，颍州汝阴（今安徽阜阳）人。举进士不第，居家著书立说，以经术著称于世。仁宗、英宗、神宗屡召不仕。后王安石变法，他深表赞许，一召而起。历官正言、管勾国子监、直舍人院等。此处常秩对扬雄稍有微词，然常秩总体上还是肯定扬雄的。《续资治通鉴长编》卷二百五十八记载，熙宁七年十二月常秩曾上奏请求给孟子、扬雄加爵号，并立像于孔子庙。奏文见《历代名臣奏议》卷二百七十四。④又谓《美新》之文：指扬雄所作《剧秦美新》，载于《文选》卷四十八《符命》。李善言："王莽潜移龟鼎，子云进不能辟戟

丹墀，亢辞鲠议；退不能草玄虚室，颐性全真；而反露才以耽宠，诡情以怀禄，素餐所刺，何以加焉！抱朴方之仲尼，斯为过矣。"⑤方纣之乱，微子、箕子、比干三子者，盖皆谏而不从，则相与谋，以谓去之可也，任其难可也，各以其所守自献于先生，不必同也：此见于《书》三子之志也。微子，商纣王同母庶兄。箕子、比干，均是商纣王的叔父。《书》指《尚书·微子》，事亦见《史记》卷三《殷本纪》。⑥明夷：《周易》六十四卦之一，日入地中之象，韬光养晦之意。⑦故曰"内难而能正其志"，又曰"箕子之正，明不可息也"："内难而能正其志"，《明夷》的《象辞》，全文为："明入地中，'明夷'；内文明而外柔顺，以蒙大难，文王以之。'利艰贞'，晦其明也。内难而能正其志，箕子以之。""箕子之正，明不可息也"，《明夷》六五卦的《象辞》。⑧见于《书》、《易》、《论语》：指《尚书·微子》、《周易·明夷》、《论语·微子》。⑨此上这段话曾巩表述上逻辑混乱，以致语焉不详，实际其意为：出仕新莽王朝他已是不得已勉强而为的，那么有关于新莽的一切事都是他不愿做而勉强为之的，比如写《剧秦美新》。⑩箕子者至辱于囚奴而就之，则于《美新》，安知其不为：这是曾巩全文逻辑最为混乱也是争议最大的地方。箕子被囚恰恰是不屈的表现，怎会又做此委曲求全之事。何焯在《义门读书记》卷四十二中即指责他："欲出雄而不顾厚诬箕子，此所谓遁词也。"⑪"不曰坚乎，磨而不磷；不曰白乎，涅而不淄"：《论语·阳货》："佛肸召，子欲往。子路曰：'昔者由也闻诸夫子曰："亲于其身为不善者，君子不入也。"佛肸以中牟畔，子之往也，如之何？'子曰：'然，有是言也。不曰坚乎，磨而不磷；不曰白乎，涅而不缁。吾岂匏瓜也哉？焉能系而不食？'"⑫故"于南子，非所欲见也；于阳虎，非所欲敬也。见所不见，敬所不敬"，此《法言》所谓"诎身所以伸道"者也：引文见《法言·五百》。事见《论语》之《雍也》、《阳货》及《史记》卷四十七《孔子世家》。南子为卫灵公夫人，把持朝政而且名声不好。阳虎又叫阳货，鲁国权臣季氏的家臣，控制了季氏的权柄，炙手可热。孔子都曾被迫拜见这两人。⑬介甫以谓雄之仕，合于孔子"无不可"之义：王安石此意见《答龚深父书》。孔子所言见《论语·微子》："逸民：伯夷、叔齐、虞仲、夷逸、朱张、柳下惠、少连。子曰：'不降其志，不辱其身，伯夷、叔齐与！'谓'柳下惠、少连降志辱身矣，言中伦，行中虑，其斯而已矣'。谓'虞仲、夷逸隐居放言，身中清，废中权。我则异于是，无可无不可'。"⑭夫孔子所谓"无不可"者，则孟子所谓圣之时也：《孟子·万章章句下》："孟子曰：'伯夷，圣之清者也；伊尹，圣之任者也；柳下惠，圣之和者也；孔子，圣之时者也。孔子之谓集大成。'"⑮而孟子历叙伯夷以降，终曰"乃所愿，则学孔子"：《孟子·公孙丑章句上》："（公孙丑）曰：'伯夷、伊尹何如？'（孟子）曰：'不同道。非其君不事，非其民不使；治则进，乱则退，伯夷也。何事非君，何使非民；治亦进，乱亦进，伊尹也。可以仕则仕，可以止则止，可以久则久，可以速则速，孔子也。皆古圣人也，吾未能有行焉；乃所愿，则学孔子也。'"⑯前世之传者，以谓伊尹以割烹要汤，孔子主痈疽、瘠环，孟子皆断以为非伊尹、孔子之事：此段文意见《孟子》卷九《万章章句上》。孟子认为这些是好事者所为。对于伊尹之事，《史记》卷三《殷本纪》作为一种说法加以采录。对于孔子之事，《史记》卷四十七《孔子世家》则明确予以否定，以为孔子两次到卫国，先住在颜浊邹家，后住在蘧伯玉家。

[译文]

承蒙您写信给我，信中说扬雄立身王莽当权之时，其行为符合箕子韬光养晦的思想。常夷甫则以为纣合法继承王位，箕子是商纣王的同姓臣子，所以事情与扬雄为王莽之臣不同。又说扬雄所作的《剧秦美新》，恐怕箕子是不会作的。又说扬雄并非有求于王莽，只是于义理、天命都有未尽之处，所以才如此。我想了一下，认为恐怕并非是这样的。

当商纣天下大乱的时候，有微子、箕子、比干三位贤者，他们屡次向商纣王进谏而无效，于是就相互商量，认为离开商纣王是可以的，坚持在这里忍受灾难也是可以的，各自以其所坚守的志向报效君王，不必相同。这见于《尚书·微子》所记载的三人各言其志。这三位贤者，或离开商纣王，或坚持下来忍受灾难，都是臣子应尽的大义，并非与王同姓才是这样。于是微子离开了商朝，比干因竭力进谏而死，箕子也竭力进谏可是纣王不听，以致将他下狱变成囚徒。忍受灾难是箕子的志向，他竭力进谏而纣王不听，以致将他下狱变成囚徒，这就实现了他的志向，虽不如比干之死，但也是各自以其所坚守的志向报效君王了，所以不必相同。当他忍受耻辱成为囚徒的时候，就是《明夷》卦所说的韬光养晦呀。由此可见，不离开商朝，并不是贪慕俸禄；不力谏而死，并不是贪生怕死；忍受耻辱成为囚徒，并不是没有廉耻之心。内心所固守的，是任何人都不能改变的。所以《明夷·象辞》就说："尽管为自己的亲人所迫害，但是能够坚守自己纯正的心志"，又说"箕子坚守自己纯正的心志，表明内心的光明是不会熄灭的"。这就是箕子的事迹，见于《尚书·微子》、《周易·明夷》、《论语·微子》，虽然三者记载不尽相同，但他的行事可考证的就是如此。

扬雄遭遇王莽当权的时候，他不能离开，又不必赴死，忍受耻辱在新莽王朝做官，这也就是所谓的韬光养晦呀。扬雄的言论记载在他的著作中，他的行为记载在史书上，都可以据此加以考证。不离开新莽王朝并不是贪慕俸禄，不赴死并不是贪生怕死，忍受耻辱在新莽王朝做官并不是没有廉耻之心。内心所固守的是任何人都不能改变的，所以我认为他的事迹与箕子相符合。我所认为的他与箕子相同的地方就是如此，并不是说他与箕子乃纣王同姓这些事相同。

至于他所作的《剧秦美新》，也不是可以不作而硬要去写的。假如可以不作却硬要去写，那是连一个乡间洁身自好者都不会去做的事，又何况是扬雄呢？并且相比较一下轻重，忍受耻辱在新莽王朝做官是最严重的，扬雄忍辱负重不得不如此。如此，写《剧秦美新》这样轻的事，扬雄自然也是不得已而为之的。箕子都能够忍受耻辱成为囚徒，那么对于写《剧秦美新》这件轻事，又怎知他不会去做呢？可见，写了这篇文章对名节并没有什么损伤。孔子曾经说过："这不是最坚硬的东西吗？怎么磨也不会磨薄；这不是最白的东西吗？怎么染也不会染黑。"这只不过都在于自己灵活掌握而已。由此可见，这是连孔子都免不了的事情。所以"对于南子，孔子并不想见；对于阳虎，孔子并非想要礼敬他。然而却见了所不想见的人，礼敬了所不想礼敬的人"，这就是《法言·五百》中所说的"委屈自己是为了伸张道义"吧。

然而这又是不是扬雄标新立异的主张呢？《孟子·离娄章句上》曾记载孟子说："天下清明的时候，道德不高尚的人就被道德高尚的人所役使，不太贤明的人就被非常贤明的人所役使；天下黑暗的时候，力量小的就被力量大的所役使，弱的就被强的所役使。这两者都是天意，顺从天意的就能生存，违背天意的就灭亡。"而孔子去见南子，也曾对子路发誓道："假如我做了不对的事情，天就厌弃我吧！天就厌弃我吧！"由此可见，扬雄对于义理天命，哪里有没尽到自己责任的地方呢？

信中又说：介甫认为出仕新莽王朝，符合孔子所说的"没什么不可以"之义。夷甫认为"没什么不可以"是孔圣人思想极为微妙之处，神妙高深而不可窥知。扬雄道德不及孔圣人，虽勤奋学习努力实践，但对于义理天命的领悟还是有欠缺的地方，所以出仕新莽王朝这件事，不能说是没有差错的。又说由《剧秦美新》这篇文章来看，扬雄跳楼这件事，不能说是没有的。孔子所说的"没什么不可以"，就是孟子所说的"识时务"。《公孙丑章句上》中孟子历数伯夷等人，最终则说"至于我的愿望，则是学孔子"。扬雄也曾作《太玄赋》，也说到了伯夷、叔齐这些人，最终他则说："我与他们不同，掌握了《太玄》之道哟。飘飘然随心所欲，无拘无束哟。"孔子、孟子已经足够了解此道并能灵活运用，而孔子所说的"没有什么不可以"之道，其他人是很难掌握的。我们这些人远不如孔子、孟子，因此应当是有可以也有不可以，以此去学习孔子的没什么可以也没什么不可以的处世原则，这才能叫做善于学习孔子。夷甫的这些言论有启发当今学者的地方，然而却不应该加在扬雄身上。前世曾经流传伊尹曾经做厨子以游说商汤，孔子在卫国曾经住在宦官痈疽家里，在齐国曾经住在宦官瘠环家里，这些孟子都确定不是伊尹、孔子所做的。以常理考察，就知道这些谣言当然是荒谬的。考察扬雄平生的行事，由此介甫自然就会认为世人所传说的跳楼之事是虚假的，这不是和孟子考证伊尹、孔子之事是一样的吗？

我自以为学业上有所进步，就会对于扬雄所作又有心得，介甫也是如此。如此，扬雄的思想，难道不接近于他在《法言·问道》篇中所比喻的"想要探测却越发幽深，想要穷尽却越发遥远"吗？所以我一旦对于扬雄的事情有想不通的地方，就一定要探求明白。何况扬雄身处王莽当权的时候，考证于经书，他没有什么错误的地方；核对于圣人的言论，他也没有什么值得怀疑的地方。这些都是无须论证的事实。

为我转告夷甫，若还有什么想法没有表述清楚，希望能来信相告。

答孙都官书

提刑都官阁下：①伏承赐书，及示盛制六编，凡三千首，盛矣哉！文之多，工之深，且专以久也。其于君臣、父子、兄弟、夫妇、朋友、天地、三辰、鬼神、山川、地理、四夷、中国、风俗、万物、治乱、善恶、通塞、离合、忧欢、怨怼，无不毕载，而其语则博而精，丽而不浮，其归要不离于道。视昔以文名于天下者，夫岂易至于是邪！

巩之愚且懒，且为事物疾病所侵，以不专而且未久于学也，使之观若于海，不见其涯涘；于深山长谷，不见其形势之所极，而敢议其大小高下邪？而阁下不以其所深且专以久者励巩，博而精、丽而不浮、其归本于道者教巩，乃告之曰："其详择而去其非是者焉。"巩诚怪阁下自处之过，而为以赐巩者，乃所以怠且蔽之也。

凡巩之学，盖将以学乎为身，以至于可以为人也，方愚且懒，且不专以久之病也，惟阁下之仁，岂欲怠且蔽之也？其欲使知阁下之贵而长，其业之富而成，而犹不止如是，能下于后辈如是，是所以教之也。孟子曰："吾不屑其教诲，是亦教诲之而已矣。"②敢不拜赐也？

盛编尚且借观，而先以此谢，惶恐惶恐。不宣。巩再拜。

[题解]

　　这本是很无聊的应酬之作,开头一段似乎是空空道人说教,空洞无物。文章有意思的是后两段,除了"专以久"、"博而精"这些套话之外,曾巩又能颇为恰当地引述孟子的语录作了一个漂亮的收尾。虽然以小见大是曾巩所长,但此处确实有点无中生有了,颇难为了他,这也正是他巧思之所在。

[注释]

　　①提刑都官阁下:提刑,提点刑狱公事的简称,为宋代路级长官四监司之一,掌一路刑狱,位序在转运使下。都官,正五品上都官司郎中和正六品上都官司员外郎的简称,都官司为尚书省刑部四司之一。此都官是寄禄官,提刑是他的职事官。②孟子曰:"吾不屑其教诲,是亦教诲之而已矣":《孟子·告子章句下》:"孟子曰:'教亦多术矣,予不屑之教诲也者,是亦教诲之而已矣。'"

[译文]

　　提刑都官阁下:承蒙您赐信,并寄来您的大作共三千首,真是丰富啊。文章如此之多,功力如此之深厚,可见您平时所学既专心又能持之以恒。文章对于君臣、父子、兄弟、夫妇、朋友、天地、三辰、鬼神、山川、地理、四夷、中国、风俗、万物、治乱、善恶、通塞、离合、忧欢、怨怼等,没有什么不记载下来。其文辞博而能精,华而不艳,最终都能以不离正道为本。看一看过去那些名扬天下的作者,他们又岂能轻易做到这一点!

　　我既愚笨又疏懒,又加上事务、疾病缠身不断,由此既不能专心学业又不能持之以恒。看到您的大作,使我简直犹如掉进了大海,看不到海神的边际;深入崇山峻岭,看不清山势,如此又怎敢评论作品的高下呢?而阁下并不以专心恒久之所得激励我,也不是以博而能精、华而不艳、不离正道这些优点教导我,反而告诉我:"希望仔细审察剔除不好的作品。"我实在是惊讶于阁下过于自谦了,阁下如此所说,只能使我越发懈怠愚笨了。

　　我学习的目的,是为了培养自己的道德情操,由此也能更好地服务于社会。但我愚笨又疏懒，又有着不能专心学业、持之以恒的毛病。阁下有如此的仁德，难道愿意我这样懈怠愚笨下去吗？由此我能知道阁下既尊贵又年高德劭，其成果既丰硕又优秀，还不只这些，从阁下能够如此礼贤下士，就给了我很大的教益。孟子曾经说："我不屑于去教诲，这也就教诲了他。"如此我怎能不感谢阁下的赐予呢？

大作尚且要借看一段时间，在这里先道声感谢。给您回信，内心感到十分的忐忑不安。不再多说了。曾巩再拜。

卷 三

战国策目录序

刘向所定《战国策》三十三篇,^①《崇文总目》^②称十一篇者阙,臣访之士大夫家,始尽得其书,正其误谬而疑其不可考者,然后《战国策》三十三篇复完。叙曰:

向叙此书,言周之先,明教化,修法度,所以大治。及其后,谋诈用,而仁义之路塞,所以大乱。其说既美矣。卒以谓,此书战国之谋士,度时君之所能行,不得不然,则可谓惑于流俗,而不笃于自信者也。

夫孔、孟之时,去周之初已数百岁,^③其旧法已亡,旧俗已熄久矣。二子乃独明先王之道,以为不可改者,岂将强天下之主以后世之不可为哉?亦将因其所遇之时、所遭之变,而为当世之法,使不失乎先王之意而已。二帝三王^④之治,其变固殊,其法固异,而其为国家天下之意,本末先后,未尝不同也。二子之道,如是而已。盖法者所以适变也,不必尽同;道者所以立本也,不可不一,此理之不易者也。故二子者守此岂好为异论哉?能勿苟而已矣,可谓不惑乎流俗而笃于自信者也。

战国之游士则不然,不知道之可信,而乐于说之易合。其设心注意,偷为一切之计而已。故论诈之便而讳其败,言战之善而蔽其患。其相率而为之者,莫不有利焉,而不胜其害也;有得焉，而不胜其失也。卒至苏秦、商鞅、孙膑、吴起、李斯⑤之徒以亡其身，而诸侯及秦用之者亦灭其国，其为世之大祸明矣，而俗犹莫之寤也。惟先王之道因时适变，为法不同，而考之无疵，用之无弊，故古之圣贤未有以此而易彼也。

或曰：邪说之害正也，宜放而绝之。则此书之不泯其可乎？对曰：君子之禁邪说也，固将明其说于天下，使当世之人皆知其说之不可从，然后以禁则齐；使后世之人皆知其说之不可为，然后以戒则明，岂必灭其籍哉？放而绝之，莫善于是。是以孟子之书，有为神农之言者，有为墨子之言者，皆著而非之。至于此书之作，则上继春秋，下至楚汉之起，二百四五十年之间，载其行事，固不可得而废也。

此书有高诱注者二十一篇，或曰三十二篇，《崇文总目》存者八篇，今存者十云。

[题解]

这是书籍整理完之后所写的提要，称为某某书序（叙），此体源自于刘向的《别录》。这篇文章是曾巩于宋仁宗嘉祐五年至神宗熙宁二年编校史官书籍所作。曾巩的书序文非常出色，短短一篇文章既清楚地介绍了书籍的整理经过，又能准确地总括该书的内容主旨，更能对此主旨加以辩驳，尤为重要的是他每能以小见大，将之引申到治国之大道、人生之真谛的宏大论题，这是曾巩一个最出色的长处。此文可以说是此类文章的代表作。文中先立后破，又自设问答，逐层深入，可见其构思之巧、思辨之强，被认为是对《战国策》一书的经典论述。

[注释]

①刘向所定《战国策》三十三篇：刘向（前77~前6），字子政，本名更生，西汉学者、文学家。汉高帝刘邦异母弟刘交玄孙，父刘德。成帝时，迁光禄大夫，受诏领校秘书。校完每本书后都写一提要，最后汇成《别录》一书，为我国最早的分类目录。《战国策》为战国时代各国史官和策士们记录的各国史实，其中多为策士们的游说活动，有《国策》、《国事》、《短长》等不

同名称。西汉时,刘向对这些史料进行了整理,按照东周、西周、秦、齐、楚、赵、魏、韩、燕、宋、卫、中山十二国次序,删去重复,编为三十三篇,并定名为《战国策》。最早为《战国策》作注的是东汉人高诱。②《崇文总目》:北宋前期国家藏书目录,宋仁宗景祐元年(1034)闰六月,受诏编撰,提举官有张观、宋庠、王尧臣等,编修官有吕公绰、王洙、欧阳修等。历时七年,至庆历元年(1041)十二月完成,共著录图书三万零六百六十九卷。③夫孔、孟之时,去周之初已数百岁:孟子约生于周安王十七年(前385),西周建立于公元前十一世纪,约为公元前1046年,如此两者相距大约为六七百年。④二帝三王:指唐尧、虞舜、夏禹、商汤、周文王(或周武王)。⑤苏秦、商鞅、孙膑、吴起、李斯:均为战国时期著名的纵横策士。苏秦(?~前317),东周洛阳人,曾游说燕、赵、韩、魏、齐、楚六国合纵抗秦,佩六国相印,为纵约长,后被齐王车裂于市。商鞅(约前390~前338),卫人,姓公孙,名鞅。后被秦孝公封以商予十五邑之地,故又称商鞅。相秦十八年,辅佐秦孝公成一代霸业。孝公死后,被处以车裂之刑。孙膑,战国中期齐国人,孙武后裔,曾与庞涓一起学习兵法。庞涓自以才不如膑,将他骗至魏国,借故处以膑刑。吴起,卫左氏(今山东定陶西)人,公元前389年被楚悼王任为令尹,主持变法。悼王死后,吴起被车裂而亡。李斯(?~前208),楚国上蔡(今属河南)人,政治家、散文家,辅佐秦王嬴政统一天下。后被赵高陷害,腰斩于咸阳。

[译文]

刘向所校定的《战国策》有三十三篇,到《崇文总目》记载时,缺了十一篇,臣搜访于士大夫家,这才得到全部篇章。随后勘正其错误,不可考的则存疑待查,于是《战国策》三十二篇的本来面目得到了完整恢复。我为此书写了一篇序文,以为:

刘向在此书的提要中说,周朝以前,昌明教化、修正法度,所以天下大治。到了后世,阴谋欺诈并用,而仁义得不到伸张,所以天下大乱。这话说得非常好。然而文章最后刘向又以为,此书所载战国谋士们的言行是他们审时度势为国君着想不得不如此的无奈之举。这却是被世俗的言论所迷惑，不能坚守自己的观点了。

孔子、孟子的时代离周朝建立之初已有数百年时间。其时旧法已经亡佚，旧俗已经消失。这两位贤人却独自昌明先王之道，认为这是不可改变的，这难道是硬要勉强普天下的国君按照后世不可实行的法则去办事吗？他们其实是适应时代的变化而谋划当世能够适用的法则，只不过这法则的主旨不应违背先王之道而已。二帝三王治理国家，时代固然不同，方法固然相异，然而其治理国家天下的根本思想未尝不同。这两位贤人的思想，就是如此而已。总而言之，方法应当适应时代变化，所以不必完全相同；大道是事务的根本，所以不可有差异，这是千古不易的法则。所以这两位贤人谨守此道，这难道是好为标新立异之论吗？能够做到不苟且，这可以说是不被流俗之言所迷惑，而坚持自己的信仰啊。

战国游说之士则不是这样，不信赖治国大道，而是乐于从事奉迎之说，处心积虑地谋划苟且狡诈之计。所以他们论欺诈的便利而不谈败坏之处，言战争的益处而掩盖它的害处。那些听从他们言论的人，虽然有一时之利，但却不胜其害；虽然有一时之得，但却不胜其失。终至于像苏秦、商鞅、孙膑、吴起、李斯这些人都不得善终，而诸侯们及秦国使用了他们的计谋，也最终导致了国家的灭亡。由此可以清楚地看到，他们是人世间的大祸害，而世俗却不醒悟。先王之道，适应不同时代会相应地改变具体的措施。对此详加考察也没有错误，运用于实际也没有弊病，所以古代的圣贤从没有舍弃此大道而选择其他原则的。

有人或者会说：邪说会危害正道，应当将它们舍弃而销毁掉。而这本书没有被毁弃，这难道是应该的吗？对此问题的回答是：君子禁止邪说，应当将其昭示于天下，使天下人都知道这样的言论不可听从，如此以后再加以禁止；使后世之人都知道这样的言论是不可以运用于实际，如此以后再加以戒绝。这样，天下人都会清楚它为什么被戒绝。难道一定要毁灭这本书籍吗？舍弃而销毁的方法，不如这一方法好。所以孟子的书中就有神农家的言论，有墨家的言论，都将它们记载下来而加以批驳。至于这本《战国策》，上继春秋，下至楚汉之兴起，记载了二百四五十年间的历史事件，现在得到了这样一本书却要将之废弃，这是不应该的。

  此书的高诱注本有的记载说是二十一篇，有的则以为是三十二篇，《崇文总目》记载只剩八篇，如今则尚存十篇。

南齐书目录序

《南齐书》八纪、十一志、四十列传，合五十九篇，梁萧子显①撰。始，江淹已为《十志》，沈约又为《齐纪》，而子显自表武帝别为此书②。臣等因校正其讹谬，而叙其篇目曰：

将以是非、得失、兴坏、理乱之故而为法戒，则必得其所托，而后能传于久，此史之所以作也。然而所托不得其人，则或失其意，或乱其实，或析理之不通，或设辞之不善，故虽殊功韪德非常之迹，将暗而不章，郁而不发，而梼杌嵬琐奸回凶慝③之形可幸而掩也。

尝试论之，古之所谓良史者，其明必足以周万事之理，其道必足以适天下之用，其智必足以通难知之意，其文必足以发难显之情，然后其任可得而称也。何以知其然邪？昔者唐虞有神明之性，有微妙之德，使由之者不能知，知之者不能名，以为治天下之本。号令之所布，法度之所设，其言至约，其体至备，以为治天下之具，而为"二典"④者推而明之。所记者岂独其迹邪？并与其深微之意而传之，小大精粗无不尽也，本末先后无不白也。使诵其说者，如出乎其时；求其旨者，如即乎其人。是可不谓明足以周万事之理，道足以适天下之用，智足以通难知之意，文足以发难显之情者乎？则方是之时，岂特任政者皆天下之士哉？盖执简操笔而随者，亦皆圣人之徒也。

两汉以来，为史者去之远矣。司马迁从五帝三王既没数千载之后，秦火之余⑤，因散绝残脱之经，以及传记百家之说，区区掇拾，以集著其善恶之迹、兴废之端。又创己意，以为本纪、世家、八书、列传之文，斯亦可谓奇矣。然而蔽害天下之圣法，是非颠倒而采摭谬乱者，亦岂少哉？是岂可不谓明不足以周万事之理，道不足以适天下之用，智不足以通难知之意，文不足以发难显之情者乎！

夫自三代以后，为史者如迁之文，亦不可不谓隽伟拔出之材、非常之士也。然顾以谓明不足以周万事之理，道不足以适天下之用，智不足以通难知之意，文不足以发难显之情者，何哉？盖圣贤之高致，迁固有不能纯达其情而见之于后者矣，故不得而与之也。迁之得失如此，况其他邪？至于宋、齐、梁、陈、后魏、后周之书，⑥盖无以议为也。

子显之于斯文，喜自驰骋，其更改破析、刻雕藻缋之变尤多，而其文益下，岂夫材固不可以强而有邪？数世之史既然，故其事迹暧昧，虽有随世以就功名之君、相与合谋之臣，未有赫然得倾动天下之耳目，播天下之口者也。而一时偷夺倾危、悖礼反义之人，亦幸而不暴著于世，岂非所托不得其人故邪？可不惜哉！

盖史者所以明夫治天下之道也，故为之者亦必天下之材，然后其任可得而称也。岂可忽哉！岂可忽哉！

[题解]

这篇文章是曾巩于宋仁宗嘉祐五年至神宗熙宁二年编校史官书籍时所作。此文充分体现了曾巩以小见大的行文特点。文章只在开篇与结尾处提及《南齐书》，中间则是大段的深入阐发，看似不着边际却又是收纵有术，中国山水画尺幅千里的妙处于此中体现得淋漓尽致。本文从众史书中极不起眼的《南齐书》出发，却能出人意表地引申出"明"、"道"、"智"、"文"四项修史根本原则，这要比唐代刘知幾所言"才"、"学"、"识"又有所进步。至清代乾嘉之时章学诚在刘知幾所言基础之上又增补了一项"史德"，即深受曾巩此文之影响。故而他在《删定曾南丰南齐书目录序》中对本文予以了高度评价："古人序论史事，无若曾氏此篇之得要领者。盖其窥于本源者深，故所发明，直见古人之大体也。先儒谓其可括十七史之统序，不止为《南齐》一书而作，其说洵然。"

[注释]

①萧子显（487~535）：字景阳，南兰陵（今江苏常州）人。齐高帝萧道成之孙，萧道成次子豫章王萧嶷第八子。南朝史学家、文学家。后降梁，历官至吏部尚书。②江淹已为《十志》，沈约又为《齐纪》，而子显自表武帝别为此书：南齐初年，萧道成设置史官，命檀超、江淹编集国史。《十志》即是指此。到了梁代，沈约著有《齐纪》，吴均写就《齐春秋》。萧子显自请修撰齐史，多取材檀超、江淹等人的书稿。他们所撰史书至今都已失传，现存有关南齐最早的史书，就是萧子显所撰《南齐书》。③梼杌（táo wù）蒐慝奸回凶慝（tè）：梼杌，传说中的凶兽名，见《神异经·西荒经》，后借指恶人。蒐慝，狂险奸险。奸回，奸恶邪僻。凶慝，犹凶恶。以上四类均指邪恶之人。④"二典"：《尚书》中《尧典》、《舜典》的合称。⑤秦火之余：秦始皇三十四年（前213），秦王嬴政采纳丞相李斯的建议，为了禁止异端思想而焚烧天下书籍，只有秦国的史书、博士官所藏以及医药卜筮种树之类的书籍得以保存。⑥至于宋、齐、梁、陈、后魏、后周之书：分别指沈约《宋书》，萧子显《南齐书》，姚察、姚思廉《梁书》、《陈书》，魏收《魏书》，令狐德棻、岑文本、崔仁师《周书》。

[译文]

《南齐书》分为八纪、十一志、四十列传，共五十九篇，梁朝萧子显撰。有关南齐史书，最早江淹已写有《十志》，沈约又创作了《齐纪》，后子显另外给梁武帝上表自请撰写了此书。臣等校正了此书的错误，为此作序以为：

想要将是非、得失、兴坏、理乱的原因引以为法则戒条，就必然要将之记载下来，如此才能传于后世，这就是史书得以修撰的原因。但是修史之人不称职，就会或者不明史意，或者混乱史实，或者事理不畅，或者文笔拙劣，所以虽有卓越的功绩、美好的品德、光荣的事迹，却会由此暗淡无光、隐微不显。而一切奸邪之人的丑恶行径，却能由此侥幸得到遮掩。

拙见以为，古代所谓的良史，他的明识一定要足以普遍地知晓万事之理，他所阐发的道理一定要足以适应天下之用，他的智慧一定要足以通晓难知之意，他的文才一定要足以阐发难以表露的隐情。如此之后，对于这一工作他才能称职。这是如何知道的呢？过去唐尧、虞舜有神明之性，有微妙之德，使普通百姓听从他们的指引但是不能知道所以然，使知道所以然的人又不能说清楚，以此作为治理天下之根本。发布的号令，设置的法律制度，词语非常简约，内容却非常完备，以此作为治理天下的工具，而被《尧典》、《舜典》推广宣扬。这两篇文章所记载的难道仅仅是历史表面现象吗？与此记载同时还将现象背后的深微之意传达了出来，小大精粗，没有不详尽阐述的；本末先后，没有不说清楚的。使读到这篇文章的人，犹如置身于那个时代；探求其深微之意的人，犹如亲耳聆听他的教诲。这个岂不就是明识一定足以普遍地知晓万事之理，道理一定足以适应天下之用，智慧一定足以通晓难知之意，文才一定足以阐发难以表露的隐情吗？在这个时候，岂止执政者是天下之俊杰，就是手拿简牍毛笔的随从也都是圣人的学生呀。

两汉以来，撰写史书的人离尧、舜的时代已经相去很久远了。司马迁在五帝三王去世数千年以后，于秦国焚书的余烬中，凭借散佚残存的儒学经籍，以及其他百家杂记之书，辛勤收集整理，来记载善恶之迹、兴废之因。同时，又自创新意，写成本纪、世家、八书、列传各类文章，这的确可以说是一个奇迹了。虽然如此，但是他损坏天下大法，是非颠倒地选取了一些荒谬错乱的言论，这些难道还少吗？这个岂不就是明识不足以普遍地知晓万事之理，道理不足以适应天下之用，智慧不足以通晓难知之意，文才不足以阐发难以表露的隐情吗！

自从夏、商、周以后，修史者若能写出像司马迁那样的文章，也不可不说是隽伟拔粹之才、非常优秀之士了。尽管如此，却还是要说他的明识不足以普遍地知晓万事之理，道理不足以适应天下之用，智慧不足以通晓难知之意，文才不足以阐发难以表露的隐情，这是为什么呢？因为圣贤们高远的思想，司马迁还是有些地方不能深刻认识，后人看到这一点，所以就不能对他完全加以肯定。司马迁的得失尚且如此，更何况其他人呢？后人所写的宋、齐、梁、陈、后魏、后周的史书，就不值得对其加以评论了。

子显写文章喜欢纵横驰骋，尤其是篡改割裂、夸大修饰的变化非常多，由此其文章品格越发低下，这难道不是表明一个人的史才是不可以勉强具备的吗？数世的史实被如此记载，所以其事迹模糊不清，虽有在当时成就了功名的君王，与之出谋划策的臣子，但却没有能够一下子吸引天下人的耳目，被天下人广为传播的人。而苟且一时、巧取豪夺、败坏国家、悖乱礼制、违反道义的人却能侥幸得到隐藏，这难道不是修史不得其人的原因吗？这怎能不让人感到叹惜啊！

史书的修撰应当是用来明了治理天下之道的，所以修史之人一定要是天下之才，如此之后才能够堪当重任。这怎么能够忽视啊！这怎么能够忽视啊！

梁书目录序

　　《梁书》六《本纪》、五十《列传》，合五十六篇，唐贞观三年诏右散骑常侍姚思廉撰。思廉者，梁史官察之子，推其父意，①又颇采诸儒谢吴等所记，②以成此书。臣等既校正其文字，又集次为目录一篇，而叙之曰：

　　自先王之道不明，百家并起，佛最晚出，为中国之患，而在梁为尤甚，故不得而不论也。

　　盖佛之徒自以为吾之所得者内，而世之论佛者皆外也，故不可诎。虽然，彼恶睹圣人之内哉？《书》曰"思曰睿"、"睿作圣"，③盖思者所以致其知也④。能致其知者，察三材之道，辨万物之理，小大精粗无不尽也。此之谓穷理，知之至也。知至矣，则在我者之足贵，在彼者之不足玩，未有不能明之者也。有知之之明而不能好之，未可也，故加之诚心以好之。有好之之心而不能乐之，未可也，故加之至意以乐之，能乐之则能安之矣。如是则万物之自外至者，安能累我哉？万物之所不能累，故吾之所以尽其性也。能尽其性，则诚矣。诚者，成也，不惑也。既诚矣，又充之，使可大焉。既大矣，又推之，使可化焉。能化矣，则含智之民，肖翘之物，有待于我者，莫不由之以全其性，遂其宜，而吾之用与天地参矣，德如此其至也。而应乎外者，未尝不与人同，此吾之道所以为天下之通道也。故与之为衣冠饮食、冠婚丧祭之具，而由之以教，其为君臣、父子、兄弟、夫妇者，莫不一出乎人情；与之同其吉凶而防其忧患者，莫不一出乎人理。故与之处而安且治之所集也，危且乱之所去也。与之所处者其具如此，使之化者其德如彼，可不谓圣矣乎！既圣矣，则无思也，其至者循理而已；无为也，其动者应物而已。是以覆露乎万物，鼓舞乎群众，而未有能测之者也，可不谓神矣乎！神也者，至妙而不息者也，此圣人之内也。

圣人者，道之极也。佛之说，其有以易此乎？求其有以易此者，故其所以为失也。夫得于内者，未有不可行于外也；有不可行于外者，斯不得于内矣。《易》曰："智周乎万物而道济乎天下，故不过。"此圣人所以两得之也。知足以知一偏，而不足以尽万事之理；道足以为一方，而不足以适天下之用，此百家之所以两失之也。佛之失，其不以此乎？则佛之徒，自以谓得诸内者，亦可谓妄矣。

夫学史者将以明一代之得失也，臣等故因梁之事，而为著圣人之所以得及佛之所以失以传之者，使知君子之所以距佛者非外而有志于内者，庶不以此而易彼也。

[题解]

这篇文章一方面充分体现了曾巩最为擅长的以小见大的本领，另一方面也鲜明地体现出曾巩的思想信仰与道德操守。文章虽是名为《梁书目录序》，但全篇却似与《梁书》无关，绝大多数幅章都是在谈论儒家圣人之道的优势与佛教的弊端。但这又都是因为佛教的危害"在梁为尤甚"而引起，故虽貌似离题千里，却又是张弛有度，收纵自然。小篇章而大意境，小论题而大思维，这就是曾巩文章小有洞天之妙。全篇坚定地捍卫儒家思想，强烈抨击佛教之弊端，但这不是通过口号标语的方式、叫嚣怒张的语气来实现，而是深入浅出，从容不迫，以理服人。曾巩于宋代禅宗兴盛、士大夫纷纷濡染其间的时候能够始终坚持儒家道德操守，坚决抵制佛教思想，这在整个宋朝文坛是非常罕见的。由于他对理的深切体认，所以清代袁枚在《书茅氏八家文选》中赞誉他"实开南宋理学一门"。

[注释]

①思廉者，梁史官察之子，推其父意：思廉，指姚思廉（557~637），名简，以字行，又字简之。其父姚察自吴兴迁京兆，故姚思廉遂为雍州万年（今陕西西安）人。唐太宗贞观三年，奉诏与秘书监魏征同修梁、陈二史。梁史官察，指姚察（533~606），字伯审，陈、隋两代史学家，吴兴武康人（今浙江德清西）。曾修撰梁、陈两代史书，未成而亡。临终嘱咐其子姚思廉续修。②又颇采诸儒谢昊等所记：梁代的历史在梁代有沈约、鲍衡卿、谢昊所撰《梁书》百篇，后有何元之与刘璠又各撰《梁典》三十卷，许亨、阴僧云、姚勖、肖韶等亦有著述。谢昊另撰有《梁书》四十九卷、《梁元帝实录》五卷。昊，史书亦作"昦"、"昺"。③《书》曰"思曰睿"、"睿作圣"：此洪范九畴之一的"五事"，《尚书·周书·洪范》："二，五事。一曰貌，二曰言，三曰视，四曰听，五曰思。貌曰恭，言曰从，视曰明，听曰聪，思曰睿。恭作肃，从作义，明作晢，聪作谋，睿作圣。"④盖思者所以致其知也：《礼记正义》卷六十六《大学第四十二》："古之欲明明德于天下者，先治其国。欲治其国者，先齐其家。欲齐其家者，先修其身。欲修其身者，先正其心。欲正其心者，先诚其意。欲诚其意者，先致其知。致知在格物。物格而后知至，知至而后意诚，意诚而后心正，心正而后身修，身修而后家齐，家齐而后国治，国治而后天下平。"

[译文]

《梁书》有六篇《本纪》，五十篇《列传》，共五十六篇，唐贞观三年诏右散骑常侍姚思廉撰写。姚思廉是梁朝史官姚察之子，他推衍其父修撰《梁书》的中心思想，又广泛选择谢昊等学者所修的梁朝史记，由此修成了这部史书。臣等既校正了它的文字，又编制了一篇目录，为此作序以为：

自从先王之道黯然不明之后，百家杂说并起，其中佛教出现得最晚，后来成为中国的祸患，在梁朝时最为厉害，所以不得不对此加以揭露。

佛教徒自以为自己掌握了内在的真理，而世俗讨论佛教思想的人仅得外在的皮毛，所以他们认为自己的道理是正确而不可动摇的。虽说如此，然而他们哪里懂得圣人思想的真谛所在呢？《尚书·周书·洪范》说"认真思索必当通于精微之处"、"于事无所不晓就可以成为圣人"，深思熟虑者可以把他的智慧发挥到极致。这样的人就能够明察天、地、人三才之道，辨识万物之理，小、大、精、粗各种事物没有不尽知其理的。这就是穷尽事理，这就是把智慧发挥到了极致。这样，我们所拥有的就显得弥足珍贵，而由此智慧去考察事物，不需费时劳神就能够了解清楚，世间万物没有什么是不能考察清楚的。能够将之了解清楚却不喜欢这是不好的，所以要用真诚之心去喜爱它。有喜爱之心但不能以此为乐也是不好的，所以就要用最真诚的心意去感到快乐。能够快乐就能够心安理得。如此，外在的万物怎能够影响到我的内心？万物不能影响我，所以我能够洞晓万物的本性。能洞晓万物的本性就会心诚。诚就是成就、成功，如此就不被迷惑。内心真诚就会充满光明正大之气。而正大之气又会推广开来教化天下。如此，作为众物之灵长的人类，以至天地万物，都有待于我去成全他们的本性，我有如此作用，于是就与天地成三，一个人的德行能如此就可以说达到了极致。他所适应的外在事物没有不与他人相同的，所以个人之道就成为天底下普遍的大道。所以为天下百姓制备衣冠饮食、成人、婚嫁、丧葬、祭祀等礼仪的各种规章制度，并由此去教导百姓，对于君臣、父子、兄弟、夫妇之礼的制定没有不是出于人情的考虑，与百姓同吉凶而杜绝忧患，没有不是出于人理的考虑。故百姓的生活就会平安和乐，不会发生危险与动乱。为百姓制定的各种制度就是如此恰当，教化百姓的道德又是那样，这样能不说是圣人吗？既已是达到了圣人的境地，则不会盲目地思虑，而是自然而然地循理而思；不会妄为乱作，而是自然而然地应物而动。由此而养育万物，鼓舞群众，没有谁能够窥探说出其中的奥秘，能不说这很神妙吗？如此的神妙就在于达到了至妙的境地又能生生不息，这就是圣人的内在精神。

圣人达到了道的极致，佛教所阐述的道理能够改变这些吗？推究佛教改变圣人之道的地方恰恰就是它产生错误的所在。得之于内心的道理，没有不可以行之于外在世界的；若有不可以行之于外在世界的，那么它就不是得之于内心的。《周易·系辞上》说："圣人智足以知晓万物而其道可以用于天下，所以皆得其宜不会有所过失。"由此可见圣人在"智周"与"道济"两方面都得到了圆满。智慧只能够了解一方面，而不足以尽知万事之理；道只能适用于一方面，而不足以普遍地适用于天下，这就是百家杂说在两个方面的不足之处。佛教的失误不也正在此吗？而佛教徒自以为掌握了内在的真理，真是太荒唐了。

学史的目的是要明了一代的得失所在，臣等因梁朝之事进而推演出圣人的长处与佛教的短处，并记述下来以便广泛传播。使天下人知道君子之所以抵制佛教不是由于外在原因，而是有志于内心的修养，希望不要信奉佛教从而改变圣人之教啊。

陈书目录序

《陈书》六本纪,三十列传,凡三十六篇,唐散骑常侍姚思廉撰。始,思廉父察,梁陈之史官也,录二代之事,未就而陈亡。隋文帝见察,甚重之,每就察访梁、陈故事,察因以所论载,每一篇成辄奏之,而文帝亦遣虞世基就察求其书,又未就而察死。察之将死,属思廉以继其业。唐兴,武德五年,高祖以自魏以来二百余岁,世统数更,史事放逸,乃诏论次,而思廉遂受诏为《陈书》,久之犹不就。贞观三年,遂诏论撰于秘书省,十年正月壬子始上之。①

观察等之为此书,历三世,传父子,更数十岁而后乃成,盖其难如此。然及其既成,与宋、魏、齐、梁等书,世亦传之者少,故学者于其行事之迹,亦罕得而详也。而其书亦以罕传,则自秘府所藏,往往脱误。嘉祐六年八月始诏校雠,使可镂版,行之天下。而臣等言梁、陈等书缺,独馆阁所藏,恐不足以定著,愿诏京师及州县藏书之家,使悉上之。先皇帝为下其事,②至七年冬稍稍始集。臣等以相校,至八年七月,《陈书》三十六篇者始校定,可传之学者。其疑者亦不敢损益,特各疏于篇末。其书旧无目录,列传名氏多阙谬,因别为目录一篇,使览者得详焉。

夫陈之为陈,盖偷为一切之计,非有先王经纪礼义风俗之美、制治之法可章示后世。然而兼权尚计，明于任使，恭俭爱人，则其始之所以兴；惑于邪臣，溺于嬖妾，忘患纵欲，则其终之所以亡。兴亡之端，莫非自己致者。至于有所因造，以为号令、威刑、职官、州郡之制，虽其事已浅，然亦各施于一时，皆学者之所不可不考也。而当时之士，争夺诈伪，苟得偷合之徒，尚不得不列以为世戒，而况于坏乱之中，仓皇之际，士之安贫乐义、取舍去就，不为患祸势利动其心者，亦不绝于其间。若此人者，可谓笃于善矣。③盖古人之所思见而不可得，《风雨》之诗所为作者也，④安可使之泯泯不少概见于天下哉？则陈之史其可废乎？

　　盖此书成之既难，其后又久不显，及宋兴已百年，古文遗事靡不毕讲，而始得盛行于天下，列于学者，其传之之难又如此，岂非遭遇固自有时也哉！

[题解]

　　单看此文不显山水，当与《梁书目录序》相比方显其真容。两朝时代相随，史事相仿，也都是短命王朝，史书作者也相同，如此雷同之处要想写出两篇不重复乏味的文章确要费一番心思。

　　我们可以看到，对于《梁书目录序》曾巩是顾左右而言他，抓住梁武帝萧衍佞佛而误国亡身之事一番穷追猛打，揭示出儒道之要旨与佛道之弊端，做了篇大文章。这是着重于义理而言。《陈书目录序》则完全换了一种做法，首论此书之撰写，次述此书之校勘，再言此书之意义。始终绕着《陈书》打转，这是考据家的做法，也是撰写提要、解题的一般手法。曾巩编校史官书籍多年，这类文章作来得心应手，但这最多可入中品，就曾巩的文章风格而言这也不是他最拿手的。儒风浓郁的曾巩长于也乐于论道说理，有时更是下笔不能自休，观者常如云烟雾绕，因此不免颂声连连。桐城大师方苞就说："南丰之文长于道古，古序古书尤佳。"然而小题大做有时也只是他大惊小怪而已，故而这种"变其本而加厉"的做法有时的确让人感到"乃患太多也"。

[注释]

①十年正月壬子始上之：依陈垣《二十史朔闰表》，贞观十年正月朔是壬辰，则壬子当为此月二十一日，公历二月十四日，星期二。②先皇帝为下其事：此书完成于嘉祐八年七月，而在此之前的三月辛未即农历三月二十九日仁宗皇帝崩于福宁殿，"先皇帝"即是指仁宗赵祯而言。虽然其养子赵曙于四月初一即位，但依古制新皇帝必须隔年改元，所以此时老皇帝虽已归天，但仍用其年号。③若此人者，可谓笃于善矣：主要指《陈书》的《孝行》、《儒林》两传中所举诸人。④《风雨》之诗所为作者也：《风雨》乃《诗经·郑风》中的一篇，其小序说："《风雨》，思君子也。乱世则思君子，不改其度焉。"指思念君子，虽居乱世而不改其操守。

[译文]

《陈书》六本纪，三十列传，共三十六篇，唐散骑常侍姚思廉撰写。一开始，是由姚思廉的父亲姚察作为梁、陈的史官而撰写二代之事，还未写完，陈朝就灭亡了。起初，隋文帝召见姚察，很器重他，经常向他询问梁、陈两代旧事。姚察因此就撰写两代之事，每写成一篇就上奏给文帝。文帝也曾派遣虞世基到他家寻求此书，但姚察没写完就亡故了。姚察将死之时，嘱咐姚思廉继承自己未竟之业。唐朝兴起，武德五年，高祖以为自从北魏以来二百余年，朝代数次更替，史事多有散佚，于是乃下诏修撰史书。姚思廉遂受诏修《陈书》，过了很长时间仍然没有完成。太宗贞观三年，下诏修撰于秘书省。十年正月壬子终于完成上奏朝廷。

考姚察等人撰写此书，经过了三个朝代，传父子两人，历时数十年而后终于完成，可见此书撰写是如此困难。然而等到写成以后，却与宋、魏、齐、梁等朝代的史书一样，世上很少流传，由此学者们也就对这些时代的史事很少能够了解清楚。此书因为流传稀少，所以即使国家图书馆所藏的善本也往往有脱误之处。嘉祐六年八月开始下诏校勘此书，希望能够得一善本，颁布天下。而臣曾巩等进言梁、陈等史书由于流传稀少，唯独国家图书馆有收藏，担心这样校勘的质量不高,所以希望下诏遍告京师及各州县藏书家,希望能将他们所秘藏的珍本进献上来。先皇帝为此事已经下诏,到了嘉祐七年冬季各地书籍逐渐集中。于是臣曾巩等开始校雠,到八年七月,《陈书》三十六篇校勘完毕,可以供学者研究之用。对于那些可疑之处也不敢稍有增损,而是特地在篇末注出。其书本来没有目录,列传人名也多残缺、错误,因此另作了一篇目录,使阅读者可以一目了然。

　　陈朝一代,专为苟且之事,没有先王所规划的那样完美的礼义风俗、治国之法可以流传后世。然而也能做到机智多谋、任人唯贤、节俭爱人,所以能够替代梁朝而兴起。后为奸臣蛊惑,沉迷女色,忘危而纵欲,由此最终导致灭亡。兴、亡都是自己造成的。至于陈朝制定的一些号令、刑法、职官、州郡等各项制度,虽然无关宏旨,但也是运用一时,是学者们不可不了解的。而当时那些尔虞我诈、苟且偷安之徒,也应当将他们书于史册以为后世之法戒。更何况于乱世之中、动荡之时,能够安贫乐道、不被祸患势利所诱惑的坚贞之士也不乏其人。像这样的人,真可谓诚心向善之人啊。这些古人正是我们日夜所思而不可得者,也是《诗经·风雨》一诗所歌颂的,怎能使他们泯没无闻不彰显于天下呢?如此可见陈朝一代之史又岂能废除?

　　此书的撰写是如此困难,写成之后又长久默默无闻,到了宋朝兴起百年之后,古代的遗闻逸事开始被士人广泛研讨,由此才能盛行于天下被学者所用,可见其流传的过程是如此艰难,这难道不是表明此书的遭遇自有其时运吗?

太祖皇帝总序

盖唐之敝,自天宝已后,纪纲浸坏,不能自振,以至于失天下。五代兴起,五十余年之间,更八姓十有四君,①危亡之变数矣。其尤甚也,契丹遂入中国,擅立名号。②当是时,天地五行人事之理反易缪乱,不同夷狄者亡几耳。

太祖为天下所戴,践尊位,以生民为任,故劝农桑,薄赋敛,缓刑罚,除旧政之不便民者,诏令勉核相属,推其心,无一日不在百姓也。知方镇之病民也,故设通判之员,使敛以绳墨。③忧吏之不良也,故数使在位举其所知。患吏或受赇,或不奉法也,故罪至死徙,一无所贷。原其意,盖以谓遭世大衰,不如是,吏不知禁,不能救民于焚溺之中也。征伐既下诸国,必先已逋欠、涤烦苛、赒乏绝、雪冤滞、惠农民、拔人才,申命郡邑,反复不倦。或遇水旱,辄蔬食请祷,欲移灾于己。其于群臣,有恩旧,有劳能,待之各尽其分,以位贵之,以财富之,有男使尚主,有女使嫁宗室,其予人之周也如此。即材可用,虽雠不废;不可用,虽光显矣,不处以势。其有罪多纵贷之,或赐之使自愧。及至坚明约束以整齐天下者,亦使之不能逾也。

强僭之国,皆接以恩礼。商贾往来不禁,有出境犯其令者,乃为之置市边邑,使两利。有所乏少,常赈助之。征伐所加,必其罪暴著，师出未尝不以义也。其君长已降，及就俘执，道路劳问迎致，使者相望，既至，罪不数辱之，优假秩禄，及其宗亲吏属，赐以田宅，使子孙世守，拥护保全，皆得以寿考终。

自晋既覆灭，契丹浸大，中国慑畏不敢当。太祖拔用材武护西北边，宠以非常之恩，任属专，听信明，常遣戍卒戒之曰："我犹赦汝，郭进杀汝矣。"有讼进者，谓曰："进军政严，此必犯进法。"送进，使杀之。关市租赋，诸将得恣用，不问出入。以其故，士附，斗者尽力，谍者尽情，边臣可诿者，皆十余年不易其任。④然位不过巡检使，众不过三五千人。盖任专则势便，位不极则士励，兵少则用约，御将亦多术矣。总其所长，能兼用之，故能省费息民，振新集之众，屈凭陵之虏也。

盖太祖笃于孝友，有天下之行；聪明智勇，有天下之材；仁心爱人，有天下之志；包含遍覆，有天下之量。守之以勤俭恭慎，虚心纳谏。鉴于粤、蜀，以奢侈为戒。⑤思天下之重，不复游畋。封拜诸子，务自约损，不尽循故典。收纳学士大夫，用之不求其备，或守难进之节，亦不夺也。晚喜读书，劝诸将以学，曰："欲使之知治道也。"兼覆夷夏，从容以德。江南平，览捷书而泣曰："师征不义，而顾令吾民死兵，彼何负哉！"秦州已入，尚波于之地，却而不受。钱俶来朝，复归之越。契丹愿听盟约，逡巡退抑，不自矜伐。天下大势，连数十城之镇，割其故地，以小其力；⑥易动难畜之兵，敛置怀服，以消其难。至于举贤良，崇孝弟，缀礼乐，明考课，虽宇内初辑，然庶政大体，弥纶备具；遗文故事，施于后世，皆可为法。民于是时，从死更生，室家相保；士农工贾，各还其职；鸟兽草木，亦莫不遂。前世旧臣，备将相、处腹心爪牙之任者，一旦回心，奉令北向，如素委质。天下广都通邑，兼地千里，德怀二三之臣，负众自用，令之不从、召之不至者，尚数十，皆束衽来庭，代易奔走，如水凑下。粤、吴、楚、瓯、闽之君，分天下为八九，曰帝与王，传子及孙，更数十岁者，编名囚虏，并聚阙下。四海之内，混齐为一。海东之国高丽，极南交趾，西戎吐蕃、回纥，北狄契丹，皆请吏奉贡。天地所养，通途之属，莫不内附。

当是时，更立天下，与民为始，天地五行人事之理，乱而复正。盖太祖之于受命，非如前世之君，图众以智，图柄以力，其处心积虑，非一夕一日在于取天下也。其在天者历数，在人者群臣万民、三军之士不归周，归太祖，未有知其所以然者，所谓天也。及其传天下也，舍子属弟。是则太祖之受天下，与舜受之尧，禹受之舜，其揆一也。其传天下，与尧传之舜，舜传之禹，其揆一也。受天下及传天下，视天与人而已，非其心未尝有天下，岂能如是哉！

世以为太祖不世出之主，与汉高祖同。盖太祖为人有大度，意豁如也，知人善任使，与汉高祖同，固然也。太祖承自天宝以后、更五代二百余年极敝之天下；汉祖承全盛之秦，二世之末，天下始乱，所因之势既殊。太祖开建帝业，作则垂宪，后常可行；汉祖粗定海内而已，不及一。太祖立折杖法，⑦脱民榜笞死祸，定著常刑，一本宽大；汉祖虽约法三章，然肉刑三族之诛，至孝文始去，不及二。太祖功臣，皆故等夷，及位定，上下相安，始终一意；汉祖疑间诸将，夷灭其家，不及三。太祖削大弱强，藩臣遵职；汉祖封国过制，反者更起，累世乃定，不及四。太祖征伐必克；汉祖数战辄北，不及五。太祖文武自出，群臣莫及；汉祖非得三杰之助，不得无失，不及六。开宝之初，南海先下；赵陀分越而帝，汉祖不能禁，不及七。太祖不用兵革，契丹自附；汉祖折厄白登，身仅免祸，⑧不及八。太祖后宫二百，问愿归者，复去四之一；汉祖溺于衽席，女祸及宗，不及九。太祖明于大计，以属天下；汉祖择嗣不审，几坠厥世，不及十也。汉祖所不能及，其大者如此。

是自三代以来，拨乱之主，未有及太祖也。三代盛矣，然禹之孙太康失国⑨，汤之孙太甲放废。⑩文、武之后三四传，昭王不返于楚。繇汉以下，变故之密，盖不可胜道也。太祖经始大基，流风余泽，所被者远。五圣遵业，⑪至今百有二十余年。上下和乐，无变容动色之虑，接于耳目，治安久长，自三代以来所未有也。维太祖创始传后，比迹尧舜；纲理天下，轶于汉祖；太平之业，施于无穷，三代所不及。成功盛德，其至矣哉！盖唐天宝十四年，天下户八百九十一万。太祖元年，户九十六万；末年，天下既定，户三百九万。今上元丰二年，户一千三百九十一万。六圣之德泽，覆露生养，斯其所以盛也。本原事实，其所由致此，有自也哉。

[题解]

元丰三年九月，曾巩从亳州移知沧州。他上表乞求朝见神宗皇帝，得到皇帝恩准，并感动龙颜，留任京师。元丰四年八月充史馆修撰，奉旨合编《五朝国史》。这篇文章就是《太祖本纪》后所附的一篇史论，犹如《史记》的"太史公曰"，元丰四年的十月十一日写就呈上。

既是史论，故笔法谨严，原原本本依次道来，没有什么腾挪捭阖之处。而此文又并非是一般史论，乃史书第一篇，宋开国皇帝赵匡胤的史论，故而内容上歌功颂德自是难免。其中自有许多被何焯讥笑为"不量时势之语"、"尤为儿戏"的过头话，这些就古代臣子而言，都是不必吹毛求疵的。况且，我们更应当看到这些夸饰除了套话陈词，更多是表露了曾巩的真心，发自他的肺腑。

曾巩之世，宋人虽对内文教兴盛，但对外却是屡战屡败。不要说对契丹宋人只有一再割地赔款的份儿，即使对于偏处弹丸之地的西夏，宋人也只能任其胡作非为。面对如此颓势，对于尚存一腔热血的曾巩而言，也只有太祖赵匡胤可以成就他的光荣与梦想了。就有宋一代而言，也的确只有这个开国之君尚有着诸多光辉的业绩。故而曾巩在《管榷》、《边将》、《任将》、《请减五路城堡劄子》等诗文中反复歌颂这位英主。这些过多过分的赞誉何焯称之为"其烦如此"，这个"烦"字可以说是此文写作上最突出的特点。曾巩是在鼓足干劲地不厌其烦，于潜移默化中与时事形成一种鲜明的对比，从中可以深切地感受到他的无奈与叹惋，以及他的梦想与光荣。

文中说了一大堆过年话，可是结果却落得个冷脸，这应当是此文最有滋味的地方。熙宁五年四月，书还没修成，神宗皇帝就免去了他的史职。虽然他又升了官，但以史学出名的曾巩，被罢修《五朝国史》，多少也是丢面子的事。被罢修的直接原因就应当是他上呈的这篇天花乱坠的序文。徐度《却扫集》卷中记载："神宗览之不悦，曰：'为史但当实录以示后世，亦何必区区与先代帝王较优劣乎。且一篇之赞已如许之多，成书将复几何？'"这真是很奇怪，在上文所举的《移沧州过阙上殿劄子》中，曾巩对神宗的那一大堆美誉，他倒是听得心情顺畅，怎么反倒对称赞其祖"如许之多"这么反感？这也与宋朝大力提倡的孝道严重背离。实际上看似简单的一篇文章却涉及宋朝第一桩大阴谋，即太祖弟弟太宗赵光义的篡位。虽然宋朝诸史对太宗即位之事粉饰一新，但犹如东施效颦，越是打扮越显其丑陋。诸多铁证暂且不论，我们且看看赵匡胤诸兄弟以及他自己儿子的下场如何。赵匡胤兄弟五人，光济、光赞均早卒，只剩他与光义和廷美。儿子有四个，德秀、德林早亡，剩下德昭、德芳。太宗登基之后第四年，德昭自杀；第六年，德芳卒；第九年廷美远死于贬所房州，非太宗一系宗室凋零殆尽。这位坐享其成、打仗只会骑驴逃跑的皇帝，要起阴谋来，他那位"不世出之主"的哥哥也当是自叹弗如。也正因他想得周全，自他之后整个北宋一直到南宋赵构，都是其后代当家做主。其他宗室之凄凉，由赵构所言"太祖以神武定天下，子孙不得其享，遭时多艰，零落可悯"，可见一斑。《辽史·景宗本纪》所说"宋主匡胤卒其弟炅自立"一语，倒是直截了当，扯下了层层遮羞布。

曾巩不识时务地对太祖大赞特赞，这让本已心虚的神宗赵顼龙心不爽。尤其是最为关键的传位一事，虽然曾巩用尽了好话，但就像是好友挨了一刀，你反复地抚摸伤口以示关切，可他却疼得龇牙咧嘴。聪明的方法是一笔带过，或什么也不说。曾巩用的却是笨办法，故而越是使蛮劲，越是遭人恨。然而他应当不会忘记真宗咸平元年耿直的王禹偁就因修《太祖实录》时"直书其事"而落职黄州。再从上段的述说中亦可推知，曾巩并非不会使巧，这笨办法或许正是他有意所为的。

由以上这一大段唠叨，我们才能了解曾巩的笨其实与他一贯的"迂直"一脉相承，这股笨劲儿正透出他的可爱与真纯，这当是曾巩性格中最为闪亮的地方。

[注释]

①五代兴起，五十余年之间，更八姓十有四君：见《移沧州过阙上殿劄子》。②其尤甚也，契丹遂入中国，擅立名号：936年，契丹大败后唐军队，于十一月册封石敬瑭为大晋皇帝，晋遂割让幽、蓟、瀛、莫、涿、檀、顺、新、妫、儒、武、云、应、寰、朔、蔚十六州与契丹，这就是著名的边塞要地"燕云十六州"，约相当于现在的河北、山西两省北部地区。由此中国北方门户大开，留下致命的祸根，以致成为北宋亡国的重要原因之一，就此可见石敬瑭之罪，罪可滔天。③知方镇之病民也，故设通判之员，使敛以绳墨：《续资治通鉴》卷三记载，乾德元年（963）四月乙酉，太祖听从赵普的建议，"始置诸州通判，凡军民之政，皆统治之，事得专达，与长史均礼。大州或置二员"。④关市租赋，诸将得恣用，不问出入。以其故，士附，斗者尽力，谍者尽情，边臣可诿者，皆十余年不易其任：《续资治通鉴》卷二说："郡中管榷之利悉与之，恣其图回贸易，免所过征租。由是边臣皆富于财，得以养募死士，使为间谍，洞知敌情；每入边，必能先知预备，设伏掩击，自此累年无西北之虞。"⑤鉴于粤、蜀，以奢侈为戒：粤指南汉刘䶮、刘晟、刘鋹诸帝，蜀指后蜀孟昶，皆以骄奢闻名于世。⑥天下大势，连数十城之镇，割其故地，以小其力：《续资治通鉴》卷三记载，乾德元年（963）四月乙酉，太祖听从赵普的建议，"又令节镇所领支郡皆直隶京师，得自奏事，不属诸藩，于是节度使之权益轻"。然太祖之优容使这件事并没有得到彻底贯彻，直到太宗太平兴国二年才最终得以完全实现，至此"天下节镇无复有领支郡矣"。这是削弱藩镇的一项重要举措。⑦太祖立折杖法：折杖法是笞、杖、徒、流等刑的代用刑。笞刑用臀杖，杖数显著减少，笞十至二十的改为七下，三十至四十的改为八下，

五十的改为十下，杖后即释放。杖刑用臀杖，杖数显著减少。杖六十、七十、八十、九十、一百的依次改为十三、十五、十七、十八、二十下，杖后即释放。徒刑一年、一年半、二年、二年半、三年依次改用脊杖十三、十五、十七、十八、二十，杖后即释放，不再服劳役。流刑二千里、二千五百里、三千里依次改为脊杖十七、十八、二十，并加一年配役，流刑加役的则杖二十并加三年配役。⑧汉祖折厄白登，身仅免祸：汉高祖七年，匈奴冒顿围困汉高祖于白登台（今山西大同市东），后陈平献计，七日方得脱险。见《史记》卷九十三《韩信卢绾列传》。⑨然禹之孙太康失国：《史记》卷二《夏本纪》："夏后帝启崩，子帝太康立，帝太康失国。"裴骃《集解》解释："盘于游田，不恤民事，为羿所逐，不得反国。"⑩汤之孙太甲放废：《史记》卷三《殷本纪》："帝太甲既立三年，不明，暴虐，不遵汤法，乱德，于是伊尹放之桐宫。"这是后世史家一般说法。然而《竹书纪年》却与众不同，以为："伊尹放大甲于桐，乃自立也。伊尹即位，放大甲七年，大甲潜出自桐，杀伊尹。"此说别开生面，发人警醒。⑪五圣遵业：五圣，太宗、真宗、仁宗、英宗、神宗。下文的"六宗"是此五宗再加上一个太祖。

[译文]

唐朝的衰败，始自天宝以后，纲纪开始废弛，从此一蹶不振，终至于丧失天下。五代兴起，五十余年之间，换了八姓十四个君主，危机四起。尤其可恨的是，契丹竟然窜入中国，擅自册封石敬瑭为皇帝。当此之时，天地五行人事之理全部颠倒错乱，中国几乎与夷狄没什么两样了。

太祖皇帝为天下所爱戴，践位登基之后，以天下百姓为己任，劝农桑、薄赋敛、缓刑罚，废除不便于百姓的各项旧政，督促考察的诏令接二连三，由此可见，他的心思是无一日不在百姓身上啊。知道方镇为害百姓，于是就设置了通判一职，用法规对其加以约束。担忧官员为非作歹，于是鼓励大臣检举揭发。担心官吏贪赃枉法，于是设重罪以至于判死刑，并且不准赦免。推究太祖的心意，大概是因为适逢世事大乱之后，不如此施以重法，官吏就不知害怕，也就不能救百姓于水火之中。攻打下各个国家，必先免去百姓欠债、扫除苛捐杂税、周济贫困、昭雪冤屈、施惠农民、选拔人才，如此命令各个州县，反复强调不知疲倦。有时遇水旱灾害，就减餐素食，祈祷上苍，希望移灾于自己身上。对于大臣，有旧恩的，立过功劳的，都尽量给予高官厚禄。有儿子的就把公主嫁给他，有女儿的就让她们嫁给宗亲皇室，他对人就是想得如此周到。有才可用的，即使有仇也不弃之不顾。对于没有才能的旧臣，只是让他享受荣华富贵，却不委以实权。犯了罪多是赦免其罪，或让他们感到羞愧就行了。至于完善法律规范严加管束天下官吏，也是使他们不敢违法乱纪。

对于暂时无力征服的其他国家，与之礼尚往来。商人们经常不顾禁令偷越国境往来贸易，于是太祖就直接在边境设置贸易区，使双方互惠有无，商品有所匮乏就及时补充。征讨敌国，一定要将其罪恶昭示天下，不进行非正义的战争。敌国国君已经投降被俘，押送京师的过程中，都要不断地派使臣慰问迎接。到了京师也不侮辱他，而是给予优厚的职位俸禄。对于他的亲属、官吏也赐给田宅，使其子孙世代继承，由此颐养天年，最后都能够寿终正寝。

自后晋灭亡，契丹逐渐壮大，中国惴惴畏惧不敢与之相抗衡。太祖则选拔勇武多谋之人护卫西北边疆，给予特别恩宠，委以全权，是非分明。派遣戍卒时经常告诫说："我犹且可以赦免你们，但郭进是不会留任何情面的。"曾经有人到太祖那儿告郭进的状，太祖说："郭进军政严明，此人一定是触犯了郭进颁布的条法。"于是将此人押送给了郭进，由他惩处。边关赋税，诸将可任意使用，太祖从不查对数目。正因此，士卒皆归附于我，战争之时能够拼力厮杀，谍报人员也能够尽力收集敌方情报。可堪重用的边疆大臣都是十多年专任一地。然而这些臣子职位不过巡检使，军队人数也不过三五千人。委以全权将官就能够当机立断，职位不高就会奋勇进取，军队人少费用就节省，太祖管理将官的方法真是很多。总结他们的长处，又能够兼收并蓄，所以既能节省费用安定百姓，又能鼓舞新召集的军队，战胜来犯之敌。

太祖仁孝友爱，有包举天下的品德；聪明智勇，有包举天下的才华；仁心爱人，有包举天下的志向；心胸宽广，有包举天下的度量。勤奋节俭，恭顺谨慎，又虚怀若谷，从谏如流。有鉴于粤、蜀骄奢亡国，而以之为戒。考虑到治理天下重担在肩，所以不再周游畋猎。分封诸子，务求省简，所以不完全按照旧有规定。收纳学士大夫，不求全责备，前朝臣子心念旧主之时，也不加以责难。晚来喜欢读书，劝诸将也多用功学习，曾说："希望他们能了解治国之道。"以恩德包举天下，不论夷夏之别。平定了江南李唐政权，太祖看到捷报反而哭泣道："虽然出师征伐不义，但是反倒使我百姓因战争多有死伤，他们又有什么罪过啊！"秦州已经收复，但却归还了尚波于的领地。吴越王钱俶来朝，没有听从大臣的建议将之扣留，反而让他回国。契丹愿意与之结盟，逡巡徘徊不敢傲视中原。坐拥数十城池的藩镇，也不得不割舍地盘，减小自己的势力范围。难以管束的骄兵悍将也都收敛气焰，以免灾祸。至于举贤良、崇孝悌、完善礼乐制度、明确官员考核标准，当时天下虽然刚刚太平，然而各项大政方针都已制定，典章制度可以流传后世以为准则。百姓历经战乱之后终于能过上好日子了，家家安定太平；士农工商也都能各尽其职；鸟兽草木自然生长。前朝旧臣，充当将相被委以心腹之任的，一旦回心转意归于我朝，都能诚心不二，效忠朝廷。那些坐镇一方、拥兵自重、首鼠两端、违令不从之人也都争着诚心归附，犹如万水归宗一般。粤、吴、楚、瓯、闽的君主，分割天下十有八九。各个称王称霸，传子传孙，经历数十年之久，此时也都身为俘虏，并归我朝。四海之内终于得到统一。大海东面的高丽国，极南面的交趾，西面的吐蕃、回纥，北面的契丹，都请求遣使朝贡。天地之间道路所通达的地方，没有不来臣服的。

此时，建立了宋朝，万物得到复苏，天地五行人事都得以拨乱反正。太祖皇帝登基称帝不是像前朝帝王，通过智谋、武力，处心积虑，时刻惦记着篡权夺政。太祖得到天下是上有苍天依时运所赐，下有群臣百姓、三军将帅不归周而齐心归于太祖，没有处心积虑而是自然而然之事，所以说这是上天所授。等到他传天下时，舍弃自己的儿子而是传位于弟弟。太祖得到天下，与舜受尧之禅让，禹受舜之禅让，道理是一样的。他传天下的时候，与尧传位于舜，舜传位于禹，其道理又是一样的。得天下与传天下都是顺应着天意人心，要不是太祖一心为了天下苍生黎庶，又怎能做到这样啊！

世人都以为太祖是举世罕有之英主，与汉高祖相同。太祖为人大度，心胸开阔，知人善任，如此自然是可与汉高祖相比。太祖所面对的是自天宝以来，经过五代二百余年战乱、残破殆尽的天下；而汉高祖继承的是全盛的秦朝，秦二世之后天下才开始动乱，可见两人所面对的局面完全不同。太祖建立帝业，创制典章制度，后世常以为法；而汉高祖只是初步统一天下而已，这是高祖不及太祖的第一点。太祖建立折杖法，可使黎庶幸免榜打至死，又明确规范各种刑法，这些都本着宽大爱民的原则；而汉高祖虽约法三章，然而肉刑、株连三族的处罚直到孝文帝才除去，这是高祖不及太祖的第二点。太祖功臣，都是过去的旧臣，等到职位安定了，上下相安，君臣始终如一；而汉高祖却猜忌诸将，杀戮其家族，这是高祖不及太祖的第三点。太祖削弱强大的藩镇，使藩臣各遵其职守；而汉高祖分封过度，不断有宗亲造反，多年以后方才平定叛乱，这是高祖不及太祖的第四点。太祖征伐必胜；汉高祖屡战屡败，这是高祖不及太祖的第五点。太祖文武兼能，群臣莫及；汉高祖若没有张良、韩信、萧何相助，则必多有失误，这是高祖不及太祖的第六点。开宝初年，先打下了位于两广的南汉；而在汉高祖之时，赵陀在广州自立为南越武王，高祖不能禁止，这是高祖不及太祖的第七点。太祖不用武力，契丹就已归附；而汉高祖被困白登，勉强逃回，这是高祖不及太祖的第八点。太祖后宫只有两百人，又询问她们是否愿意归家，于是又去了四分之一；而汉高祖后宫淫乱，女祸殃及宗室，这是高祖不及太祖的第九点。太祖明于是非，决定继承人时英明果断；而汉高祖选择继承人不够慎重，汉世几乎灭亡，这是高祖不及太祖的第十点。汉高祖不如太祖的地方，大略就是如此。

由此可知，自三代以后，拨乱反正的君王没有能比得上太祖的。夏、商、周三代可以说是盛世了，然而禹的孙子太康曾被后羿夺去王位，汤的孙子太甲曾经被流放。文王、武王之后三四代昭王死在了楚地。自汉朝之后，动乱之多更是不可胜道了。太祖经营国家基业，流风余惠，后代享福不尽。五圣承其事业，至今有一百二十多年了。上下和乐，没有让人意想不到的事情发生，天下长治久安，这是三代以来从来没有的盛世。太祖创业传家，可比尧舜；经营天下，超过汉高祖；太平大业，承传无穷，这是连三代都比不上的。成功盛德，真是达到了顶点啊！唐天宝十四年，天下八百九十一万户。太祖元年，减为九十六万户，到了末年，天下安定，户口增为三百零九万。如今元丰二年，户口为一千三百九十一万。六圣的恩德养育呵护万民，国家由此达到了如此繁盛的地步。考察这些史事，推究其成因，可以知道这些都是自有其根源的啊！

新序目录序

刘向所集次《新序》三十篇，目录一篇，①隋唐之世尚为全书，今可见者十篇而已。臣既考正其文字，因为其序论曰：

古之治天下者，一道德，同风俗。盖九州之广，万民之众，千岁之远，其教已明，其习已成之后，所守者一道，所传者一说而已。故《诗》、《书》之文，历世数十，作者非一，而其言未尝不相为终始，化之如此其至也。当是之时，异行者有诛，异言者有禁，防之又如此其备也。故二帝三王之际，及其中间尝更衰乱而余泽未熄之时，百家众说未有能出于其间者也。及周之末世，先王之教化法度既废，余泽既熄，世之治方术者，各得其一偏。故人奋其私智，家尚其私学者，蜂起于中国，皆明其所长而昧其短，矜其所得而讳其失。天下之士各自为方而不能相通，世之人不复知夫学之有统、道之有归也。先王之遗文虽在，皆绌而不讲，况至于秦为世之所大禁哉！

汉兴，六艺皆得于断绝残脱之余，世复无明先王之道以一之者，诸儒苟见传记、百家之言，皆悦而向之。故先王之道为众说之所蔽，暗而不明，郁而不发。而怪奇可喜之论，各师异见，皆自名家者，诞漫于中国，一切不异于周之末世，其弊至于今尚在也。自斯以来，天下学者知折衷于圣人，而能纯于道德之美者，扬雄氏而止耳。如向之徒，皆不免乎为众说之所蔽，而不知有所折衷者也。孟子曰："待文王而兴者，凡民也。豪杰之士，虽无文王犹兴。"汉之士岂特无明先王之道以一之者哉？亦其出于是时者，豪杰之士少，故不能特起于流俗之中、绝学之后也。

盖向之序此书，于今为最近古，虽不能无失，然远至舜禹而次及于周秦以来，古人之嘉言善行亦往往而在也，要在慎取之而已。故臣既惜其不可见者，而校其可见者特详焉，亦足以知臣之攻其失者，岂好辩哉？臣之所不得已也。②

[题解]

此篇序文虽不长，却是简明扼要，或者更可以说是一针见血地指出了宋代乃至整个中国学术史上的一个重要问题。就学术思辨而言，宋朝人胆子大是出了名的。《周易》、《尚书》、《诗经》以及诸子文章，似乎没有他们不敢怀疑的。民国时期轰轰烈烈的疑古风气正是承此而来，只不过他们做得更狠，封建的一切都被砸得七零八碎。这疑古就积极的意义而言，无疑是沉闷的空气中吹来一股宜人的清风。与此相较而言，曾巩的论调就显得过于迂腐，更会有导致思想禁锢的危险。然而凡事都有利弊，疑过了头也会带来可怕的混乱；再就一个民族而言，有些根本性的东西确是不可妄加怀疑的。因此曾巩所论可谓是否定之否定，反而要更为思辨。故而不论是对当时的学术风气还是就整个中国学术史，甚至是就个人的学术修养而言，"学之有统、道之有归"都是一句至理名言。

汉代的学术掺杂了太多阴阳灾异之论，有点走火入魔，刘向正是积极参与者。曾巩则是指桑道槐，全篇虽然都是围绕着刘向而论，然而最终却又别有所指。这正是这篇文章结构的一个巧处。

曾巩此篇序文与《战国策目录序》、《陈书目录序》相比，尤以义理见长，这自然可见其思致之深远，故而作为读后感颇为优秀。然而若就目录学之解题而言则有离题千里之虑，读完之后，对于何者为《新序》，读者依然是茫然不知。

[注释]

① 刘向所集次《新序》三十篇，目录一篇：《汉书》卷三十六《刘向

传》："向睹俗弥奢淫，而赵卫之属起微贱，逾礼制。向以为王教由内及外，自近者始，故采取《诗》、《书》所载贤妃贞妇兴国显家可法则，及孽嬖乱亡者，序次为《列女传》，凡八篇，以戒天子。及采传记行事著为《新序》、《说苑》，凡五十篇，奏之。数上疏言得失，陈法戒，书数十上，以助观览，补遗阙。上虽不能尽用，然而嘉其言，常嗟叹之。"②岂好辩哉？臣之所不得已也：《孟子·滕文公下》："孟子曰：'予岂好辩哉？予不得已也。'"

[译文]

刘向所编辑的《新序》共三十篇，目录一篇，隋唐的时候尚有全书，而今能够看到的只有十篇而已。臣已经考证了它的文字，完成了整理工作，因此为它写了一篇序论，以为：

古代治理天下要统一道德观念，同化风俗习惯。九州如此广大，万民如此众多，千年如此遥远，然而教化已经明确、习俗已经养成之后，所遵守的是统一的道德标准，所传承的是同一学说而已。所以《尚书》、《诗经》中所记载的文章，虽然经历了数十代，作者也各不相同，但是他们的言论思想未尝不是互为表里、相互印证，教化达到如此程度可以说是极致了。当时，异端的行为被诛绝，异端的言论被禁止，防范措施是如此完备。所以二帝三王的时候，其间也曾有过衰落动乱的年代，但先王的余泽未曾熄灭，百家杂说也不能在此肆意滋长。到了东周末年，先王的教化法度都已废除殆尽，余泽已经熄灭，世间钻研道术者各得一偏。所以人人自奋其私智，家家自尊其私学，风起云涌于中国，这些人都是各知其所长而不知其所短，自矜夸于一己之得而掩饰其所失。天下的学士故步自封不能互通有无，世人也就不再知道学术必须有统一的标准，道德必须有统一的宗旨。先王的遗文虽在，但都弃之不顾，更何况到了秦朝天下大禁学术呢！

汉朝兴起，六艺都得之于断绝残脱之余，世间也不再有人昌明先王之道而统一天下学术。诸位儒者学士偶然看到各种史书传记、百家杂说，都欣喜而向往之。所以先王之道被众杂说所蒙蔽，幽微而不能昌明，闭塞而不能振兴。由此怪怪奇奇讨人欢喜的各种言论，皆能沽名钓誉扬名于天下，满布于中国。这一切都不异于东周末年，其流弊至今尚在。自此以后，天下学者能够知道效仿圣人，纯净道德之美的就只有扬雄一人而已了。像刘向等人都不免为流俗之论所蒙蔽，而不知道该如何折中于圣人之道。孟子曾经说："待文王出现之后才能振作兴起的是普通百姓，而豪杰之士，虽无文王也能自己振作兴起。"汉代的学士难道仅只是没有先王之道而统一学术吗？也是因为那个时代豪杰之士稀少，所以人们不能卓然振起于流俗之中、学术断绝之后吧。

　　刘向编撰此书，就今而言大概是最忠实于原始材料的。虽然不可能没有失误，但远至于虞舜、大禹，其次及于周朝、秦代以来古人的嘉言善行，往往都在其中，关键是在于我们要善于选择罢了。所以臣对失传的篇章感到十分可惜，故而对于现在遗存的作品校勘得特别详细，由此从中也可以知道臣批评他的失误，哪里是我好辩呢？实在是不得已呀。

列女传目录序

刘向所叙《列女传》，凡八篇，事具《汉书》向列传。[①]而《隋书》及《崇文总目》皆称向《列女传》十五篇，曹大家[②]注。以《颂义》考之，盖大家所注，离其七篇为十四，与《颂义》凡十五篇[③]，而益以陈婴母及东汉以来凡十六事[④]，非向书本然也。盖向旧书之亡久矣。嘉祐中，集贤校理苏颂始以《颂义》为篇次，复定其书为八篇，与十五篇者并藏于馆阁。而《隋书》以《颂义》为刘歆作，与向列传不合。今验《颂义》之文，盖向之自叙。又《艺文志》有向《列女传颂图》，明非歆作也。自唐之乱，古书之在者少矣，而《唐志》录《列女传》凡十六家，至大家注十五篇者亦无录，然其书今在。则古书之或有录而亡，或无录而在者亦众矣，非可惜哉！今校雠其八篇及其十五篇者已定，可缮写。

初，汉承秦之敝，风俗已大坏矣，而成帝后宫，赵、卫之属尤自放。向以谓王政必自内始，故列古女善恶所以致兴亡者以戒天子，此向述作之大意也。其言太任之娠文王也，目不视恶色，耳不听淫声，口不出敖言。又以谓古之人胎教者皆如此。夫能正其视听言动者，此大人之事，而有道者之所畏也。顾令天下之女子能之，何其盛也！以臣所闻，盖为之师傅保姆之助，《诗》、

《书》图史之戒，珩璜琚瑀之节，威仪动作之度。其教之者虽有此具，然古之君子，未尝不以身化也。故《家人》之义归于反身，⑤《二南》之业本于文王⑥，夫岂自外至哉？

世皆知文王之所以兴，能得内助，而不知所以然者，盖本于文王之躬化，故内则后妃有《关雎》之行，外则群臣有《二南》之美，与之相成。其推而及远，则商辛之昏俗，江汉之小国，兔罝之野人，莫不好善而不自知，此所谓身修故国家天下治者也。后世自学问之士，多徇于外物而不安其守，其家室既不见可法，故竞于邪侈，岂独无相成之道哉！士之苟于自恣，顾利冒耻而不知反已者，往往以家自累故也。故曰"身不行道，不行于妻子"，⑦信哉！如此人者，非素处显也，然去《二南》之风亦已远矣，况于南乡天下之主哉！向之所述，劝戒之意可谓笃矣。

然向号博极群书，而此传称《诗·芣苢》、《柏舟》、《大车》之类，与今序《诗》者之说尤乖异，盖不可考。至于《式微》之一篇，又以谓二人之作。岂其所取者博，故不能无失欤？其曰象计谋杀舜及舜所以自脱者，颇合于《孟子》。然此传或有之，而《孟子》所不道者，盖亦不足道也。凡后世诸儒之言经传者，固多如此，览者采其有补，而择其是非可也。故为之叙论以发其端云。

[题解]

曾巩这篇书籍提要写得颇为规范，先是介绍此书流传、校勘情况，作为开篇；接着深入论述此书之立意，作为文心；最后再客气地指出点错误，作为尾声。中国诗文讲究"言有尽而意无穷"，这个结尾也是有此说道的。并且"自负要似刘向"的曾巩，于此时也正可现出一些"自负"来。有了中间的义理、结尾的考据，加之通篇文从字顺，清代桐城派大力鼓动的"义理"、"考据"、"辞章"三项标准都符合了，难怪说姚鼐的为文"尤近于欧阳修、曾巩"。曾巩所作序文《梁书目录序》偏于义理，《陈书目录序》长于考据，而这种三段论的作法四平八稳可算是提要、解题的正格。

曾巩此文的"义理"是沿着儒家《礼记·大学》中修身、齐家、治国、平天下的老路子而展开。此文颇有几分新意的是，此种场合惯有的"红颜祸水"的老调子没有出现。开篇只带了一句"故列古女善恶所以致兴亡者"，而后文只讲善女"何其盛也"；至于恶女，他则归之于夫的责任，"后世自学问之士，多徇于外物而不安其守"，"士之苟于自恕"，由此才导致"其家室既不见可法，故竞于邪侈"。这似乎要比《列女传》专列一《孽嬖传》通达了许多。虽然他在《书房事》同样是高谈"妾女之祸"，当亦不掩此文之所长。

文章最后的"考据"颇好，好处就在他以两三言揭示了一个大问题，故而显得余韵悠扬。史学上有"层累地造成的中国古史"，而经学上则更是青出于蓝而胜于蓝了。对于这样的新知，我们要多个心眼，"择其是非可也"。

[注释]

①刘向所叙《列女传》，凡八篇，事具《汉书》向列传：《汉书》卷三十六《刘向传》："向睹俗弥奢淫，而赵卫之属起微贱，逾礼制。向以为王教由内及外，自近者始，故采取《诗》、《书》所载贤妃贞妇兴国显家可法则，及孽嬖乱亡者，序次为《列女传》，凡八篇，以戒天子。"②曹大家：指班昭，班彪女，班固妹，东汉文学家、史学家。嫁同郡曹世叔。班昭博学有高才，续成其兄所作《汉书》，和帝数诏入宫，令教授皇后诸贵人，号"大家"，故又称曹大家。③与《颂义》凡十五篇：古本《列女传》篇末都有一"颂"，总括前意、抒发己见，肇始于《史记》"太史公曰"，唯文体稍异。④而益以陈婴母及东汉以来凡十六事：陈婴，秦东阳（今安徽天长市西北）令史，陈胜起义，东阳人亦欲立陈婴为长闻风而起。然其母以陈家世无富贵，今暴贵不祥为劝。陈婴于是听从其命，相让于项梁。事见《史记·项羽本纪》。今本《列女传》又由十六事增加为二十事。⑤故《家人》之义归于反身：《周易·家人》："《象》曰：'咸如'之吉，反身之谓也。"正义解释为："'反身之谓'者，身得人敬则敬于人，明知身敬于人人亦敬己。反之于身则知施之于人，故曰'反身之谓'也。"⑥《二南》之业本于文王：《二南》为《周南》、《召南》，乃《诗经》十五国风中的两个组成部分，《诗大序》说："《周南》、《召南》，正始之道，王化之基。"正义解释为："《周南》、《召南》二十五篇之诗，皆是

正其初始之大道，王业风化之基本也。"而这样的大道，基本都是文王所奠定。⑦故曰"身不行道，不行于妻子"：《孟子·尽心章句下》说："身不行道，不行于妻子；使人不以道，不能行于妻子。"

[译文]

刘向编辑的《列女传》，共八篇，事情原委可见《汉书》刘向列传。而《隋书》及《崇文总目》都著录《列女传》为十五篇，曹大家注。由《颂义》可考知曹大家所注的《列女传》，是把七篇一分为二成十四篇，再将每篇之后的《颂义》单独列出合为一篇，这样就成了十五篇。其中又增加了陈婴母等东汉以来的十六事，这已不是刘向书的原本面貌了。刘向所编之书大概已亡佚很久了。嘉祐中，集贤校理苏颂开始按照《颂义》重新恢复了八篇的原貌，与十五篇的本子一并藏于馆阁。《隋书·经籍志》以为《颂义》为刘向之子刘歆所作，与《汉书》刘向列传所说不符。今考察《颂义》文本，可知当为刘向自己所为。又《汉书·艺文志》有刘向所作《列女传颂图》，由此明确可知非刘歆所作。自唐代战乱以来，古书留存稀少，而《旧唐书·经籍志》著录《列女传》共有十六家之多，但对于曹大家所注的十五篇本子却没有著录，可是此书如今尚存于世。古书或被记载但已亡佚，或没有记载反倒留存，这种现象真的是很多啊，这难道不很可惜吗？今校勘八篇及十五篇这两个本子已经完成，可以重新誊写清本了。

起初，汉代承袭秦的弊端，风俗已经大坏了，而汉成帝后宫中，赵飞燕、卫婕妤等人尤自放纵。刘向以为王政一定要由内开始治理，因而罗列古代给国家带来兴亡祸福的善恶女子，以此来劝诫天子，这就是刘向编撰此书的大意所在。书中所举太任待产文王的时候，眼睛不看恶色，耳朵不听淫声，嘴巴不乱说话。刘向认为古人胎教都是如此。能够端正视听言动这是君子之事，有道之人都会为之钦佩不已。假使天下女子都能如此，这是多么好的一件事呀！

以臣所听说的，安排师傅保姆来教育，以《诗》、《书》等各种图册、史书进行劝诫，注重行走时珩璜琚瑀的节奏，威仪动作的幅度。各种教育方式虽然如此详备，然而古代的君子没有不是以身作则来感化大家的。所以《周易·家人》主张约束自己，《诗经》中《周南》、《召南》所歌颂的功业源自于文王家庭教化，这种教育难道是外在的吗？

世人都知道文王所以兴盛是有贤内助辅佐，却不知他之所以能取得如此成就，根源在于他自身的修养。所以在内后妃们有《关雎》所歌颂的德行，在外群臣有《二南》称颂的美德与之相辅相成。推而及远，被商纣王弄得乌烟瘴气的地方，江汉之间的一些小国、山野中的农夫都不自觉地好善乐道起来，这就是所谓的自身修养好了，推而及远家国天下也都会治理好。后世学者多为外物所诱而不能安心自守，自己的家庭都不能治理和洽，竞相追逐邪侈之好，还能指望什么外在的相成之道吗？一般士大夫们得过且过，贪利忘义不知反省自责，往往就是不能治理好自己的家庭而连累了自己。所以说"自身不正，连他的妻子儿女都不会听他的，还能指望别人能怎样"。这话说得多么好啊！这样的人并非显达之人，都应该以《二南》所说的那样要求自己，更何况面南背北的天子呢？刘向所陈述的劝诫之意，是多么诚恳真切啊。

刘向以博极群书著称于世，然而此书对于《诗经》中《芣苢》、《柏舟》、《大车》的解释与现今所传《诗序》相悖，不知这是什么原因。至于《式微》一诗又以为是两人所作，难道是取材过于广博而不能不偶有失误所致？书中所说舜的弟弟象谋杀舜以及舜自己设法逃脱，与《孟子》颇为相合。然而此书所记的第三次杀舜之事，《孟子》中并没有记载，像这些小说家言是不足为据的。大凡后世诸儒阐释经传大多都是如此，故而虽可补充佚文，但要注意是非真假的判断。由此作此序论列于书首。

说苑目录序

刘向所序《说苑》二十篇,《崇文总目》云:"今存者五篇,余皆亡。"臣从士大夫间得之者十有三篇,与旧为十有八篇,正其脱谬,疑者阙之,而叙其篇目曰:

向采传记、百家所载行事之迹,以为此书。①奏之欲以为法戒,然其所取,往往不当于理,故不得而不论也。

夫学者之于道,非知其大略之难也,知其精微之际固难矣。孔子之徒三千,其显者七十二人,皆高世之材也,然独称:"颜氏之子,其殆庶几乎?"及回死,又以谓无好学者。②而回亦称夫子曰:"仰之弥高,钻之弥坚。"子贡又以谓:"夫子之言性与天道,不可得而闻也。"则其精微之际,固难知久矣。是以取舍不能无失于其间也,故曰"学然后知不足",岂虚言哉!

向之学博矣,其著书及建言,尤欲有为于世,至其枉己而为之者有矣,何其徇物者多而自为者少也!盖古之圣贤非不欲有为也,然而曰"求之有道,得之有命"③。故孔子所至之邦,必闻其政,而子贡以谓非夫子之求之也,岂不求之有道哉?④子曰:"道之将行也与,命也;道之将废也与,命也。"岂不得之有命哉?令向知出此,安于行止,以彼其志,能择其所学,以进乎精微,则其所至未可量也。是以孔子称"古之学者为己",孟子称

"君子欲其自得之,自得之则取之左右逢其原",岂汲汲于外哉!⑤向之得失如此,亦学者之戒也。故见之叙论,令读其书者,知考而择之也。然向数困于谗而不改其操,与夫患失之者异矣,可谓有志者也。

[题解]

此篇序文与《新序》序文相似,都以义理见长。《新序》序文是着眼于一时代的学风,而此文则就刘向本人言其不当。其论的核心是说刘向徇物多、自为少,也就是"汲汲于外",而不"为己"。《汉书·刘向传》记载其早年热衷于炼黄金,后又屡次反对权臣外戚,由此大谈阴阳灾异。为此曾使他两次身陷图圄,然而他始终执著有为。将之与曾巩心中的偶像,扬雄的"清静亡为"、"恬于势利"相比,就显得刘向太好动了。其实刘向是绝顶聪明的,虽然时隔久远余韵消歇,然而只要想一想四库总管纪晓岚的多少遗闻逸事,就可想见总览群书的刘向该是多么的睿智。对于阴阳灾异,他是愚人而非自愚。这与他的"汲汲于外"都是忧国心切所致。他之所以与扬雄不同,正如他在奏书中所说"臣幸得以骨肉备九卿",与汉帝的骨肉之亲,自然使他与扬雄这个局外人有着天壤之别。若看破这一层,也就不会对他产生"为己"、"为人"的苛责了。

[注释]

①向采传记、百家所载行事之迹,以为此书:《汉书》卷三十六《刘向传》:"向睹俗弥奢淫,而赵卫之属起微贱,逾礼制。向以为王教由内及外,自近者始,故采取《诗》、《书》所载贤妃贞妇兴国显家可法则,及孽嬖乱亡者,序次为《列女传》,凡八篇,以戒天子。及采传记行事著为《新序》、《说苑》,凡五十篇,奏之。数上疏言得失,陈法戒,书数十上,以助观览,补遗阙。上虽不能尽用,然而嘉其言,常嗟叹之。"②及回死,又以谓无好学者:《论语·雍也》:"哀公问:'弟子孰为好学?'孔子对曰:'有颜回者好学,不迁怒,不贰过。不幸短命死矣,今也则亡,未闻好学者也。'"③然而曰"求之有道,得之有命":《孟子·尽心上》:"孟子曰:'求则得之,舍则失之,是求有益于得也,求在我者也。求之有道,得之有命,是求无益于得也,求在外者也。'"④故孔子所至之邦,必闻其政,而子贡以谓非夫子之求之也,岂不

求之有道哉：《论语·学而》："子禽问于子贡曰：'夫子至于是邦也，必闻其政，求之与？抑与之与？'子贡曰：'夫子温、良、恭、俭、让以得之。夫子之求之也，其诸异乎人之求之与？'"⑤是以孔子称"古之学者为己"，孟子称"君子欲其自得之，自得之则取之左右逢其原"，岂汲汲于外哉：《论语·宪问》："子曰：'古之学者为己，今之学者为人。'"《孟子·离娄章句下》："孟子曰：'君子深造之以道，欲其自得之也。自得之，则居之安；居之安，则资之深；资之深，则取之左右逢其原，故君子欲其自得之也。'"

[译文]

刘向编撰的《说苑》共有二十篇，《崇文总目》说："如今只残存五篇，其余都散佚掉了。"臣从士大夫中搜集到十三篇，与旧有的五篇合为十八篇，校正此书脱落错误的地方，对于缺失处也提出了自己的看法，最终完成此书的校勘工作并为其作了一篇序文，以为：

刘向采录史书传记、百家杂说所记载的历史事迹而编辑成这本书，进献给皇上希望以此为法戒。然而他的取舍有的并不恰当，所以我不能不加以论述。

学者对于道术的把握并非难在知其梗概，而是难在了解其精细微妙之处。孔子有弟子三千人，其中最优秀的有七十二人，这些都是当时的高才俊士。然而他唯独赞叹说："颜路的儿子颜回大概已是接近精微之道了吧？"颜回死之后，又说再也没有好学的人了。而在《论语·子罕》中颜回也称赞夫子说："越抬头看，越觉得他高不可攀。越用力钻研，越觉得他坚不可摧。"《论语·公冶长》中记载子贡也说："老师关于性与天道的言论，我们没有听说过。"可见其道术的精细微妙之处的确是很难知晓的。所以对于它的把握总会有一些失误，所以《礼记·学记》说"学了之后才能知道自己的不足之处"，这难道是没有根据的假话吗？

刘向的学问很是渊博，他著书立说以及向上进谏都是想要有益于国政，以至于违反原则地做事，顺从外物实在是太多了，而自己固守的东西又实在是太少了！古代的圣贤并非不欲有所作为，然而却说"追求要有一定的方法，得之与否则在于天命"。所以孔子周游到一个国家，一定能听得到那里的治政情况，而子贡以为这不是夫子自己搜集来的，这难道不是搜求自有一定的方法吗？孔子说："我的治世之道能够实现，这是天命；我的治世之道被废弃，这也是天命。"这难道不是得之与否在于天命吗？假使刘向能够知道这些道理，安于本分，以他的志向，若能将所学的东西加以选择，由此接近于精微之处，那么他所能达到的境界真是不可限量啊。所以孔子说"古代的学者学习都是为了自己道德情操的培养"，孟子也说"君子想要自得，若能自得，就能取之不尽，左右逢源"，何必汲汲于外在的追求？刘向的得失就是如此，后世的学者应当从中有所借鉴。所以将这些写于序言中，使后世学者读此书时能够加以考察而有所选择。然而刘向屡次被谗言陷害而能不改变他的节操，与那些患得患失之人不同，确实可以说是一个胸怀大志的人。

徐幹中论目录序

臣始见馆阁及世所有徐幹《中论》二十篇，^①以谓尽于此。及观《贞观政要》，怪太宗称尝见幹《中论·复三年丧》篇，而今书此篇阙。因考之《魏志》，见文帝称幹著《中论》二十余篇，于是知馆阁及世所有幹《中论》二十篇者，非全书也。

幹字伟长，北海人，生于汉魏之间。^②魏文帝称幹"怀文抱质，恬淡寡欲，有箕山之志"。而《先贤行状》亦称幹"笃行体道，不耽世荣，魏太祖特旌命之，辞疾不就，后以为上艾长，又以疾不行"。^③

盖汉承周衰及秦灭学之余，百氏杂家与圣人之道并传，学者罕能独观于道德之要，而不牵于俗儒之说。至于治心养性、去就语默之际，能不悖于理者固希矣，况至于魏之浊世哉！幹独能考六艺，推仲尼、孟轲之旨，述而论之。求其辞，时若有小失者；要其归，不合于道者少矣。其所得于内者，又能信而充之，逡巡浊世，有去就显晦之大节。

臣始读其书，察其意而贤之。因其书以求其为人，又知其行之可贤也。惜其有补于世，而识之者少。盖迹其言行之所至，而以世俗好恶观之，彼恶足以知其意哉？顾臣之力，岂足以重其书，使学者尊而信之？因校其脱谬，而序其大略，盖所以致臣之意焉。

[题解]

徐幹跻身"建安七子"之列,其文学上的声誉要远超他作为思想家的影响。但曾巩于此处却别出己见,对他《中论》中所体现的思想大加称赞。《中论》实无多少卓识,曾巩所看重并大力歌颂的其实是徐幹于浊世之中那份对于儒道的固守与执著。他的这种"恬淡寡欲"与扬雄可谓一脉相承,他们的这种恬淡越发能体现出一种坚强,由此也越发可见其人格之高华清纯。而这种"为己"的可贵正是曾巩在《说苑目录序》等文章中所反复强调的。而从中我们也正可看到曾巩的身影。与其说他是在评论徐幹,倒不如说他是在述说着自己的理想与追求。

[注释]

①臣始见馆阁及世所有徐幹《中论》二十篇:宋初沿袭唐、五代之制,以昭文馆(唐为弘文馆)、史馆、集贤院为三馆。太宗太平兴国三年新建三馆,通称崇文院。端拱元年五月建秘阁于崇文院内。②幹字伟长,北海人,生于汉魏之间:徐幹(171~218),东汉末文士、学者。建安二十三年二月遇疫卒,年四十八岁。北海,青州刺史部北海国,治所在剧县,今为山东昌乐西北。③而《先贤行状》亦称幹"笃行体道,不耽世荣,魏太祖特旌命之,辞疾不就,后以为上艾长,又以疾不行":《魏书·徐幹传》裴松之注引《先贤行状》曰:"幹清玄体道,六行修备,聪识洽闻,操翰成章,轻官忽禄,不耽世荣。建安中,太祖特加旌命,以疾休息,后除上艾长,又以疾不行。"

[译文]

臣看到馆阁以及民间所藏的《中论》有二十篇,以为这就是《中论》的全部文章。后来看到《贞观政要》,感到奇怪的是,唐太宗称他曾看到徐幹的《中论·复三年丧》这一篇文章,而如今的书中正缺少这一篇。因此查考《三国志·魏书·徐幹传》,看见魏文帝说徐幹"写了《中论》二十多篇文章",由此知道馆阁以及民间所收藏的徐幹《中论》二十篇并非是全书。

徐幹字伟长,北海人,生于汉魏之间。《魏书·徐幹传》记载魏文帝称赞他"文质彬彬，恬淡寡欲，具有古贤人许由那样淡泊名利的高远心志"。《先贤行状》也称赞他"意志坚定，一心向学，不用心于名利，魏太祖特意加以表彰并征召为官，他却以生病为由而不赴任。后来又任命他为上艾长官，他又借口生病而不赴任"。

汉代承绪东周末年道术衰落以及秦代焚书坑儒之后，百家杂说与圣人之道并行于世，学者们很少能够一意用心于儒道精要的学习，而不被俗儒杂说干扰。至于调理身心培养心性，以及言语行动之际能够不违背儒道的，是非常罕见的，更何况在魏这样一个混浊的时代！而唯独徐幹能够详考六艺，推究仲尼、孟轲的学说宗旨，广为探讨。推敲他的文辞，有时似乎小有失误；然而概括其学说的主旨，不符合儒家之道的却很少。内心独有所得，又能将之发扬光大，独行于混浊的时代，却能保持自己高洁的操守。

臣开始读他的文章，就觉察到他有如此心志，故而认为他是个贤士。由其书再去考察他的为人，又发现他的言行是如此的令人钦佩。可惜的是，他的学说虽然有补于世道，但是知道他的人却很少。这大概是因为对于他的言行，只是用世俗的好恶去评价，而世俗的眼光又怎能了解他的心意呢？然而我一个人的力量又怎能扩大这本书的影响，使学者们都来重视并加以利用呢？因此我校正了此书缺失错误的地方，并叙述了它的大概内容，以此来表达我的心意。

礼阁新仪目录序

《礼阁新仪》三十篇，韦公肃撰，记开元以后至元和之变礼。史馆、秘阁及臣书皆三十篇，集贤院书二十篇。以参相校雠，史馆、秘阁及臣书多复重，其篇少者八，集贤院书独具。然臣书有目录一篇，以考其次序，盖此书本三十篇，则集贤院书虽具，然其篇次亦乱。既正其脱谬，因定著从目录，而《礼阁新仪》三十篇复完。

夫礼者，其本在于养人之性，而其用在于言动视听之间。使人之言动视听一于礼，则安有放其邪心而穷于外物哉？不放其邪心，不穷于外物，则祸乱可息，而财用可充。其立意微，其为法远矣。故设其器、制其物、为其数、立其文，以待其有事者，皆人之起居出入、吉凶哀乐之具，所谓其用在乎言动视听之间者也。

然而古今之变不同，而俗之便习亦异。则法制度数，其久而不能无弊者，势固然也。故为礼者，其始莫不宜于当世，而其后多失而难遵，亦其理然也。失则必改制以求其当。故羲农以来，至于三代，礼未尝同也。后世去三代，盖千有余岁，其所遭之变，所习之便不同，固已远矣。而议者不原圣人制作之方，乃谓设其器、制其物、为其数、立其文，以待其有事，而为其起居出人、吉凶哀乐之具者，当一二以追先王之迹，然后礼可得而兴也。至其说之不可求，其制之不可考，或不宜于人，不合于用，则宁至于漠然而不敢为，使人之言动视听之间，荡然莫之为节，至患夫为罪者之不止，则繁于为法以御之。故法至于不胜其繁，而犯者亦至于不胜其众。岂不惑哉！

盖上世圣人，有为耒耜者，或不为宫室；为舟车者，或不为棺椁。岂其智不足为哉？以谓人之所未病者不必改也。至于后圣有为宫室者，不以土处为不可变也；为棺椁者，不以葛沟为不可易也。岂好为相反哉？以谓人之所既病者不可因也。又至于后圣，则有设两观而更采椽之质，攻文梓而易瓦棺之素，岂不能从俭哉？以谓人情之所好者能为之节而不能变也。由是观之，古今之变不同，而俗之便习亦异，则亦屡变其法以宜之，何必一二以追先王之迹哉？其要在于养民之性，防民之欲者，本末先后能合乎先王之意而已，此制作之方也。故瓦樽之尚而薄酒之用，大羹之先而庶羞之饱，一以为贵本，一以为亲用。则知有圣人作而为后世之礼者，必贵俎豆，而今之器用不废也；先弁冕，而今之衣服不禁也①，其推之皆然。然后其所改易更革，不至乎拂天下之势，骇天下之情，而固已合乎先王之意矣。是以羲农以来，至于三代，礼未尝同，而制作之如此者，亦未尝异也。后世不推其如此，而或至于不敢为，或为之者特出于其势之不得已，故苟简而不能备，希阔而不常行，又不过用之于上，而未有加之于民者也。故其礼本在于养人之性，而其用在于言动视听之间者，历千余岁，民未尝得接于耳目，况于服习而安之者乎？至其陷于罪戾，则繁于为法以御之，其亦不仁也哉。

此书所纪，虽其事已浅，然凡世之记礼者，亦皆有所本，而一时之得失具焉。昔孔子于告朔，爱其礼之存，②况于一代之典籍哉？故其书不得不贵。因为之定著，以俟夫论礼者考而择焉。

[题解]

此文可谓借题发挥，《礼阁新仪》只是绿叶，在首尾稍加点缀，中间是它的鲜花，对于千古礼制的变化展开重点论述。此文的关键是："古今之变不同，而俗之便习亦异，则亦屡变其法以宜之，何必一二以追先王之迹哉？"经过庆历新政的洗礼，曾巩自然知道改革的必要。然而如何改革，在当时却是众见纷纭。曾巩则以为："然后其所改易更革，不至乎拂天下之势，骇天下之情，而固已合乎先王之意矣。"这当是此文的重中之重。曾巩所主张的这种循序渐进的改革方式，正是他与年轻时的好友王安石日后在政见上产生巨大差异的关键所在。阅读曾巩文章，人们发现他开口闭口都是"先王之道"，使人们总以为他过于保守，甚至有些迂腐，然而通过这篇文章我们可以看到一个真正的曾巩。由此亦可知对于儒道的坚持与保守并不能画上等号。相反，某些对于儒学传统猛烈抨击甚至唾弃的行为也并不见得就是他们所自诩的所谓先进与科学。

[注释]

①必贵俎豆，而今之器用不废也；先弁冕，而今之衣服不禁也：俎犹如桌案，放置大块的肉。豆似大个的高脚杯，上可有盖，用来盛放肉羹。弁像今天的瓜皮帽。冕就是冕旒。这里都是用来泛指祭祀的古老器具与服装。②昔孔子于告朔，爱其礼之存：《论语·八佾》："子贡欲去告朔之饩羊。子曰：'赐也！尔爱其羊，我爱其礼。'"每年秋冬之交，周天子把第二年的历书颁发给各诸侯。诸侯接收历书之后回国将其藏在祖庙中，每当初一，就杀一头羊祭祀于庙中，然后回朝听政。祭庙的仪式就叫做"告朔"。

[译文]

《礼阁新仪》三十篇，韦公肃所作，记载开元以后到元和年间的各种礼仪。史馆、秘阁以及臣所藏书都是三十篇，集贤院所藏则是二十篇，以此互相参照校勘，史馆、秘阁及臣所藏书多重复，文章也少了八篇，而集贤院本独存此八篇。然而臣所藏书有目录一篇，由此可以考定此书的排列次序，知此书本三十篇，集贤院本虽然篇目完整，然而篇次混乱。臣校正了此书脱落错误的地方，重新整理了篇目，如此《礼阁新仪》三十篇也就重新完整了。

　　礼的本质在于培养人的性情，而礼的运用就在于人们的日常言行举止之间。使人的言行举止完全符合礼的要求，又怎会放纵自己的邪心去追求外在的事物呢？如果人人不放纵其邪心，不追求外在的事物，则祸乱就会消失，社会财富就会充足。对于礼的制定，立意是非常精微的，所制定的法则用意也是非常深远的。所以设置器具、规定牲畜、确定数量、安排程序，以便人们需要时加以利用。内容都是关于日常起居出入、吉凶哀乐的一些具体规定，这就是所说的礼的运用就在于日常言行举止之间。

　　然而古今时代不同，世俗的习惯也会随之发生改变。如此法律制度以及各项规定，日久天长就会产生许多缺陷，这是事物发展的自然规律。所以礼的制定，一开始没有不符合于当时的社会，而之后随着社会的发展日益呈现出诸多弊端而难以让人们去遵守，这也是自然规律。有了弊端就一定要改变礼制使它符合社会发展的需要。所以伏羲、神农以来，至于夏、商、周三代，礼不曾完全相同过。后世离三代相隔一千多年，其间事物的变化，习俗的不同，自然是有着很大的差距。而有些人不去探寻圣人制定礼仪的主旨，先王所设置的器具、规定的牲畜、确定的数量、安排的程序，以便人们需要时可加以利用，而以为日常起居出入、吉凶哀乐的一些具体规定，这些都必须一一遵循先王的要求，如此礼才能够得到复兴。至于那些无法寻求的、无法考证的，或是不合时宜、不便运用的礼制，他们则茫然不知如何是好，如此使人们言行举止完全没有了礼制的约束。由此犯罪的人层出不穷，就又要制定繁杂的法律来加以管制。所以法律以至于不胜其烦，而违法乱纪的人却是不胜其数。这难道不是很荒唐吗？

　　上古的圣人，有制造耒耜的，却没有去制造房屋；有制造舟车的，却没有去制作棺椁。这难道是他们智力不足吗？这是因为人们并没有觉得这有什么不妥之处，所以就没必要去加以改变。到了后来又有圣人去制造房屋，并不以穴居土处为不可改变；有圣人去制作棺椁，并不以沟埋土葬为不可改变。这难道是他们有意要背道而驰吗？他们认为只要人们觉得不方便就不应该再去遵守。又到了后来，有圣人修建两观以改变原来宫殿简陋的结构，雕琢华美的棺椁而改变瓦棺的简朴，难道他们不能节俭从事吗？他们则认为这是人们所喜欢的，能够有所节制，但不能改变人们的这种爱好。由此可见，古今时代不同，而世俗的喜好也相应发生了变化，如此就应不断地改变方法去适应时代的要求，又何必一一遵循先王的规定？礼仪的关键在于培养百姓的性情，防止百姓的欲望，其具体措施能够符合先王制定礼仪的主旨就可以了，这就是制定礼仪应该遵循的方法。故而祭祀时虽尊崇瓦樽清水，但也用薄酒；虽先进用无味的肉羹，但之后也要饱食各种美味。这一方面是为了不忘本，另一方面也是为了亲戚享用。由此可知假如有圣人兴起而为后世制定礼仪，必定是推崇俎豆，但现今的器具也不废弃；尊重弁冕，但现今的衣服也不禁止，由以上所述所作的推测就是如此。如此之后，其改革的举措才不至于违背天下人的心愿，使天下人对此惊恐万分，这也自然就符合先王制定礼仪的主导思想。所以伏羲、神农以来，以至于夏、商、周三代，礼仪不曾相同，但各代制定礼仪的主旨却不曾相异。后世不了解这一情况，或者不敢有所作为，或者是出于不得已而为之，因此简单而不完备，粗疏而不能常用，既不能用之于上，百姓也就不能去遵守。所以礼仪的根本在于培养人们的性情，而它的运用就在于日常言行举止之间，可是经历一千多年，百姓未曾耳闻目睹，又怎能习惯而安心于此呢？及至他们违法乱纪，于是又制定繁杂的法律加以制止，如此也太不仁道了。

  这本书中所记载的礼仪，虽然很浅显，然而所记历代礼仪，皆有所本，一时的得失也都详细记载了下来。从前孔子对于告朔之礼，喜爱此礼尚且保存于世，由此可见何况是一代典籍呢？所以这本书不能不加以珍视。因此对其进行校勘审定，以等待考定礼仪的学者加以选择。

李白诗集后序

《李白诗集》二十卷,旧七百七十六篇,今千有一篇者,杂著六十篇者,知制诰常山宋敏求次道之所广也①。次道既以类广白诗,自为序,而未考次其作之先后。余得其书,乃考其先后而次第之。

盖白蜀郡人,初隐岷山,出居襄、汉之间,南游江、淮,至楚观云梦。云梦许氏者,高宗时宰相圉师之家也,以女妻白,②因留云梦者三年。去,之齐、鲁,居徂徕山竹溪。入吴,至长安。明皇闻其名,召见以为翰林供奉③。顷之,不合去。北抵赵、魏、燕、晋,西涉岐、邠,历商于,至洛阳,游梁最久。复之齐、鲁,南浮淮、泗。再入吴,转徙金陵,上秋浦、浔阳。天宝十四载,安禄山反。明年,明皇在蜀,永王璘节度东南④,白时卧庐山,璘迫致之。璘军败丹阳,白奔亡至宿松,坐系浔阳狱。宣抚大使崔涣与御史中丞宋若思验治白,以为罪薄宜贳,而若思军赴河南,遂释白囚,使谋其军事,上书肃宗,荐白材可用,不报。是时,白年五十有七矣。乾元元年,终以污璘事长流夜郎。遂泛洞庭,上峡江。至巫山,以赦得释,憩岳阳、江夏。久之,复如浔阳,过金陵,徘徊于历阳、宣城二郡。其族人阳冰为当涂令,⑤白过之,以病卒,年六十有四,是时宝应元年也。

其始终所更涉如此，此白之诗书所自叙可考者也。

范传正为白墓志，称白"偶乘扁舟，一日千里，或遇胜景，终年不移"，则见于白之自叙者盖亦其略也。《旧史》称白山东人，为翰林待诏。又称永王璘节度扬州，白在宣城谒见，遂辟为从事。而《新书》又称白流夜郎，还浔阳，坐事下狱，宋若思释之者。皆不合白之自叙，盖史误也。

白之诗连类引义，虽中于法度者寡，然其辞闳肆隽伟，殆骚人所不及，近世所未有也。《旧史》称白"有逸才，志气宏放，飘然有超世之心"，余以为实录。而《新书》不著其语，故录之，使览者得详焉。

[题解]

这篇序文与其他序文稍有不同，它不再是在思想深度上作深入阐发，而是围绕着李白的生平行事作考证补充。后世桐城派所倡言的辞章、义理、考据，从曾巩这篇小文中已见其端倪。文章末尾再回到文题，对李白的诗歌创作加以评论，使得全篇收纵自如，散而不乱。同时我们还可看到曾巩虽然认为李白"中于法度者寡"，但对他的文学成就却是作了充分肯定。这就体现出曾巩虽谨守儒家教义，但作为一位优秀的文学家，与道学家则有着显著的区别。另外，就文章的创作风格而言，世人往往以为曾巩的文章就是"雅正"而已，其实若深入了解曾巩的为人，细读曾巩的全部作品，就会发现曾巩诗歌中还有学习模仿李白风格的作品，如《麻姑山送南城尉罗君》等。而后期则摆脱这种表面的模仿，转为精神气韵上的雄浑与阔大。曾巩的孤傲与诗仙的纵肆是有着诸多相似之处的。

[注释]

①知制诰常山宋敏求次道之所广也：知制诰，为皇帝代言，撰写诰命等。宋敏求（1019~1079），字次道，赵州平棘（今河北赵县）人，宋绶长子。北宋天圣三年，以父荫为秘书省正字，后官至右谏议大夫，拜龙图阁直学士。其家富藏书至数万卷。②云梦许氏者，高宗时宰相圉师之家也，以女妻白：许圉师（？~679），安州安陆（今湖北安陆）人，安陆为云梦旧地。高宗显庆二

年,迁黄门侍郎、同中书门下三品。龙朔二年,检校左相。许家嫁给李白的是许圉师的孙女。③翰林供奉:唐开元初置翰林院,为文人待诏之所,掌供奉技艺之事。翰林供奉即以其特有技艺侍奉皇帝。④永王璘节度东南:李璘(?~757),唐玄宗第十六子。开元十三年封永王。天宝十四载安禄山起兵造反。次年,玄宗奔蜀,诏其领山南东路、岭南、黔中、江南西路四道节度采访等使、江陵大都督。时肃宗已于灵武即位,令其归蜀不从,起兵争帝位,领舟师东下。次年败死。⑤其族人阳冰为当涂令:李阳冰(生卒年不详),字少温,京兆云阳(今陕西泾阳)人。唐代宗宝应元年,迁当涂令。李白卒于其官舍。李白病重之时,出诗稿若干。阳冰为之编制,并为之作序。

[译文]

《李白诗集》二十卷,旧有七百七十六篇,今存一千零一篇,杂著六十篇,为知制诰常山宋敏求字次道广为收集所得。次道既增加了篇数,又为诗集作了一篇序文,但没有考订李白诗歌创作时代的先后次序。我得到这部诗集,考订了诗作的先后次序。

李白应当是蜀郡人,初期隐居于岷山,后出居于襄阳、汉水之间,再南游江、淮,到楚地观览云梦风情。云梦许氏,是高宗时宰相许圉师的后人,其家将许圉师的孙女嫁给了李白,李白因此留在云梦三年。三年后离开许家来到齐、鲁之地,居于徂徕山竹溪。再入吴地,又来到长安。唐明皇听说了李白的大名,召见了他并使其任职翰林供奉,不久因不合明皇心意而离开了长安。由此向北到达赵、魏、燕、晋,又向西到了岐州、邠州,再经过商于到达洛阳,他在梁地游历时间最久。后再至齐、鲁,向南渡过淮河、泗水,再次来到吴地,辗转到达金陵,又向西沿江而上来到了秋浦、浔阳。天宝十四载,安禄山造反,第二年唐明皇逃到了蜀地,永王李璘掌管东南军事,此时李白正隐居于庐山,李璘逼迫他为其效劳。李璘兵败丹阳之后,李白逃到宿松,后被关押于浔阳狱中。宣抚大使崔涣与御史中丞宋若思共同审理李白的案子,认为他的罪轻应当赦免。此时宋若思要率领军队赶赴河南,于是释放了李白,使他随军为自己出谋划策,并上书肃宗,推荐李白为可用之材,但不被采纳。这时李白已经五十七岁了。乾元元年,李白终于又因为永王李璘之事而被长流夜郎。于是泛舟洞庭,逆江而上远至三峡。到达巫山时,巧遇天下大赦得以释放,于是休憩于岳阳、江夏。久之,又回到了浔阳,再至金陵,徘徊于历阳、宣城二郡之间。此时,其族人李阳冰为当涂令,李白依附于他,不久以病而终,时年六十四岁,这一年是代宗宝应元年。李白一生经历大致如此,这些都是从李白的诗书、自序中可以确切考证的。

范传正为李白所写的墓志铭,称李白"随意乘一叶小舟,一日可行千里,偶然遇到美妙的景致,可以长年在此流连忘返"。由此可以推知,李白自序中所说只是大略如此,许多事情都没有涉及。《旧唐书》称李白是山东人,为翰林待诏。又称永王李璘掌管扬州,李白在宣城谒见了他,于是被任用为从事。而《新唐书》又称李白流放夜郎,后回到浔阳,因事下狱,宋若思将他释放。这些都不符合李白的自叙,当是史书所误。

李白诗歌用意深刻,虽然较少符合儒家正统思想,但他的文辞闳肆隽伟,为文士们难以企及,近世以来所未有。《旧唐书》称李白"有飘逸之才,志向高远,飘然有超越尘俗的高尚情怀",我认为事实正是如此。《新唐书》没有选取这一段话,所以我把它记录于此处,使读李白诗集的人能够清晰地了解这一点。

范贯之奏议集序

尚书户部郎中、直龙图阁范公贯之之奏议,^①凡若干篇,其子世京集为十卷,而属予序之。

盖自至和已后十余年间,公常以言事任职。自天子、大臣至于群下,自掖庭至于四方幽隐,一有得失善恶,关于政理,公无不极意反复,为上力言。或矫拂情欲,或切劘计虑,或辨别忠佞而处其进退,章有一再或至于十余上。事有阴争独陈,或悉引谏官御史合议肆言。仁宗常虚心采纳,为之变命令,更废举,近或立从,远或越月逾时,或至于其后,卒皆听用。盖当是时,仁宗在位岁久,熟于人事之情伪与群臣之能否,方以仁厚清静休养元元,至于是非与夺,则一归之公议而不自用也。其所引拔以言为职者,如公皆一时之选。而公与同时之士,亦皆乐得其言,不曲从苟止。故天下之情因得毕闻于上,而事之害理者常不果行。至于奇邪恣睢,有为之者,亦辄败悔。故当此之时,常委事七八大臣,而朝政无大阙失,群臣奉法遵职,海内乂安。

夫因人而不自用者,天也。仁宗之所以其仁如天,至于享国四十余年,能承太平之业者,繇是而已。后世得公之遗文,而论其本,见其上下之际相成如此,必将低回感慕,有不可及之叹,然后知其时之难得。则公言之不没,岂独见其志,所以明先帝之盛德于无穷也。

公为人温良慈恕，其从政宽易爱人。及在朝廷，危言正色，人有所不能及也。凡同时与公有言责者，后多至大官，而公独早卒。

公讳师道，其世次、州里、历官、行事，有今资政殿学士赵公抃为公之墓铭云②。

[题解]

这篇序文曾被桐城三杰之一的刘大櫆评为曾巩序文第一，这是因为序文虽为范师道文集而作，但曾巩却将之归结到对于仁宗的称赞，誉以天道之无为，论说得颇为得体恰当。故而从朱熹开始就称赞其"气脉浑厚"，这确是此文的长处。曾巩与范师道并没什么交往。曾巩嘉祐二年及第之后就被外派到太平州，五年冬天才回到京师校勘史馆书籍，而第二年四月份范师道就出任福州去了。因此文中对于范师道的称赞不痛不痒，都是些闲言套语。对于范师道曾巩也确实没什么可说，故而他倒是颇能避虚就实，转而论赞仁宗的治政。由此话语也就成了由衷之论，顿时生出许多神采。就封建时代而言，这正体现了臣子的一片赤忱之心，可谓"未尝一饭而忘君"。不过现在看来，刘大櫆的评论也过于夸大了。

[注释]

①尚书户部郎中、直龙图阁范公贯之之奏议：范师道（1005~1063），字贯之，吴县人，范仲淹从兄范琪子。天圣九年举拔萃科，官至直龙图阁、知明州。嘉祐八年卒，年五十九。②有今资政殿学士赵公抃为公之墓铭云：赵抃（1008~1084），字阅道，自号知非子，衢州西安（今浙江衢州）人。景祐元年进士乙科。至和元年召为殿中侍御史。治平四年拜参知政事。元丰七年卒，年七十七，赠太子少师，谥清献。资政殿学士设于景德二年四月二十六日，与十二月七日设置的资政殿大学士一样都是用来优待离任的执政大臣，为正三品，序位在翰林学士之下，侍读学士之上。

[译文]

尚书户部郎中、直龙图阁范公贯之的奏议，共若干篇，他的儿子世京编辑为十卷，而嘱托我写一篇序文。

自从仁宗至和以后的十多年间，公常任职于谏官。自天子、大臣至于各方官吏，自后宫至于天下四方，一旦有关于国政的得失善恶之事发生，公无不为国君极力反复论辩。或是纠正不恰当的想法，或是深谋远虑，或是辨别忠奸，对于大臣或支持或弹劾。奏章一再上更有多至上奏十余次的。事情有的独自向仁宗皇帝面呈，有的带领谏官、御史们一道合力进言。仁宗常常虚心采纳，以此调整治政措施。较容易办到的立刻照办，一时难以办到的，过一段时间最终都予以听从。当此之时，仁宗在位日久，熟悉人事之情的真假与大臣的优劣，正欲以仁厚清净休养百姓，至于国事的是非与否，一切都让大臣们去辩论，而不刚愎自用。他所选拔的谏官，都是像公这样的一时优秀人才。而公与同时代的大臣们都乐于进言国事，不阿谀奉承，敷衍了事。所以天下的事情都能传达到上面，由此败坏国政的举措常常不被采纳。至于一些奸佞枉法之人虽也蠢蠢欲动，但随即就遭到了失败。所以当时，国政常常委任于七八个大臣，并没有什么重大的失误，群臣奉公守法，天下太平无事。

依靠众人的力量而不亲力亲为，这就是天道。仁宗之所以能够仁厚如天，以至于享国四十多年，能够继承祖宗太平之业，也就是由于他能顺应天道。后世得到公的遗文，而讨论其根本，看到他所处的那个时代君臣上下之间能够如此相辅相成，必将感叹不已、向往之至，感慨其不可企及，由此知道那样的时代确实难得。可见，公言不没，岂止能够由此了解他的志向，更能明了先帝无穷的圣德。

公为人温厚善良、仁慈宽恕，为政也是宽厚爱人。在朝廷之上，危言正色，世人有所不及。凡同时与公为谏官的大臣，后来多至高官，而公却唯独早亡。

公名师道，其家世、籍贯、履历、行事，有今资政殿学士赵公抃为他所作的墓志铭详加记载。

强儿圣文集序

几圣讳至，姓强氏，钱塘人。几圣，字也。①为三司户部判官、尚书祠部郎中。②既殁，其子浚明集其遗文为二十卷，嘱予序。

几圣少贫，能自谋学，为进士，材拔出其辈类，出辄收其科，其文词大传于时。及为吏，未尝不以其闲益读书。为文尤工于诗，句出惊人，世皆推其能，然最为相国韩魏公③所知。魏公既罢政事，镇京兆，及徙镇相魏，常引几圣自助。魏公喜为诗，每合属士大夫、宾客与游，多赋诗以自见。其属而和之者，几圣独思致逸发，若不可追蹑，魏公未尝不叹得之晚也。其在幕府，魏公每上奏天子以岁时庆贺候问，及为书记通四方之好，几圣为属稿草，必声比字属，曲当绳墨，然气质浑浑不见刻画，远近多称诵之。及为他文，若志、铭、序、记、策问学士大夫，则简古典则，不少贬以就俗。其所长兼人，以此魏公数荐之朝廷，以谓宜在馆阁，④然未及用。魏公既薨之明年，几圣亦以疾卒。

几圣之遗文，在魏公幕府者最为多，故序亦反复见之，览者可推而考之也。其行治官世，已著于志几圣之葬者，故此不著。

[题解]

四库馆臣所辑《祠部集》中载有曾巩此篇序文，文章最后尚有"元丰三年七月五日亳州樗堂曾巩序",由此可知此文作于曾巩知亳州之时。

此文虽短,但颇见曾巩选材之功。强至的生平宦迹已有墓志铭作交代,故曾巩避其重复、巧作安排,着重描写韩琦对强至的赞誉。魏国公韩琦乃一代名臣,向与范仲淹并称"韩范",与富弼齐名"富韩"。由这样一位声望卓著的当朝名士重臣对强至多加赞赏,正可强烈衬托出强至出众的才华。不以正面着笔,反从对面飞来,旁敲侧击,羚羊挂角,正是中国文学的经典描写手法。含蓄而深婉,正可见"此处无声胜有声"之妙。这也就是文中所说"览者可推而考之"的深意了。

[注释]

①几圣讳至,姓强氏,钱塘人。几圣,字也:强至(1022~1076),庆历六年进士及第,除泗州司理参军。历浦江、东阳、元城县令。熙宁五年,诏判户部勾院,迁群牧判官。九年,改祠部郎中、三司户部判官。是年卒,年五十五。强至诗文由其子强浚明编辑之后至明代散佚,后至清代四库馆臣从《永乐大典》中辑出,重新编为《祠部集》,共三十六卷。②为三司户部判官、尚书祠部郎中:宋代三司沿袭唐、五代之制而所辖愈广、职能愈强,掌管全国财政收支、四方贸易、土木工程等,由三司使统领。下设盐铁、度支、户部三部,三部各置判官掌管其事。宋代尚书省下辖六部二十八司,其中礼部下辖本部司、祠部司、膳部司、主客司这四司,郎中乃各司之长官。因此"尚书祠部郎中"全称应为"尚书省礼部祠部司郎中",执掌祭祀、发放僧、道度牒等事。③韩魏公:韩琦(1008~1075),字稚圭,相州安阳(今河南安阳)人。天圣五年以甲科第二名及第。仁宗嘉祐三年,拜同中书门下平章事。六年,迁昭文馆大学士,监修国史。英宗即位,封魏国公。熙宁元年,徙判大名府,充安抚使。王安石用事,韩琦与其政见不合。六年,判相州。八年卒,年六十八,赠尚书令,谥忠献。④以谓宜在馆阁:宋初沿袭唐、五代之制,以昭文馆(唐为弘文馆)、史馆、集贤院为三馆。太宗太平兴国三年新建三馆,通称崇文院。端拱元年五月建秘阁于崇文院内。馆阁职守虽多为编撰整理书籍、应对皇帝咨询垂问,但却是清贵之职,非才华卓著者不能堪当,后每能升至高官,故宋人十分看重这一职务。

[译文]

几圣名至,姓强氏,钱塘人,几圣是他的字。生前任职三司户部判官、尚书省礼部祠部司郎中。亡故之后,其子浚明收集其父之遗文为二十卷,嘱托我来写一篇序文。

几圣小时家中贫穷,但他却能自励奋发,考中了进士,才华出类拔萃,因母丧暂归家守制,所作诗文盛传于当时。为官之时,总是利用一切闲暇时间勤奋攻读。所为文章尤以诗歌最好,每有惊人之句,世人都推重他的诗歌创作才华,其中最赏识他的是相国魏国公韩琦。魏公罢枢密院政事之后改为镇守京兆长安,后转徙大名府充安抚使,常使几圣协助处理公务。魏公喜作诗,每聚会士大夫、宾客以游宴,与会者多赋诗以展示才华。其中唯独几圣诗情飘逸勃发,使人难以企及,魏公总是赞叹有加,以为相见恨晚。几圣在魏公府中办差的时候,魏公上奏天子的岁时庆贺问候以及给四方的书信都是由几圣先拟草稿。所写必音韵晓畅、字义妥帖,总能曲尽其妙,而又气质浑厚,世人不论远近都颔首称许其能。至于其他类型的文章,如志、铭、序、记以及策问士大夫的论策文,则古雅庄重,不随流俗作轻薄之姿。他的胜于众人的地方有很多,以此魏公屡次向朝廷举荐他,认为他应当在馆阁任职,但几圣并没有得到重用。魏公故去的第二年,几圣也因疾病而亡故。

几圣所作诗文在魏公府时的最多,所以我这篇序文特意反复叙述魏公对他的知遇之恩,读者可由此推知其中之深意了。至于几圣的宦迹家世,可见于墓志铭,这里就不重复叙述了。

王子直文集序

至治之极，教化既成，道德同而风俗一，言理者虽异人殊世，未尝不同其指。何则？理当故无二也。是以《诗》、《书》之文，自唐、虞以来至秦、鲁之际①，其相去千余岁，其作者非一人，至于其间尝更衰乱，然学者尚蒙余泽，虽其文数万，而其所发明，更相表里，如一人之说，不知时世之远，作者之众也。呜呼！上下之间，渐磨陶冶，至于如此，岂非盛哉？

自三代教养之法废，先王之泽熄，学者人人异见，而诸子各自为家，岂其固相反哉？不当于理，故不能一也。

由汉以来，益远于治。故学者虽有魁奇拔出之材，而其文能驰骋上下，伟丽可喜者甚众，然是非取舍不当于圣人之意者亦已多矣。故其说未尝一，而圣人之道未尝明也。士之生于是时，其言能当于理者亦可谓难矣！由是观之，则文章之得失，岂不系于治乱哉？

长乐王向字子直，②少已著文数万言，与其兄弟俱名闻天下，可谓魁奇拔出之材，而其文能驰骋上下，伟丽可喜者也。读其书，知其与汉以来名能文者俱列于作者之林，未知其孰先孰后。考其意，不当于理亦少矣。然子直晚自以为不足，而悔其少作。更欲穷探力取，极圣人之指要，盛行则欲发而见之事业，穷居则欲推而托之于文章，将与《诗》、《书》之作者并而又未知孰先孰后也。然不幸蚤世，故虽有难得之材、独立之志，而不得及其成就，此吾徒与子直之兄回字深父所以深恨于斯人也。

子直官世行治，深父已为之铭，而书其数万言者，属予为叙。予观子直之所自见者，已足暴于世矣，故特为之序其志云。

[题解]

见《王深父文集序》题解。

[注释]

①自唐、虞以来至秦、鲁之际：唐、虞指唐尧、虞舜。唐尧，黄帝曾孙帝喾娶陈锋氏之女所生。名放勋，尧为其谥，姓伊祁氏。尧都平阳，其地属唐国，故又称唐尧。虞舜，黄帝之子昌意七世孙。名重华，舜为其谥，虞乃国名。②长乐王向字子直：王向（生卒年不详），王回弟。嘉祐二年进士及第，尝为县主簿，早逝。

[译文]

最好的治国之道是，人民普遍得到教化，具有共同的道德准则和美好的风俗习惯，虽然不同的时代不一样的人去探讨事理，但都有着相同的指导思想。这是为什么呢？因为理是不能有两样的，必须有统一的规范与标准。所以《诗经》、《尚书》所载文章，自唐尧、虞舜以来，到东周秦、鲁之时，其间相去有一千余年，作者众多，其间更是屡遭丧乱，然而后世学者从中多受教益，文章虽多至数万篇，但它们所宣扬的主导思想大致相同，都是互相补充其不足，犹如一人所说，看这些文章使人似乎不知时代之久远，也不知作者之众多。啊！上下之间相互感化陶冶以至于如此，这难道不是盛世吗？

自夏、商、周三代教养之法被废除，先王流惠下民的恩泽也渐至于无，学者人人主张不同，诸子各自自立门户，这种差异难道是本来就有的吗？这是因为求理不当，所以才奇意纷呈而不能相统一。

汉代以来离上古盛世更远,所以学者们虽有魁奇出众的才华,其文章也有很多都能上下驰骋、气势雄伟、文采华美而令人喜爱,但在是非取舍上不合于圣人之意的地方则有很多。所以他们的文章未尝有儒家的一贯之道,圣人之道也就不曾得到昌明。士人们生于此时,其言论能够符合儒家之道的,是多么难能可贵呀!由此可见,文章的是非得失能不关系到国家之安危治乱吗?

长乐王向字子直,年轻的时候就已经写出了数万字的文章,与其兄王回、其弟王冏俱名闻天下,可谓是具有魁奇出众的才华,其文章能上下驰骋、气势雄伟、文采华美而令人喜爱。读其文章,知道他与汉以来能文之士俱享誉于文坛,不相上下。推究其文章之立意,不合于儒家之道的地方却较少。虽然如此,子直晚来却自以为不足而悔其少作。更想进一步深究儒道之深意,穷极圣人之旨要,得志之时希望能将之体现于工作之中,不得志之时则欲推广其道阐发于文章之中,其必将与《诗经》、《尚书》的作者相并列而不相上下。然而不幸早逝,因此其虽有难得的才华,独立的志向,却不得有所成就,这是我们与子直的兄长王回字深父最为痛惜的地方。

子直的家世履历已详见于深父为他所作的墓志铭中。深父整理其遗作数万言,嘱托我写一篇序文。我以为子直的识见足以昭示于世,故特意为此序以宣扬他的志向。

王深父文集序

深父，吾友也，姓王氏，讳回。①当先王之迹熄，六艺残缺，道术衰微，天下学者无所折衷，深父于是奋然独起，因先王之遗文以求其意，得之于心，行之于己。其动止语默必考于法度，而穷达得丧不易其志也。

文集二十卷，其辞反复辩达，有所开阐，其卒盖将归于简也。其破去百家传注，推散缺不全之经，以明圣人之道于千载之后，所以振斯文于将坠，回学者于既溺，可谓道德之要言，非世之别集而已也。后之潜心于圣人者，将必由是而有得，则其于世教，岂小补之而已哉？

呜呼！深父其志方强，其德方进，而不幸死矣，故其泽不加于天下，而其言止于此。然观其所考者，岂非孟子所谓"名世者"欤？②其文有片言半简，非大义所存，皆附而不去者，所以明深父之于其细行，皆可传于世也。

深父，福州侯官县人，今家于颍。尝举进士，中其科，为亳州卫真县主簿，未一岁弃去，遂不复仕。卒于治平二年之七月二十八日，年四十有三。天子尝以某军节度推官知陈州南顿县事，③就其家命之，而深父既卒矣。

[题解]

这篇文章当与另两篇《王子直文集序》、《王容季文集序》对照着看。这三篇文章是曾巩为王氏兄弟三人文集所写序文,三人中王向先卒,王回其次,王冏最后,故按写作时间而言,三篇文章的顺序应是《王子直文集序》、《王深父文集序》、《王容季文集序》。兄弟三人性格、行事、文风大致相同,故将这三篇文章比较而论或东施可见效颦,或旗亭更胜一等,自会更多意趣。

三篇文章的构思大致相同,都是由小题而见大,由大以及小总要涉及先王之道、微言大义。叙述完先王大义之后,总要感叹近世之衰落。最终再归结到此人能继承先圣之遗教,不免有所雷同。

三篇文章中以《王深父文集序》最优,原因就在于最多真情。开篇"深父,吾友也",言简而深。结尾"而深父既卒矣",余韵袅袅,于平淡之叙述中最显无限之深情,颇有"盘马弯弓惜不发"之势。文中对于深父的论述于三人中也最为详细,赞誉也最为浓烈。

《王子直文集序》次于《王深父文集序》而优于《王容季文集序》,这或许要归功于王子直的早卒,于三人中所作的第一篇序文,自然会有诸多新意。开篇远溯尧、舜,高谈阔论之后再归流于极小一题,这是曾巩所长。江河之汇聚总是由小到大,而曾巩恰与此相反,往往由大到小,开篇遥及千里。作得好时确可显其识见之高远,收纵之自如。但如此模式也可成冠冕堂皇之论,此文已见端倪,而于《王容季文集序》中最著。

《王容季文集序》开篇大论几乎占到全篇一半以上,貌似厥旨渊放,实已是戏不够风雨凑矣,多无实感,纯为应景之作而已。故而于三篇中最下。如此无趣,茅坤《唐宋八大家文钞》中自然不会收录。然小乘不明焉知大乘之德广,故本集仍然收录之。

[注释]

①深父,吾友也,姓王氏,讳回:王回(1023~1065),字深父,本光州固始(今河南固始)人,后迁至福州侯官(今福建福州)。其父王平葬于颍州汝阴(今安徽阜阳),遂徙居于此,为汝阴人。嘉祐二年进士及第,英宗治平二年七月二十八日卒,年四十三。事迹可见王安石《王深父墓志铭》。弟王向(生卒年不详),嘉祐二年进士及第,尝为县主簿,早逝。弟王同(生卒年不

详），字容季，嘉祐六年进士及第，为蔡州新蔡主簿。治平年间卒于家，年三十二。②岂非孟子所谓"名世者"欤：《孟子·公孙丑章句下》："五百年必有王者兴，其间必有名世者。"朱熹《四书章句集注》言："名世，谓其人德业闻望可名于一世者。"③天子尝以某军节度推官知陈州南顿县事：军，为地方行政单位之一，沿袭唐、五代之制，至宋成为与州平级的地方行政单位。地势险要、户口少而不成州的地方，则可设军。北宋元丰改制以前的官职一般由寄禄官、差遣、职三部分组成，低级官员则仅有前两者。某军节度推官当为寄禄官，无具体职守，只是用来确定品位、俸禄，而具体的任职则是知陈州南顿县事。陈州南顿县在今河南项城市西。

[译文]

深父，是我的朋友，姓王，名回。当先王之迹行将熄灭、六艺残缺不全、道术衰微、天下学者迷茫困惑之时，深父于是奋然独起，依据先王遗留下来的典章而推求其主旨，既得之于内心又能落实于行动之中，日常的行为言语都符合法度，不论是穷困还是显达都不能改变他的心志。

其文集二十卷，文辞反复辩难，文意纵横捭阖，最终都能取得言简意赅的效果。敢于破除后代学者对于经典的解释，直接深究残存的经典，昌明圣人之道于千载之后，由此振救了摇摇欲坠的古代礼法制度，也挽救了被邪说左道迷惑的学者，可谓符合儒家之道的至理名言，非一般文人的文集可比。后代潜心讨论圣人之道的人必将从中有所得，如此其对于世事教化岂止小有补助而已？

呜呼！深父的心志正当加强，其德行正当进取之时却不幸早亡，由此其学说还没来得及惠及天下，其言论也仅止于这二十卷而已。但细览这些遗著，不正是孟子所说的"名世者"吗？其文有的只是片言只语，并非涉及大义，也都将之附于文集之中而不摒弃，是为了让人们全面细致地了解深父的为人，认识到他可以流传后世的价值所在。

深父,福州侯官县人,现在安家于颍州之汝阴。他曾经参加科考,而进士及第,为亳州卫真县主簿,不到一年就弃官而去,于是不再出仕。卒于治平二年之七月二十八日,年四十三。天子曾任命其为某军节度推官知陈州南顿县事,到其家宣布此项任命时,深父已经故去了。

附:王容季文集序

叙事莫如《书》,其在《尧典》,述命羲和宅土,测日晷星候气,揆民缓急,兼蛮夷鸟兽,其财成辅相,备三才万物之理,以治百官,授万民,兴众功,可谓博矣。然其言不过数十。其于《舜典》则曰:"在璇玑玉衡,以齐七政。"盖尧之时,观天以历象。至舜,又察之玑衡。圣人之法,至后世益备也。曰七者,则日月五星。曰政者,则羲和之所治,无不任焉。其体至大,盖一言而尽,可谓微矣。其言微,故学者所不得不尽心。能尽心,然后能自得之。此所以为经,而历千余年,盖能得之者少也,《易》、《诗》、《礼》、《春秋》、《论语》皆然。其曰测之而益深,穷之而益远,信也。

世既衰,能言者益少。承孔子者,孟子而已。承孟子者,扬子而已。扬子之称孟子曰"知言之要,知德之奥",若扬子则亦足以几乎此矣。其次能叙事,使可行于远者,若子夏、左丘明、司马迁、韩愈亦可谓拔出之材,其言庶乎有益者也。

吾友王氏兄弟曰回深父,曰向子直,曰囧容季,皆善属文长于叙事,深父尤深,而子直、容季盖能称其兄者也,皆可谓拔出之材。令其克寿,得就其志,则将绍六艺之遗言,其可御哉!

予尝叙深父、子直之文，铭容季之墓，而容季之兄固子坚又集容季之遗稿属予序之，予悯俗之偷，朋友故旧道缺，不自知其不能，强次是说，以为容季文集序。熙宁九年冬南昌郡斋。

王平甫[①]文集序

王平甫既没，其家集其遗文为百卷，属予序。

平甫自少已杰然以才高见于世，为文思若决河，语出惊人，一时争传诵之。其学问尤敏，而资之以不倦，至晚愈笃，博览强记，于书无所不通，其明于是非得失之理为尤详。其文闳富典重，其诗博而深矣。

自周衰，先王之遗文既丧。汉兴，文学犹为近古。及其衰，而陵夷尽矣。至唐，久之而能言之士始几于汉。及其衰，而遂泯泯矣。宋受命百有余年，天下文章复侔于汉唐之盛。盖自周衰至今千有余岁，斯文濒于泯灭，能自拔起以追于古者，此三世而已。各于其盛时，士之能以特见于世者，率常不过三数人。其世之不数，其人之难得如此。

平甫之文能特见于世者也。世皆谓平甫之诗宜为乐歌，荐之郊庙；其文宜为典册，施诸朝廷，而不得用于世。然推其实，千岁之日不为不多，焦心思于翰墨之间者不为不众，在富贵之位者未尝一日而无其人，彼皆湮没而无传，或播其丑于后。平甫乃躬难得之资，负特见之能，自立于不朽。虽不得其志，然其文之可贵，人亦莫得而掩也。则平甫之求于内，亦奚憾乎！古今作者，或能文不必工于诗，或长于诗不必有文。平甫独兼得之，其于诗尤自喜，其忧喜哀乐、感激怨怼之情一于诗见之，故诗尤多也。

平甫居家孝友，为人质直简易，遇人豁然推腹心，不为毫发疑碍，与人交，于恩意尤笃也。其死之日，天下识与不识皆闻而哀之。其州里、世次、历官、行事将有待于识平甫之葬者，故不著于此云。

[题解]

这篇文章的结构近似于《王深父文集序》，开篇先论其人，非如《王子直文集序》、《王容季文集序》起笔遥及玄远，虽立势高迈，然深远之理亦显出与文集主人情感的疏远。深父、平甫两序开篇由人落笔，非由理入手，貌似高低之别，实则关乎情感之亲疏。此类序文多有追亡悼旧之意，故言情当胜于说理。虽思理深邃，然味如嚼蜡；别有真情，则如饮浓浆。曾巩于文中言平甫诗、文兼善，而曾巩此篇序文也有兼得之处，这就是情、理两得。这也是与《王深父文集序》的又一相似之处。文中理的阐释并非画蛇添足，而是更见人才之难得，由此越发哀伤故旧之凋残，可谓情、理相映，锦上添花。

文中曾巩对平甫的评价很高，平甫虽然是王安石的兄弟，但政见多有不合。曾巩早年与安石交情甚笃，但日后也因政见不同而渐疏，故而与平甫两人可谓惺惺相惜，这种过高评价的别有所指也就不言而喻了。

王平甫虽是曾巩的三妹夫，但与《王深父文集序》相较，此文起笔不如其深沉，收束不如其伤婉，可见曾巩对王回的感情似要比对这位妹婿更为深切，由此这篇文章读来多少缺了点"发愤之所为作"的酣畅与真诚。这或许也与文中多了一份心思有关吧。

[注释]

①王平甫：王安国（1028~1074），字平甫，临川（今江西抚州）人，王安石弟。自幼聪慧，然屡举进士不第。神宗熙宁初，以韩绛举荐，召试，赐进士及第，官至秘阁校理。因与吕惠卿不合，夺官归田里。熙宁七年八月卒，年四十七岁。

[译文]

王平甫亡故之后,其家人收集他的遗文整理为百卷,嘱托我为此写一篇序文。

平甫从小就以杰出的才华享誉当时。文思如江河决堤,滔滔不绝,诗文出口多有惊人之语,人们争相传诵。其才思敏捷,更勤奋不倦,晚年越发诚心向学,加之博闻强记,故于书无所不通,也正因此尤其详知是非得失之理。散文气势磅礴、辩才无碍,又庄重而不失法度;诗歌则内容广博而思理深邃。

自周衰落以来,先王的遗文也都失传了。汉朝兴起,文学稍近于古道;及其衰落,又破坏殆尽。到了唐代,随着教化日久,能言之士逐渐近似于汉朝。及其衰落,又趋于消亡。宋承受天命拥有天下一百多年以来,天下文章创作呈现出近于汉、唐的兴盛局面。自周至今一千余年,斯文濒于泯灭,能自我奋起追随古道的时代仅此三代而已。各代之中,能以卓越之才华享誉于当世的士人也不过三四人而已。如此可见,盛世之难得,人才之难得。

平甫的文章就是能够享誉当世的。世人都以为平甫的诗歌应当为乐歌,可以荐之于郊庙祭祀;其文应当为典册,施用于朝廷,虽说如此,却不为世所用。但考之于历史,千百年的时间不为不多,其间费尽心思于文章创作的人不为不众,富贵之位未尝一日无人,然而这些人或为岁月的流逝所淹没而无闻,或干尽坏事而遗臭万年。平甫怀有世人难有的高远志向,身负卓越之才华,自当传于后世而不朽。他虽一时不得其志,但文章弥足可贵,是无法被淹没掉的。故而平甫就内心之操守而言,又有什么可以遗憾的呢?古今作者或能文而不善于诗歌创作,或长于诗歌创作又不工于为文。平甫则两者兼得,其中尤喜诗歌创作,不论是忧喜、哀乐、感激、怨怼之情都可发之于诗,所以其诗现存尤多。

平甫居家孝于父母、友于兄弟,为人朴实纯正,待人推心置腹，心胸坦荡，不留芥蒂。与朋友交往极重感情。他死的时候，天下之人不论是认识与否，都为之哀伤。他的籍贯、家世、履历、事迹都将留待墓志铭中作详细交代，这里就不再重复了。

先大夫集后序

公所为书,①号《仙凫羽翼》者三十卷,《西陲要纪》者十卷,《清边前要》五十卷,《广中台志》八十卷,《为臣要纪》三卷,《四声韵》五卷,总一百七十八卷,皆刊行于世。今类次诗、赋、书、奏一百二十三篇,又自为十卷,藏于家。

方五代之际,儒学既摈焉,后生小子治术业于闾巷,文多浅近。是时公虽少,所学已皆知治乱、得失、兴坏之理,其为文闳深隽美而长于讽谕,今类次乐府已下是也。

宋既平天下,公始出仕。当此之时,太祖、太宗已纲纪大法矣。公于是勇言当世之得失,其在朝廷疾当事者不忠,故凡言天下之要,必本天子忧怜百姓、劳心万事之意,而推大臣从官执事之人观望怀奸,不称天子属任之心,故治久未洽。至其难言,则人有所不敢言者。虽屡不合而出,而所言益切,不以利害祸福动其意也。

始公尤见奇于太宗,自光禄寺丞、越州监酒税召见,以为直史馆②,遂为两浙转运使③。未久而真宗即位,益以材见知。初试以知制诰,及西兵起④,又以为自陕以西经略判官。而公尝切论大臣,当时皆不悦,故不果用。然真宗终感其言,故为泉州,未尽一岁,拜苏州,五日又为扬州,将复召之也。而公于是时又上书，语斥大臣尤切，故卒以龃龉终。

公之言，其大者，以自唐之衰，民穷久矣。海内既集，天子方修法度，而用事者尚多烦碎，治财利之臣又益急，公独以谓宜遵简易，罢管榷，以与民休息，塞天下望。祥符初，四方争言符应，天子因之，遂用事泰山，祠汾阴，而道家之说亦滋甚，自京师至四方皆大治宫观。⑤公益诤，以谓天命不可专任，宜绌奸臣，修人事，反复至数百千言。呜呼！公之尽忠，天子之受尽言，何必古人。此非传之所谓"主圣臣直"者乎？何其盛也！何其盛也！

公在两浙，奏罢苛税二百三十余条。在京西，又与三司争论免民租，释逋负之在民者，盖公之所试如此。所试者大，其庶几矣。公所尝言甚众，其在上前及书亡者盖不得而集。其或从或否，而后常可思者，与历官行事，庐陵欧阳修公已铭公之碑特详焉⑥，此故不论，论其不尽载者。

公卒以龃龉终，其功行或不得在史氏记，籍令记之，当时好公者少，史其果可信欤？后有君子欲推而考之，读公之碑与书，及予小子之序其意者，具见其表里，其于虚实之论可核矣。

公卒乃赠谏议大夫。姓曾氏，讳某，南丰人。序其书者，公之孙巩也。至和元年十二月二日谨序。

[题解]

此篇序文与同类之作相比，不再作尺幅千里之势，施展谋篇布局之能，因是为其祖作序，故而老实了许多，为文原原本本、按部就班。文中主要叙述曾致尧耿介不苟之性，尽忠爱民之心。曾致尧的这种性格史书记载颇多，然而并非曾巩所言"勇言"、"尽忠"，如《东都事略》就说他"性刚率"、"词多激讦"，《宋史》也说他"词旨狂躁"，急躁的性格似乎成了众史书的共识。可见他在当时是出了名的坏脾气，也由此得罪了不少人。其孙曾巩对此心知肚明，故序文中言："籍令记之，当时好公者少，史其果可信欤？"先打一预防针，免得人们观众史而非议。这种骨鲠之性大概由于遗传与家教，在他们曾家似乎成了共性，如曾巩"性谨严"、"刚毅直方"，四弟曾肇"望之不可犯"，都是如此。这兄弟两人不像其祖，反因此性格落得了好名声。然而曾致尧的后人中也有一人与他相似，因此性格背上了更大的骂名，这就是曾巩的三弟曾布。他曾在《答弟肇书》中自言："布自熙宁立朝至今，时事屡变，惟其不雷同熙、丰，故免元祐之窜斥；惟其不附元祐，故免绍圣之中伤。"就古史而言，特立独行的他似乎站错了队，追随王安石而谋新政，王氏尚且毁誉参半，而追随者也只能落入奸臣之列了。

序文中曾巩又以为其祖文章尚存，读其言自然可以辨明史笔之虚实。然而不幸的是颇善著述的曾致尧，上百卷的文章，传至今时尽灰飞烟灭，诗、文五六篇而已，断瓦残垣亦不过如此。如今，我们也只能凭借曾巩、欧阳修的叙述雾里看花。孰是孰非，俱是后人言说，真花假花已成云烟矣。然而不可实证的东西倒有一妙用：可为后世文人的笔墨生涯增添诸多谈资以讨生活了。

[注释]

①公所为书："公"指曾巩祖父曾致尧。曾致尧（947~1012），字正臣，太平兴国八年进士。真宗大中祥符初，迁礼部郎中，转户部郎中。五年卒，年六十六。曾致尧善于著述，文中所列可见一斑，然至今都已散佚。《全宋文》只收其文五篇，《全宋诗》录其诗六首。②以为直史馆：直史馆为官职名，太平兴国以后无实职，为大臣荣衔。③遂为两浙转运使：宋代地方行政单位按大小依次分为路、州府军监、县三级，太宗至道三年全国分为十五路，转运使为宋早期路的最高长官，掌管一路之财赋，又有督察州县之责。④及西兵起：西夏李氏源自党项族，大约6世纪后期党项人就已活动于青海省东南部黄河河曲古称折支的地方，后受吐蕃逼迫向北迁徙。881年平夏部首领宥州刺史拓跋思恭协助唐王朝平定黄巢起义有功，被任命为夏州定难军节度使，884年又进爵夏国公，赐姓李，遂日益强大。入宋后臣服于赵宋，然自太宗太平兴国七年李继迁遂不断叛乱。真宗咸平五年，攻陷灵州。西兵起即指此事。⑤祥符初，四方争言符应，天子因之，遂用事泰山，祠汾阴，而道家之说亦滋甚，自京师至四方皆大治宫观：真宗时国势日蹙，契丹见机欺凌，咸平二年、四年、六年大举入侵，景德元年冬更深入澶渊。真宗无力于外遂想起了老套的迷信伎俩，既

惑众又自迷，1008年大兴符应祥瑞之事，遂改元大中祥符。此年冬至泰山封禅，四年四月又至汾阴祠后土。主事者丁谓、王钦若、陈彭年、林特、刘承珪，时人谓之"五鬼"。⑥庐陵欧阳修公已铭公之碑特详焉：指欧阳修所作《尚书户部郎中赠右谏议大夫曾公神道碑（一作墓志）铭》。

[译文]

公所著书，有《仙凫羽翼》三十卷、《西陲要纪》十卷、《清边前要》五十卷、《广中台志》八十卷、《为臣要纪》三卷、《四声韵》五卷，总一百七十八卷，皆刊行于世。如今又收集其所作诗、赋、书、奏一百二十三篇，整理为十卷，藏之家。

当五代之时，儒学衰落，后生学子在私塾中学习经术，文多浅近。此时公虽然年少，但从学习中已知治乱、得失、兴坏之理，所作文章闳深隽美，长于讽喻劝谏，现编次于乐府以下的作品言其主旨大意。

宋统一天下以后，公开始步入仕途。正当此时，太祖、太宗皇帝正在制定国家大法，公适逢此时勇言当世是非得失。在朝廷之中，憎恨当权者之不忠，所以他所言国家大事，必定是本着天子忧怜百姓、操劳万事的心意，奋不顾身地斥责大臣从官执事之人观望无为、心怀险恶，不能够堪当天子所任，所以天下长久不能得到很好的治理。至于难言之处，则往往是别人多有顾忌而不敢说的。虽然与大臣屡有不合而离开中央出任外职，但他仍然切直进言，不以一己之利害祸福而动摇。

一开始，公尤为太宗皇帝所赏识，自光禄寺丞、越州监酒税而被召见，先为直史馆，后又为两浙转运使。不久真宗即位，越发以才干而被重用。起初试为知制诰，到西夏作乱之时，又被任命为自陕以西经略判官。可是公时常不留情面地直斥大臣之是非，当时人都很不喜欢他，所以终究没有得到更大的任用。然而真宗始终感到他言论的可贵，故而让他转任泉州，未到一年，移官苏州，仅过五天又改任扬州。真宗将再召其入朝为官,然而此时公又上书切责大臣,所以最终因不为世人所容而罢。

公之言论,就其重要者而言,他以为自唐朝衰落以来,百姓穷苦日久,时至今日终于天下太平,天子修制各项制度,而当权执政之人却烦法扰民,治理财政的大臣又急功近利,于此之时,公独以为当诸法从简易,罢黜盐、酒等的专卖制度,让百姓得到实惠,满足天下久乱思安的渴望。真宗大中祥符初年,四方争言符应祥瑞之事,天子也就顺从其愿,于是到泰山去封禅,又去汾阴祠后土,由此道家之说甚嚣尘上,自京师开封到地方各地大兴宫观。公有感事态之严重,越发急切,以为天命不可随便由人胡说,应当罢黜奸臣,修治国政,如此反复至数百千言。呜呼!公之尽忠为国,天子之从谏如流,何必从古书中寻找,这不就是史书上所说的"主圣臣直"吗?这是多么了不起的事呀!这是多么了不起的事呀!

公在两浙的时候,奏罢苛捐杂税二百三十余项。在京西又与三司争论,免去民租与欠税,这些大致就是公所力图实行的治政主张。公的政绩很是卓著,以上所言希望能够记述详备了。公的言论有很多,至于他在天子面前的进言以及散佚掉的就没法收集了。他的政治观点、发人深省之处以及历官行事,庐陵欧阳修公为公所作的墓志铭写得特别详细,在此就不再赘言,这里所说的都是补充墓志铭没有记载的部分。

公最终以不为世人所容而罢,他的功劳政绩史官们或许没有记载,即使记载了,当时喜欢公的人很少,由此史官所记又能有几分是值得信赖的呢?后世君子想要推考公之为人,可以读一读墓志铭及公的文章,再有我这篇小序,如此事实的真相就可以了解清楚了。

公卒后被赠以谏议大夫之职。其姓曾氏,讳某,南丰人。作此篇序文的是公的孙子曾巩。至和元年十二月二日谨为此序。

相国寺维摩院听琴序

古者学士之于六艺①，射能弧矢之事矣，又当善其揖让之节；御能车马之事矣，又当善其驱驰之节；书非能肆笔而已，又当辨其体而皆通其意；数非能布策②而已，又当知其用而各尽其法。而五礼之威仪至于三千，③六乐④之节文可谓微且多矣。噫！何其烦且劳如是！然古之学者必能此，亦可谓难矣。

然习其射御于礼，习其干戈于乐，则少于学，长于朝，其于武备固修矣。其于家有塾，于党有庠，于乡有序，于国有学，⑤于教有师，于视听言动有其容，于衣冠饮食有其度，几杖有铭，盘盂有戒，在舆有和鸾之声，行有佩玉之音，燕处有《雅》、《颂》之乐。而非其故，琴瑟未尝去于前也。⑥盖其出入进退，俯仰左右，接于耳目，动于四体，达于其心者，所以养之至如此其详且密也。

虽然，此尚为有待于外者耳。若夫三才万物之理，性命之际，⑦力学以求之，深思以索之，使知其要，识其微，斋戒以守之，以尽其才，成其德，至合于天地而后已者，又当得之于心，夫岂非难哉？

噫！古之学者，其役之于内外以持其心、养其性者至于如此，此君子所以爱日而自强不息，以求至乎极也。然其习之有素,闲之有具如此,则求其放心,伐其邪气,而成文武之材,就道德之实者,可谓易矣。

孔子曰:"兴于《诗》,立于《礼》,成于《乐》。"盖乐者,所以感人之心,而使之化,故曰"成于《乐》"。昔舜命夔典乐,教胄子,曰:"直而温,宽而栗,刚而无虐,简而无傲。"则乐者非独去邪,又所以救其性之偏而纳之中也。故和鸾佩玉、《雅》、《颂》琴瑟之音,非其故不去于前,岂虚也哉?

今学士大夫之于持其身、养其性,凡有待于外者,皆不能具;得之于内者,又皆略其事,可谓简且易矣。然所以求其放心,伐其邪气,而成文武之材,就道德之实者,岂不难哉?此予所以惧不至于君子而入于小人也。

夫有待于外者,予既力不足,而于琴窃有志焉久矣,然患其莫予授也。治平三年夏,得洪君于京师,始合同舍之士,听其琴于相国寺之维摩院⑧。洪君之于琴,非特能其音,又能其意者也。予将就学焉,故道予之所慕于古者,庶乎其有以自发也。同舍之士:丁宝臣元珍、郑穆闳中、孙觉莘老、林希子中,而予曾巩子固也。洪君名规,字方叔,以文学吏事称于世云。

[题解]

一说到听琴的文章人们立刻会想到韩愈《听颖师弹琴》、李贺《听颖师弹琴歌》以及欧阳修《琴说》这几篇名人名作。与这些声情并茂的作品相比,现代人自然会以为此作平添了许多头巾气。早自明代的茅坤就已有此讥,认为它要比欧阳修的那篇《琴说》"不如远甚"。茅鹿门这番评点似委屈了曾巩,他应该还记得韩愈的另一篇听琴文《上巳日燕太学听弹琴诗序》,同样的听琴,一个"湿衣泪滂滂",另一个则是"追三代之遗风,想舞雩之咏叹",这就在于一个是闲暇所为,一个则是上巳公干,场所的变换自然会牵扯到情绪的变化。曾巩此文也是与同舍诸友共会同欢,故而就场合而言,也不可能像欧阳修那样放笔写来。

此文作于学琴之前，而曾巩另一篇《听琴序》则当是作于学琴有所心得之后。两篇文章都是不就琴言琴、就琴抒情。宋代胡仔曾说："古今听琴阮琵琶筝瑟诸诗，皆欲写其音声节奏。"对于诗文中的这个老路子，颇有个性的曾巩是耻为人后的。于是他专意从琴心入手，这又是最符合其思想性格的路数。琴乃上古雅乐之主角，由此联系六艺，成为阐述儒道的方便法门。也正因琴的这一特性，后人对韩愈《听颖师弹琴》中究竟听的是琴还是琵琶打了不少笔墨官司。

曾巩这两篇文章化实为虚，着眼于义理之阐述，似琴非琴，非琴又直指琴心，可谓别开生面之作。欧阳修的《琴说》实已露此端倪，但羞羞答答、欲言又止，远没他的学生表露得如此酣畅淋漓。曾巩对此也颇为自负，《听琴序》反复自诩"吾之琴"。此颇似陶渊明的"素琴"，但它已奏出了宋人别样的"性命"新曲，故而博得朱夫子的青睐，赞其"理正"，后楼昉在《崇古文诀》中将之向朱、程靠拢："法度之文妙于开阖，可以观世变，自欧曾以前有此等议论？至二程则粹矣。"后人胆大，明艾南英在《易三房同门稿序》中则毫不含糊，直言："其文当濂洛未兴之先，已能开性命之宗。"然而孰料，这正是曾巩身后数百年恩恩怨怨的关键所在。

此文美中不足的是不如后篇《听琴序》来得自然圆润，可见出尚未入门的青涩，理与琴犹如水面的脂痕，欠了一分融洽。后篇确是学有心得，自然成趣。不知茅鹿门何以选了前者，姑且将此文附于篇末。

[注释]

①六艺：六艺有两意，一为《周礼·地官·大司徒》所言："三曰六艺：礼、乐、射、御、书、数。"二为儒家"六经"，即《礼》、《乐》、《书》、《诗》、《易》、《春秋》。②策：我国最早的计算工具，亦称算筹，一般为竹制。战国时长约十九点五厘米，西汉长约十三厘米，后逐渐变短。横截面形状有圆形、正三角形、正方形等。后世的珠算，最早见于元末陶宗仪《南村辍耕录》。而现今所用上二下五的珠算盘最早见于明代柯尚迁的《数学通规》。③而五礼之威仪至于三千：《周礼·春官·小宗伯》："掌五礼之禁令与其用等。"郑玄注引郑司农云："五礼，吉、凶、军、宾、嘉。"《隋书·礼序仪志一》："以吉礼敬鬼神，以凶礼哀邦国，以宾礼亲宾客，以军礼诛不虔，以嘉礼合姻好，

谓之五礼。"④六乐：谓黄帝、尧、舜、禹、汤、周武王六代的古乐。《周礼·地官·大司徒》："以六乐防万民之情，而教之和。"郑玄注引郑司农曰："六乐，谓《云门》、《咸池》、《大韶》、《大夏》、《大濩》、《大武》。⑤其于家有塾，于党有庠，于乡有序，于国有学：《礼记正义》卷四十六《学记第十八》："古之教者，家有塾，党有庠，术有序，国有学。"郑玄注："术，当为遂，声之误也。古者仕焉而已者，归教于闾里，朝夕坐于门，门侧之堂谓之塾。《周礼》：五百家为党，万二千五百家为遂。党属于乡，遂在远郊之外。"⑥而非其故，琴瑟未尝去于前也：《礼记》卷第四《曲礼下》："君无故玉不去身，大夫无故不彻县，士无故不彻琴瑟。"⑦性命之际：性命之论，宋儒最为关切。故朱熹特意截取《礼记·中庸》篇组成"四书"，成为后世儒生金科玉律。《中庸》开篇即言："天命之谓性，率性之谓道，修道之谓教。"朱熹释曰："命，犹令也。性，即理也。天以阴阳五行化生万物，气以成形，而理亦赋焉，犹命令也。于是人物之生，因各得其所赋之理，以为健顺无常之德，所谓性也。"⑧听其琴于相国寺之维摩院：相国寺，原北齐建国寺，创于文宣帝天保六年，此地本战国魏公子无忌故宅。唐睿宗景云初，僧人募缘再建，赐名相国寺。至宋规模宏大，且成市井杂会之所，繁华热闹。关于相国寺之雄伟，《水浒传》第六回"九纹龙剪径赤松林　鲁智深火烧瓦罐寺"中有精彩描述。关于它的繁盛，前可见宋白《大相国寺碑铭》，后则有孟元老《东京梦华录·相国寺万姓交易》。维摩，维摩诘之简称，意译为"净名"或"无垢"。相传为金粟如来的化身，自妙喜国化生于此世，以居士身份来辅助释迦教化众生。后常用以泛指修大乘佛法的居士。

[译文]

古代学士精通六艺，射术精通弓箭之事，于其中懂得谦逊退让之礼；御术擅长车马之事，驱驰有度；书道并非仅仅是写字这么简单，而是要辨明六体通晓其意；数理并非仅仅是摆弄筹策而已，还要灵活运用通晓各种算法。至于吉、凶、军、宾、嘉五礼的三千余种规定，《云门》、《咸池》、《大韶》、《大夏》、《大濩》、《大武》六乐的各种修饰真可谓微细繁多啊。噫！这是多么的繁杂，学习起来又是多么不易！然而古代的学者都能擅长此六艺，真是难能可贵。

在揖让之礼中学习射、御之术,在武舞中学习干戈之事,小的时候在学校学习,长大参政之时,则各项军事技能都已掌握。于家有塾,于党有庠,于乡有序,于国有学,学校有老师教育,在视听言动、衣冠饮食各方面必须遵守各项规定,几案、手杖上刻有铭文,器皿上铸有戒条,乘车时銮铃之声要和谐,行走时佩玉之声要悦耳,闲居时则有《雅》、《颂》之乐相伴,除非万不得已,不要离开这种琴瑟之音的伴随。其出入进退、身体四周、耳朵所听、四肢举止未尝没有礼乐相伴随,由此深入内心,古人的教养真是如此的周到详细呀。

虽然如此,但这些都是外在的修养。至于天地人万物之理、性命之道,则要通过努力学习、深思熟虑以求索,使知其要旨,识其微妙,并以诚心正意来固守,由此竭尽自己的才华成就其德,以至于感通天地而后已,这是得之于内心的修养,岂非难以做到吗?

噫!古代的学者,为了内外兼修地保持自己的内心,修养自己的德行以至于如此,所以君子惜日如金、自强不息,以求达到修养的顶点。他们学习有一定的方法,防范有一定的制度,由此去追求被迷失的良心,铲除邪气,成就文武之材,完善道德情操,这样就会变得容易了。

孔子说:"由《诗》兴发情感,由《礼》获得为人的各项规范,最终由《乐》的陶冶成就美德。"因为音乐可以感化人心,所以说"最终由《乐》的陶冶成就美德"。过去舜命夔主管音乐之事以教育贵族子弟,说:"正直而能温和,宽弘而能庄栗,刚毅而能不暴虐,简易而能不傲慢。"可见,音乐非但能除去邪气,还能够补救性格的缺陷而归于中和。所以和鸾、佩玉、《雅》、《颂》琴瑟之音没有特殊原因不可片刻离身,由此可知,这些难道是虚设无用的吗?

现今的学士大夫们对于修身养性凡是外在各项规定都不能坚持,对于内在的各项规定又皆敷衍了事,他们这种修行方法真可以说简单易行。但对于追求被迷失的良心,铲除邪气,成就文武之材,完善道德情操而言岂不是太困难了吗?这就是我所担心的,现今的学士大夫们成不了君子反而做了小人。

对于外在的修行我多已力不从心,但对于学琴却是我长久的志愿,可是苦于无师可从。治平三年夏,在京师遇到了洪先生,于是与同舍诸友听其弹琴于相国寺维摩院。洪君于琴,并非仅仅是知其音,还能知其意。我将向他求学,所以先阐述我所向往的古人为学之道,希望我能在今后的学习中有所感发。同舍之士:丁宝臣元珍、郑穆闳中、孙觉莘老、林希子中,而我是曾巩子固。洪先生名规,字方叔,以文学吏事著称于世。

附:听琴序

凡有贵于物者,岂特物不能胜之欤?抑亦无所待于物故也?世之有学者名占一艺,苟不期于徇物,则亦足贵矣。然以自售,然后人得而贱之。故工于艺者,常恐人之羞薄,则往往拂人之好,而自要其简重。虽求之者愈勤,而拒之者愈坚,然不知人亦愈羞薄之也。

琴之为艺,虽圣人所不废也。其制作之意,盖有所寓。而全其所闻者,不出乎几席之间,而所感者常在乎沧浪之滨,崔嵬之颠,亦已至矣。

虽然,声自外入也,使闻于彼而应于此者犹且如此,况不自外入者乎?故乐之实不在于器,而至于鼓之以尽神,则乐由中也明矣。故闻其乐可以知其德,而德之有见于乐者,岂系于器哉?

惟其未离于器也，故习之有曲，以至于有数，推之则将以得其志，又中于得其人，则器之所不及矣。故乐作而喜，曲终而悲，岂能易吾于须臾哉？若夫吾之心在于雁门，吾之目在于鸿鹄，则虽九奏于吾之前，犹不闻也。故琴之作，有厌乎人之耳者，岂非自外入，无有久而不倦者乎？

虽然，吾尝学琴于师矣。反宫于脾，而圣亦不废也；反商于肺，而义亦不废也；反角于肝，而仁亦不废也；反徵于心，而礼亦不废也；反羽于肾，而智亦不废也。方其时也，非春也，求之于律则不中夹钟，物安得而生哉？非夏也，求之于律则不中蕤宾，物安得而长哉？非秋也，求之于律则不中南吕，物安得而敛哉？非冬也，求之于律则不中应钟，物安得而藏哉？故无出无内，无缓无急，无修无短，巧历不能尽其数，岂止于十九八六而已耶？故闻者无闻也。其神之游，东不极于碣石，南不极于北户，西不极于流沙沈羽，北不极于令正之谷，则鸟何从而舞？鱼何从而跃？六马何从而仰秣？景风何从而翔？庆云何从而浮？甘露何从而降？醴泉何从而出？吾之琴如是，则有耳者无所用其听，尚何厌之有哉？

则凡贵者，且不足贵也。故在郑则不淫也，在宋则不溺也，在卫则不烦也，在齐则不骄也。用之于祭祀，则鬼神亦莅乎其所矣，尚何烦于知音哉？若乃当春而叩商，及秋而叩角，当夏而叩羽，当冬而叩徵，虽知四时之行，在我未免乎有手动弦也。某人尝与巩适抚之金溪，因以琴称，而不知吾之琴也。某人苟知所存不在弦，所志不在声，然后吾之琴可得矣。虽然，他日祭酒之堂，樽俎之宴，追三代之遗风，想舞雩之咏叹，使闻者若有所得，则庶几不愧于古人矣，尚何恨于羞薄哉！

类要序

晏元献公出东南，起童子，入秘阁读书，遂赞名，命入为翰林学士。①真宗特宠待之，每进见劳问，及所以任属之者，群臣莫能及。皇太子就书学，公以选入侍。太子即皇帝位，是为仁宗。公遂管国枢要，任政事，位宰相。其在朝廷五十余年，常以文学谋议为任，所为赋、颂、铭、碑、制、诏、册、命、书、奏、议、论之文传天下，尤长于诗，天下皆吟诵之。

当真宗之世，天下无事，方辑福应，推功德，修封禅，及后土、山川、老子诸祠，以报礼上下。左右前后之臣，非工儒学、妙于语言、能讨论古今、润色太平之业者，不能称其位。公于是时为学者宗，天下慕其声名。人见公应于外者之不穷，而不知公之得于内者何也。

及得公所为《类要》上中下秩，总七十四篇，凡若干门，皆公所手抄。乃知公于六艺、太史、百家之言、骚人墨客之文章，至于地志、族谱、佛老、方伎之众说，旁及九州之外、蛮夷荒忽诡变奇迹之序录，皆披寻细绎，而于三才万物变化情伪、是非兴坏之理，显隐细巨之委曲，莫不究尽。公之得于内者在此也。公之所以光显于世者，有以哉！

观公之所自致者如此，则知士不素学而处从官大臣之列，备文儒道德之任，其能不馁且病乎？此公之书所以为可传也。

公之子知止，能守其家者也，以书属予序。予与公仕不并时，然皆临川人，故为之论次，以为公书诸首。

[题解]

晏殊的一生似乎是印证了《后汉纪》的那句话："小时了了者，至大亦未能奇也。"少小神奇，及长，虽早入仕途，官运也曾亨通，但却政绩平平。就对后世之影响而言，他最重要的一次政绩似乎应是天圣八年知贡举，且不说一榜收录了张先、石介等人，就一个中得头彩的欧阳修就足以堪比那网尽苏轼、苏辙、程颢、张载、曾巩等人的嘉祐二年龙虎榜了。

对于这样一位前辈随手抄掇的资料汇编，连善于以小见大的曾巩也实在想不出什么尧典、禹谟，只能因同乡故旧而敷衍成文。茅坤就评之为："其书之所纂，本微浅。而公序之亦难为措注，故其旨不远。"何焯说得更为简要："此公通俗应酬之作。"此文颇符合所述之对象晏殊，人平平，文亦平平，不知茅坤何以还是要将之选入文钞。《王容季文集序》尚能说得一点理，而此篇则纯是文字的游戏了。不过此文对现世倒有几分针砭之效：少一点应酬，多一些实干。

[注释]

①晏元献公出东南，起童子，入秘阁读书，遂赞名，命入为翰林学士：晏殊（991~1055），字同叔，抚州临川（今江西抚州）人。出身清寒，然幼而颖慧，七岁知诗书，有神童之誉。真宗景德初，张知白安抚江西，以神童荐于朝廷，真宗命与进士并试于廷，赐同进士出身，擢秘书省正字。后官至同中书门下平章事，充集贤殿大学士兼枢密使。至和元年卒，年六十五，赠司空兼侍中，谥元献。与其幼子晏几道并以辞章享誉文林。

[译文]

晏元献公来自东南抚州，以神童荐于朝，入秘阁读书，于是扬名于当世，被天子命为翰林学士。真宗特别宠爱他，每次进见时都要多加慰问，委以重任，群臣不可企及。皇太子读书时，公被选入伴读。太子即皇帝位，为仁宗。公于是掌管国家机要部门，担当朝政,位至宰相。在朝廷五十多年,草诏撰论、出谋划策无人可及。所作赋、颂、铭、碑、制、诏、册、命、书、奏、议、论之文传天下,尤其擅长诗歌创作,传诵天下。

当真宗之世,天下无事,忙于收集福报,宣扬功德,封禅泰山,以及修建后土、山川、老子诸庙宇,祭祀天地上下。周围的大臣,不是精通儒学、妙于辞章、了解古今事理、润色太平大业的人是不能堪当此任的。公于此时为学者领袖,天下仰慕其声名。人们只看到公忙于应对各种事物,而不知公深于内心之修养。

近时得到公所编《类要》上中下三函,共七十四篇,若干门类,都是公亲手抄成。由此知道公对于六艺、太史、百家之书、骚人墨客的文章,以至于地方志、族谱、佛老、方伎等方面的书籍,更旁及有关九州之外蛮夷的荒唐诡异离奇的记载都广收博览。对于天地人万物变化之实质,是非兴败之道理,显晦大小之原委,也无不详尽探明其成因。正因此,公深于内心的修养。由此可见,公之所以能够荣耀扬名于当世,确是有原因的啊!

看公之自得如此,则知道士人一向不好学却处于从官大臣之列,肩负文儒道德之重任,他能不犯错误吗?这就是公所编的这部书能够流传的原因所在。

公的儿子知止能够谨守其家业,嘱托我为此书写一篇序文。我与公不曾同朝为官,但都是临川人,所以写下这篇序文,放在此书卷首。

卷 四

送赵宏序

　　荆民与蛮合为寇，潭旁数州被其害。①天子、宰相以潭重镇，守臣不胜任，为改用人。又不胜，复改之。守至，上书乞益兵。诏与抚兵三百，殿直天水赵君希道实护以往②。

　　希道雅与予接，间过予道潭之事。予曰：潭山川甲兵如何，食几何，贼众寡强弱如何，予不能知。能知书耳，书之载，若潭事多矣。或合数道之兵以数万，绝山谷而进，其势非不众且健也，然而卒歼焉者多矣。或单车独行，然而以克者相踵焉。顾其义信如何耳。致吾义信，虽单车独行，寇可以为无事，龚遂、张纲、祝良之类是也③。义信不足以致之，虽合数道之兵以数万，卒歼焉，适重寇耳，况致平邪？阳旻、裴行立之类是也④。则兵不能致平，致平者，在太守身也明矣。前之守者果能此，天子、宰相乌用易之？必易之，为前之守者不能此也。今往者复曰"乞益兵"，何其与书之云者异邪？

　　予忧潭民之重困也，寇之益张也。往时潭吏与旁近郡蕲力胜贼者，暴骸者、戮降者有之。今之往者将特不为是而已邪？抑犹不免乎为是也？天子、宰相任之之意其然邪？潭守近侍臣，使抚觇潭者，郎吏、御史、博士相望⑤。为我谂其贤者曰：今之言古书往往曰迂，然书之事乃已试者也。事已试而施诸治，与时人之自用，孰为得失耶？愚言倘可以乎？潭之患今虽细，然大中、咸通之间，南方之忧常剧矣，夫岂阶于大哉？为近臣、郎吏、御史、博士者，独得而不思也？希道固喜事者，因其行，遂次第其语以送之。庆历六年五月□日，曾巩序。

[题解]

曾巩在此文中对于如何平叛，指出的良方是非暴力的"义信"手段。他之所以得出这样一个结论，一方面是得自史书，另一方面也是因为"守臣不胜任"，屡战而不克。正如前文《请减五路城堡劄子》解题中所说，"强干弱枝"导致各地兵力匮乏；而更为重要的是，这其中所透露出的"重文轻武"的赵宋家法也使得有宋一代良将乏人，无兵无将怎能不屡战屡败？于是士大夫们就在书斋中寻找救国之道，大谈尧舜孔孟之仁义。而此时的仁义实际上已蜕化为软弱无能的代名词。战屡败，不战则更乱。无兵无将就应练兵养将，而不是缴械投降。曾巩此论虽为忧国而发，但因不顾实际而有着很大的危险性。其所言"贼众寡强弱如何，余不能知。能知书耳"，正是此类空头文章的典型。数年之后，皇祐五年英雄狄青大败侬智高，应当是对此类论调的最好回应。

[注释]

①荆民与蛮合为寇，潭旁数州被其害：指荆湖南路潭州南面几个州县"猺人"叛乱，详见《宋史》卷四百九十三《蛮夷一·西南溪峒诸蛮上》。荆湖南路大致相当于今天的湖南省，潭州治所在长沙，即今天湖南长沙市。②殿直天水赵君希道实护以往：殿直，左班殿直、右班殿直的简称，两者同属于三班院小使臣，为正九品的低级武官。天水，宋属秦州，今甘肃天水市南。③龚遂、张纲、祝良之类是也：龚遂（？~前62），西汉山阳郡南平阳（今山东邹县）人，字少卿。宣帝时，为渤海太守，招抚当地造反农民，务劝农桑，郡中遂安宁殷富。事见《汉书》卷八十九《循吏传》。张纲（108~143），东汉犍为武阳（今四川彭山东）人，字文纪。曾任广陵太守，劝降张婴领导的农民起义军。事见《后汉书》卷八十六《张纲传》。祝良，字邵平，长沙人。东汉顺帝时曾任九真太守，单人独骑劝降蛮人。事见《后汉书》卷一百一十六《南蛮西南夷传·南蛮传》。④阳旻、裴行立之类是也：唐德宗贞元十年，居住于广州、桂州等地的"西原蛮"造反，唐朝先后派阳旻、裴行立前往征讨。

虽有胜绩,但死伤无数,也引起不断的抵抗斗争。⑤郎吏、御史、博士相望:郎吏,尚书省六部二十四司的郎中、员外郎,为本司长官的副手。御史,指御史台官员,有御史大夫、御史中丞、侍御史、殿中侍御史、监察御史。博士,宋太常寺博士和国子监博士以及三卫博士,这里主要指前两者。

[译文]

  荆湖南路的百姓与猺人联合作乱,潭州周围好几个州县都遭了殃。天子、宰相认为潭州是荆湖南路的重镇,太守不能胜任此职,于是就将其撤职改派他人。然而又不胜任,于是又改换人选。太守到任之后就上书请求增兵。诏书下达,拨派抚州守兵三百人,由殿直天水赵君希道护送前往。

  希道平日与我经常交往,曾经来我这儿与我谈到过潭州的事情。我以为:潭州山川、军队情况,粮食还剩多少,盗贼众寡强弱如何,这些我都不知道。可是我会读书,书中记载,像潭州这样的事情很多啊。有的聚集多路兵马达数万人,翻山越岭前进,声势浩大,士卒众多矫健勇猛,然而最终多是惨败而归。有的乘一小车独自前往,然而却捷报频传。这主要是看有无仁义诚信。怀有仁义与诚信,即使是单车独行,寇乱也可以很快平息,龚遂、张纲、祝良就是这样的人。仁义诚信不足以招抚百姓,即使聚集了多路兵马以至数万人,最终往往也是惨败而归,这恰恰增强了寇贼的嚣张气焰,又怎能平定叛乱呢?阳旻、裴行立等人就是这种情况。可见军队不能平定叛乱,能够平定叛乱的就在于太守本身的作为。前任太守果真能够做到仁义与诚信,天子、宰相还要更换人选吗?一定要将之更换掉,因为前任太守不能做到这一点。如今新任太守又说:"请求增加军队。"与书上所记载的成功经验为何如此相反呢?

  我担心潭州百姓越发困苦,寇贼也日益嚣张。过去潭州以及临近州县的官员有奋勇杀贼的,往往尸骸遍地,投降的也全部杀死。如今前去赴任的官员是将不再这样做,还是免不了还要如此行事呢？天子、宰相任命他为新任太守的用意难道也是如此吗？潭州的太守位近侍臣，皇帝派去安抚潭州的官员，郎吏、御史、博士络绎不绝。为我规劝那些贤能之士：如今一提到古书，往往就轻视其为迂腐，然而书上所记载的事情都是已经经过历史检验的。已经经过检验的方法将之运用于治政中，与人们刚愎自用，孰优孰劣呢？我所说的似乎是可以实行的吧。潭州的寇乱虽然无关大局，然而唐代大中、咸通年间，南方的叛乱愈演愈烈，这难道不是事关重大吗？作为近臣、郎吏、御史、博士的人，难道不应该好好考虑一下吗？希道是一个勇于承担事情的人，因为他将要远行，于是就写下了这些言语赠送给他作为留念。庆历六年五月□日，曾巩作序。

送江任序

均之为吏，或中州之人，用于荒边侧境、山区海聚之间，蛮夷异域之处；或燕荆越蜀、海外万里之人，用于中州，以至四遐之乡，相易而往。其山行水涉沙莽之驰，往往则风霜冰雪、瘴雾之毒之所侵加，蛟龙虺蜴、虎豹之群之所抵触，冲波急浟、隙崖落石之所覆压。其进也，莫不籯粮举药，选舟易马，力兵曹伍而后动；戒朝奔夜，变更寒暑而后至。至则官庐器械被服饮食之具、土风气候之宜，与夫人民谣俗语言习尚之务，其变难遵，而其情难得也，则多愁居惕处，叹息而思归。及其久也，所习已安，所蔽已解，则岁月有期，可引而去矣。故不得专一精思修治具，以宣布天子及下之仁，而为后世可守之法也。

或九州之人，各用于其土，不在西封，在东境。土不必勤，舟车舆马不必力，而已传其邑都，坐其堂奥。道途所次，升降之俟，凌冒之虞，无有接于其形，动于其虑。至则耳目口鼻百体之所养，如不出乎其家；父兄六亲故旧之人，朝夕相见，如不出乎其里。山川之形，土田市井风谣习俗辞说之变，利害得失善恶之条贯，非其童子之所闻，则其少长之所游览；非其自得，则其乡之先生老者之所告也。所居已安，所有事之宜，皆已习熟，如此故能专虑致劳职事，以宣上恩，而修百姓之急。其施为先后，不待旁谘久察，而与夺损益之几，已断于胸中矣。岂累夫孤客远寓之忧，而以苟且决事哉！

临川江君任为洪之丰城①，此两县者，牛羊之牧相交，树木果蔬五谷之垄相入也。所谓九州之人各用于其土者，孰近于此？既已得其所处之乐，而厌闻饫听其人民之事，而江君又有聪明敏给之材、廉洁之行以行其政，吾知其不去图书讲论之适，宾客之好，而所为有余矣。盖县之治，则民自得于大山深谷之中，而州以无为于上。吾将见江西之幕府，无南向而虑者矣。于其行，遂书以送之。南丰曾巩序。

[题解]

此文如明代唐顺之所说可分为前后两部分，前半部分是说外乡人治理当地如何的困难，后半段则言当地人治理本土又是如何的便利。这涉及地方州县如何才能治理妥当的问题。茅坤以为曾巩这一高见是"古来未有"，曾巩此论确是古来少有，明眼人都知地方治理的好坏不在于是不是由本地人来治理，而在于人的才干如何。本地人确有诸多便利，但若才不堪任则同样无效。本地人与当地的利益关系盘根错节，对于治政的危害实际上要远大于它的便利。因此选拔人才与加强监督管理才是正途。像苏颂的《乞别定县令考课》、范祖禹的《乞行考课监司郡守之法》等才算是谈到了点子上。

[注释]

①丰城：属江南西路洪州管辖，在今江西省丰城市。

[译文]

同样是做官，有的是中州地区的人却被派到荒凉偏僻的地方、山区海岛之间，蛮夷异域之地；有的是河北两湖江浙四川以至于海外万里之地的人，却被派到了中州，以至于四方边远之地的人相互对调到对方的地方去任职。其间跋山涉水或在沙漠中奔走，往往是被风霜冰雪、瘴雾之毒所侵蚀，蛟龙虺蜴、成群的虎豹所侵害，奔腾的河水、湍急的漩涡、倾颓的山崖、飞迸的落石所覆没盖压。远行时，都要用竹箱背上粮食装上药品，选好车船、马匹，准备好武装随从，这样才能动身前往。从早到晚，经历寒暑之后才能到达。到了之后起居、衣服、饮食等各种器具，风土习俗山川气候，以及人民歌谣语言习惯都发生了改变，令人难以适应，心情很是郁闷，故而多是愁思忧苦，唉声叹气而思念家乡。等到待久了，已经习惯了当地的习俗，不明之处已多有了解，然而任期已满，又要改任他地了。所以不能够专心致志地处理政务，传达和播撒天子恩泽百姓的仁义之心，制定出一些后任者可以遵循的良法善令。

或者九州之人，各自在本地为官，不再到异地做官。官员不必再有舟车劳顿，就已经到达了任所，坐在大堂之上了。由此也就可免于风餐露宿、跋山涉水、顶风冒雪的辛苦和忧虑。到任之后，起居饮食等日常生活就如同在自己家中一样；父母、兄弟、六亲故旧朝夕都能相见，就如同居住在原来的里巷之中。山川形胜、市井风俗歌谣言语、当地的利害得失善恶是非等，不是从小就听说过的，就是长大后亲身经历过的；不是自己得到的，就是乡里先生老者告诉自己的。居住得很是安定，所管辖的事情都是很熟悉的，如此就能专心致志地处理政务，传达和播撒皇上的恩德，治理百姓的当务之急。治理政务的先后次序，不需要向他人咨询，或是多方观察，事情的关键所在就已成竹在胸。这难道是远仕他乡，为忧愁孤独缠绕着的官员勉强敷衍了事可比吗！

临川江君任将要任职于洪州的丰城，临川与丰城两县，牛羊可以自由地在两地放牧，种植树木瓜果五谷的田垄相互交织。古礼所说的九州百姓各自安居于本地，哪有比这更接近的呢？既然已经获得了当地生活的快乐，对当地百姓的事情又是耳熟能详，江君更有聪慧灵敏的才干、廉洁端正的品行，我知道他舍弃读书论学、交接宾客等爱好，治理好丰城也是绰绰有余的。对于县邑的治理，让百姓自由自在地生活于大山深谷之中，官员们不要过多地加以干涉，这是最好的一种方法。我将看到江西一路的官员们不用再对丰城的治理担忧了。在他将要赴任的时候,写下这篇序文赠送给他。南丰曾巩作序。

送丁琰序

守令之于民近且重，易知矣。予尝论今之守令，有道而闻四方者不过数人。此数人者，非特任守令也。过此数人，有千里者相接而无一贤守，有百里者相环而无一贤令。至天子大臣尝患其然，则任奉法之吏，严刺察之科，以绳治之。诸郡守县令以罪不任职，或黜或罢者相继于外。于是下诏书，择廷臣，使各举所知以任守令。是天子大臣爱国与民而重守令之意，可谓无不至矣。而诏虽下，举者卒不闻。惟令或以旧制举，不皆循岁月而授。每举者有姓名，得而视之，推考其材行能堪其举者，卒亦未见焉。举者既然矣，则以余之所见闻，阴计其人之孰可举者，卒亦未见焉。犹恐予之愚且贱，闻与见焉者少，不足以知天下之材也，则求夫贤而有名位、闻与见之博者，而从之问其人之孰可举者，卒亦未见焉。岂天下之人固可诬，而天固不生才于今哉？

使天子大臣患天下之弊，则数更法以御之。法日以愈密，而弊日以愈多。岂今之去古也远，治天下卒无术哉？盖古人之有庠有序，有师友之游，有有司之论，而赏罚之始于乡，属于天下，为教之详至此也。①士也有圣人之道，则皆得行其教；有可教之质，则皆可为材且良，故古之贤也多。贤之多，则自公卿大夫至于牛羊仓廪贱官之选咸宜焉，独千里、百里之长哉？其为道岂不约且明，其为致天下之材岂不多哉？其岂有劳于求而不得人，密于法而不胜其弊，若今之患哉？

今也，庠序、师友、赏罚之法非古也，士也有圣人之道，欲推而教于乡、于天下，则无路焉。人愚也，则愚矣！可教而贤者，卒谁教之哉？故今之贤也少。贤之少，则自公卿大夫至于牛羊仓廪贱官之选，常不足其人焉，独守令哉？是以其求之无不至，其法日以愈密，而不足以为治者，其原皆此之出也已。噫！奚重而不更也。

姑苏人丁君琰佐南城，南城之政平。[②]予知其令，令曰："丁君之佐我。"又知其邑人，邑人无不乐道之者。予既患今之士，而常慕古之人，每观良吏一传，则反覆爱之。如丁君之信于其邑，予于旁近邑之所未见，故爱之特深。今为令于淮阴，上之人知其材而举用之也。于令也，得人矣。使丁君一推是心以往，信于此，有不信于彼哉？

求余文者多矣，拒而莫之与也。独丁君之行也，不求余文，而余乐道其所尝论者以送之，以示重丁君且勉之，且勉天下之凡为吏者也。

[题解]

这篇文章与《送傅向老令瑞安序》风格相差甚远，通篇充满火气，语气大得很，俨然是目空一切，说了许多过头以至可笑的话。这应当是曾巩早年蛰居乡间所作，屡试不第之下的牢骚、愤懑借一个由头充分发泄了出来。虽是偏激了些，但一个落第举子，偏处一隅，不被生活的坎坷消退了锋芒，反而有如此的傲气与胆识，也让我们看到了曾巩的真性情。人们往往通过观览几篇后期所作的气韵浑圆的文章，总泛泛以为他是个敦厚温和的老好人，这完全是看浅了曾巩。我们完全可以认为若无这种狂放，也就没有了后来那个著名的"纯儒"。真正的儒者必然有着极为强大的内在意志力，看不透这一点也就无法给予曾巩一种跨时代的"同情"了。

[注释]

①此处详情可见《请令州县特举士劄子》。②姑苏人丁君琰佐南城,南城之政平:姑苏,古地名,春秋时吴国所建,在今江苏苏州。南城,建昌军治所所在地,在今天的江西南城县。

[译文]

郡守、县令与百姓关系最近而其职务也非常重要,这一道理是容易知道的。我曾经谈到如今的守令,治理有方闻名于天下的不过几人而已。这几个人并非是特意出任守令的。除这几个人之外,有相连数千里之地却没有一位好郡守,有相连数百里之地却没有一位好县令。以至天子大臣对此很是担心,于是就任命谨守法令的官吏,严格审察制度,用法律来严惩。诸郡守县令有罪不堪此任,或革职或罢免,相继不断。于是就下诏书,选择大臣,使他们各自保举了解的人出任守令。可见天子大臣爱国爱民而注重守令人选,真是无微不至。可是诏令虽发布了,却没有保举一人。只得命令有的按照旧有制度保举,不是都按照资历就加以任命以应急。举者都有姓名,将他们审视一下,考察其才能品行能够堪当此任的,最终也是未尝见到。荐举者既是如此,以我所知,心中揣度哪些人有资格被荐举,最终也是没有发现。我尚且担心自己既愚笨又低贱,耳闻目见都很有限,不足以了解天下的人才,于是就去拜访那些贤能又有名望、地位,耳闻目见都很广博的人,向他们请教哪些人可以被举荐,最终也是一无所获。难道是天下所有的人都可以被诬陷,而上天又特意不降生人才于当今之世吗?

天子大臣担心天下的弊端,就屡次变更法令严加防范,这样法令日益严密,而弊端也会日益增加。难道是如今离古代越来越远,治理天下竟然没有方法了吗?古人党有庠、乡有序可以学习教育,有老师学友相互切磋,有专门的管理结构加以督促,赏罚先开始于乡里,再扩大至天下,教育详备到如此程度。士人若有圣人之道,就都能实行其教化；有可以接受教化的资质，就都可以成为良才，所以古代的贤士很多。贤士很多，自公卿大夫以至于管理牛羊仓库的小官的选拔，都可以各尽其才，又岂止是管理千里、百里的州县守令选拔任用？如此治政岂不是既简单又有效，招致天下的才士能不多吗？又怎能忙于寻找却总也得不到人才，以至于法令烦琐却是不胜其弊，造成今天这样的危害呢？

如今的庠序、师友、赏罚的方法都与古法相异。士人虽也有圣人之道，但想要行教化于乡里，以至推广到天下却是无路可通。人若愚笨，那也只能愚笨下去了。可堪培养而成为贤才的人，又有谁去教育他们呢？所以如今的贤士实在太少了。贤士少，于是自公卿大夫以至于管理牛羊仓库的小官，都时常无人可任，又岂止是州县守令时常不堪委任呢？所以四处寻访人才，法令也日益严密，可是却仍然不能治理好，究其原因正在于此。唉！为何如此固执而不更改这一举措呢？

姑苏人丁君琰佐理南城县的事务，南城得到很好的治理。我与南城县令熟悉，县令曾告诉我说："我得到了丁君很好的帮助。"又熟悉县邑的百姓，百姓无不乐道其善政。我既是如此担心如今人才匮乏，而由此常羡慕古代贤士之多，每次看到古代良吏的传记，必要反复阅读赞叹不已。像丁君这样能够充分施展自己的才华将县邑治理得如此优秀，这是我于周围的几个县邑都没有看到的，所以对其特别敬佩。如今他要出任淮阴的县令，是上级官员了解了他的才干而保举他赴任。对于淮阴县令，这真是选对了人。假使丁君诚心办差，那么在南城能干好，在淮阴又怎会干不好呢？

请求我写文章的人有很多，我都拒绝不作。唯独丁君将要赴任，并没有请求我写一篇赠序，但是我乐于写下一些我时常谈论的观点，赠送给丁君，以此表示我对他的尊重以及勉励，并且也借此勉励天下的官吏。

送蔡元振序

　　古之州从事皆自辟士，士亦择所从，故宾主相得也。如不得其志，去之可也。今之州从事皆命于朝，非惟守不得择士，士亦不得择所从，宾主岂尽相得哉？如不得其志，未可以辄去也。故守之治，从事无为可也；守之不治，从事举其政，亦势然也。议者不原其势，以为州之政当一出于守，从事举其政，则为立异，为侵官。噫！从事可否其州事，职也，不惟其同守之同，则舍己之是而求与之同，可乎？不可也。州为不治矣，守不自任其责，己亦莫之任也，可乎？不可也。则举其政，其孰为立异邪？其孰为侵官邪？议者未之思也。虽然，迹其所以然，岂士之所喜然哉？故曰亦势然也。

　　今四方之从事，惟其守之同者多矣。幸而材，从事视其政之缺，不过室于叹、途于议而已，脱然莫以为己事。反是焉则激，激亦奚以为也？求能自任其责者少矣。为从事乃尔，为公卿大夫士于朝，不尔者其几邪！

　　临川蔡君从事于汀，始试其为政也。①汀诚为治州也，蔡君可拱而坐也；诚未治也，人皆观君也，无激也，无同也，惟其义而已矣，蔡君之任也。其异日官于朝，一于是而已矣，亦蔡君之任也，可不懋欤？其行也，来求吾文，故序以送之。

[题解]

这篇文章与《送丁琰序》、《送赵宏序》相似,都可见出论理的偏颇与不周之处,想来也是曾巩早年蛰居家乡的作品。由文中可见,如今的似乎什么都不好,古代的又都是好处多多,大有"愤青"的意味。很多地方都呈现出强要出头、硬要标新立异的生涩。倘若时光倒流,将他放到他所赞美的那个时代,其态度恐怕与如今也没什么两样。当然,从这种偏激也可看出他的不屈与倔强,一旦破茧而出,其势当不可限量矣。

[注释]

①临川蔡君从事于汀,始试其为政也:从事,宋朝幕职官的统称,包括签署公事、判官、推官、掌书记、支使等,协办州、府、军、监的政务。汀,汀州,属福建路,治所在长汀,即今福建省长汀。宋为下州,可置推官、判官各一人。

[译文]

古代州从事都是州官自己选派,士人也可自主选择州郡,所以宾主相得益彰。如士人干得不顺心也可自由离任。然而如今的州从事,都是由朝廷任命,不仅是郡守不能够随意选派士人,士人也同样不能够任意选择州郡,宾主又岂能相得益彰?如果干得不顺心,也不可以随便离任而去。郡守若治理得很好,那么从事也可以静观其治;若郡守治理得不好,从事就可以承担治理的责任,这也是情理所致。发议论的人不推究这一事理,以为一州政事自然要委任于一州之长,从事担当政事就是标新立异与州守不和,是侵夺权势。唉!从事参与州政是他的职责所在,不应当只是一味附和州守的意见,若完全舍弃自己的观点而去附和州守,这样能行吗?这是不可以的。一州得不到治理,州守不承担责任,州从事也不承担责任,这样能行吗?这也是不可以的。如此可见,主动承担责任,这能算是标新立异与州守不和吗?这能算是侵夺权势吗?发议论的人没有想过这些吧。虽说是如此,推究其原委,承担起治理的责任又是从事喜欢做的吗?这也是情理使然不得不如此啊。

如今天下四方的从事们，随声附和州守意见的人很多。偶然有几个有才华的，看到州政的不足之处，也只能是独自在房中哀叹，或是在途中与他人议论一下而已，都是脱身事外，没有一个把它看成是自己应该做的事情。如果反其道而行，就会激化与州守的矛盾，与州守发生冲突之后又能怎样呢？找一找那些能够勇于承担责任的从事实在是太少了。做从事的是如此，在朝廷做官的公卿士大夫们不是如此的又能有几个呢？

临川蔡君将要到汀州做从事，开始试着治理政务了。汀州若确是治理得很不错的一个地方，那么蔡君也就可以高枕无忧了；若的确是个没有治理好的地方，那么人们都会看着你该怎么办，是随声附和不与州守发生矛盾，还是坚持自己的原则，我想蔡君是会按照道义办事的，这是蔡君的责任所在。他日再高升到朝廷做官，也应当如此啊，这也是蔡君的责任所在，能不努力进取吗？他将远行，来请求我写一篇赠序，因此我也就写下了这些文字以相赠。

送周屯田序

士大夫登朝廷，年七十，上书去其位，①天子官其一子而听之，亦可谓荣矣。然而有若不释然者。余为之言曰：古之士大夫倦而归者，安车几杖，膳羞被服，百物之珍好自若，天子养以燕飨、饮食、乡射之礼。自比子弟，袒韝鞠脆，以荐其物。②谐其辞说，不于庠序，则于朝廷。时节之赐，与缙绅之礼于其家者，不以朝，则以夕。上之听其休，为不敢勤以事。下之自老，为无为而尊荣也。今一日辞事还其庐，徒御散矣，宾客去矣，百物之顺其欲者不足，人之群嬉属好之交不与，约居而独游，散弃乎山墟林莽陋巷穷间之间。如此，其于长者薄也，亦曷能使其不欿然于心邪？虽然，不及乎尊事，可以委蛇其身而益闲；不享乎珍好，可以窒烦除薄而益安；不去乎深山长谷，岂不足以易其庠序之位；不居其荣，岂有患乎其辱哉？

然则古之所以殷勤奉老者，皆世之任事者所自为。于士之倦而归者，顾为烦且劳也。今之置古事者，顾有司为少耳。士之老于其家者，独得其自肆也，然则何为动其意邪？

余为之言者，尚书屯田员外郎周君中复③。周君与先人俱天圣二年进士，与余旧且好也。既为之辨其不释然者，又欲其有以处而乐也。读余言者，可无异周君而病今之失矣。南丰曾巩序。

[题解]

曾巩这篇短文为了宽慰父亲的老友——年高七十因退休而心生烦闷的周公,也算是煞费苦心。先是一段古今对比,好古以至佞古是曾巩的老习惯,此处则以此来表明这位周公气生得非常合理,不是无理取闹。之后再接着宽慰他现在闲淡的生活也是好处多多。最后则以为古代的也不见得多好,现在的也确是事出有因。如此内外都调理了一番,想必这位周公气也应该顺溜了许多。想来这周老先生抱怨退休待遇,其实是对退休多有不甘。《续资治通鉴长编》卷四十三记载,真宗咸平元年李至就曾经说:"近世朝行中,躁竞求进者多,知止求退者少。"年高七十尚不欲退,这其中多数原因应当并非是要老骥伏枥吧?曾巩自然是知道其中微妙,然碍于情面也不得不说一些违心之言,以致文章显得有点衔接不畅,由此也体现出他早年手法的稚拙处。

[注释]

①士大夫登朝廷,年七十,上书去其位:杜子美以为"人生七十古来稀",七十岁似乎成了敬老的一个标准。虽然不一定要退休,但有特殊的优待则是古有之定制。《礼记正义》卷四十八《祭义》记载:"是故朝廷同爵则尚齿,七十杖于朝,君问则席;八十不俟朝,君问则就之,而弟达乎朝廷矣。"又言:"族有七十者弗敢先。七十者不有大故不入朝。若有大故而入,君必与之揖让,而后及爵者。"即使是平头百姓也要受到尊重。《春秋公羊传注疏·庄公卷第八》中何休就说:"礼,七十,虽庶人,主字而礼之。"②天子养以燕飨、饮食、乡射之礼。自比子弟,袒裼鞠臆,以荐其物:《礼记正义》卷四十七《祭义》记载:"先王之所以治天下者五,贵有德,贵贵,贵老,敬长,慈幼。此五者先王之所以定天下也。贵有德,何为也?为其近于道也。贵贵,为其近于君也。贵老,为其近于亲也。敬长,为其近于兄也。慈幼,为其近于子也。"《礼记正义》卷四十八《祭义》又记载:"食三老五更于大学,天子袒而割牲,执酱而馈,执爵而酳,冕而总干,所以教诸侯之弟也。"③尚书屯田员外郎周君中复:尚书屯田员外郎,全称为尚书省工部屯田员外郎,元丰改官制之前无具体工作,为文臣寄禄官。

[译文]

士大夫出仕朝廷,年龄达到七十岁以后,就上书请求辞去官职，天子会赐予他一个儿子官职而让其退休，这可以说是十分荣耀的了。然而有的人却心中很是不痛快。我就劝慰道：古代士大夫倦于仕途于是退休回家，生活中的安车几案手杖，美食华服，各种珍贵的物品，这些都可以尽情享受，天子同时还不时以燕飨、饮食、乡射等礼节优待老臣。天子以子弟自比，褪去外衣左袖，戴上射箭用的套袖，或是屈身或是双膝跪地，以此来向老者进献饮食。平日还经常向他们征求意见，不是在学校中就是在朝廷上。四时节令都有赏赐，并且还要与大臣们到家中去拜望，不是早上去，就是傍晚时候去。国君听任他们辞去官职，是因为他们年事已高不再敢让他们为公事而操劳。臣子自动告老还乡，是因为年老已经不堪重任，主动退位不贪恋功利可以赢得世人的尊重。如今一旦退休回家，奴仆们随即就散去，宾客们也不再登门拜访，随其嗜欲喜好的各种物品也不再能满足他们的要求，也不再能与好友交往嬉戏游乐，只能穷困独处，被世人遗弃于山野林莽陋巷寒舍之间。如此对待他们，实在是太薄情了，他们又怎能不心怀不满呢？即使如此，不再居官任职，则可以自由自在越发悠闲；不享用美食珍玩，则可以清心寡欲越发安心；在深山大谷中游乐，难道不足以胜过在学校中所享受到的尊敬；不再获得官职的荣耀，难道还要担心身受官场之辱吗？

古代之所以如此殷勤地侍奉老者，都是当事者自愿的行为。对于倦于官场生活而退隐归家的人而言，这些侍奉有时也太烦琐而使人过于劳累了。如今废弃了这些古代的礼节，大概是因为官员太少的缘故吧。士大夫归老家中，独得悠闲之乐，如此又何必感到不满呢？

我所劝慰的是尚书屯田员外郎周君中复。周君与先父都是天圣二年进士，与我也是旧相识并且非常要好。我既已经为他宽慰了他不快的心情，又希望他能够自得其乐。读到我这篇序文的人，可以和周君一样保持快乐的心情，而不去徒劳地抱怨某些职能部门的过失。南丰曾巩作序。

赠黎安二生序

赵郡苏轼,余之同年友也,^①自蜀以书至京师遗余,称蜀之士曰黎生、安生者。既而黎生携其文数十万言,安生携其文亦数千言,辱以顾余。读其文,诚闳壮隽伟,善反复驰骋,穷尽事理,而其才力之放纵,若不可极者也。二生固可谓魁奇特起之士,而苏君固可谓善知人者也。

顷之,黎生补江陵府司法参军^②,将行,请予言以为赠。余曰:"余之知生,既得之于心矣,乃将以言相求于外邪?"黎生曰:"生与安生之学于斯文,里之人皆笑以为迂阔,今求子之言,盖将解惑于里人。"余闻之,自顾而笑。

夫世之迂阔,孰有甚于予乎?知信乎古而不知合乎世,知志乎道而不知同乎俗,此余所以困于今而不自知也。世之迂阔,孰有甚于予乎?今生之迂,特以文不近俗,迂之小者耳,患为笑于里之人。若余之迂大矣,使生持吾言而归,且重得罪,庸讵止于笑乎?然则若余之于生,将何言哉?谓余之迂为善,则其患若此;谓为不善,则有以合乎世,必违乎古,有以同乎俗,必离乎道矣。生其无急于解里人之惑,则于是焉,必能择而取之。遂书以赠二生,并示苏君,以为何如也。

[题解]

这篇文章的用意很像是扬雄的《解嘲》或是韩愈的《进学解》，同样是为自己不合于流俗而辩解，但语气则要舒缓许多。文中揭示的"迂阔"二字可以看做曾巩一生性格、行事的突出特点。而其"迂阔"的全部追求就是与"世俗"相反的"古道"，这是此篇文章的核心所在。三十九岁方及第的曾巩要比他人有着更多的坎坷，也由此对于人生更多了一份坚定与执著。此时已届知天命之年的他终日埋头于故纸堆中校勘书籍，对于"古道"自然也感触颇多。因此文章写来显得是那样的悠然自得，颇有"嬉笑怒骂浑不顾，任尔东西南北风"的气定神闲。这份从容就是这篇文章的神韵所在。文章将道理说清楚还只是"众工之迹"，"气韵生动"方臻"顾陆之流"。

[注释]

①赵郡苏轼，余之同年友也：按照苏洵《嘉祐集》卷三十《苏氏族谱》记载，苏轼先祖苏章在后汉顺帝时为冀州刺史，又迁到并州，其子孙于是定居于赵郡。称先祖发迹之地，以示对人之尊重。曾巩与苏轼都是嘉祐二年进士及第，故称同年。②黎生补江陵府司法参军：司法参军，全称司法参军事，属于地方幕职官，掌管刑法、断案。

[译文]

赵郡苏轼，与我是同年友人，从蜀地托人带信到京师给我，称赞蜀地的黎生、安生二人。不久黎生携带数十万言的文章，安生携带数千言的文章前来拜访我。读了他们的文章，知其的确是恢弘雄壮、俊逸伟岸，尤其善于反复辩述驰骋上下，穷尽事物之理，其才力之奔放，非一般人可以企及。二生的确可以说是瑰伟奇特、卓荦不群的杰出人才，而苏君也的确可以说是善于发现人才的伯乐啊。

不久，黎生补为江陵府司法参军，将要远行，请求我写一序文以相赠。我说："我了解你是得之于内心，又何必用外在的言语相赠呢？"黎生说："我与安生学习古文，乡里都嘲笑我们迂阔，如今请求您写一篇序言，希望以此能消解乡里人的疑惑。"我听了以后，不禁笑了起来。

当今之世若说到迂阔，又有哪一个超过我呢？只知相信古道，而不知附和于今世；只知用心于道义，而不知与世俗相同，这就是我之所以受困于今世却不自知的原因。世人的迂阔又有哪一个超过我的呢？如今黎生所说的迂阔，仅只是文章不同于世俗的风格，这只是迂阔中的小者罢了，由此还被乡里嘲笑。倘若像我这样的大迂，若使二生拿着我的序言回去，必将更加得罪于世人，那时又何止是嘲笑而已了？如此对于二生我又应该说些什么呢？说我的迂阔是好事，则祸患又是如此；说我这样迂阔不好，那么就要附和于今世，如此必然就要违背古道，就要相同于世俗，必然就要远离于道义。二生若不急于缓解乡里人的疑惑，那么对此必然是能做出自己的选择的。由此书写此序文赠送给二生，并呈给苏君，不知其意下如何。

送傅向老令瑞安序

向老傅氏,山阴人。①与其兄元老读书知道理,其所为文辞可喜。太夫人春秋高,而其家故贫,然向老昆弟尤自守,不苟取而妄交,太夫人亦忘其贫。余得之山阴,爱其自处之重,而见其进而未止也,特心与之。

向老用举者令温之瑞安,将奉其太夫人以往。予谓向老学古,其为令当知所先后。然古之道,盖无所用于今,则向老之所守亦难合矣。故为之言,庶夫有知予为不妄者,能以此而易彼也。

[题解]

曾巩为文多能立意高远,故而往往纵横驰骋,不见涯涘。这篇文章则又呈现另一番面目:凝练含婉,似携千钧之力于轻拢慢捻之间。这当是他日臻晚境,功力越发老道的表现。熙宁二年春二月王安石拜参知政事,随即创设制置三司条例司,开始大张旗鼓的熙丰变法运动。这一触动整个社会神经的运动,引来了无尽的争执与议论。结合曾巩在《礼阁新仪目录序》中对于改革的态度,此文末尾的"能以此而易彼也",诸般况味,令人遐想无限。

[注释]

①向老傅氏,山阴人:山阴,宋代属越州,为越州州治所在地,在今浙江绍兴。曾巩于熙宁二年春季通判越州,到熙宁四年夏季始调任齐州。

[译文]

　　向老姓傅，山阴人。和他的哥哥元老都喜好读书并且能够知道其中所包含的道理。他所写的文章文辞令人可喜。老母年事已高，家中一直都很贫苦。然而向老兄弟都能立志自守，不违背原则谋求进取，也不随便与人交往，老母也不以贫苦为忧。我出守山阴时与其相识，喜爱其为人庄重谨严，又见其不断进取，好学不倦，我因此感到特别欣慰。

　　向老因人保举要到温州瑞安就任，将和他的老母一道前往。我以为向老学习古道，做县令应当知道孰先孰后。然而古道于今又无所用处，向老所学亦当难合世用啊。我之所以说出上面一番言论，是希望有了解我不是胡乱说话的人，能够用古道来改变现在的状况。

馆阁送钱纯老知婺州诗序

熙宁三年三月,尚书司封员外郎、秘阁校理钱君纯老出为婺州①,三馆秘阁同舍之士相与饮饯于城东佛舍之观音院,会者凡二十人。纯老亦重僚友之好,而欲慰处者之思也,乃为诗二十言以示坐者。于是在席人各取其一言为韵,赋诗以送之。纯老至州,将刻之石,而以书来曰:"为我序之。"

盖朝廷常引天下文学之士聚之馆阁,所以长养其材而待上之用。有出使于外者,则其僚必相告语,择都城之中广宇丰堂、游观之胜,约日皆会,饮酒赋诗,以叙去处之情,而致绸缪之意。历世浸久,以为故常。其从容道义之乐,盖他司所无。而其赋诗之所称引况谕,莫不道去者之美,祝其归仕于王朝,而欲其无久于外。所以见士君子之风流习尚,笃于相先,非世俗之所能及。又将待上之考信于此,而以其汇进,非空文而已也。

纯老以明经进士制策入等,历教国子生,入馆阁为编校书籍校理检讨。②其文章学问有过人者,宜在天子左右,与访问、任献纳。而顾请一州,欲自试于川穷山阻僻绝之地,其志节之高,又非凡材所及。此赋诗者所以推其贤,惜其去,殷勤反复而不能已。

余故为之序其大旨,以发明士大夫之公论,而与同舍视之,使知纯老之非久于外也。十月□日序。

[题解]

嘉祐五年曾巩由太平州被召回京师编校史馆书籍，后又为集贤院校理、英宗实录院检讨，直到熙宁二年通判越州，在馆阁的时间很长。这期间与钱藻共事多年，从其文集中《朝中祭钱纯老文》、《故翰林侍读学士钱公墓志铭》来看，阁僚中他与钱藻的关系相当密切。故而钱藻要写诗序时自然就想到了这位文名颇著的老友。对于馆阁饯饮制度，曾巩很是熟悉，长期的馆阁生活一定是多次恭逢其宴，而当他通判越州时，也成了宴会的主角，其情其景可见苏轼《送曾子固倅越得燕字》。他的外任与钱藻有一相似处，都是"自请"。宋朝一向轻外任，进京为官是"登仙"，而外任则往往被怀疑是"汰而至耶"。两人反其道而行也算英雄所见略同了。文章着重描写馆阁独有的饯饮宴别，气度雍容典雅，颇见君子之风流远韵，这与馆阁中的一时之选正相映成趣。通篇风韵高华，可见作者久为馆职的自高与自喜。

[注释]

①尚书司封员外郎、秘阁校理钱君纯老出为婺州：钱君纯老，指钱藻（1022~1082），字纯老，一作醇老，钱塘（今浙江杭州）人。后徙苏州，吴越王钱镠五世孙。皇祐五年进士，熙宁三年知婺州，后官至翰林侍读学士，知审官东院，兼判军器监。元丰五年卒，年六十一岁。婺州，属两浙路，治所在金华，即今浙江省金华市。②纯老以明经进士制策入等，历教国子生，入馆阁为编校书籍校理检讨：详情可参见曾巩所作《故翰林侍读学士钱公墓志铭》。

[译文]

熙宁三年三月，尚书司封员外郎、秘阁校理钱君纯老即将出任婺州，三馆秘阁的同僚们一起相聚宴饮于城东面佛寺中的观音院，参加聚会的共有二十人。纯老也是非常注重同僚的友情，为了表达对僚友的思念之情，即席赋诗二十言献给在座诸位友人。于是在座的同僚各自选取诗中一字为韵脚，每人也写了一首诗歌赠送给纯老。纯老到了婺州，想要把这些诗作刻在石头上，于是给我来信说："为我写一篇序吧。"

朝廷常常选拔天下优秀的儒学名士进入馆阁，以此来进一步培养人才以备皇上任用。有出使外地的，僚友们就会相互转告，选择都城中某个高楼大厦、游览胜地，约定时日相与聚会，宴饮赋诗，以此表达相互之间深切的友情和依依不舍之意。这项制度已经有很长时间了，由此成了一个习惯。其从容畅叙友情的快乐是其他部门所没有的。席间所作诗歌都是称述远行之人的美德懿行，并祝愿他早日回到中央政府，不愿他长久外任于远方。由此可见士大夫君子们高风亮节，诚心于礼义之道，这些都不是世俗所能做到的。又可于此时查考六艺，将作品汇集呈上，可见这些并非毫无用处的随意之作。

纯老应考明经进士制策中第，曾经做过国子监直讲，进入馆阁后曾编校集贤院书籍，后迁秘阁校理，又选为英宗实录院检讨。其文章学问都有过人之处，应该陪伴在天子左右，以备咨询，为天子出谋划策。却自愿外任一州，想要在穷乡僻壤施展自己的才华，其高远的志向不是一般的凡夫俗子可以企及的。在座赋诗的僚友由此推崇他的贤德，可惜他的离去，在诗中反复抒发不能自已。

我作此序文，表述一下大概意思，想以此表明在座士大夫的共同心意，将之呈献给同僚，使他们知道纯老不用多久就会调回京城。十月□日序。

叙 盗

盗三十人，凡十五发。繇孙仙而下，盗吴庆船者，杀人皆应斩；盗朱缟船者，赃重皆应绞，凡应死者十有八人。繇汤庆而下，或赃轻，或窃盗，或常自言，凡应徒者十有二人。此有司之法也。

今图之所见者，其名氏、税等①、械器，与其发之日月，所盗之家、所取之财，至于人各别其凡若干发，皆旁行以见之。人各别其凡若干发者，又别之以朱，欲览者之易晓也。吴庆之船，赃分为三，与吴庆、吴道之属有亲疏，居有异同。至于孙仙、汤庆之族属，以及十二人之所以得不死者，皆别见于图之上下，而狱之轻重详矣。其创作兵仗，合众以转劫数百里之间。至于贼杀良民，此情状之尤可嫉者也。

方五六月之时，水之害甚矣，田畴既以荡溺矣，屋庐既以漂流矣。城郭之内，粜官粟以赈民，而犹有不得食者。穷乡僻壤、大川长谷之间，自中家以上，日昃持钱，无告籴之所，况于躄短素困之人乎？方且结草苇以自托于坏堤毁埠之上，有饥饿之迫，无乐生之情。其屡发而为盗，亦情状之有可哀者也。

《康诰》曰："杀越人于货，愍不畏死，凡民罔不憝。"孟子以谓："不待教而诛者也。"是则杀人之盗不待教而诛，此百王之所同，而未有知其所始者也。然而孔子曰："天下有道，盗其先变乎?"此谓养之既足,导之既明,则为盗者知耻而自新。则非杀人之盗有待教而诛者,此亦百王之所同,而未有知其所始者也。不待教而诛者,天下之所不得容也;待教而诛者,俟之之道既尽矣,然后可以责之备也。苟为养之既有不足,导之既有不明,俟之之道既有不尽矣。故凶年人食不足,而有起为盗贼者,天子尝密下宽大之令,许降其罪,而此非有司之法也。至杀人与赃重者亦不降,有司之法存焉,亦《康诰》之意也。

余当阅是狱,故具列其本末情状以览观焉,以明余之于是尽心矣。

[题解]

这篇文章应当是曾巩初次步入仕途于嘉祐三年春至嘉祐五年冬任太平州司法参军时所作,体现出这位日后声望卓著的"纯儒"的仁义之心。曾氏虽是官宦人家,但至其父曾易占便家道衰落。父亲亡故之后,一家老小多是靠他生活,曾巩确也是备尝艰辛。(详情可见《学舍记》) 正因如此,故而每能从他的作品中感受到一种悲天悯人的人道主义的温暖。

[注释]

①税等:不知所云,整理者多以为有脱误之处。

[译文]

强盗共有三十人,犯了十五起案子。由孙仙以下盗窃吴庆船只的匪徒,杀人的都要问斩;盗窃朱缟船只的匪徒,获得赃物多的应判绞刑,应判死罪的共有十八人。由汤庆以下,有的赃物少,有的犯盗窃罪,有的曾经自首,应判徒刑的共有十二人。这就是法律部门所制定的法律。

如今表格中所呈现的,有姓名、税等、器械与发案日期,被盗窃的人家、获取的赃物,以及每人所犯的不同案子,都在旁边加以注明。每人所犯的不同案子,都用红笔一一标明,使看表格的人容易识别。吴庆的船只,赃物共分为三份,与吴庆、吴道有亲戚关系，有的住一块儿，有的不在一起。至于孙仙、汤庆的家人以及十二人为何不判死刑的原因，都在表格上写明，由此判刑的轻重就十分清楚。有的私自制造兵器，纠合匪徒在数百里范围内到处作案，以至于残害百姓，这些人尤其让人痛恨。

此时正是五六月间，水灾很是严重，田地都变成了泽国，房屋也都被冲走了。城市中出卖官粮以赈济难民，就是这样还有的人没饭吃。穷乡僻壤、大川深谷中，中等以上收入的家庭拿着钱到处购买粮食，都没有地方能买得到，又何况一向是举步维艰的家庭呢？只能编扎茅屋住在坏堤毁岸之上，饥寒交迫，痛苦不堪。如此他们也只能屡次铤而走险，做贼为盗，如此情况也确是令人同情。

《尚书·康诰》说："杀死别人，抢夺财物，强横而不怕死，这种人百姓没有不痛恨的。"《孟子·万章章句下》中孟子认为这种人是"不必先去教育他就可以把他处死掉"。由此可见杀人的强盗，是无药可救了，自古以来就是如此的，而没有人知道它起于何时。《荀子·正论篇》引述孔子的言论："天下若得到治理，大概最先变好的就要算是强盗了吧。"这就是说，给予充分的教养，用道义加以引导，强盗们也会知耻而改过自新的。那么不是杀人的强盗，还是有教育的必要的，这也是自古以来就有的，而也不知起于何时。无药可救的人，天下人都不能原谅他；尚有教育希望的人，等一切教育手段都用尽了，然后才可以运用法律手段。如果教养不充分，又没有正道加以引导，可见能够感化教育的手段还是没有全部加以使用。所以一旦遇到灾年没有饭吃而铤而走险的人，天子也曾经秘密地发布宽大的法令，允许降低他们的罪刑，而这并非法律部门制定的法律。至于杀人的或是赃物多的罪犯还是不予降等，法律部门制定的法律得到了保留，这也是《康诰》的意思。

我曾经看了这些案卷，所以将其本末原委写下来，以便后来者观看，由此也可表明我是尽心办事的。

越州鉴湖图序

鉴湖，一曰南湖，南并山，北属州城漕渠，东西距江，①汉顺帝永和五年，会稽太守马臻之所为也，至今九百七十有五年矣。其周三百五十有八里，凡水之出于东南者皆委之。州之东，自城至于东江，其北堤石楗二，阴沟十有九，通民田，田之南属漕渠，北东西属江者皆溉之。州之东六十里，自东城至于东江，其南堤阴沟十有四，通民田，田之北抵漕渠，南并山，西并堤，东属江者皆溉之。州之西三十里，曰柯山斗门，通民田，田之东并城，南并堤，北滨漕渠，西属江者皆溉之。总之，溉山阴、会稽两县十四乡的田地九千顷。非湖能溉田九千顷而已，盖田之至江者尽于九千顷也。其东曰曹娥斗门，曰蒿口斗门，水之循南堤而东者，由之以入于东江。其西曰广陵斗门，曰新迳斗门，水之循北堤而西者，由之以入于西江。其北曰朱储斗门，去湖最远。盖因三江之上、两山之间，疏为二门，而以时视田中之水，小溢则纵其一，大溢则尽纵之，使入于三江之口。所谓湖高于田丈余，田又高海丈余，水少则泄湖溉田，水多则泄田中水入海，故无荒废之田、水旱之岁者也。由汉以来几千载，其利未尝废也。

宋兴，民始有盗湖为田者。祥符之间二十七户，庆历之间二户，为田四顷。当是时，三司、转运司犹下书切责州县，使复田为湖。然自此吏益慢法，而奸民浸起，至于治平之间，盗湖为田者凡八千余户，为田七百余顷，而湖废几尽矣。其仅存者，东为漕渠，自州至于东城六十里，南通若耶溪，自樵风泾至于桐坞，十里皆水，广不能十余丈，每岁少雨，田未病而湖盖已先涸矣。

自此以来，人争为计说。蒋堂则谓宜有罚以禁侵耕，有赏以开告者。杜杞则谓盗湖为田者，利在纵湖水，一雨则放声以动州县，而斗门辄发。故为之立石则水，一在五云桥，水深八尺有五寸，会稽主之；一在跨湖桥，水深四尺有五寸，山阴主之。而斗门之钥，使皆纳于州，水溢则遣官视则，而谨其闭纵。又以谓宜益理堤防斗门，其敢田者拔其苗，责其力以复湖，而重其罚。犹以为未也，又以谓宜加两县之长以提举之名，课其督察而为之殿赏。吴奎则谓每岁农隙，当儆人浚湖，积其泥涂以为丘阜，使县主役，而州与转运使、提点刑狱督摄赏罚之。张次山谓湖废，仅有存者难卒复，宜益广漕路及他便利处，使可漕及注民田里，置石柱以识之，柱之内禁敢田者。刁约则谓宜斥湖三之一与民为田，而益堤使高一丈，则湖可不开，而其利自复。范师道、施元长则谓重侵耕之禁，犹不能使民无犯，而斥湖与民，则侵者孰御？又以湖水较之，高于城中之水，或三尺有六寸，或二尺有六寸，而益堤壅水使高，则水之败城郭庐舍可必也。张伯玉则谓日役五千人浚湖，使至五尺，当十五岁毕；至三尺，当九岁毕。然恐工起之日，浮议外摇，役夫内溃，则虽有智者，犹不能必其成。若日役五千人，益堤使高八尺，当一岁毕。其竹木之费，凡九十二万有三千，计越之户二十万有六千，赋之而复其租，其势易足。如此，则利可坐收，而人不烦弊。陈宗言、赵诚复以水势高下难之，又以谓宜修吴奎之议，以岁月复湖。当是时，都水善其言②，又以谓宜增赏罚之令。

其为说如此，可谓博矣。朝廷未尝不听用而著于法，故罚有自钱三百至于千，又至于五万，刑有自杖百至于徒二年，其文可谓密矣。然而田者不止而日愈多，湖不加浚而日愈废，其故何哉？法令不行，而苟且之俗胜也。

昔谢灵运从宋文帝求会稽回踵湖为田，太守孟𫖮不听，又求休崲湖为田，𫖮又不听，灵运至以语诋之。则利于请湖为田，越之风俗旧矣。然南湖𨽻汉历吴、晋以来，接于唐，又接于钱镠父子之有此州，其利未尝废者。彼或以区区之地当天下，或以数州为镇，或以一国自王，内有供养禄廪之须，外有贡输问遗之奉，非得晏然而已也。故强水土之政以力本利农，亦皆有数，而钱镠之法最详，至今尚多传于人者。则其利之不废，有以也。

近世则不然，天下为一，而安于承平之故，在位者重举事而乐因循。而请湖为田者，其语言气力往往足以动人。至于修水土之利，则又费材动众，从古所难。故郑国之役，以谓足以疲秦，而西门豹之治邺渠，人亦以为烦苦，③其故如此。则吾之吏，孰肯任难当之怨，来易至之责，以待未然之功乎！故说虽博而未尝行，法虽密而未尝举，田者之所以日多，湖之所以日废，由是而已。故以谓法令不行，而苟且之俗胜者，岂非然哉？

夫千岁之湖，废兴利害，较然易见。然自庆历以来三十余年，遭吏治之因循，至于既废，而世犹莫寤其所以然，况于事之隐微难得，而考者𨽻苟简之故，而弛坏于冥冥之中，又可知其所以然乎？

今谓湖不必复者，曰湖田之入既饶矣，此游谈之士为利于侵耕者言之也。夫湖未尽废，则湖下之田旱，此方今之害而众人之所睹也；使湖尽废，则湖之为田亦旱矣，此将来之害而众人之所未睹也。故曰此游谈之士为利于侵耕者言之，而非实知利害者也。谓湖不必浚者，曰益堤壅水而已，此好辨之士为乐闻苟简者言之也。夫以地势较之，壅水使高，必败城郭，此议者之所已言也；以地势较之，浚湖使下，然后不失其旧，不失其旧，然后不失其宜，此议者之所未言也。又山阴之石则为四尺有五寸，会稽之石则几倍之，壅水使高，则会稽得尺，山阴得半，地之洼隆不并，则益堤未为有补也。故曰此好辨之士为乐闻苟简者言之，而又非实知利害者也。

二者既不可用，而欲禁侵耕，开告者，则有赏罚之法矣；欲谨水之畜泄，则有闭纵之法矣；欲痛绝敢田者，则拔其苗，责其力以复湖，而重其罚，又有法矣；或欲任其责于州县与转运使、提点刑狱，或欲以每岁农隙浚湖，或欲禁田石柱之内者，又皆有法矣。欲知浚湖之浅深，用工若干，为日几何；欲知增堤竹木之费几何，使之安出；欲知浚湖之泥涂积之何所，又已计之矣。欲知工起之日，或浮议外摇，役夫内溃，则不可以必其成，又已论之矣。诚能收众说而考其可否，用其可者，而以在我者润泽之，令言必行，法必举，则何功之不可成，何利之不可复哉！

巩初蒙恩通判此州，问湖之废兴于人，未有能言利害之实者。及到官，然后问图于两县，问书于州与河渠司，至于参核之而图成，熟究之而书具，然后利害之实明。故为论次，庶夫计议者有考焉。熙宁二年冬卧龙斋。

[题解]

就一般文学艺术性而言，这篇犹如总结报告的文章并无多少欣赏价值，曾巩不厌其烦地罗列数据、意见，这是公文写作的需要，但却是文学创作上的忌讳。茅坤等人所称赞的"如天官家之次三垣五星"也未免有点不着调。我们并不是工程的审察者，而是文学作品的欣赏者。对前者而言，此文可谓优秀，对后者而言，是篇殊为无趣。不过若硬着头皮把它读完，倒也能发现它一些好处。我们能够立刻感受到文章的作者是一个性格相当严谨的人，而这种严谨又正体现了他强烈的责任心。相比于《墨池记》等名篇，这篇枯燥的文章倒是将曾巩性格这一主要特点用一种特殊的方式淋漓尽致地展现了出来。这种竭泽而渔的叙述方式需要有严密的逻辑性，文章虽然单调，但却是不慌不忙，有条不紊。曾巩一向以论理的深远与严密著称，这又正可与此相互印证。因此就写作手法而言这本是曾巩的拿手好戏，只是内容过于乏味，也就无趣可言了。而趣味又恰是文学创作中非常重要的一个因素。当然这怨不得曾巩，就本篇的写作目的而言，我们本不应该过多地从文学角度反复琢磨它。要怪也只能怪后人过于爱屋及乌了。

[注释]

①鉴湖，一曰南湖，南并山，北属州城漕渠，东西距江：鉴湖，又名长湖、庆湖，在今浙江绍兴市会稽山北麓。至南宋逐渐干枯。南并山，就是指南面依靠着会稽山。北属州城漕渠，是说北面紧邻着越州的州治所在地山阴和运输粮草物品的运河。这条运河西面连着钱塘江，东面通达余姚江，由余姚江、慈溪、大浃江一直通到现在的镇海而入海。东西距江，指东面紧邻曹娥江，西面靠近浦阳江。②都水善其言：都水，指都水监，北宋嘉祐三年十一月二十二日罢除三司河渠司，始设此监，掌管水利事宜。设置判监事、同判监事各一人，知都水监丞公事二人，知都水监主簿公事一人。③故郑国之役，以谓足以疲秦，而西门豹之治邺渠，人亦以为烦苦：郑国，战国时韩国水工。秦王嬴政时期，入秦游说，建议引泾水东注洛水。秦王采纳其建议，后有人议论此举是为了消耗秦之国力，秦王欲诛之，然终为其说服，渠成，遗惠弥多，后人誉此为"郑国渠"。详见《史记》卷二十九《河渠书》。西门豹，战国时魏国大臣。魏文侯任命他为邺县（今河北临漳西南邺镇）县令，到任后发动百姓开凿十二渠，引漳河水灌田，使邺富庶一方。详见《韩非子·难言》。

[译文]

鉴湖，又名南湖，南面依靠着会稽山，北面连着州城和运河，东西面都靠近江水，西面是浦阳江，东面是曹娥江，汉顺帝永和五年，会稽太守马臻所修建，至今已经有九百七十五年的历史了。它周长三百五十八里，凡是东南方向的河水都流到这里。州境的东面，从州城到东江，北堤石楗有两个，阴沟有十九个，与民田相通，田南面连着运河，北东西连着江水的都可以得到灌溉。州城东六十里，从东城到东江，南堤阴沟有十四个，与民田相通，田北面连着运河，南面依靠着会稽山，西面依靠着堤坝，东面连着江水的地方都可以得到灌溉。州城西三十里，叫做柯山斗门，与民田相通，田地的东面依靠着城池，南面依靠着堤坝，北面紧邻着运河，西面连着江水的地方都可以得到灌溉。总之，它可以灌溉山阴、会稽两县十四乡的田地九千顷。这不是说鉴湖能够灌溉田地九千顷，是说田地到达江水这一片地方共有九千顷。州城的东面是曹娥斗门、蒿口斗门，水流顺着南堤向东流，从这里进入东江。州城西面是广陵斗门、新泾斗门，水流顺着北堤向西流，从这里进入西江。州城北面是朱储斗门，离鉴湖最远。在三江上面、两山之间建了这两座斗门，而不断地观察田中水量情况，小满就开一个斗门，大满就开两个斗门将水全部放出，流到三江中。这就是所说的湖水高于田地一丈多，田地又高于海水一丈多，雨水少就泄湖水灌溉田地，田中水量多了就泄田中水入海，所以没有田地荒废和水旱之灾。由汉朝以来几千年，它的好处始终如此。

宋朝建立以来，百姓开始盗取湖中的土地开辟为农田。真宗大中祥符年间有二十七户，仁宗庆历年间有二户，造田四顷。当时，三司、转运使司都下文严厉地谴责州县的无作为，命令恢复为湖。然而自此以后官吏们逐渐怠慢法令，奸民也逐渐增多，到英宗治平年间，盗取湖中土地的有八千多户，开辟农田七百多顷，鉴湖也几乎都要全部给毁掉了。仅存下来的，东面是运河，自州城通到东城镇共六十里，向南通到若耶溪，自樵风泾到桐坞十里长的路途都是水，宽的不过十余丈，每当遇到少雨的时候，田地还没有干而湖里已经先干涸了。

自此以后，人们就出谋划策，议论纷纷。蒋堂认为应该对侵占湖地的加以惩罚，对于举报的则加以奖赏。杜杞则认为盗取湖地开垦为农田的，是想要开放湖水侵占田地，所以一旦下雨就大声叫喊惊动州县，于是斗门就会开启。所以应当立石于水中作为标尺，一块在五云桥，水深八尺五寸，由会稽县管理；一块在跨湖桥，水深四尺五寸，由山阴县管理。而斗门的钥匙都应上交于州府，湖水满了就派官员去视察，开启斗门要慎重行事。又说应当越发治理好堤坝斗门，有胆敢侵占湖地的就要拔光田苗，责令他恢复湖地，要加重惩罚力度。这样还不够的话，就赋予两县长官以提举水利的职务，责令他们严加督察并以此成效作为考核政绩的标准。吴奎认为每年农闲的时候，雇人疏浚鉴湖，积累的淤泥就做山丘，由县里主持此项工程，州府与转运使、提点刑狱加以督察赏罚。张次山认为湖已荒废了，仅有残存的已难以恢复原貌，应当疏广运河以及其他便利之处，使湖水可以流入运河及农田，并设置石柱作为标志，石柱之内所标明的地方严禁占为农田。刁约则认为应当将三分之一的湖地给予百姓开垦为农田，同时增加堤坝使高一丈，那么湖水可以不再开泄，也就自然会逐渐恢复。范师道、施元长认为加强禁止侵占湖地的禁令，仍然不能杜绝百姓的违法事件，若将湖地让给百姓，那么对于侵占湖地的人又该怎样处理呢？又认为湖面高于城中水面有的地方是三尺六寸，有的地方是二尺六寸，再增高堤坝抬高湖面，那么迟早会有一天湖水冲破堤坝毁坏城池房舍。张伯玉则认为每天使五千人疏浚鉴湖，假使挖深五尺，则十五年可完工；挖深三尺，则九年可完工。然而令人担心的是，一旦工程兴起，外则流言四起，内则民工溃散，此时虽有能干的管理者也无法一定完成工程。若每天有五千人干活，增加堤坝使抬高八尺，应当一年就可以完工。消耗竹木的费用，共九十二万三千贯，越州共计有二十万六千户人家，向他们征收竹木费用而免去田租，如此事情还是容易做到的。如此，可坐享其成，人也不劳累。陈宗言、赵诚又以水势高低加以反驳，并认为应当听从吴奎的建议，按时疏浚鉴湖。当时，都水监赞成他们的意见，又认为应当完善奖惩措施。

众人的意见就是如此，可以说是相当丰富。朝廷未尝不曾采纳众人的意见而将之记载于法令之中，所以处罚的钱财有三百至于上千，更有至于五万的，施以刑罚有自施杖刑一百到判徒刑二年，条令可以说是很严密的。然而开垦湖田的人不但没有消失反而越来越多，湖水也没有得到疏浚反而日益荒废，其原因又是什么呢？这是因为法令得不到执行，苟且敷衍的习惯势力占了上风。

从前谢灵运向宋文帝请求将会稽的回踵湖作为自己家的农田，太守孟颛没有答应，他又请求将休崲湖作为农田，孟颛又没答应，于是谢灵运竟然用流言诽谤诋毁孟颛。可见侵占湖田谋利，在越州由来已久了。然而南湖从汉朝经过三国时的吴国、晋朝以来，再经过唐朝，又经过钱镠父子统治吴越的时期，始终没有荒废掉。他们或是以区区吴越之地独挡天下，或是以几个州割据为藩镇，或是自封为王，在内有日常生活官员俸禄的需要，在外又要不时输送贡品侍奉大国，没有一天享受过太平生活，所以加强水土管理，以此巩固根本促进农业，都是有一定的措施。而其中钱镠的方法最为详备，至今人们仍多有传习，可见鉴湖没有荒废，的确是有原因的。

近世以来则不然，天下统一，人们习惯于太平生活，在位当官的人不愿兴利除弊而是乐于因循苟且。请求开垦鉴湖为农田的人，言辞往往足以打动人心。至于兴修水利工程，却是费钱劳神，自古以来就是一件难办的事。所以郑国兴修水利，有人以为他是消耗秦国国力，西门豹修建邺渠，当时人也认为是劳苦无益，究其原因就是如此。由此可见现在的官员又有哪一个人愿意担负这难以承当的埋怨，忍受这极易招致的诸多责难，等待那无法预料的成功呢！所以建议虽很丰富但是不曾施行，法令虽很严密但是不曾照办，垦田的人日益增加，鉴湖日益荒废，原因就是如此而已。所以我认为是法令得不到执行，苟且敷衍的习惯势力占了上风，难道不是这样的吗？

千年湖水，兴废利害，清楚易见。然而自从仁宗庆历以来三十多年时间，遭遇官员的苟且因循，竟至于荒废，而世人还是没有醒悟到原因所在，更何况是隐微难知的事理，考察的人因循苟且草率的作风，不知不觉中就已经败坏殆尽，他们又怎能知道其中的原因所在呢？

如今认为鉴湖不必恢复的人说湖田的收益是很丰厚的，这是游谈之士为了有利于侵占湖地的人所说的。湖还没有完全荒废，湖外的农田就已经多有干旱之忧，这是今天的灾害，众人都是亲眼所见；假使鉴湖完全荒废，那么湖外的农田必将干旱，这是将来的灾害，而众人却不曾看到。所以说这是游谈之士为了有利于侵占湖地的人所说的，而不是真正了解事情的利害所在。认为鉴湖不必疏浚的人说增高堤坝围住湖水就行了，这是好辩之士为那些乐意听一些苟且粗浅意见的人所说的。比较一下地势的高低，围水增高，必将冲毁城池，这已经是讨论的人说过了的。比较一下地势的高低，疏浚湖水降低水面，就会恢复原来的面貌；恢复原来的面貌就可以得到原有的好处，这是讨论者没有谈到的。又山阴树立的石标尺是四尺五寸，而会稽所树立的石标尺几乎是它的一倍，围水提高水位，那么会稽涨一尺，山阴就涨一半，地势高低不平，如此增高堤坝是无益于事的。所以说这是好辩之士为那些乐意听一些苟且粗浅意见的人所说的，并不是真正了解事情的利害所在。

两种意见都不可用，那么想要禁止侵占，奖励揭发者，则有赏罚的法令；想要严格湖水的蓄积泄放，则有开关的法令；想要严厉杜绝敢于垦田的人，则拔光田里的禾苗，责成严格恢复原貌，并且加重处罚，如此也是有法令可以执行；或者想要让州县与转运使、提点刑狱承担一定的责任，或者想要每年农闲时疏浚湖水，或者想要禁止在石标柱内垦田，又都是有法令条文可以施行的。想要知道疏浚湖水的深浅，用多少民工，干多少天；想要知道增高堤坝所需竹木的费用是多少，从哪里支出这笔费用；想要知道疏浚湖底的淤泥堆积在什么地方，这些都已经计算好了。想要知道工程兴起的时候，或是外有流言动摇军心，内有民工的溃散，如此不一定能完成任务，这些也都讨论过了。果真能够真心听取各种意见详细考证优劣得失，选用可行的办法，并加以补充完善，能够说到做到，依法而行，那么有什么事情不可以成功，有什么利益不可以重新获得呢！

我刚刚蒙受圣恩通判此州的时候，就向人们打听鉴湖的兴废情况，寻找能够说出利害实情的人。到任之后，向两县询问地理图，向州府、河渠司询问资料，最后考察实地情况而绘成此图，详细搜寻各方面材料而汇编成此书，如此之后实际的利害关系就完全清楚了。由此写下这篇序文，希望为探讨鉴湖治理情况的人提供参考的依据。熙宁二年冬于卧龙斋。

送李材叔知柳州序[①]

谈者谓南越偏且远，其风气与中州异。故官者皆不欲久居，往往车船未行，辄已屈指计归日。又咸小其官，以为不足事。其逆自为虑如此，故其至皆倾摇解弛，无忧且勤之心。其习俗从古而尔，不然，何自越与中国通已千余年，而名能抚循其民者，不过数人邪？故越与闽、蜀，始俱为夷，闽、蜀皆已变，而越独尚陋，岂其俗不可更与？盖吏者莫致其治教之意也。噫！亦其民之不幸也已。

彼不知由京师而之越，水陆之道皆安行，非若闽溪、峡江、蜀栈之不测。则均之吏于远，此非独优欤？其风气吾所谙之，与中州亦不甚异。起居不违其节，未尝有疾。苟违节，虽中州宁能不生疾邪？其物产之美，果有荔子、龙眼、蕉、柑、橄榄，花有素馨、山丹、含笑之属，食有海之百物，累岁之酒醋，皆绝于天下。人少斗讼，喜嬉乐。吏者唯其无久居之心，故谓之不可。如其有久居之心，奚不可邪？

古之人为一乡一县，其德义惠爱尚足以薰蒸渐泽，今大者专一州，岂当小其官而不事邪？令其得吾说而思之，人咸有久居之心，又不小其官，为越人涤其陋俗而驱于治，居闽、蜀上，无不幸之叹，其事出千余年之表，则其美之巨细可知也。然非其材之颖然迈于众人者不能也。官于南者多矣，予知其材之颖然迈于众人，能行吾说者李材叔而已。

材叔又与其兄公翊仕同年，同用荐者为县，入秘书省，为著作佐郎②。今材叔为柳州，公翊为象州③，皆同时，材又相若也。则二州交相致其政，其施之速、势之便，可胜道也夫！其越之人幸也夫！其可贺也夫！

[题解]

宋人为官一向是"重内轻外"，以致世俗多以为都是在京师混不下去的才被打发到偏远之地。而柳州、象州这些地方那更是远之又远、外之又外，无异于"谴黜之所"了。对照着晁说之《感事》所说"仆驭同饥寒，惝恍若有失"，曾巩这篇临别赠序真是一篇温暖人心的好文章。全文把南越描写得如花似锦，且不说其中有多少避重就轻之处，也且不说他自己如何三番五次地请求内调，就这一片体贴之心也确是用心良苦足以动人了。生活中有时确需要一些美丽的谎言，尤其是在痛苦蹉跎之时。

[注释]

①送李材叔知柳州序：李材叔，名献卿，曾任尚书职方员外郎知阆州，可参见曾巩《阆州张侯庙记》。柳州，属广南西路，治所在马平，今广西柳州市。②入秘书省，为著作佐郎：宋前期著作佐郎没有具体的职事，只是文臣的寄禄官。元丰以后开始主管修撰时政记、起居注等。③象州：属广南西路，治所在阳寿，今广西象州市，在柳州南面，两州紧邻。

[译文]

有人谈论说南越既偏僻又遥远，风俗气候都与中原不同，所以官员们都不愿意久居，往往是还没有动身就已经屈指计算着回来的日子。又都嫌官职太小，不足以成就一番事业。他们预先自己盘算的就是如此，所以到任后都是动摇懈怠，没有认真办差的想法。这种风气从古到今都是如此，若不是这样，何以南越与中原往来已经有一千多年了，而以能安抚治理越民而出名的官吏不过就几个人呢？所以南越与闽、蜀，一开始都是蛮夷之地，如今闽、蜀都已经发生了改变，而南越唯独还是如此穷困，难道是它的风俗不可以改变吗？这应该是官员不能用心治理教化的缘故吧。唉！这也是越民的不幸啊。

他们不知道由京师到南越，水陆都可以安心舒适地通行，不像闽溪、峡江、蜀栈道多有不测之险。可见同样是到远方赴任，不是唯独那里还很不错吗？那里的风俗气候我很熟悉，与中原没什么太大的差异。起居饮食都不违反以前的生活规律，所以也不会生什么病。即使偶然有不适应的地方而生病，难道在中原就能不生病吗？那里的物产很丰富，果物有荔枝、龙眼、芭蕉、甘蔗、橄榄，鲜花有素馨、山丹、含笑之类，食物有海中的各种物品，陈年的酒醋，都是天下奇珍。人民也少有争斗狱讼之事，喜欢游乐嬉戏。官员们只是因为没有久居之心，所以把那里说得很差。如果他们有久居之心，那还有什么不可以的地方呢？

古人治理一乡一县时，道德节义、恩惠仁爱尚且足以能够薰育感染本地百姓，如今范围大的可以管理一州，难道能够轻视这一官职而无所事事吗？假使他们能够听从我的劝告而好好想一下，人人都有久居的想法，又不轻视此官职，努力为越人改变落后的习俗使他们日益文明开化，从而超过闽、蜀，使越人没有不幸的叹息，所做的功绩超过一千多年以来人们的治理水平，那么他美名的大小也就可知了。然而这件事，不是才能卓然高于众人的人是无法办到的。为官于南方的人有很多，我所知道的才能卓然高于众人又能够推行我所说的善政的，大概也只有李材叔一人了。

材叔与他的哥哥公翊同年出仕为官，也一同因人推荐而为县令，入秘书省为著作佐郎。如今材叔为官柳州，公翊为官象州，都是同时任命，两人才能又相仿。如此两州相互促进都能得到很好的治理，其施政的迅速、治理的便利，是能够说得完的吗！这真是越人的幸运啊！真是可喜可贺！

卷 五

分宁①县云峰院记

分宁人勤生而啬施,薄义而喜争,其土俗然也。自府来抵其县五百里,在山谷穷处。其人修农桑之务,率数口之家,留一人守舍行馌,其外尽在田。田高下硗腴,随所宜杂殖五谷,无废壤。女妇蚕杼,无懈人。茶盐蜜纸、竹箭材苇之货,无有纤钜,治咸尽其身力。其勤如此。富者兼田千亩,廪实藏钱,至累岁不发,然视捐一钱,可以易死,宁死无所捐。其于施何如也!其间利害不能以秭米,父子、兄弟、夫妇,相去若弈棋然。于其亲固然,于义厚薄可知也。长少族坐里间,相讲语以法律。意向小戾,则相告讦,结党诈张,事关节以动视听。甚者画刻金木为章印,摹文书以绐吏,立县庭下,变伪一日千出,虽笞扑徙死交迹,不以属心。其喜争讼,岂比他州县哉?民虽勤而习如是,渐涵入骨髓,故贤令长佐吏比肩,常病其未易治教使移也。

云峰院在县极西界,无籍图,不知自何立。景德三年,邑僧道常治其院而侈之。门闼靓深,殿寝言言。栖客之庐,斋庖库庾,序列两傍。浮图②所用铙、鼓、鱼、螺、钟、磬之编,百器备完。吾闻道常气质伟然,虽索其学,其归未能当于义,然治生事不废,其勤亦称其土俗。至有余辄斥散之,不为黍累计惜,乐淡泊无累,则又若能胜其啬施喜争之心,可喜也。或曰使其人不汨溺其所学,其归一当于义，则杰然视邑人者，必道常乎？未敢必也。

庆历三年九月，与其徒谋曰："吾排蓬藋治是院，不自意成就如此。今老矣，恐泯泯无声昊来人，相与图文字，买石刻之，使永永与是院俱传，可不可也？"咸曰："然。"推其徒子思来请记。遂来，予不让，为申其可言者宠嘉之，使刻示邑人，其有激也。二十八日，南丰曾巩记。

[题解]

分宁虽距南丰较远，但也同属一路，可算是半个同乡了。但是不知为何，曾巩对分宁人的看法实在欠佳，以至说其吝啬好斗是"涵入骨髓"，可见是无可救药了。不过就文章的立意而言却有着柳暗花明的妙处。为云峰院写记文，却有一半的篇幅描写当地民风。这似乎离题的作法恰是曾巩欲擒故纵的好手段，明暗对比，相得益彰。或许正是出于此种手法的需要，才对分宁人的描写多有过头之处，这也是他早期作品中常有的毛病。文章写于庆历三年，年仅二十五岁的曾巩就已有人远道前来求其墨宝，他在早期作品中时常表现出来的年轻气盛，可见也确是良有以也。这篇给僧人写的记文中却要指责其所学，并劝其改拜孔孟。这种见和尚偏要说头秃的做法是曾巩此类文章最突出的特点，并且由之后所作可见他是一以贯之、毫不妥协，这又是他卓立于有宋诸大家之列颇为独特的地方。这在"禅学始兴，趋之者如水走下"的宋代颇为难能可贵。

[注释]

①分宁：属江南西路洪州，在今江西修水。②浮图：梵语 Buddha 的音译，其意多种，可指佛教、佛陀、和尚，这里是指和尚的意思。

[译文]

分宁人勤于生产而吝啬于施舍，淡薄于仁义而好争斗，其民风就是如此。自州府到其县境有五百里路程，县处于荒山深谷之中，人民耕种农田养殖蚕桑，大凡是数口之家，留一人看家给干活的人送饭，其他人都在田里耕作。田地高下肥薄，随其地利杂种五谷，没有荒废的土地。妇女们养蚕织布，没有偷懒的人。茶盐蜜纸、竹箭材苇这些物品的生产，不分巨细大小，都是全力工作。他们就是如此勤奋。富有的人能有千亩土地，仓房充实钱柜丰满，以至年年都不用开启，然而若要捐一文钱，就像是要了他的命，宁肯死也不捐。对于施舍如何到了这样的程度！他们之间的利害关系容不下一个小米粒那样大的东西，父子、兄弟、夫妇之间更是像下棋捉对厮杀一样冷若冰霜。对于亲人都是如此，对于仁义的看法也就可想而知了。老老少少一家族人在一起生活，相互只讲法律规定，稍有不如意之事，就会相互告发，结党张狂，到处走关系颠倒黑白。甚至更有人伪造公章，假办文书欺骗官府，以至当庭审问之时，弄虚作假之事层出不穷，虽然笞、扑、徙、死各种刑罚交相使用，也不能使他们向善从化。如此喜好争斗狱讼，又岂是其他州县可比的？百姓虽然是如此勤奋但是风气竟是如此恶劣，以至深入骨髓，所以到此就任的贤令良吏虽然是一个接着一个，然而也是常常感叹此地不易治理，无法移风易俗。

　　云峰院在县的最西边，没有院志记载，不知道它建于何时。景德三年，本县僧人道常治理此院，逐渐扩大其规模。院落幽深，殿宇高大，香客寄宿的房舍，僧人的斋房、厨房、仓库、粮仓，整齐地排列于两旁。僧人们所用的铙、大鼓、木鱼、法螺、铜钟、石磬之类器物，样样俱全。我听说道常气质伟岸，虽然推究其所学，主旨未能附和儒家之道，然而能够不断地治理院务，其勤奋与本地的民风正相应。一有余财就施舍于他人，不斤斤计较一己之得失，乐于淡泊自适不为外物所累，如此又能胜过本地吝啬好斗的习惯，这真是可喜啊。有的人说，假使其人不沉迷于佛教，终能归于儒家仁义之道，那么本地俊杰非道常莫属吗？这是我不敢肯定的。

　　庆历三年九月，道常和众位僧徒议论说："我披荆斩棘治理本院，没有预料到会有今天这样兴盛的局面。如今我老了，担心就这样默默无闻地死去，不能给后世留下点什么。应该把兴建寺院的经过写成一篇文章，买块碑石，把文章刻在上面，使它世世代代与本院一道流传下去,这样好不好?"众僧徒都说:"好。"于是就推举徒弟子思前来请我写一篇记文。既然来了,我也就不再推让,将可以流传的言行记载下来予以嘉奖,使刻石昭示本地百姓,应该对他们会有所激励吧。二十八日,南丰曾巩记。

仙都观三门记

门之作，取备豫而已。然天子、诸侯、大夫各有制度，加于度则讥之，见于《易》、《礼记》、《春秋》。其旁三门，门三途，惟王城为然。^①老子之教行天下，其宫视天子或过焉，其门亦三之。其备豫之意，盖本于《易》，^②其加于度，则知《礼》者所不能损，知《春秋》者所太息而已。甚矣！其法之蕃昌也。

建昌军南城县麻姑山仙都观，世传麻姑于此仙去，故立祠在焉。^③距城六七里，由绝岭而上，至其处，地反平宽衍沃，可宫可田。其获之多，与他壤倍，水旱之所不能灾。予尝视而叹曰："岂天遗此以安且食其众，使世之衍衍施施，趋之者不已欤？不然，安有是邪？"则其法之蕃昌，人力固如之何哉？

其田入既饶，则其宫从而侈也宜。庆历六年，观主道士凌齐晔相其室无不修而门独庳，曰："是不足以称吾法与吾力。"遂大之。既成，托予记。予与齐晔，里人也，不能辞。噫！为里人而与之记，人之情也；以《礼》、《春秋》之义告之，天下之公也。不以人之情易天下之公，齐晔之取予文，岂不得所欲也夫？岂以予言为厉已也夫？八月日记。

[题解]

这又是一篇应请之作，看来从庆历元年进京赶考被欧阳修等人大加赞誉之后，曾巩虽然名落孙山，但在其家乡其文名也是传播开来，不断有人求其墨宝。不过他那指僧骂秃的脾气倒似乎并没有多少人知道，仍然不断有人碰个鼻青脸肿。这篇文章确如文后所说，过于严厉了。且不说道家修几座门无关轻重，就是儒家经书所记载的门制也是如云山雾绕，扑朔迷离。再就考古发掘而言，先秦都城门数已不可确考，而最重旧制的西周鲁国曲阜城只有十一座城门。西汉长安颇合曾巩所言古制，"其旁三门"，四面共十二门。到东汉时就已不能安分守己了，洛阳虽也是十二座城门，却改成东、西三，北二，南四的格局。曹魏邺城只有七门，西晋洛阳城延续东汉旧制，北魏洛阳又增为十三门，东晋建康只有东、南、西三面六门，南朝时北面增加一门共七门，唐代长安十三门，到了曾巩所处的宋朝都城汴京城门则有十六座之多。看来后人也从没拿什么古制当回事。然而依着曾巩的秉性，这些事例只能是让他感叹人心不古而已，并不能妨碍他对古礼的信服。而文章中曾巩的这股无名火或许也正由此"恨屋及乌"而来。道士莫名其妙地碰了一鼻子灰，记文也不可能指望刻碑上石了。不过读者可以设身处地地体味一下，曾巩这种不顾私情只求公义的胆气确非是一般人所能有。此文于赠记而言实在是不合规矩，然而就曾巩而言却可见其堂堂大丈夫之气概，这对"妇人儒"，或许当是一记令其幡然醒悟的棒喝吧。

[注释]

①门之作，取备豫而已。然天子、诸侯、大夫各有制度，加于度则讥之，见于《易》、《礼记》、《春秋》。其旁三门，门三途，惟王城为然：有关都城一周城墙共有多少城门，《周易》中似未有记载。《礼记》中只记载有九门，见《月令》："毋出九门"、"九门磔攘"。《春秋》经传没有门制记载，只有庄公十九年孔颖达等人所作《正义》中引述到《周礼·地官司徒》中郑玄注："司门若今城门校尉，主王城十二门。"《周礼·考工记·匠人》记载："匠人营国，方九里，旁三门。国中九经九纬，经涂九轨。"郑玄注："天子十二门。"这就是曾巩所说的"其旁三门，门三途"的出处。这里需要说明的是，曾巩将《礼记·月令》所载门制与《周礼》所载门制相混淆。《周礼》所载是一周城墙的城门数量，而《礼记·月令》的九门，郑玄明确注为："路门也、应门也、雉门也、库门也、皋门也、城门也、近郊门也、远郊门也、关门也。"这

是指从王所居住的路寝一直到远郊城郭,纵向上不同城墙上的一系列门。两者完全不同。②其备豫之意,盖本于《易》:《周易·震·上六爻辞》言:"震索索,视矍矍,征凶。震不于其躬,于其邻,无咎。婚媾有言。"王弼注说:"处震之极,极震者也。居震之极,求中未得,故惧而'索索',视而'矍矍',无所安亲也。已处动极而复征焉,凶其宜也。若恐非已造,彼动故惧,惧邻而戒,合于备豫,故'无咎'也。"③建昌军南城县麻姑山仙都观,世传麻姑于此仙去,故立祠在焉:麻姑的传说最早记载于晋葛洪《神仙传》,之后各地就出现了一些有关麻姑的"仙迹",如秦时丹阳县的麻姑庙,四川青城山的麻姑洞,这里南城的麻姑山是相传麻姑得道处,最早记载于颜真卿《抚州南昌县麻姑山仙坛记》,故而也就成了三十六小洞天之一,位列第二十八,名"丹霞天"。

[译文]

  门的设置,是为了预防而已。然而天子、诸侯、大夫各有各的制度规定,超过这种规定就会遭到讥讽,这记载于《周易》、《礼记》、《春秋》中。每面开三座大门,每门修三条道路,只有王城才这样。老子的教义风行天下,为他修建的宫殿比照天子的制度有的都已经超过了,门也是开了三座。用于防备的意思,源自于《周易》,至于它超过礼制,通晓礼学的人也不能让它减少一个,通晓《春秋》"正名"之道的人也只能叹息而已。太厉害了!道家的各项制度竟然发展到如此程度。

  建昌军南城县麻姑山仙都观,世人传说麻姑在此得道成仙而去,所以立了一个庙宇。距离县城六七里,一路山势陡峭,到了上面反而平坦宽广,土地肥沃,可以建造房屋,可以开垦田地,收获之多是其他田地的一倍,终年没有水旱之灾。我曾经到过那里,看了之后不禁感叹道:"这难道是老天特意留下这块地方使他们生活安定衣食无忧,世世代代快快乐乐,从而使得山下的人趋之若鹜吗?若不是这样,又怎能得到这样一个风水宝地呢?"可见道教的兴盛,人力又能拿它怎样呢?

其土地收获既多，故而宫殿的过度华丽也是理所当然的。庆历六年，观主凌齐晔道士看到宫观都不错唯独门太低矮了，就说："这不足以与我们弘扬的道法以及我们的财力相称。"于是加以扩大。建成之后，托我写一篇记文。我与齐晔都是同乡人，不能推辞掉。唉！为同乡写这一篇记文，人情所不能免；以《礼》、《春秋》所言义理加以告诫，是天下之公义。不以同乡私情改变天下之公义，齐晔拿到我写的序文，难道不是得到他想要的东西了吗？难道会认为我的话过于严厉了吗？八月某日记。

醒心亭记

滁州之西南，泉水之涯，欧阳公作州之二年，构亭曰"丰乐"，自为记以见其名之意。既又直丰乐之东几百步，得山之高，构亭曰"醒心"，使巩记之。

凡公与州之宾客者游焉，则必即丰乐以饮。或醉且劳矣，则必即醒心而望。以见夫群山之相环，云烟之相滋，旷野之无穷，草树众而泉石嘉，使目新乎其所睹，耳新乎其所闻，则其心洒然而醒，更欲久而忘归也。故即其所以然而为名，取韩子退之《北湖》之诗云①。噫！其可谓善取乐于山泉之间，而名之以见其实，又善者矣。

虽然，公之乐，吾能言之。吾君优游而无为于上，吾民给足而无憾于下，天下学者皆为材且良，夷狄鸟兽草木之生者皆得其宜，公乐也。一山之隅，一泉之旁，岂公乐哉？乃公所以寄意于此也。若公之贤，韩子殁数百年而始有之。今同游之宾客，尚未知公之难遇也。后百千年，有慕公之为人而览公之迹，思欲见之，有不可及之叹，然后知公之难遇也。则凡同游于此者，其可不喜且幸欤？而巩也，又得以文词托名于公文之次，其又不喜且幸欤？庆历七年八月十五日记。

[题解]

这篇文章是庆历七年曾巩陪侍父亲进京,途中特意到滁州看望他的恩师欧阳修,应其师之命所作,可见欧阳修对他的器重。此年他二十九岁,欧阳修四十一岁。在此之前,已有欧阳修所作《丰乐亭记》、《醉翁亭记》,这无疑对此文有很大影响。从某种意义上说此文可以看做是一篇习作,在立意上与上两篇多有重复,着重阐述的依然是"乐"字,而不是此篇应该生发的"醒"字。文章自出机杼也是最精彩的部分是末尾对于欧阳修的赞叹。将其师与韩愈相提并论,这在日后成为一种共识,可见其非凡的眼光。由后人之感叹引发今人之幸运,更由他人之幸运引发一己之幸运,层层往复,韵味尤为婉转悠扬。年纪轻轻,习作已能有此水平,无怪欧阳修对其赞叹有加。

[注释]

①取韩子退之《北湖》之诗云:韩愈《奉和虢州刘给事使君三堂新题二十一咏·北湖》:"闻说游湖棹,寻常到此回。应留醒心处,准拟醉时来。"

[译文]

滁州西南面泉水的岸边,欧阳公出任此州的第二年,构建了一座凉亭叫做"丰乐",自己作了一篇记文说明取名的用意。后来又在距丰乐亭东面几百步的地方,在一座高山之上,构建了一座亭子叫做"醒心",使我作一篇记文。

凡公与州里的宾客游乐必然到丰乐亭宴饮。醉酒劳累之后就必然会到醒心亭眺望,极目望去群山相互环抱,云烟油然滋生,旷野无穷无尽,草木丰茂泉石清幽,耳听目见都为之焕然一新,顿觉神清气爽,陶然不知归去。因此就以这样的心境来命名,采自韩子退之的《北湖》诗句。啊!这真可以说是善于享乐于山水泉石之间,而名字又是如此贴切,这又是一大妙事啊。

虽然晚生浅识,但是公的快乐我是能够了解的。我国的国君优游无为于上,我国的百姓丰衣足食无憾于下,天下学者都富有才华道德高尚,夷狄鸟兽草木各自快乐地生长,公由此而快乐。山旁水边难道是公乐意之所在吗?公的乐意正寄托在这些地方啊。像公这样的贤明是韩子殁后数百年才有的,如今同游的宾客,尚且不知与公是如何的千载难逢。千百年以后,仰慕公的为人而拜访公的遗迹,不禁想要见一见他,由此一定会有不可企及的叹息,然后才能知道公是多么的千载难逢。由此可知同游于此地的人,又怎能不感到欢喜而幸运呢?而我又能够把自己的文章列在公的文章的后面,这又怎能不令我更加感到欢喜而幸运呢?庆历七年八月十五日记。

附:丰乐亭记

欧阳修

修既治滁之明年,夏,始饮滁水而甘。问诸滁人,得于州南百步之近。其上丰山耸然而特立,下则幽谷窈然而深藏,中有清泉滃然而仰出。俯仰左右,顾而乐之。于是疏泉凿石,辟地以为亭,而与滁人往游于其间。

滁于五代干戈之际,用武之地也。昔太祖皇帝尝以周师破李景兵十五万于清流山下,生擒其将皇甫晖、姚凤于滁东门之外,遂以平滁。修尝考其山川,按其图记,升高以望清流之关,欲求晖、凤就擒之所,而故老皆无在者,盖天下之平久矣。自唐失其政,海内分裂,豪杰并起而争,所在为敌国者,何可胜数!及宋受天命,圣人出而四海一。向之凭恃险阻,划削消磨,百年之间,漠然徒见山高而水清。欲问其事,而遗老尽矣。

今滁介于江、淮之间,舟车商贾、四方宾客之所不至,民生不见外事,而安于畎亩衣食,以乐生送死。而孰知上之功德,休养生息,涵煦百年之深也。修之来此,乐其地僻而事简,又爱其俗之安闲。既得斯泉于山谷之间,乃日与滁人仰而望山,俯而听泉,掇幽芳而荫乔木,风霜冰雪,刻露清秀,四时之景,无不可爱。又幸其民乐其岁物之丰成，而喜与予游也。因为本其山川，道其风俗之美，使民知所以安此丰年之乐者，幸生无事之时也。夫宣上恩德，以与民共乐，刺史之事也，遂书以名其亭焉。庆历丙戌六月日，右正言、知制诰、知滁州军州事欧阳修记。

繁昌县兴造记

太宗二年，取宣之三县①为太平州，而繁昌在籍中。繁昌者，故南陵地，唐昭宗始以为县。县百四十余年，无城垣而滨大江，常编竹为障以自固，岁辄更之，用材与力一取于民，出入无门关，宾至无舍馆。今治所虽有屋，而庳逼破露，至听讼于庑下，案牍簿书，栖列无所，往往散乱不可省，而狱讼、赋役失其平。历七代，为令者不知几人，恬不知改革，日入于坏。故世指繁昌为陋县，而仕者不肯来，行旅者不肯游，政事愈以疵，市区愈以索寞，为乡老吏民者羞且憾之。

事之穷必变，故今有能令出，因民之所欲为，悉破去竹障，而垣其故基，为门以通道往来，而屋以取固。即门之东北，构亭瞰江，以纳四方之宾客。既又自大其治所，为重门步廊。门之上为楼，敛敕书置其中。廊之两旁，为群吏之舍，视事之厅，便坐之斋，寝庐庖湢，各以序为。厅之东西隅，凡案牍簿书，室而藏之，于是乎在。自门至于寝庐，总为屋凡若干区。自计材至于用工，总为日凡二千三百九十六日而落成焉。夏希道太初，此令之姓名字也。庆历七年十月二十三日，此成之年月日也。

始繁昌为县，止三千户。九十年间，四圣之德泽，覆露生养，今几至万家。田利之入倍他壤有余，鱼、虾、竹、苇、柿、栗之货，足以自资，而无贫民。其江山又天下之胜处，可乐也。今复得能令，为树立如此，使得无岁费而有巨防，宾至不惟得以休，而耳目尚有以为之观。令居不惟得以安，而民吏之出入仰望者，益知尊且畏之。狱讼、赋役之书悉完，则是非倚而可定也。予知县之去陋名，而仕者争欲来，行旅者争欲游，昔之疵者日以减去，而索寞者日以富蕃。称其县之名，其必自此始。

夏令用荐者为是县，至二十七日，而计材以至于落成，不惟兴利除弊可法也，而其变因循，就功效，独何其果且速与！昔孟子讥子产"惠而不知为政"，呜呼，如夏令者，庶几所谓知为政者与！于是过子产矣。

凡县之得能令为难；幸而得能令，而兴事尤难；幸而事兴，而得后人不废坏之又难也。今繁昌民既幸得其所难得，而令又幸无不便己者，得卒兴其所尤难，皆可喜无憾也。惟其欲后人不废坏之，未可必得也。故属予记，其不特以著其成，其亦有以警也。某月日，南丰曾巩记。

[题解]

这篇文章虽没有明言，但与《分宁县云峰院记》一样都是受人请托而作。与《分宁县云峰院记》稍有不同的是，此篇与信仰无关，所以完全是歌功颂德的话语。曾巩大概与这位夏县令不怎么熟悉，《分宁县云峰院记》尚且是有所感而发，而此篇则纯是应景之作。茅坤赞其为"刀尺不逾"，实际上就是按部就班、平铺直叙罢了。写法与《分宁县云峰院记》也一样都是先抑后扬，但这无感而发造成他先抑而抑之太低，后扬又扬之过高的毛病。

[注释]

①三县：指繁昌、当涂、芜湖。

[译文]

太宗二年，取宣州三县为太平州，而繁昌就在其中。繁昌原属南陵郡，唐昭宗时设置为县。一百四十多年以来，没有城墙而濒临大江，常常是编竹为屏障来巩固县城，每年都要更换一次，所用材料与人力都取自当地百姓，出入没有城门，宾客来了以后都没有馆舍。如今官府虽有房屋，但是低矮破败，以至于都要到走廊中去办案子，公文档案到处乱放，无法找寻，判案子、赋税徭役都没有公平可言。经历了七个朝代，做县令的不知有多少人，都茫然不知道改革，治政日坏一日，所以世人都以为繁昌是一个很差的地方，官员不肯到此地赴任，旅游者不肯到此地游玩，政事越发败坏，市区越发冷清，当地的官吏、百姓都因此羞耻遗憾不已。

凡事发展到极端必然就会有变化，所以如今有一个能干的县令就任此地，按照百姓的需求把竹屏障全部除去，在原址上建起城墙，开了几座城门方便交通，民房也由此更加牢固。门的东北面修建了一座亭子俯瞰大江，吸引四方的宾客。之后又扩建县衙，建成双门又增加了回廊。门上建有门楼，将敕书存放在其中。回廊的两旁是官员的办公场所，县令办公的大厅、休息的斋房、寝室厨房浴室都按照一定的次序排列，井井有条。大厅的东西角各修建了一座房屋保存公文档案，至此不再丢失。从大门到寝室共划分为若干个区域。从计算材料到开工兴建，总共花了二千三百九十六日终于建成完工。夏希道、太初，是县令的名和字。庆历七年十月二十三日，是县衙落成的日期。

一开始繁昌成为县的时候，只有三千户。九十年间，经过太祖、太宗、真宗、仁宗四代圣人的恩德抚育生养，如今已经有将近一万户人家。田地的收成多出其他地方一倍多，鱼、虾、竹、苇、柿、栗的收获足以自给自足，由此县里也没有贫民。县内的山川又是天下的风景名胜，可以尽情地游玩。如今再加上得到一位能干的县令，政绩如此卓著，使得每年不再耗费财物而能够得到这样一个防洪大堤，宾客到来不仅能够得到休息，而且还能看到美丽的景色。如今居民不仅安居乐业，而且还知道敬畏师长。判案子的卷宗、赋税徭役的单据都保存完好，依据这些凭证就能很快判断出是非善恶来。我知道繁昌县至此除去了坏名声，官员们争相前来，旅客也争着前来游玩，过去的弊端如今日益减少，而冷清的街市如今也日益热闹起来。世人称说繁昌之名一定是从今日开始。

夏县令是因为保举来到此县，到任二十七天之后，就开始计算规划，到最终落成，不仅是兴利除弊可以为世人效法，就其改革弊政的功效而言，也真是非常果断迅速啊！过去孟子讥讽子产"只知道小恩小惠而不懂真正的政务"，啊，如今夏县令几乎可以说是懂得政务的官员了。如此又要超过子产了。

大凡一县能够得到一位能干的长官是很困难的；幸运地得到这样的县令，而兴利除弊则更为困难；幸运地做到了兴利除弊的事情，而能够让后人不将其败坏掉也同样是很困难的。如今繁昌的百姓已经幸运地得到了一位好县令，而更幸运的是这位父母官想民之所想，由此为百姓做了许多兴利除弊之事，这些都是可以欢喜而无憾的。唯有想要让后人不败坏，则不一定能够做到。所以嘱托我写一篇记文，不仅是记录下这位县令的成就，也是希望对后人能有所警戒吧。某月日，南丰曾巩记。

饮归亭记

金溪①尉汪君名遘，为尉之三月，斥其四垣为射亭。既成，教士于其间，而名之曰"饮归之亭"。以书走临川，请记于予。请数反不止。予之言何可取？汪君徒深望予也。既不得辞，乃记之曰：

射之用事已远，其先之以礼乐以辨德，《记》之所谓宾、燕、乡饮、大射之射是也②；其贵力而尚技以立武，《记》之所谓四时教士贯革之射是也。古者海内洽和，则先礼射，而弓矢以立武，亦不废于有司。及三代衰，王政缺，礼乐之事相属而尽坏，揖让之射滋亦熄。至其后，天下尝集，国家尝闲暇矣。先王之礼，其节文皆在，其行之不难。然自秦汉以来千有余岁，衰微绌塞，空见于六艺之文，而莫有从事者，由世之苟简者胜也。争夺兴而战禽攻取之党奋，则强弓疾矢巧技之出不得而废，其不以势哉？

今尉之教射，不比乎礼乐而贵乎技力。其众虽小，然而旗旄镯鼓，五兵之器，便习之利，与夫行止步趋迟速之节，皆宜有法，则其所教亦非独射也。其幸而在乎无事之时，则得以自休守境而填卫百姓；其不幸杀越剽攻，骇惊闾巷，而并逐于大山长谷之间，则将犯晨夜，蒙雾露，蹈阸驰危，不避矢石之患，汤火之难，出入千里，而与之有事，则士其可以不素教哉？今亭之作所以教士，汪君又谓古者师还必饮至于庙，以纪军实。今庙废不设，亦欲士胜而归则饮之于此，遂以名其亭。汪君之志，与其职可谓协矣！

或谓汪君儒生，尉文吏，以礼义禁盗宜可止，顾乃习斗而喜胜，其是与？夫治固不可以不兼文武，而施泽于堂庑之上，服冕搢笏，使士民化、奸宄息者，固亦在彼而不在此也。然而天下之事能大者固可以兼小，未有小不治而能大也。故汪君之汲汲于斯，不忽乎任小，其非所谓有志者邪？

[题解]

此文开篇即大谈上古礼乐之射，感叹后世的"衰微绌塞"。厚古薄今是曾巩的老调，年轻时或出于生活的不如意而尤其如此。另外，引经据典也可将文意向深处拓展，这也是他一贯采用的老手段。文章是请托之作，最终要归结到说几句好话，但此时的习射早已不可能有所谓的礼乐之义，只是"贵乎技力"而已，故而行文前后多有不可糅合之处。汪县尉所弄的射击训练其实就是宋代所谓"民兵"、"义勇"制度，后又扩大为保甲制。与上古射礼差得太远，建个亭名为"归饮"，也只是"文吏"故弄风雅而已，并无多大深远之意。曾巩若从"民兵"制度的利弊出发倒能多出许多话头，但牵扯到"射礼"就有点牵强了。

[注释]

①金溪：属于江南西路抚州，抚州可以说是曾巩的第二故乡，他长期生活于此地。②《记》之所谓宾、燕、乡饮、大射之射是也：宾，指宾射礼，王与诸侯的射礼。《周礼·春官·大宗伯》："以宾射之礼亲故旧朋友。"《礼记·射义》："诸侯来朝，天子入而与之射也，或诸侯相朝而与之射。"其礼已亡佚，当与《仪礼·大射礼》相似。燕，指燕射，天子诸侯在燕礼后举行的射礼。《礼记·射义》："谓息燕而与之射。"《周礼·春官·乐师》："燕射，帅射夫以弓矢舞。"此为天子在燕礼之后的射礼。《仪礼·燕射》："若射，则大射正为司射，如乡射之礼。"此为诸侯在燕礼之后的射礼。乡饮，指乡射

礼,每年春秋,乡大夫集合士人在乡学中习射之礼。参见《仪礼·乡射礼》。大射,天子、诸侯将有祭祀时举行大射,选择助祭者。《礼记·射义》:"凡天子、诸侯及卿大夫礼射有三:一为大射,是将祭择士之射。"参见《仪礼·大射》。

[译文]

金溪县尉汪君名遘,在做县尉的时候用三个月时间拆除四周的矮墙建造了一座习射的亭子。亭子建成之后,在其间教育士人,而将其命名为"归饮之亭"。寄书信到临川,请我写一篇记文。之后又屡请不断。我的文章又有什么可取之处?汪君大概只能是徒然指望于我了。既然推辞不掉,于是作此记文以为:

射作为士人的一种教育方式历史已经很久远了,一开始在射礼中以礼乐分别品德高低,《礼记》中所说的宾、燕、乡饮、大射等礼中的射礼就是如此;崇尚武力而讲究技艺,《礼记》中所说的四季教士射穿箭靶就是如此。古代海内融洽,则以礼义之射为先,但同时有关部门也不松弛武备。等到三代衰落,王政缺失,礼乐教育相继败坏殆尽,讲究揖让礼节的射礼也就衰微了。到了后来,天下太平,国家也有了闲暇。先王制定的礼仪都保存了下来,执行起来并不困难。然而自从秦汉以来已经有一千多年了,世道败坏,空有六经,却没有人去学习运用,这都是世人苟且粗疏的习俗占据上风的原因。纷争不断,善于征战攻取就显得尤为重要,则强弓疾矢因此需要而不被废弃,不也是形势所致吗?

如今县尉教育射礼,不注重礼乐而贵在技术、力量。人数虽然少,然而旌旗锣鼓,各种兵器的使用,事情如何能做得得当,以及步伐快慢大小,都应当有一定的规定,可见他所教习的又不仅仅是射击一事。若有幸太平无事,则可以守卫边境,保护百姓;若不幸遇上杀伐攻战、生灵涂炭之时,就要奔走于大山深谷之间,晓行夜宿,蒙受风霜雨露的侵打,赴汤蹈火,不避风险,转战千里,有如此的战事，士人能不在平日加强训练吗？如今射亭的建造是用来教育士人，汪君又认为古代军队归来一定要到宗庙中接风洗尘，记载下军队的战果。如今宗庙都废弃了，但也想要军队凯旋时在此宴饮，于是就以此来命名。汪君的心志，与他的职守可以说是非常相符的啊！

　　有的人议论，汪君是儒生，县尉是文吏，就应当用礼义教化去杜绝匪盗，反而习斗好胜，这是应该的吗？可是治理国家不可以不文武兼备，在庙堂之上对百姓施以恩泽，穿戴整齐的衣冠讲究礼义之道而使百姓感化、奸佞消失，也自然是在于文治不在于这里所说的武功。然而天下之事能够在大的方面做好，小的方面自然也可以做好，却没有小的没有治理好反而可以去治理大的。所以汪君汲汲于此，不轻视小的方面，这不就是有志者吗？

菜园院佛殿记

庆历八年四月,抚州菜园僧可栖,得州之人高庆、王明、饶杰相与率民钱为殿于其院,成,以佛之像置其中,而来乞予文以为记。

初,菜园有籍于尚书①,有地于城南五里,而草木生之,牛羊践之,求屋室居人焉,无有也。可栖至,则喜曰:"是天下之废地也,人不争,吾得之以老,斯足矣。"遂以医取资于人,而即其处立寝庐、讲堂、重门、斋庖之房、栖客之舍,而合其徒入而居之。独殿之役最大,自度其力不能为,乃使庆、明、杰持簿乞民间,有得辄记之,微细无不受,浸渐积累,期月而用以足,役以既。自可栖之来居至于此,盖十年矣。

吾观佛之徒,凡有所兴作,其人皆用力也勤,刻意也专,不肯苟成,不求速效,故善以小致大,以难致易,而其所为,无一不如其志者,岂独其说足以动人哉?其中亦有智然也。若可栖之披攘经营,捃摭纤悉,忘十年之久,以及其志之成,其所以自致者,岂不近是哉?噫!佛之法固方重于天下,而其学者又善殖之如此。至于世儒,习圣人之道,既自以为至矣,及其任天下之事,则未尝有勤行之意,坚持之操,少长相与语曰:"苟一时之利耳,安能必世百年,为教化之渐,而待迟久之功哉!"相薰以此，故历千余载，虽有贤者作，未可以得志于其间也。由是观之，反不及佛之学者远矣。则彼之所以盛，不由此之所自守者衰欤？与之记，不独以著其能，亦愧吾道之不行也已。曾巩记。

[题解]

这篇文章对于异教的态度在曾巩所有此类文章中算是最为客气的，但也正如此类文章一以贯之的论调，他最终仍然是念念不忘对于儒道的爱护与体贴。语气的温和，一方面当是由于此时他父亲刚刚亡故，居丧期间自然是消退了一些锋芒。另一方面，写此文时曾巩不知为何触动，让他联想到不久前以失败告终的庆历新政。与《上蔡学士书》的积极有为相比，此刻不免心灰意冷，以至于说出"故历千余载，虽有贤者作，未可以得志于其间也"这样的丧气话。可见，与佛教徒的众志成城相比，他也不得不露出几分怯来。

[注释]

①尚书：指尚书省礼部祠部司，掌管着僧、道的名册，以及发放度牒。

[译文]

庆历八年四月，抚州菜园院僧人可栖得到本州人高庆、王明、饶杰相约带领百姓捐款在院中兴建了一座大殿，落成之后，将佛像放在其中，来请我为此写一篇记文。

起初，菜园院是登记于官府的名册中的，地点在城南五里，但草木丛生，牛羊践踏，要想找一间能住人的房屋都找不到。可栖来到这里以后，却高兴地说："这是天底下的废地啊，人不争抢，我得此地以养老，也就知足了。"于是就为人看病收取费用，逐渐在此地兴建起寝室、讲堂、大门、斋房、厨房、信徒的客房，于是就和他的徒弟都搬了进去。唯独大殿的工程巨大，考虑仅依靠自己的力量是做不到的，于是就让高庆、王明、饶杰拿着功德簿到民间化缘，有所得就记下来，不论钱之多少，逐渐积累，一个月费用就攒够了，工程不久也就完工。自从可栖来到此地居住，已经十年了。

我看佛教徒，凡是要做一件事，都是竭尽全力，专心致志，不肯苟且草率，不求速效，所以善于从极小处做起而取得很大的成功，从最困难的地方动手最终都能把事情办成，他们所做的事情没有一件不称心如意的，难道仅仅是他们的教义足以打动人心吗？其中也是有智慧所在的。像可栖披荆斩棘苦心经营，纤毫毕至，不经意之间就已经有十年之久了，可见他们的志愿之所以能够成功，不正与这相似吗？是啊，佛法本已为天下人所注重，而其信徒又是如此善于经营培育。至于当世的儒者，学习圣人之道，自认为已经学好了，当他担当天下大事时，却不曾有勤勉刻苦的决心、坚持不懈的意志，众人相互议论道："这只是一时之利，又怎能渐行教化以至百年，从而期待长期的功效呢？"相互如此影响，所以虽然经历千百年，有贤者出现也不可能在他们中间有所作为。由此看来，反而远远不及佛教学者。可见佛教的兴盛难道不是正因为我们自己坚守的思想日益衰落的原因吗？为他们写这篇记文，不仅是记载他们的能干，也是为了使我们惭愧于儒道的衰落。曾巩记。

墨池记

　　临川之城东,有地隐然而高,以临于溪,曰"新城"。新城之上,有池洼然而方以长,曰王羲之①之墨池者,荀伯子②《临川记》云也。羲之尝慕张芝③,临池学书,池水尽黑。此为其故迹,岂信然邪?

　　方羲之之不可强以仕,而尝极东方、出沧海,以娱其意于山水之间,岂有徜徉肆恣,而又尝自休于此邪?羲之之书晚乃善,则其所能,盖亦以精力自致者,非天成也。然后世未有能及者,岂其学不如彼耶?则学固岂可以少哉?况欲深造道德者耶!

　　墨池之上,今为州学舍。教授④王君盛恐其不章也,书"晋王右军墨池"之六字于楹间以揭之。又告于巩曰:"愿有记。"惟王君之心,岂爱人之善,虽一能不以废而因以及乎其迹邪?其亦欲推其事,以勉其学者邪?夫人之有一能,而使后人尚之如此,况仁人庄士之遗风余思被于来世者如何哉?庆历八年九月十二日,曾巩记。

[题解]

　　这篇文章可以算是曾巩最广为流传的名作了,庆历八年曾巩正是而立之年,屡试不第,蛰居乡间,此时竟已有此手笔,日后之不可限量也是可想而知的了。其文的长处非常突出,前人谈论得很多,如茅坤评为:"看他小小题,而结构却远而正。""正"写起来容易,但要做到"小而远"就不那么简单了,所以相较而言乾隆的《御选唐宋文醇》说得更为直接:"寥寥短章,而使人味之隽永。"文章要"小而远",那就不能按照普通的方式去说话。既不可平铺直叙,且又需点到则止,否则就要管不住嘴巴了。曾巩此文做得就很出色。小小篇章有着大量的反问句和感叹句;对于王羲之的书艺晚成,实际上有着许多话可以说,而此处只是轻轻点出即戛然而止。有此锻打,文章又怎能不"味之隽永"呢?

[注释]

①王羲之(303~361):字逸少,晋著名书法家、诗人。曾为右军将军,故后人又称王右军。②荀伯子(378~438):南朝宋人,曾著《临川记》,今佚。宋初乐史所作《太平寰宇记》卷一一〇引其书曰:"荀伯子《临川记》云:'王羲之尝为临川内史,置宅于郡东高坡,名曰新城。傍临回溪,特据层阜,其地爽垲,山川如画。'"③张芝:字伯英,东汉书法家。《晋书·王羲之传》言:"(王羲之)曾与人书云:'张芝临池学书,池水尽黑,使人耽之若是,未必后之也。'"④教授:学官名,宋仁宗庆历四年三月十三日始设,掌管教学之事。宋代的地方学校分为州学、府学、军学、监学、县学,此为州学教授。

[译文]

临川城的东面,隐约有块高地端居于溪水之边,叫做"新城"。新城上有一块长方形洼地,荀伯子在《临川记》中说这就是王羲之学书法的墨池。王羲之曾经很仰慕张芝的书法艺术,就在此池边临摹,天长日久池水全被染黑。这块遗迹难道是真的吗?

以王羲之的为人是不可能被勉强去做官的,他曾经遍游浙江东部,又泛舟东海,纵情于山水之间,如此任性随意的人又曾经长期寓居于此地吗?王羲之书法晚期最佳,其书法能有如此成就当是他勤奋努力的结果,并非是上天所赐。后世没有人能像他一样,难道不是不如他勤奋好学的结果吗?如此,后天的刻苦学习怎能缺少?学书法已是如此,更何况想要在思想道德上达到很高成就呢!

墨池之上，现在已建起了抚州州学。教授王盛先生担心此种勤奋好学的精神得不到弘扬，所以就书写了"晋王右军墨池"一块匾额悬挂在学舍上。又向我请求道："希望能为此写一篇文章。"推想王先生的用心，难道是由于珍惜别人的一技之长，进而喜爱他的遗迹？还是想要借王羲之刻苦学习之事来勉励州学的学生们？人有一技之长就能使后人如此崇尚，更何况仁义道德之士的遗风流韵对于后人的影响呢？庆历八年九月十二日，曾巩记。

鹅湖院佛殿记

庆历某年某月日，信州铅山县鹅湖院佛殿成，僧绍元来请记，遂为之记曰：

自西方用兵，天子宰相与士大夫劳于议谋，材武之士劳于力，农工商之民劳于赋敛。[1]而天子尝减乘舆掖庭诸费，大臣亦往往辞赐钱，士大夫或暴露其身，材武之士或秉义而死，农工商之民或失其业。惟学佛之人不劳于谋议，不用其力，不出赋敛，食与寝自如也。资其宫之侈，非国则民力焉，而天下皆以为当然，予不知其何以然也。今是殿之费，十万不已，必百万也；百万不已，必千万也；或累累而千万之不可知也。其费如是广，欲勿记其日时，其得邪？而请予文者，又绍元也。故云尔。

[题解]

这篇文章真不啻为一篇声讨的檄文。对于僧绍元来说，本来是一件可传之后世的可喜可贺之事，然而给曾巩这么一写却犹如被钉在了耻辱柱上，这样的应请之作千古罕见。曾巩真如铁面无私的包青天，如此不讲人情，世人罕能，也成就出他流传千古的成就。佛徒们碰了几次钉子之后，自然也就不会再自找没趣了。故而曾巩文集中给佛道所作文章极少，不用说在宋六家中，就是在整个宋代这都是比较少见的。他对儒道如此执著的珍护不仅在当时，就是在现在也同样显得弥足珍贵。

[注释]

①自西方用兵，天子宰相与士大夫劳于议谋，材武之士劳于力，农工商之民劳于赋敛：自太宗太平兴国七年李继迁就不断叛乱，真宗咸平五年，攻陷灵州。仁宗宝元元年冬十月，李元昊称帝，建国大夏。至庆历四年十月双方议和，宋朝每年供给西夏银、绢、茶，其数共二十五万五千。

[译文]

庆历某年某月日，信州铅山鹅湖院佛殿落成，僧人绍元来请求我写一篇记文，于是记之以为：

自从对西夏用兵以来，天子宰相与士大夫们忙于谋划，有才能武艺的士人忙于出力，农工商之民忙于缴纳赋税。天子也曾减免自己的生活费用，大臣们往往也是辞掉国君赠与的钱款，士大夫有的风餐露宿，有才能武艺的士人有的英勇就义，农工商之民有的都失去了家业。此时唯有佛教徒不忙于出谋划策，不贡献自己的力量，不缴纳赋税，饮食无忧高枕而卧。资助其建造如此奢华宫殿的费用，不是出于国库就是出于民间集资，而天下都认为这是理所当然的事，我却不知道这样为什么就是理所当然的。如今宫殿建造的费用十万不够，就花费上百万；百万不够，就花费上千万；更有的甚至不知道消耗了几千万。其消耗的费用如此巨大，想要不记下年月，能够做到吗？请我作这篇记文的是绍元，所以写了上面这些话。

宜黄县县学记

古之人，自家至于天子之国皆有学，自幼至于长，未尝去于学之中。学有《诗》《书》六艺、弦歌洗爵、俯仰之容、升降之节，以习其心体、耳目、手足之举措；又有祭祀、乡射、养老之礼，以习恭让；进材、论狱、出兵授捷之法，以习其从事。师友以解其惑，劝惩以勉其进，戒其不率，其所为具如此。而其大要，则务使人人学其性，不独防其邪僻放肆也。虽有刚柔缓急之异，皆可以进之中，而无过不及。使其识之明，气之充于其心，则用之于进退语默之际，而无不得其宜；临之以祸福死生之故，无足动其意者。为天下之士，为所以养其身之备如此，则又使知天地事物之变，古今治乱之理，至于损益废置、先后始终之要，无所不知。其在堂户之上，而四海九州之业、万世之策皆得，及出而履天下之任，列百官之中，则随所施为，无不可者。何则？其素所学问然也。

盖凡人之起居、饮食、动作之小事，至于修身为国家天下之大体，皆自学出，而无斯须去于教也。其动于视听四支者，必使其洽于内；其谨于初者，必使其要于终。驯之以自然，而待之以积久。噫！何其至也。故其俗之成，则刑罚措；其材之成，则三公百官得其士。其为法之永，则中材可以守；其入人之深，则虽更衰世而不乱。为教之极至此，鼓舞天下，而人不知其从之，岂用力也哉！

及三代衰，圣人之制作尽坏，千余年之间，学有存者，亦非古法。人之体性之举动，唯其所自肆，而临政治人之方，固不素讲。士有聪明朴茂之质，而无教养之渐，则其材之不成，固然。盖以不学未成之材，而为天下之吏，又承衰弊之后，而治不教之民。呜呼！仁政之所以不行，贼盗刑罚之所以积，其不以此也欤！

宋兴几百年矣。庆历三年，天子图当世之务，而以学为先，于是天下之学乃得立。①而方此之时，抚州之宜黄犹不能有学。士之学者皆相率而寓于州，以群聚讲习。其明年，天下之学复废，②士亦皆散去，而春秋释奠之事以著于令，则常以庙祀孔氏，庙不复理。③

皇祐元年，会令李君详至，始议立学。而县之士某某与其徒皆自以谓得发愤于此，莫不相励而趋为之。故其材不赋而羡，匠不发而多。其成也，积屋之区若干，而门序正位，讲艺之堂、栖士之舍皆足。积器之数若干，而祀饮寝食之用皆具。其像孔氏而下，从祭之士皆备。其书经史百氏、翰林子墨之文章无外求者。其相基会作之本末，总为日若干而已，何其周且速也！

当四方学废之初，有司之议，固以谓学者人情之所不乐。及观此学之作，在其废学数年之后，唯其令之一唱，而四境之内响应而图之，如恐不及。则夫言人之情不乐于学者，其果然也与？

宜黄之学者，固多良士。而李君之为令，威行爱立，讼清事举，其政又良也。夫及良令之时，而顺其慕学发愤之俗，作为宫室教肄之所，以至图书器用之须，莫不皆有，以养其良材之士。虽古之去今远矣，然圣人之典籍皆在，其言可考，其法可求，使其相与学而明之，礼乐节文之详，固有所不得为者。若夫正心修身，为国家天下之大务，则在其进之而已。使一人之行修移之于一家，一家之行修移之于乡邻族党，则一县之风俗成，人材出矣。教化之行，道德之归，非远人也，可不勉与？

县之士来请曰："愿有记。"其记之，十二月某日也。

[题解]

何焯对此文曾评以"宏肆"二字，可谓言简意赅。小小一题拓展得极为开阔、深入。这种深远非学有根底，或非行文高手都是不易做到的。此文的拓展有两个方向，纵向上是对于学习方式、内容的广泛阐述，这对于"纯儒"曾巩而言可谓得心应手，文章也写得洋洋洒洒，如水之走下。横向上是对于当时不良风气的深究，曾巩对此深有感触，故而写得鞭辟入里。由此小文声援庆历新政，斥责反对者的无知与荒谬。纵向上的深入越发显出宜黄兴学的可贵，反对兴学者的可憎；横向上的拓展则越发显出古学之珍贵。一纵一横交相辉映。文章写得激情荡漾，丰厚饱满。小文能有如此写法，确可谓大手笔了。此类文章也不得不让其他七大家折服其能，无怪孙琮夸奖他"八家中，子固独长于学记"。

[注释]

①庆历三年，天子图当世之务，而以学为先，于是天下之学乃得立：《续资治通鉴长编》卷一百三十九载：庆历三年二月辛酉，国子监"请立四门学，以士庶人子弟为生员，以广招延之路"。大规模兴学则在庆历四年三月乙亥之后，仁宗听从范仲淹建议下诏天下各州都要设立学校。②其明年，天下之学复废：《续资治通鉴长编》卷一百五十五记载：庆历五年三月辛未，"诏曰：'顷者尝诏方州增置学官，而吏贪崇儒之虚名，务增室屋，使四方游士竞起而趋之，轻去乡间，浸不可止。自今有学州县，毋得辄容非本土人入居听习。'"己卯，"诏礼部贡院进士所试诗赋，诸科所对经义，并如旧制考校"。这是把范仲淹所建议的教育改革都推翻掉，由此可见各地学校废弃也在所难免。据此可推知，上文曾巩所说"庆历三年"应为庆历四年。③而春秋释奠之事以著于令，则常以庙祀孔氏，庙不复理：释奠有两意，一是田猎、出征、出聘等要行

释奠礼，用酒菜祭于祖庙中。二是学校中行释奠礼，用酒菜祭先师。本文指后者。《礼记·文王世子》："凡学，春官释奠于先师，秋、冬亦如之。凡始立学者，必释奠于先圣、先师。"平常是祭奠学校最早的老师，如果是学校刚刚建立时则要祭奠周公、孔子这样的先圣以及学校最早的老师。

[译文]

　　古代的人从家乡到国都都有学校，从小到大未尝离开过学校。学习的内容有《诗》、《书》等六艺，作乐歌唱洗爵赞礼这些仪式、躬身抬头这些自我仪容、迎来送往这些礼节，以此来学习心体、耳目、手足的规范；又有祭祀、乡射、养老等礼节，以此来学习谦恭退让；有选拔人才、刑狱诉讼、出兵受成献捷的方法，以此来学习处理国家政事。老师朋友可以帮助他释疑解惑，鼓励他不断进步，告诫他不可轻率，古代制定的教育措施就是如此详细。其主旨就是务必使人人都修养良好的心性，而不仅仅是杜绝违法乱纪之事。虽有刚柔缓急的不同性格，但都可以达到中正之道，而不会养成偏颇的性格。使他们识见明睿，浩然正气充斥心中，如此在日常生活中言行举止就没有什么不恰当的；面临祸福生死的考验时，也不会有所动摇。作为天下之士，他的培养方式就是如此完备。另外又使他知道天地事物的变化，古今治乱的道理，以至于事物兴废损益、先后终始的关键，没有不知道的。虽足不出户，但是四海九州的事情、可以万世流传的大政方针，都能有所了解，等到学成之后担负起治理天下的责任，身居百官之列，就可以尽其所学施展自己的才华，事情没有不成功的。为什么呢？就在于他平时学得好。

　　人们平日的起居、饮食、工作等等小事，以至于修养身心报效国家这些大事都要通过学习才能做好，因此不能够片刻离开教育。人们外在的言语举止，必须要和内心协调一致；一开始小心谨慎，一定要贯彻到最终。使他自然养成习惯，并要长久坚持。啊！这样的教育是多么彻底呀。所以习惯养成之后，刑罚就会被废弃不用；

才能养成之后，三公百官就会得到恰当的人选。谋划的制度可以用之久远，那么中等之才都可以依次而行；制度深入人心，那么虽经历衰败的时代也不会有所动摇。作为教育制度的极致就是如此，能够鼓舞天下士人，使他们不知不觉中就达到潜移默化之效，哪里会费什么力气呢！

等到三代衰落之后，圣人所设置的各项制度都败坏殆尽，千余年间，学制虽然还存在，但已不是古代的良法了。人们的本性喜欢放纵自己的行为，而对于治理政务的方法却从来不仔细探讨。士人虽然聪明朴实，但没有良好的教育加以培养，最终无法成才也是理所当然之事了。以此未经学习培养的未成之才去为官治政，而此时天下正是衰乱之后，治理的都是未经教化的百姓。呜呼！仁政之所以不能实行，盗贼刑罚如此众多，不都是因为这个原因吗？

宋朝兴盛将近百年了。庆历三年，天子谋虑当今亟待解决的各种问题，以为应以兴学为先，于是天下的学校才得以逐渐建立起来。而正当此时，抚州宜黄还是没法建立学校。读书人只好相继到州学中学习，相互切磋探讨。第二年，天下的学校又被废止了，读书人也都四散而去。而春、秋等季释奠之事已经写在法令之中，平常也在庙中祭祀孔子，如今庙也废弃，此事也没人再去做了。

皇祐元年，适逢县令李详李先生来到此地，开始谋划建立学校。县中士人某某与他的弟子们都认为应当为此竭尽全力，没有不相互勉励加紧办理的。材料不必征派就充足有余，工匠也不用征调就已经人数众多。落成之后，划分出若干个区域，房屋的布局恰当端正，讲课的教室、学生的宿舍都很完备。积聚了不少用具，其中祭祀、饮食、睡卧的器具一应俱全。祭祀画像自孔子而下都已备齐。书籍中经史百家、文人才子的文章也无须再到其他地方去借阅了。从地基的勘定、工程的动工，总共用了若干时间，竟然能够如此完善而迅速！

当四方学校一开始被废弃的时候，有关部门认为读书人都不愿意在学校。等看到这里学校的兴建，在废学多年之后，其县令一声号召，四境之内群起响应，出谋划策，唯恐落后。可见有关部门所说的人们不愿在学校学习，情况果真是那样吗？

宜黄的读书人中本来就有很多优秀人才。而李君来此做县令之后，恩威并行，诉讼清明，兴利除弊，治政确是优良。趁有此好县令当政，顺应当地百姓渴望读书发愤好学的心情，兴建教书育人的学校，置办所需各种图书器物，样样东西应有尽有，以培养优秀人才。虽然上古时代离现在已经很远了，然而圣人的经典都在，圣人的言论可以查考，圣人的法则可以寻求，使士人努力学习、发扬光大，那么圣人的礼乐规则如此详细，自然可以约束他们有所不为。若能端正内心修养其身，去承担天下国家的重大使命，那么只要由此不断努力进步就可以。使一个人的修养扩大到一家，使一家的修养扩大到乡邻亲友之间，如此一县就能养成良好的风俗，人才也能辈出。人人都有良好的教养，高尚的道德，这并非是很遥远的事情啊，能不努力进取吗？

县里士人来相请说："希望能写一篇记文。"所以我就将上述情况记叙了下来，这是十二月某日。

南轩记

得邻之莱地蕃之，树竹木、灌蔬于其间，结茅以自休，嚣然而乐。世固有处廊庙之贵，抗万乘之富，吾不愿易也。

人之性不同，于是知伏闲隐奥，吾性所最宜。驱之就烦，非其器所长，况使之争于势利、爱恶、毁誉之间邪？然吾亲之养无以修，吾之昆弟饭菽藿羹之无以继，吾之役于物，或田于食，或野于宿，不得常此处也，其能无焰然于心邪？少而思，凡吾之拂性苦形而役于物者，有以为之矣。士固有所勤，有所肆①，识其皆受之于天而顺之，则吾亦无处而非其乐，独何必休于是邪？顾吾之所好者远，无与处于是也。然而六艺百家史氏之籍，笺疏之书，与夫论美刺非、感微托远、山镵冢刻、浮夸诡异之文章，下至兵权、历法、星官、乐工、山农、野圃、方言、地记、佛老所传，吾悉得于此。皆伏羲以来，下更秦汉至今，圣人贤者魁杰之材，殚岁月，惫精思，日夜各推所长，分辨万事之说，其于天地万物，小大之际，修身理人，国家天下治乱安危存亡之致，罔不毕载。处与吾俱，可当所谓益者之友非邪？

吾窥圣人旨意所出，以去疑解蔽；贤人智者所称事引类、始终之概以自广，养吾心以忠，约守而恕行之。其过也改，趋之以勇，而至之以不止，此吾之所以求于内者。得其时则行，守深山长谷而不出者，非也；不得其时则止，仆仆然求行其道者，亦非也。吾之不足于义，或爱而誉之者，过也；吾之足于义，或恶而毁之者，亦过也。彼何与于我哉？此吾之所任乎天与人者。然则吾之所学者虽博，而所守者可谓简；所言虽近而易知，而所任者可谓重也。

书之南轩之壁间，蚤夜览观焉，以自进也。南丰曾巩记。

[题解]

文人常喜好给新落成的建筑写一记文，而朝夕置身其间的学舍与自己的关系最为密切，这样的记文感触也最为深刻。《南轩记》就是这样的文章，不亚于是一篇座右铭，以此自述心志，更由此自我激励。其"彼何与于我哉？此吾之所任乎天与人者"，正是孔子所言"天之未丧斯文也，匡人其如予何"活脱脱的翻版。加之"所任者可谓重也"一句，都可见出其自视之高远，心志之孤傲。有大志不必然为大人，但无大志则必不可为大人。曾巩所幸有其志并最终成其人。自古怀才不遇、赍志而殁者累累，曾巩一生虽多有不堪，然与此相较亦可谓无憾矣。

[注释]

①肆：勤苦。《尔雅·释言》："肆，力也。"

[译文]

在房屋旁边得到一块草木丛生的荒地，将它清理干净，种上绿树翠竹，开垦了一片菜地，又搭建了一座茅屋平日休憩其中，悠然自乐。世上固然有权倾朝野的人，有富甲天下的人，但我都不愿意与他们互相交换位置。

人性各有不同，我自知隐居于偏僻安静的地方是最适合我性情的。勉强从事烦杂的事情，这不是我资质所擅长的，更何况又要争斗于势利、爱恶、毁誉之间呢？然而我却不能很好地赡养我的父母，兄弟们衣食尚且无以为继，我为此奔波忙碌，有时吃饭在田头地垄，有时又露宿野外，不能够正常安心地生活，怎能不为此感到烦躁呢？稍加思索之后又想到，我这样违背本性劳苦身体地到处奔波是想要有所作为的。士人本当应该有所勤苦，有所辛劳，只要知道这都是上天的安排，那么我自然就会随处都能感受到快乐，又何必一定要在此茅舍中休憩才能感受到呢？另外，我的志向远大，也不应当天天待在其中。然而六艺经文、诸子百家、史官所记，各种典籍的注疏，以及赞扬美好、讽刺丑恶、感发深微、寄托悠远、崖雕碑刻、浮夸诡异的文章，更至于兵书、历法、星占、音乐、农植、园林、方言、地理、佛老等方面的知识，我都是在这茅舍中学习得到的。这些都是伏羲以来经过秦汉一直到今天，圣人贤者这些优秀杰出的人才，殚精竭虑，日夜揣摩各尽其所长才写成的明事知理的经典作品，对于天地大小万物，修身治人，国家天下治乱安危存亡的原因等，没有不记载的。它们朝夕与我相伴，不正可以将其当做良师益友吗？

我揣摩书籍中所体现的圣人思想使我释疑解惑；贤人智者所叙述论说的本末缘由可以扩大自己的眼界，用忠义培养自己的内心，严以律己，宽以待人。有了过错及时改正，勇于进取，不断追求，这就是我对自己的要求。得到了机会就要施展自己的才华，困守在深山大谷之中而不出去这是错误的；如果机会没到就蛰伏以待，急急忙忙地去强行其道这也是错误的。我对于道义领悟得不深刻，就有人喜爱而赞誉我，这是错误的；我对于道义有了足够的感悟，有的人反而厌恶而诽谤我，这同样是错误的。他们的行为对我又能有什么影响呢？我担负的使命在于上天和广大的百姓。可见我学习的内容虽然很广博，但内心固守的东西却很简单；所说的事情虽然浅近易知，但担负的责任却很重啊。

将此内容书写于南轩的墙壁之上，早晚观看，以此激励自己不断前进。南丰曾巩作记。

学舍记

予幼则从先生受书,然是时,方乐与家人童子嬉戏上下,未知好也。十六七时,窥六经之言与古今文章有过人者,知好之,则于是锐意欲与之并。而是时,家事亦滋出。自斯以来,西北则行陈、蔡、谯、苦、睢、汴、淮、泗,出于京师;①东方则绝江舟漕河之渠,逾五湖,并封、禺、会稽之山,出于东海上;②南方则载大江,临夏口而望洞庭,转彭蠡,上庾岭,繇浈阳之泷,至南海上,③此予之所涉世而奔走也。蛟鱼汹涌湍石之川,巅崖莽林貙虺之聚,与夫雨旸寒燠风波雾毒不测之危,此予之所单游远寓,而冒犯以勤也。衣食药物,庐舍器用,箕筥碎细之间,此予之所经营以养也。天倾地坏,殊州独哭,数千里之远,抱丧而南,积时之劳,乃毕大事,此予之所遭祸而忧艰也。太夫人所志,与夫弟婚妹嫁,四时之祠,属人外亲之问,王事之输,此予之所皇皇而不足也。予于是力疲意耗,而又多疾,言之所序,盖其一二之粗也。得其间时,挟书以学,于夫为身治人,世用之损益,考观讲解,有不能至者。故不得专力尽思,琢雕文章,以载私心难见之情,而追古今之作者为并,以足予之所好慕,此予之所自视而嗟也。

今天子至和之初,予之侵扰多事故益甚,予之力无以为,乃休于家，而即其旁之草舍以学。或疾其卑，或议其隘者，予顾而笑曰："是予之宜也。予之劳心困形，以役于事者，有以为之矣。予之卑巷穷庐，冗衣砻饭，苞苋之羹，隐约而安者，固予之所以遂其志而有待也。予之疾则有之，可以进于道者，学之有不至。至于文章，平生所好慕，为之有不暇也。若夫土坚木好高大之观，固世之聪明豪隽挟长而有恃者所得为，若予之拙，岂能易而志彼哉？"

遂历道其少长出处，与夫好慕之心，以为《学舍记》。

[题解]

作于至和元年的这篇文章可以说是曾巩早年的一篇自传，由此可见他年轻时的家庭负担是非常人可想象的。庆历七年其父曾易占亡故时，曾巩二十九岁。此时小弟曾布十三岁，曾肇一岁，八妹德耀六岁，九妹德操四岁，其他几个小妹虽无史料记载，也可推知不过十岁左右而已，"弟婚妹嫁"让曾巩疲惫不堪。写此文时他已三十六岁了，好友王安石早已考中进士。再看看八大家中，除了苏洵未参加科考，其他几位的及第年龄分别是韩愈二十五、柳宗元二十一、欧阳修二十、苏轼二十二、苏辙十九，三年之后三十九岁才金榜题名的曾巩岁数确实要比诸位大了许多。这篇文章与上篇《南轩记》应当是前后而作。《南轩记》作于学舍落成不久，多是欣喜与自信。而写此文时已是落成多日之后，欣然之情消退，"自视而嗟"顿生。文章要比《南轩记》愁闷许多，然而由此也越发显现出苦难时的不屈，逆境中的坚强，读来要比上篇更为感人心神。

[注释]

①自斯以来，西北则行陈、蔡、谯、苦、睢、汴、淮、泗，出于京师：陈，陈州，属京西北路，州治在宛丘，即今之河南淮阳。蔡，蔡州，属京西北路，州治在汝阳，即今之河南汝南。谯，谯县，属淮南东路，为亳州州治所在地，即今之亳州。苦，苦县，古地名，宋为卫真，属淮南东路亳州，即今之河南鹿邑。②逾五湖，并封、禺、会稽之山，出于东海上：五湖，泛指吴越地区的湖泊。封、禺，又称封、嵎。两山在浙江德清县莫干山附近，相去仅二里，

相传古汪芒氏之君防风守此。会稽山在浙江绍兴以南。③上庾岭，繇浈阳之泷，至南海上：庾岭，即大庾岭，为五岭之一，在今江西大庾与广东南雄的交界处，向为岭南、岭北的交通咽喉。浈阳之泷，浈阳，北宋乾兴元年，因避仁宗赵祯的名讳而改为真阳，属于广南东路，为英州州治所在地，即今之广东英德。泷，泷水，在广南东路的康州，即广东罗定以南。

[译文]

  我小的时候就跟随先生读书，然而当时正乐于和家人小孩子们一道玩耍，并不知道该好好学习。十六七岁的时候，阅读六经和古今的文章知道它们非同一般，于是开始喜欢读书，努力学习希望能够像书上所说的那样。而正在此时，家中却不断出事。自此以后，西北我曾到过陈州、蔡州、谯县、苦县、睢水、汴河、淮河、泗水，出入于京城之中；东方曾横渡大江、运河，跨越五湖，到达封山、禺山、会稽山，航行于东海之上；南方曾乘船逆流而上到达夏口，遥遥望见了洞庭，后又转回来到达彭蠡之滨，再向南登上大庾岭，由真阳走到泷水，最后来到南海之上。以上就是我成人以后在世上奔波的路程。蛟鱼翻腾水浪汹涌湍急的河流，危岩林莽猛兽出没之处，以及风雨寒暑烟波毒瘴等不可预测的危险，这就是我独自一人千里跋涉时刻面临的各种风险。衣食药物，屋中的各种器件，以至于锅碗瓢盆，这些都是要我去设法置办养活家人。此时又更遭不幸，天崩地裂，父亲亡故于他乡。我独自一人陪伴于父亲身旁，号啕痛哭。数千里之遥，扶柩南归，多日劳苦终于将丧事完成，这是我身逢大难最为艰难的时候。太夫人的心愿，弟妹的婚嫁，四时的祭祀，亲戚们的礼尚往来，官府征赋的缴纳，这些都是使我终日忙碌而唯恐不足的事情。我由此筋疲力尽，疾病缠身。此中所说的，也只是简略地叙述一下而已。一旦有空，我就拿起书本看书，对于修身养性，世事的得失，虽反复推敲但往往有不能理解的地方。这些都使我不能专心致志、竭尽全力，钻研文章写作技巧，以此表达难以表露的心情，追摹古今优秀作者，希望能够向他们看齐，实现我的心愿，这就是我对自己的期待但又每每因难以实现而独自哀叹。

如今天子至和之初，我的杂事又多了起来，我的精力实在没法应付，于是就休养在家中，在旁边的草舍中读书自学。有的人讥讽它太低矮狭小，我看着它而自笑道："这草舍对我而言是最适合的。我锻炼身心，往来奔波，是有着我自己的目的。我身处穷巷陋室之中，粗衣疏饭，以野菜为美食，隐居而安心，这自然是我想要实现自己的抱负而有所期待的。我也有痛心的地方，本可以更进一步探求圣贤之道，但学习时有力不从心之处。至于文章，平生所喜爱，创作不断。至于坚固漂亮的高大建筑，自然是世上那些聪明杰出有着权势可以依靠的人去居住的，而像我这样愚拙之人，又怎能改变原有的心志而去想入非非呢？"

于是记叙下我从小到大的经历，以及我的爱好与向往，以为《学舍记》。

抚州颜鲁公祠堂记

赠司徒鲁郡颜公，讳真卿，事唐为太子太师，①与其从父兄杲卿，皆有大节以死。至今虽小夫妇人，皆知公之为烈也。

初，公以忤杨国忠斥为平原②太守，策安禄山必反，为之备。禄山既举兵，与常山③太守杲卿伐其后，贼之不能直窥潼关，以公与杲卿挠其势也。在肃宗时，数正言，宰相不悦，斥去之。又为御史唐旻所构，连辄斥。李辅国迁太上皇居西宫，公首率百官请问起居，又辄斥。代宗时，与元载争论是非，载欲有所壅蔽，公极论之，又辄斥。杨炎、卢杞既相德宗，益恶公所为，连斥之，犹不满意，李希烈陷汝州，杞即以公使希烈，希烈初惭其言，后卒缢公以死。是时，公年七十有七矣。④

天宝之际，久不见兵，禄山既反，天下莫不震动，公独以区区平原，遂折其锋。四方闻之，争奋而起，唐卒以振者，公为之倡也。当公之开土门⑤，同日归公者十七郡，得兵二十余万。由此观之，苟顺且诚，天下从之矣。自此至公殁，垂三十年，小人继续任政，天下日入于弊，大盗继起，天子辄出避之。唐之在朝臣，多畏怯观望。能居其间，一忤于世，失所而不自悔者寡矣。至于再三忤于世，失所而不自悔者，盖未有也。若至于起且仆，以至于七八，遂死而不自悔者，则天下一人而已，若公是也。公之学问文章，往往杂于神仙浮屠之说，不皆合于理，及其奋然自立，能至于此者，盖天性然也。故公之能处其死，不足以观公之大。何则？及至于势穷，义有不得不死，虽中人可勉焉，况公之自信也与？维历忤大奸，颠跌撼顿，至于七八而终始不以死生祸福为秋毫顾虑，非笃于道者不能如此，此足以观公之大也。

夫世之治乱不同，而士之去就亦异，若伯夷之清，伊尹之任，孔子之时，彼各有义。⑥夫既自比于古之任者矣，乃欲睢顾回隐，以市于世，其可乎？故孔子恶鄙夫不可以事君，而多杀身以成仁者。⑦若公，非孔子所谓仁者与？

今天子至和三年，尚书都官郎中知抚州聂君厚载，尚书屯田员外郎通判抚州林君慥，相与慕公之烈，以公之尝为此邦也，遂为堂而祠之。既成，二君过予之家而告之曰："愿有述。"夫公之赫赫不可尽者，固不系于祠之有无，盖人之向往之不足者，非祠则无以致其至也。闻其烈足以感人，况拜其祠而亲炙之者欤！今州县之政，非法令所及者，世不复议。二君独能追公之节，尊而祠之，以风示当世，为法令之所不及，是可谓有志者也。

[题解]

颜鲁公的英名后世广为流传，曾巩在这篇文章中也同众多记文一样都极尽仰慕之情。然而与他文又稍有不同的是，在仰慕之余竟不无微词，指责其所学"往往杂于神仙浮屠之说"。这确是体现了曾巩像颜鲁公一样的骨鲠，即使在这样的场合也"不肯放倒自家面目"。两人在性情上的相合使这篇记文多了一分发自肺腑的激情与冲动，这就是本文最大的优点。他俨然是在摹写自己的心志，以颜鲁公自期，更渴望在学行上纯而又纯，这也当是对于颜鲁公最好的缅怀与纪念了。

[注释]

①赠司徒鲁郡颜公，讳真卿，事唐为太子太师：颜真卿，字清臣，行十三，唐京兆万年（今陕西西安）人，祖籍琅琊临沂。开元二十二年进士及第，

代宗广德二年，迁刑部尚书，进封鲁郡开国公，人称"颜鲁公"。时元载专政，诬其诽谤时政，贬吉州别驾。大历三年，迁抚州刺史。代宗崩，充礼仪使。建中三年，为卢杞所忌，改太子太师。后被叛臣李希烈缢杀。德宗下诏赠司徒，谥文忠。②平原：属德州，在今山东平原。③常山：即真定，属恒州，在今河北正定。④是时，公年七十有七矣：关于颜真卿的生卒年，《旧唐书》本传谓兴元元年（784）卒，年七十七。《新唐书》本传以为卒年七十六。《全唐文》卷三九四令狐峘所撰《光禄大夫太子太师上柱国鲁郡开国公颜真卿墓志铭》谓贞元初卒，年七十六；卷五一四殷亮撰《颜鲁公行状》谓贞元元年（785）卒，年七十七。⑤土门：即井陉口，在今井陉与正定之间，为沟通山西与河北的交通要道。⑥夫世之治乱不同，而士之去就亦异，若伯夷之清，伊尹之任，孔子之时，彼各有义：《孟子·万章章句下》："孟子曰：'伯夷，圣之清者也；伊尹，圣之任者也；柳下惠，圣之知者也；孔子，圣之时者也。'"⑦故孔子恶鄙夫不可以事君，而多杀身以成仁者：《论语·阳货》："子曰：'鄙夫可与事君也与哉？其未得之也，患得之。既得之，患失之。苟患失之，无所不至矣。'"《论语·卫灵公》："志士仁人，无求生以害仁，有杀身以成仁。"

[译文]

赠司徒鲁郡颜公，名讳为真卿，出仕唐朝为太子太师，与他的堂兄杲卿都坚守气节最终壮烈殉国。时至今日即使是匹夫和妇人都知道颜公的英勇事迹。

起初，公因为触犯杨国忠而被贬为平原太守，预料安禄山一定会造反，因此做好了充分的准备。安禄山举兵之后，公就与常山太守杲卿一道进攻他的后方，贼兵不能直接进兵潼关，就是因为公与杲卿在后方牵制的结果。在肃宗即位的时候，屡次直言进谏，惹得宰相很不高兴，将其贬斥外任。后又为御史唐旻陷害，接连遭到贬谪。李辅国强行把太上皇搬到西宫居住，公首先率领群臣百官前去问安，又被贬斥。代宗时，公与元载争论是非，元载想要有所隐瞒，公极力谏诤，于是又遭贬斥。杨炎、卢杞做了宰相，越发厌恶公的所作所为，将其一贬再贬，对此他们还嫌不满意，当李希烈攻陷汝州后，卢杞就派公出使李希烈军，希烈一开始对公的言语感到惭愧，后来还是不能忍受最终将公缢杀。此时公年七十七岁。

　　天宝年间，长久没有战乱，安禄山一造反，天下都为之震动，而公却独以小小的平原就能挫败叛军。四方听说之后，都争相奋起反击，唐朝能够重新振作起来，都是公倡导的结果。当公攻打下土门关的时候，一天之间就有十七个郡前来归附，得到军队二十多万。由此看来，如果你顺从民意，诚心为国，天下百姓自然就会听从你的调遣。从此以后一直到公殉国将近三十年间，都是小人不断执政，天下日渐凋敝，大盗相继起来谋反，天子只好不断逃避在外。唐朝的大臣们，多是畏怯观望而已。能够在大臣当中，奋然自振与世俗相抗争，遭遇贬谪也不后悔的人实在是太少了。至于一而再，再而三地与世俗相抗争，被贬谪也不后悔，这样的人大概是没有的。更有甚者，屡遭贬斥而仍然能够屡次奋起以至于七八次，到死都不后悔的人则天下只有一个人而已，这就是颜公。公的学问文章，往往夹杂神仙浮屠的学说，不能都符合事理，而他能够奋然有为于当世，以至于今天这样的高尚境界，大概是因为天性使然吧。公能够英勇就义，这并不足以代表公最可贵的地方，这是为什么呢？到了情势窘迫之时，于大义自是不得不死，这即使一般人也是能够努力做到的，何况公是如此自信呢？唯有屡次与大奸大恶之人作斗争，遭遇颠沛流离、坎坷困顿之苦，以至于七八次而能始终丝毫不顾及自己的生死祸福，这不是诚心于道德之人是做不到的，由此才能充分地体会到公最可贵的地方。

　　世事有治乱的不同，士人也有出仕与归隐的差异。像伯夷的清高，伊尹的能堪重任，孔子的识时务，都各有深意。既然自比于古代能堪重任的人，遇事却退缩躲避，取容于当世，这样的行为可以吗？所以孔子厌恶那些卑鄙的小人不能够真正侍奉国君，而称赞杀身成仁的人。像公这样的人，不就是孔子所说的所谓仁者吗？

如今天子至和三年，尚书都官郎中知抚州聂君厚载，尚书屯田员外郎通判抚州林君慥，全都仰慕公的英烈，因为公曾经做过抚州刺史，于是建造了一个祠堂来祭奠他。落成之后，二君来我家对我说："希望能够写一篇记文。"公的赫赫英名流传不尽，自然是与祠堂的有无无关，这主要是人们在心中默念还嫌不够，认为不建造一个祠堂不足以表达无比敬仰的心情。听了公英勇的事迹就已经足以感动人心了，更何况亲自到祠堂中去参拜祭奠呢！如今州县的政务，不是法令涉及的范围，世人就不再讨论。二君能够追慕公的气节，敬重他的为人而建祠堂祭拜，以感化民风，这是国家法令没有涉及的，真可谓是有志之人啊。

拟岘台记

尚书司门员外郎晋国裴君治抚之二年,因城之东隅作台以游,而命之曰拟岘台,谓其山溪之形,拟乎岘山也。①数与其属与州之寄客者游其间,独求记于予。

初,州之东,其城因大丘,其隍因大溪,其隅因客土以出溪上,其外连山高陵,野林荒墟,远近高下,壮大闳廓,怪奇可喜之观,环抚之东南者,可坐而见也。然而雨隳潦毁,盖藏弃委于榛丛茀草之间,未有即而爱之者也。君得之而喜,增甓与土,易其破缺,去榛与草,发其亢爽,缭以横槛,覆以高甍。因而为台,以脱埃氛,绝烦嚣,出云气而临风雨。然后溪之平沙漫流,微风远响,与夫波浪汹涌,破山拔木之奔放;至于高桅劲橹,沙禽水兽,下上而浮沉者,皆出乎履舄之下。山之苍颜秀壁,巅崖拔出,挟光景而薄星辰。至于平冈长陆,虎豹踞而龙蛇走,与夫荒蹊聚落,树阴晻暖,游人行旅,隐见而断续者,皆出乎衽席之内。若夫烟云开敛,日光出没,四时朝暮,雨旸明晦,变化不同,则虽览之不厌,而虽有智者,亦不能穷其状也。或饮者淋漓,歌者激烈;或靓观微步,旁皇徙倚,则得于耳目与得之于心者,虽所寓之乐有殊,而亦各适其适也。

抚非通道,故贵人蓄贾之游不至。多良田,故水旱螟螣之灾少。其民乐于耕桑以自足，故牛马之牧于山谷者不收，五谷之积于郊野者不垣，而晏然不知桴鼓之警、发召之役也。君既因其土俗，而治以简静，故得以休其暇日，而寓其乐于此。州人士女，乐其安且治，而又得游观之美，亦将同其乐也，故予为之记。其成之年月日，嘉祐二年之九月九日也。

[题解]

这篇文章是曾巩文集中难得一见的写景文，文中动情地描写了重阳时节登高远眺所见到的家乡优美景色。中间一大段纯粹写景的散笔描述在宋人文集中也是不太多见的，其中多少有着范仲淹《岳阳楼记》的影子。这种长段景色描写很容易导向骈偶句，《岳阳楼记》就是如此。然而曾巩似乎是努力在做一番新的尝试，此一大段文字几乎都是散笔单行。但这种努力似乎不大成功，不论是就曾巩的全部作品还是与《岳阳楼记》比较而言，都能看出曾巩长于叙事论理，而不太擅长于这种抒情写意的白描，行文要比《岳阳楼记》显得散乱无序。就像是一幅山水画，尺幅之间什么都画到了，可是塞得太满，让人透不过气来，也理不出头绪，反倒不如马一角来得悠然自得、气定神闲，故而也使美景暗淡了几分。他确是尽了心、用了力，但为人缺了一点风流的情韵，仿佛是莽张飞，在吟风弄月上自然不如宝二爷来得巧。文章结尾的立意不用说是模仿欧阳修的《醉翁亭记》，朱熹说他模仿得"不甚似"，其实说得更直接一点，就是做得不好，不如他老师欧阳修显得水到渠成、气足神完。

[注释]

①尚书司门员外郎晋国裴君治抚之二年，因城之东隅作台以游，而命之曰拟岘台，谓其山溪之形，拟乎岘山也：司门员外郎，司门司在宋朝前期没有具体职事，有关门关政令都归于皇城司。因此司门员外郎也同样无职事，此职只是作为文臣的寄禄官而已。晋国裴君，王安石有诗《为裴使君赋拟岘台》，李壁注曰："按《临川志》，使君名材，嘉祐间来守临川。至之二年，筑台于城东南隅，名曰拟岘，以其形拟岘山也，乃临川山水会处。"岘山，在湖北襄阳县南。又名岘首山。东临汉水，为襄阳南面要塞。西晋羊祜为都督荆州诸军事镇守襄阳时，常登此山，置酒吟咏。《晋书·羊祜传》："祜乐山水，每风

景,必造岘山,置酒言咏,终日不倦。"由此遂成名迹。羊祜(221~278),字叔子,泰山南城(今山东费县西南)人,魏晋间政治家、散文家。为人重信义,有高节。咸宁四年卒,年五十八岁。

[译文]

尚书司门员外郎晋国裴君治理抚州第二年,在城东角做了一个亭台,将其命名为拟岘台,以为这里的山川形胜堪与襄阳的岘山相比。屡次与下属以及来此州寄居的客人到此游玩,又唯独求我写一篇记文。

起初,州城的东面,城池依傍着大山,凭借一条大溪作为护城河,城角积土成为一个高丘临于溪水之上。城外山丘连绵起伏,野林荒丘远近高低到处都是。景象壮大辽阔,其中怪怪奇奇令人欣喜的美景环绕于城的东南角,坐在这里可以将这些景色一览无余。然而经过雨水不断地冲刷,城墙被荒草灌木所掩盖,没有人到此登临而喜爱上这里。君却得之而欣喜,增加砖块泥土,修补损坏的地方,除去荒草灌木,使它显得高兀爽然。四周围上栏杆,盖起一座高大的楼宇。由此而修筑的这座亭台,远离尘嚣,云雾缭绕,风雨轻拂。有时溪水在浅平的沙地轻漫地流淌,微风从远处吹来;有时又是狂风大作,浪涛汹涌,冲破山梁拔倒大树;有时又可见高高的桅杆、奋进的船桨、沙地上自由飞翔的禽鸟、水中上下沉浮的游鱼,这一切景色都收纳于脚下。山色苍翠,危壁秀立,高高的山崖有时拔地而起直插云霄。山冈林莽之间,虎豹跳跃,龙蛇游走,荒村小道隐约于深林长谷之中,游人旅客行走其间,时隐时现,这一切景色也都纳之于座席之下。烟云忽开忽合,太阳若隐若现,四时早晚之间,忽雨忽晴,忽明忽暗,景色真可谓变化无穷,欣赏者百看不厌。再聪明的人也不能将此美景描述详尽。有时慷慨痛饮,高歌激烈;有时漫步静览,流连忘返,人们于此中所享受到的快乐虽然有所不同,但耳目所得以及心中所感都是各尽其意了。

抚州并非处于交通要道，所以贵人富商不到这里游玩。此地多良田，水旱虫灾很少。百姓男耕女织，自足自乐，牛马任其自由自在地放牧于山谷之中，晚上也不牵回家，粮食随意堆积于郊外也不建围墙，人们安然自得，不知道战争警报、征伐徭役。林君顺应这样的民风，治理政务贵于简静，所以得以暇日休憩，在此亭台游乐。州中百姓也乐于安宁富足，此时又添设了这样一处美景，也将同太守同享其乐了，所以我做了这篇记文。写成的时间是嘉祐二年九月九日。

洪州新建县厅壁记

为后世之吏,得行其志者少矣,此仕之所以难也,而县为最甚,何哉?凡县之政无小大,令、主簿皆独任,而民事委曲,当有所操纵缓急,不能一断以法,举法而绳之,则其罪固易求也。凡有所为,问可不可于州,执一而违之,则其势固易挠也。其罪易求,其势易挠,故为之者有以得于州,然后其济可几也。不幸其一锱铢与之咈,则大者求其罪,小者挠其势,将不遗其力矣。吏之不能自安,岂足道哉!县有不与其扰者乎?方是时也,而天下之能忘其势而好恶不妄者鲜矣,能忘人之势而强立不苟者亦鲜矣。州负其强以取威,县忧其弱以求免,其习已久,其俗已成之后,而守正循理以求其得于州,其亦不可以必也。则仕于此者,欲行其志,岂非难也哉?君子者虽无所处而不安,然其于自处也,未尝不择。仕而得择其自处,则县之事有不敢任者,岂可谓过也哉?

洪州新建①自太平兴国六年分南昌为县,至嘉祐三年,凡若干年,为令者凡三十有九人。而秘书省著作佐郎黄巽公权来为其令,抑豪纵,惠下穷,守正循理,而得济其志者也。公权亦喜其职之行,因考次凡为令者名氏,将伐石以书,而列置于壁间。故予为之载其行治,而因著其为县之难,使来者得览焉。

[题解]

曾巩嘉祐二年三十九岁时终于考中进士,第二年的春季调任太平州司法参军,人生首次步入仕途,此文就是作于这个时候。文章对于县令这一最基层官吏的为官之难深表同情,其中着重关注的是个人理想能否实现的问题。县令处于官僚体制的底层,动辄得咎,故而"欲行其志,岂非难也哉"。黄君为政之乐,也在于"得济其志",这些都是刚刚踏入仕途,正在基层为官的曾巩本身非常关心的问题。奋斗多年终于金榜题名,朝服加身,本该充满欣喜,憧憬未来。可是曾巩却显得相当的成熟与老练,繁重家累的长期磨砺,此时倒成了他人生一笔宝贵的财富。

[注释]

①洪州新建:洪州,属江南西路,治所在南昌,即今江西南昌市。新建为其属县。

[译文]

后世的官吏,能够实现自己抱负的很少,这就是仕途之所以困难的原因所在,而其中做县官又最为困难。这是为什么呢?大凡县里的政务,无论大小,县令、主簿都是独自承担,而民事错综复杂,应当灵活处理,不能够完全依据法令来判断。若死板地一一按照法令去审核,那么是很容易找出错误的。凡是要做什么事情,去向州里询问处理意见时,若坚持己见而不去顺应上司的旨意,则势必又要受到刁难。错误容易被找到,责难又容易得到,所以想要做什么事情若能得到州里的支持,然后才有可能办成。若不幸稍有一点违背上司意见,大的就会给你治罪,小的就会处处刁难,不择手段。官员们不能自安的地方难道是能说得完的吗?县里是能够避免这种刁难的吗?遇到这种情况,天下能够忘记个人利害安危而公正执法者真是太少了,而能不为强势所屈耿直不苟者也同样是太少了。州里依仗着自己的权势耀武扬威,县里因自己位卑势弱也只能委曲求全,这种风气由来已久了。这种风气养成之后,谨守正道依法办事的官员要想得到州官的赞许,是肯定不可能的。如此在此地做县官想要实现自己的理想抱负，岂不是太难了吗？君子虽然随遇而安，但是对于自己所处的环境，未尝不有所选择。如果做官之后能够自己选择官职，那么县官一职人们多不敢就任，这难道是不应该的吗？

　　洪州新建县自太平兴国六年分出南昌县而为县，到嘉祐三年，总共若干年，任县令的共有三十九人。而秘书省著作佐郎黄巽黄公权来此地做县令，惩治豪强，救济百姓，秉持正道依法办事，由此能够实现自己的理想与抱负。公权也为自己的主张得到贯彻而感到高兴，于是考订新建县历任县令的名姓，将建一座石碑把名姓刻在上面，再将它镶嵌在墙壁上。所以我作此记文记载下他的优秀政绩，同时也将当县令的难处一并记载下来，使后人对此有所了解。

阆州张侯庙记

事常蔽于其智之不周，而辨常过于所惑。①智足以周于事，而辨至于不惑，则理之微妙皆足以尽之。今夫推策灼龟，审于梦寐，其为事至浅，世常尊而用之，未之有改也；坊墉道路、马蚕猫虎之灵，其为类至细，世常严而事之，未之有废也；水旱之灾，日月之变，与夫兵师疾疠、昆虫鼠豕之害，凡一慝之作，世常有祈有报，未之有止也。《金縢》之书，《云汉》之诗，②其意可谓至，而其辞可谓尽矣。夫精神之极，其叩之无端，其测之甚难，而尊而信之，如此其备者，皆圣人之法。何也？彼有接于物者，存乎自然，世既不得而无，则圣人固不得而废之，亦理之自然也。圣人者，岂用其聪明哉？善因于理之自然而已。其智足以周于事，而其辨足以不惑，则理之微妙皆足以尽之也。故古之有为于天下者，尽己之智而听于人，尽人之智而听于神，未有能废其一也。《书》曰："朕志先定，询谋佥同，鬼神其依，龟筮协从。"所谓尽己之智而听于人，尽人之智而听于神也。繇是观之，则荀卿之言，以谓雩筮救日，小人以为神者，③以疾夫世之不尽在乎己者而听于人，不尽在乎人者而听于神，其可也。谓神之为理者信然，则过矣，蔽生于其智之不周，而过生于其所惑也。

阆州于蜀为巴西郡,④蜀车骑将军领司隶校尉西乡张侯,名飞字益德,尝守是州。州之东有张侯之冢,至今千有余年,而庙祀不废。每岁大旱,祷雨辄应。嘉祐中,比数岁连熟,阆人以谓张侯之赐也,乃相与率钱治其庙舍,大而新之。侯以智勇为将,号万人敌。当蜀之初,与魏将张郃相距于此,能破郃军,以安此土,可谓功施于人矣。其殁也,又能泽而赐之,则其食于阆人不得而废也,岂非宜哉?

知州事尚书职方员外郎李君献卿字材叔,⑤以书来曰:"为我书之。"材叔好古君子也,乃为之书,而以予之所闻于古者告之。

[题解]

在前文所选有关佛、道的序文中曾巩往往是对佛、老之徒当头棒喝,这可以看做是对儒道的捍卫;而从这篇文章中我们又能看到他之所以如此抵制佛、老,还在于其对鬼神迷信的洞察,这充分显示了曾巩的明智与通达。明智就在于"辨足以不惑",通达就在于"尽己之智而听于人,尽人之智而听于神"。虽明知其妄,但又知妄者对于世人非一无是处,"世既不得而无,则圣人固不得而废之,亦理之自然也"。孔老夫子所言"敬鬼神而远之",已是深于有识者之论,而荀子直至曾巩等先贤则更进一步,要"敬鬼神而用之"。这一"用"顺应了自然之理,孔圣人身上所体现的"圣之时者"的那种权变灵活的思想在此中得到了充分运用。用曾巩的话说,这就是"智周"。由此我们更能看到世人眼中所谓执拗以至死板的曾巩,实际上思想是相当的圆融旷达。

[注释]

①事常蔽于其智之不周,而辨常过于所惑:曾巩《南齐书目录序》言:"古之所谓良史者,其明必足以周万事之理,其道必足以适天下之用,其智必足以通难知之意,其文必足以发难显之情,然后其任可得而称也。"②《金滕》之书,《云汉》之诗:《金滕》,《尚书·周书》之一,《正义》言:"武王有疾,周公作策书告神,请代武王死。"其中即有以龟甲占卜之事。《云汉》,《诗经·大雅》之一,《诗小序》言:"仍叔美宣王也。"其中诗句有:"靡神

不举,靡爱斯牲。"郑玄注曰:"言王为旱之故,求于群神,无不祭也,无所爱于三牲。"③繇是观之,则荀卿之言,以谓雩筮救日,小人以为神者:《荀子集解》卷十一《天论第十七》:"雩而雨,何也?曰:无何也,犹不雩而雨也。日月食而救之,天旱而雩,卜筮然后决大事,非以为得求也,以文之也。故君子以为文,而百姓以为神。以为文则吉,以为神则凶也。"④阆州于蜀为巴西郡:阆州,在宋朝属于利州路,治所在阆中,即今阆中北。三国时无阆州,其区域包括在益州巴西郡范围内,郡治在阆中,即今阆中。⑤知州事尚书职方员外郎李君献卿字材叔:职方属于尚书省兵部,宋前期掌管各地上贡的地图,并绘制全国总图。职方员外郎,宋朝前期没有具体的职事,只是文臣迁转的寄禄官。李材叔,曾巩另有《酬材叔江西道中作》、《送李材叔知柳州序》。

[译文]

　　事物常常因为考虑得不周全而不能充分了解,思维常常因为不清晰而被迷惑。若考虑得很周全足以完全了解事物,思维非常清晰足以不被迷惑,那么哪怕是极其微妙的事理也能充分了解。如今用蓍草龟甲进行推算,通过测梦占卜吉凶,这些所涉及的事情都很浅显,世人也都敬而用之,从古至今没有什么改变;坊巷、城池、道路以及马蚕猫虎等神灵,都是非常琐细,世人也都严加敬奉,没有废弃掉;水旱灾害,日月变化,以及战争疾病、昆虫老鼠野猪的灾害,凡是一有肆虐,世人就常常要祭祀祈祷,从没有停止过。《金縢》这篇文章,《云汉》这首诗歌,敬神祈祷的心意表达得可以说是极为真诚了,用的言辞也可以说是极为恭敬了。神灵微妙至极,想要加以探索,却无边无际摸不着头绪;想要推测,却又是非常困难。尊重而相信它,措施是如此的完备,这都是圣人制定的方法。这是为什么呢?对待世间万物,要顺应自然,世上既然是没法缺少的,那么圣人自然也就不会将之废弃,这就是自然而然的道理。圣人,难道会耍小聪明吗?只是善于顺应事物自然之理而已。他们思考问题非常全面通达,思维清晰不被迷惑,如此事物的任何微妙之理都可以穷尽。所以古代想要治理天下的人,都是先竭尽自己的心智去思考问题,然后再听取别人的意见;让别人充分发挥自己的聪明才智之后,再听从神命天意,这些都是不能废弃不顾的。《尚书·大禹谟》说:"我心中已经想好了主意,再去询问大家,大家也都同意,鬼神也都依从我的意见,龟卜蓍占都很符合。"这就是我所说的竭尽自己的心智之后,再听取别人的意见;充分发挥别人的聪明才智之后,再听从神命天意。由此看来,荀子所说的雩而求雨、卜筮决大事、日月食而救之,这些小民百姓都以为是神命天意而求神祷告,认为世事个人不能完全把握而听从别人的意见,人类不能完全把握而听从于神灵,这是可以的。若认为求神祈祷确实有道理,值得信赖,这就错了,弊病就在于考虑事情不周全透彻,过错就在于被事物所迷惑。

阆州在蜀地属于巴西郡,蜀车骑将军领司隶校尉西乡张侯,名飞字益德,曾经在此镇守。州的东面有张侯坟冢,至今已有一千多年,庙宇香火不绝。每年大旱,求雨必应。嘉祐中,连年风调雨顺,阆州人认为这是张侯的恩赐,于是相与出钱修治庙宇,将它扩大翻新。张侯作为战将智勇双全,号称万人敌。当蜀国初期,与魏将张郃在此对阵,能够打败张郃的军队,使一方得到安定,可以说对此地百姓很有功德了。他死之后还能给当地的百姓造福赐恩,如此被阆州百姓祭祀不断,这难道不是应该的吗?

知州事尚书职方员外郎李君献卿字材叔,写信来说:"为我写一篇记文吧。"材叔是一位喜好古道的君子,于是我为他写了这篇记文,将我所知道的古代事情记载下来。

清心亭记

嘉祐六年，尚书虞部员外郎梅君为徐之萧县①，改作其治所之东亭，以为燕息之所，而名之曰清心之亭。是岁秋冬，来请记于京师，属余有亡妹殇女之悲②，不果为。明年春又来请，属余有悼亡之悲③，又不果为。而其请犹不止，至冬乃为之记曰：

夫人之所以神明其德，与天地同其变化者，④夫岂远哉？生于心而已矣。若夫极天下之知，以穷天下之理，于夫性之在我者，能尽之，命之在彼者，能安之，则万物之自外至者，安能累我哉？此君子之所以虚其心也，万物不能累我矣。而应乎万物，与民同其吉凶者，亦未尝废也。于是有法诫之设，邪僻之防，此君子之所以斋其心也。虚其心者，极乎精微，所以入神也。斋其心者，由乎中庸，所以致用也。然则君子之欲修其身，治其国家天下者，可知矣。

今梅君之为是亭，曰不敢以为游观之美，盖所以推本为治之意，而且将清心于此，其所存者，亦可谓能知其要矣。乃为之记，而道予之所闻者焉。十一月五日，南丰曾巩记。

[题解]

此文本已短小，去头截尾之后有用的就更短。其内容原无多少深意，但若放置在时间的长河之中，便多了几分历史价值。儒学发展至宋代有一巨变，脱胎为程朱理学。理学使儒学越发精致，正如欧阳公那首有争议的名作《蝶恋花》"庭院深深深几许"，宋人的钻研是深之又深，以至到了心性的境地。故而朱夫子专门拈出《礼记》中的《中庸》、《大学》，再配上《论语》、《孟子》以成后世金科玉律的"四书"。曾巩对于心性的论述虽有浅尝辄止之憾，但于北宋中期就有此论，于天水一朝文学诸大家中颇为罕见，故而明代艾南英在《易三房同门稿序》中就说："子固以六经之文典重醇深为公所推服，自今观之，其文当濂洛未兴之先，已能开性命之宗。"明代理学大兴，自然以心性之论为可贵。由此，这篇可以说是勉为敷衍之作也就挤入了茅鹿门的法眼。

[注释]

①尚书虞部员外郎梅君为徐之萧县：虞部，虞部司，尚书省工部四司之一，宋前期没有具体事务。同样，虞部司员外郎也没有具体职事，为文臣迁转的寄禄官。宋前期为从六品上。萧县，属京东西路徐州，在今萧县北。②属余有亡妹殇女之悲：亡妹指曾巩八妹德耀（字淑明），生于庆历三年，至嘉祐六年九月年二十而卒，见《曾巩集》卷四六《曾氏女墓志铭》。殇女指长女庆老，生于嘉祐三年，至六年十一月三岁而夭亡，见《二女墓志》。③属余有悼亡之悲：指其妻晁文柔于嘉祐七年三月甲子卒，年二十六岁。悼亡，因西晋潘岳所著哀伤其妻杨氏故去的《悼亡诗》感人至深，故后世即以悼亡为妻亡故之专称。④夫人之所以神明其德，与天地同其变化者：《礼记注疏》卷五十三《中庸》："唯天下至诚为能尽其性，能尽其性则能尽人之性，能尽人之性则能尽物之性，能尽物之性则可以赞天地之化育，可以赞天地之化育则可以与天地参矣。"

[译文]

嘉祐六年，尚书虞部员外郎梅君担任徐州萧县的县令，重新改建了治所东面的亭子，作为休息的场所，并取名为清心亭。这年秋冬，来京师请我写一篇记文，而此时我不幸遭受亡妹丧女的悲痛，没能写成。第二年春季又来京师相请，不巧的是我又沉浸在亡妻的伤痛之中，又没有写成。但是他之后仍然相请不断，到今年冬季，我为他写下这篇记文。

人能够使自己的德行发扬光大，达到至高境界，从而与天地同变化，这难道是很遥远的事情吗？全在于一己的内心而已。穷极天下的智慧，以穷极天下的微妙之理，将自己所能把握的人性培养至最纯粹的地步，而对于自己无法把握的天命，能够安心以待，如此身外万物又怎能成为我的负担呢？这就是君子若能够虚心待物，那么万物就不会成为我的负担。如此就能顺应万物的变化，与百姓同吉凶、共患难。于是礼法制度的制定，邪僻之事的防范，这就是君子用来修养身心的方法。虚心待物，深入事物极为精细微妙之处，由此而进入神明的境地。修养身心，通过中庸之道，并运用于实践之中。由此，也就可以知道君子应当修养身心，治理国家天下了。

如今梅君建造了这个亭子，说不敢作为游览玩乐的胜地，大概就是想要推究治理政务的根本所在，而且将要在此澄清心虑，这样的用心可以说是能够知道事物的关键所在了。于是就写了这篇记文，讲述一下我所知道的一些事理。十一月五日，南丰曾巩记。

筠州学记

周衰，先王之迹熄。至汉，六艺出于秦火之余，士学于百家之后。言道德者，矜高远而遗世用；语政理者，务卑近而非师古。刑名①兵家之术，则狃于暴诈。惟知经者为善矣，又争为章句训诂之学，以其私见，妄穿凿为说。故先王之道不明，而学者靡然溺于所习。当是时，能明先王之道者，扬雄而已。而雄之书，世未知好也。然士之出于其时者，皆勇于自立，无苟简之心，其取予进退去就必度于礼义。及其已衰，而缙绅之徒，抗志于强暴之间，至于废锢杀戮而其操愈厉者，相望于先后。故虽有不轨之臣，犹低徊没世，不敢遂其篡夺。自此至于魏晋以来，其风俗之弊、人材之乏久矣。以迄于今，士乃有特起于千载之外，明先王之道，以寤后之学者。世虽不能皆知其意，而往往好之。故习其说者，论道德之旨，而知应务之非近；议从政之体，而知法古之非迂。不乱于百家，不蔽于传疏。其所知者若此，此汉之士所不能及。然能尊而守之者，则未必众也。故乐易惇朴之俗微，而诡欺薄恶之习胜。其于贫富贵贱之地，则养廉远耻之意少，而偷合苟得之行多。此俗化之美，所以未及于汉也。

夫所闻或浅，而其义甚高，与所知有余，而其守不足者，其故何哉？由汉之士察举于乡闾，故不能不笃于自修。至于渐磨之久，则果于义者，非强而能也。今之士选用于文章，故不得不笃于所学。至于循习之深，则得于心者，亦不自知其至也。由是观之，则上所好，下必有甚者焉，岂非信欤？② 令汉与今有教化开导之方，有庠序养成之法，则士于学行，岂有彼此之偏，先后之过乎？夫《大学》之道，将欲诚意正心修身，以治其国家天下，而必本于先致其知。则知者固善之端，而人之所难至也。以今之士，于人所难至者既几矣，则上之施化，莫易于斯时，顾所以导之如何尔。

筠为州，③在大江之西，其地僻绝。当庆历之初，诏天下立学，而筠独不能应诏，州之士以为病。至治平三年，盖二十有三年矣，始告于知州事、尚书都官郎中董君仪④。董君乃与通判州事国子博士郑君蒨相州之东南，⑤得亢爽之地，筑宫于其上。斋祭之室，诵讲之堂，休宿之庐，至于庖湢库厩，各以序为。经始于其春，而落成于八月之望。既而来学者常数十百人，二君乃以书走京师，请记于予。

予谓二君之于政，可谓知所务矣。使筠之士相与升降乎其中，讲先王之遗文，以致其知，其贤者超然自信而独立，其中材勉焉以待上之教化，则是宫之作，非独使夫来者玩思于空言，以干世取禄而已。故为之著予之所闻者以为记，而使归刻焉。

[题解]

这篇文章谈到了培养读书人的两个重要方面即学与行，认为两者都不可偏废。曾巩以为汉朝优于行而学寡，宋代博于学而行浅，这两者概括得很精确。宋世是吾国文化狂飙突进时期，士人的博学，前无古人，后亦罕有来者。宋人也颇以此自诩，在文集中每见其沾沾自喜之色。于此中曾巩倒是颇有几分清醒，洞晓宋人在海阔天空、精骛八极之际，反倒忘了自己。这种清醒也是孤独的，直到南宋的朱熹才从"行"的角度对他大加称赞，使他的"古板"增加了几分闪亮的色彩。曾巩在众多文章中反复强调《大学》中正心诚意的重要，见到士人也说，见到皇帝也说，真可谓苦口婆心。看一看后来理学家的言论，我们不能不佩服他的明睿。此文中又说："以迄于今，士乃有特起于千载之外，明先王之道，以瘳后之学者。"可见他确是以千载之下重振儒道为己任。就凭这种自信与明睿，就值得明代人把他抬高到理学先驱的地位。另外，文中捎带还谈到了宋人治学的特点："知法古之非迂。不乱于百家，不蔽于传疏。"这真是治学的最佳境界。不过，也正如他所说"然能尊而守之者，则未必众也"，能真正做到这一点的实在是不多。世人或是守古而近迂，或是勇为而乱作。自宋朝开始，后者渐占上风，以至近世愈演愈烈。人们似乎是得了疑心病，左也疑，右也惑，一夜之间，古人不是都成了骗子，就是都成了傻子。实际上，骗人的恰恰是抓骗子的；笑傻子的，恰恰成了傻子。云烟雾绕之中，浑水摸鱼，欺世盗名。这一切看似是繁荣学术，实际上是到处添乱。其实，我们的确可以将跟头翻得很漂亮。只不过，人们虽然总想要翻出佛祖的手掌心，但佛祖恰恰是提供了一个安全地带，若要再用一点强跑到手指外面去，等待你的只能是不测之深渊了。

[注释]

①刑名：战国时以申不害、韩非子为代表的学派。主张循名责实，慎赏明罚。后人称为"刑名之学"，省作"刑名"，也就是所谓的法家。②由是观之，则上所好，下必有甚者焉，岂非信欤：《孟子·滕文公章句上》："上有所好，下必有甚焉者矣。"③筠为州：筠州，属江南西路，州治在高安，即今江西高安。④始告于知州事、尚书都官郎中董君仪：知州事，知某州军州事的简称，乃一州最高长官。亦简称知州、太守、郡守、二千石等。都官，都官司为尚书省刑部四司之一，宋前期没有具体政务，元丰新制之后才掌管刑徒流放、抄家等。相应地，都官司郎中在宋前期也没有具体职守，只是文臣迁转的寄禄官。⑤董君乃与通判州事国子博士郑君蒨相州之东南：通判，见《太祖皇帝总序》注③。国子博士，国子监博士简称，宋初至元丰改制时没有职守，为文臣迁转的寄禄官。

[译文]

周代衰落，先王之道废弃殆尽。到了汉朝，六艺残存于秦始皇焚书之后，士人所学的也是战国百家兴起之后的各种思想学说。谈论道德仁义的人，好高骛远，不切实际；谈论治政的人，只看到眼前，而不效法古道。刑名、兵家的思想喜好暴力欺诈，唯有学习儒家经书的人能够行善，然而他们却又争着去学章句训诂的学问，以一己之私见穿凿附会。所以先王之道不能昌明，而学者们全都沉溺于此而不能自拔。当此之时，能昌明先王之道的人只有扬雄而已。可是扬雄的著作，世人并不知道它的好处。然而士人立身此时都能勇于自立，洁身自好，没有苟且简慢的想法。获取、给予、精进、退隐一定都是按照礼义来行事。到汉末衰颓之时，缙绅士大夫们抵抗强暴，以至于被罢免下狱，惨遭杀害。而操守更为坚定的人，依然是前赴后继，毫不怯懦。所以此时虽有图谋不轨的奸臣，也不得不犹豫再三，不敢贸然篡夺国家政权。从这时之后一直到魏晋以来，风俗凋敝、人才匮乏已经持续很长时间了。时至今日，士人才能于千百年之后重新振作，昌明先王之道，启悟后世学者。世人虽不能完全了解先王之道、儒家经典，但往往都能心向往之。所以学习先王之道后，在谈论仁义道德的宗旨时，就知道应该切于世用但不能卑浅；谈论治政的方法时，就知道效法古道又不能食古不化。不被百家杂说迷惑，不被历代传疏禁锢。今日士人们知道这些道理，这是汉代的士人比不上的地方。然而能够敬重这些道理而严格遵守的人，却未必有很多。所以和乐简易、敦厚纯朴的风气衰微，反而是诡诈欺骗、浇薄邪恶的风气占了上风。对于贫富贵贱，少有人能够保养廉洁、远离耻辱之事，而多是偷合苟且。这样的风俗也自然是赶不上汉朝。

　　所学的东西很是肤浅，但其节义却很高；所学的东西很多，可是其操守却有所不足，这是什么原因呢？这是由于汉代选拔士人是采用乡举里选制度，所以不能不刻苦自修，天长日久自然就培养成高尚的节义，这不是一时勉强能够做到的。如今士人的选拔是通过考察文章，于是就不能不刻苦学习文艺。如此天长日久竞逐文辞之美，心中也就不知道根本道理之所在。由此来看，上有所喜好，下面的人就会变本加厉，这难道不是事实吗？假使汉代与当今教化开导有方，学校培养得法，那么士人的学问与品行，哪里会有彼此这样的偏差，前后两代这样的过失呢？《大学》所说的道理，是要使人真诚思想，端正内心，修养其身，得到这样的培养之后再去治理国家天下，而这一切都要源自于穷极其知。人的认识自然是善行的起始，也是人们难以穷极的。如今的士人，对于人所难以达到的境地也几乎接近了，那么执政者推行教化，没有比此时更容易的了，这就要看如何加以引导了。

筠州在大江以西，地方偏僻。庆历初年，下诏天下兴建学校，而筠州唯独不能响应诏令，州中士人都认为这是不应该的。到了治平三年，已经有二十三年了，才将此事告知知州尚书都官郎中董先生仪。董君就和州通判国子博士郑蒨查看州东南面的地形，找到一个高兀敞亮的地方，在上面建造屋舍。斋祭的房屋，授书诵读的课堂，休息的地方，以至于厨房、浴室、库房、马厩等，各个井然有序地排列着。从春季开始建造，到八月十五日落成完工。之后来此读书学习的人常有数十以至百余人，两君于是写了一封书信送到京师，请我写一篇记文。

我认为两君对于治政，可以说是知道治理的关键所在了。使筠州的士人都在此读书，讲诵先王的遗文，穷极其知，其中贤明的士人超越众人，对所学充满自信，且有着独立人格，中等人才也能努力学习，期待朝廷的教化，如此学校的兴建，并不仅仅是使到此读书的人空谈义理，以此作为谋得功名利禄的门径而已。由此为他们写下我所知道的一些事理作为记文，使他们带回刻石为训。

尹公亭记

君子之于己，自得而已矣，非有待于外也。然而曰"疾没世而名不称焉"者，①所以与人同其行也。人之于君子，潜心而已矣，非有待于外也。然而有表其间，名其乡，欲其风声气烈暴于世之耳目而无穷者，所以与人同其好也。内有以得诸己，外有以与人同其好，此所以为先王之道，而异乎百家之说也。

随为州，②去京师远，其地僻绝。庆历之间，起居舍人、直龙图阁河南尹公洙③以不为在势者所容谪是州，居于城东五里开元佛寺之金灯院。尹公有行义文学，长于辨论，一时与之游者，皆世之闻人，而人人自以为不能及。于是时，尹公之名震天下，而其所学，盖不以贫富贵贱死生动其心，故其居于随，日以考图书、通古今为事，而不知其官之为谪也。尝于其居之北阜，竹柏之间，结茅为亭，以茇而嬉，岁余乃去。既去而人不忍废坏，辄理之，因名之曰尹公之亭，州从事④谢景平刻石记其事。至治平四年，司农少卿⑤赞皇李公禹卿为是州，始因其故基，增庳益狭，斩材以易之，陶瓦以覆之。既成，而宽深亢爽，环随之山皆在几席。又以其旧亭峙之于北，于是随人皆喜慰其思，而又获游观之美。其冬，李公以图走京师，属予记之。

盖尹公之行见于事、言见于书者，固已赫然动人；而李公于是又侈而大之者，岂独慰随人之思于一时，而与之共其乐哉？亦将使夫荒遐僻绝之境，至于后人见闻之所不及，而传其名、览其迹者，莫不低回俯仰，想尹公之风声气烈，至于愈远而弥新，是可谓与人同其好也。则李公之传于世，亦岂有已乎？故予为之书，时熙宁元年正月日也。

[题解]

曾巩的文章以善于叙事论理著称，小小一事能够翻出众多花样，一层接着一层，一浪接着一浪，似有无穷道理，这是他文章小而巧的地方。然而这篇文章倒挺老实，四平八稳依次叙来，是一篇规整的记文，但不是一篇动人的文章。文章并没有翻出什么新意，茅坤评其为"蕴思铸辞，动中经纬"，这是指他时刻不忘"先王之道"而言，然而将之与《上范资政书》等文章相比，可见他在其他文章中对于此道的论述要漂亮得多，此处则如同贴标签而已。就叙事而论，对于尹洙的描述也稍嫌简单了点。看来他对尹洙的感受要比范仲淹淡许多，以至一时也转不出什么更新的思绪来。

[注释]

①然而曰"疾没世而名不称焉"者：见《论语·卫灵公》。②随为州：随州，属京西南路，治所在随县，即今湖北随州市。③起居舍人、直龙图阁河南尹公洙：尹洙（1001~1047），字师鲁，河南（今河南洛阳）人。天圣二年进士，景祐三年五月，范仲淹以言事贬官，尹洙上书申辩，自称与范仲淹同党，愿与俱贬，由是贬监郢州酒税，后徙唐州。庆历元年春，宋军大败于好水川，尹洙以擅自发兵，被贬濠州通判。后历任泾、渭、庆、潞诸州。庆历七年卒于南阳，年四十七。起居舍人，中书省官员，宋前期无职事，为文臣迁转的寄禄官，从六品上。元丰新制之后，与起居郎共为史官，记录皇帝言行、命令等，从六品。直龙图阁，大中祥符九年十月二十一日设置。直阁共有直龙图阁、天章、宝文、显谟、徽猷、敷文、焕章、华文、宝谟、宝章、显文、秘阁等，直龙图阁为其首，正七品。这些官职没有具体的职守，只是官员的荣衔，在于提高其资质、威望，也能增加一些俸禄，比如直龙图阁就发给侍从餐钱五千。④州从事：知州的僚属，包括判官、推官、掌书记、支使等。⑤司农少卿：司

农寺，宋前期只掌管大小祭祀所需物品、籍田等。司农少卿无职事，只是寄禄官。

[译文]

　　君子对于自己的修养，只追求内心的自得，并不期待外在的给予。然而孔子说："君子痛恨一直到死名声都不被别人称赞。"这是希望与君子有相同的品行。一般人对于君子，内心喜欢就可以了，不必一定要予以形式上的宣扬。然而在君子居住的里巷加以表扬，更在他的家乡加以表彰，使他的名声广为流传，妇孺皆知，这是希望与君子有相同的追求。内有一己之得，外有与君子相同的追求，这就可以由此成就先王之道，异于百家杂说。

　　随州离京师很远，地方偏僻。庆历年间，起居舍人、直龙图阁河南尹洙，不被当权者所容而被贬谪到这里，居住在城东五里开元寺的金灯院。尹公道德、文学都很优异，擅长辩论，一时之间与他交往的都是天下名士，而人人都认为比不上他。当时尹公声名震天下，他所受到的教育使他并不在意于贫贱富贵，所以他蛰居随州时，每天研究学问，通晓古今史事，似乎都把被贬此地这件事给忘掉了。他曾经居住在北山，竹林、松柏之间以茅草建造了一座亭子，住在其中自娱自乐，一年之后才离开此地。离去之后，随州人不忍心这座亭子的荒废，于是加以修缮整理，命名为尹公亭，州从事谢景平刻石记载了这件事。到治平四年，司农少卿赞皇李禹卿来此地做官，开始对原有建筑扩充完善，伐取竹木重新建造了一座新亭，并用陶瓦覆盖屋顶。落成之后，屋舍宽大敞亮，坐卧其间，随州四周的山林尽收眼底。又把旧亭建在新亭的北面，于是随州人都很高兴这样做既缅怀了尹公，又获得了一个游览胜景。这年冬天，李公把这一景致绘成图册送到京师，嘱托我写一篇记文。

　　尹公的行为已体现在他所做的各项事情之中，言论已体现在文章之中，这就已经赫然动人了；而李公于此又更将之发扬光大，这难道仅仅是为了安慰随州百姓一时的思念之情，从而与大家共同在此地游乐吗？这是为了在这偏僻荒远后人很少注意到的地方，使后人能想起尹公的美名，瞻仰他的遗迹，莫不为之流连忘返，感叹不已，使他的高风亮节得以广为流传，愈远弥新，这可以说是希望人们与这些名士有着共同的追求啊。如此，李公的功绩就会长久地流传后世，又怎能有穷尽呢？所以我为此写下这篇记文，时间是熙宁元年正月日。

瀛州①兴造记

熙宁元年七月甲申，②河北地大震，坏城郭屋室，瀛州为甚。是日再震，民讹言大水且至，惊欲出走。③谏议大夫李公肃之为高阳关路都总管、安抚使、知瀛州事，④使人分出慰晓，讹言乃止。是日大雨，公私暴露，仓储库积，无所覆冒。公开示便宜，使有攸处，遂行仓库，经营盖障。雨止，粟以石数之，至一百三十万，兵器他物称是，无坏者。初变作，公命授兵警备，讫于既息，人无争偷，里巷安辑。

维北边自通使契丹，⑤城壁楼橹御守之具，寝弛不治，习以为故。公因灾变之后，以兴坏起废为己任，知民之不可重困也，乃请于朝，力取于旁路之羡卒，费取于备河之余材，又以钱千万市木于真定⑥。既集，乃筑新城，方十五里，高广坚壮，率加于旧。其上为敌楼、战屋凡四千六百间。先时，州之正门，弊在狭陋，及是始斥而大之。其余凡圮坏之屋，莫不缮理，复其故常。周而览之，听断有所，燕休有次，食有高廪，货有深藏，宾属士吏，各有宁宇。又以其余力为南北甬道若干里，人去污淖，即于夷途。自七月庚子始事，至十月己未落成。其用人之力，积若干万若干千若干百工；其竹苇木瓦之用，积若干万若干千若干百。盖遭变之初，财匮民流，此邦之人，以谓役巨用艰，不累数稔，城垒室屋未可以复也。至于始作逾时，功以告具。盖公经理劝督，内尽其心，外尽其力，故能易坏为成，如是之敏。事闻，有诏嘉奖。

昔郑火，子产救灾补败，得宜当理，史实书之。⑦卫有狄人之难，文公治其城市宫室，合于时制，诗人歌之。⑧今瀛地震之所摧败，与郑之火灾、卫之寇难无异。公御备构筑不失其方，亦犹古也。故瀛之士大夫皆欲刻石著公之功，而予之从父兄适与军政，在公幕府，乃以书来，属予记之。予不得辞，故为之记，尚俾来世知公之尝勤于是邦也。

[题解]

这是一篇以叙事见长的文章。文中对瀛州遭受地震灾害的经过、灾后的重建情况等，依次叙来，有条不紊。我们只要看一下他写的另一篇文章《越州鉴湖图序》，就能知道这篇记文的叙事对曾巩而言真是小菜一碟。也正因它的"小"，使得这篇文章避免了《越州鉴湖图序》的枯燥与生涩。叙事不再是账单似的罗列，而是逐事叙述，使文章显得紧凑而丰满。理有理的好，事有事的妙，都需以内容的丰厚、阐述的得当取胜。若只顾内容的严谨与科学，则只能堪称应用文的代表，而无法具有文艺欣赏的美感了。

[注释]

①瀛州：瀛州，属河北东路，治所在河间，即今河北河间，北宋大观二年升为河间府。②熙宁元年七月甲申：《续资治通鉴长编拾补》卷三上载"熙宁元年春正月甲戌朔"，故甲申为十一日。③民讹言大水且至，惊欲出走：瀛州左临滹沱河，右傍黄河。黄河在宋代的河道与今天不同。如今是经山东垦利由黄河口入海，而在宋代则多次改道，1048至1089年曾流经瀛州南部的乐寿（今河北献县），经天津塘沽入海。④谏议大夫李公肃之为高阳关路都总管、安抚使，知瀛州事：李肃之，字公仪，《宋史》卷三百一十有传。谏议大夫，宋时分为门下省左谏议大夫、中书省右谏议大夫，宋前期为京朝官本官阶，元丰改制后为谏院长官。高阳关，《宋史》卷八十六《地理志》："旧名关南，太平兴国七年改名高阳关"，今河北高阳东。高阳关路，《宋史》卷八十六《地

理志》:"庆历八年,始置高阳关路安抚使,统瀛、莫、雄、贝、冀、沧、永静、保定、乾宁、信安一十州军。本瀛州。"都总管,全称马步军都总管,为大军统帅之职。安抚使,宋初,各地发生灾害或边境打仗时特意派遣安抚使赈济、安抚。真宗景德三年四月十四日始以知雄州兼河北路沿边安抚使。这之后,安抚使为地方一路统帅,掌管军队、治安、纠察。一般以一路之内首府、首州的知府、知州充任。瀛州为高阳关路的首州,故以瀛州知州充高阳关路安抚使。此路是宋朝与辽国相邻的边境要地。⑤维北边自通使契丹:真宗景德元年十二月与契丹结成澶渊之盟之后,两国和好。⑥真定:属河北西路真定府,乃真定府治所,即今河北正定。⑦昔郑火,子产救灾补败,得宜当理,史实书之:事见《左传·昭公十八年》。⑧卫有狄人之难,文公治其城市宫室,合于时制,诗人歌之:事见《左传·闵公二年》。《诗经·鄘风·定之方中》:"美卫文公也。卫为狄所灭,东徙渡河,野处漕邑。齐桓公攘戎狄而封之。文公徙居楚丘,始建城市而营宫室,得其时制,百姓说之,国家殷富焉。"

[译文]

熙宁元年七月十一日,河北大地震,城池房屋倒塌,瀛州受到的破坏最为严重。这一天又发生了二次地震,民间流传洪水要来了,百姓惊慌失措,纷纷准备逃走他乡。谏议大夫李肃之为高阳关路都总管、安抚使,知瀛州事,派人分头到各地安抚民众,谣言这才被制止。此时又赶上暴雨倾盆,官家与私人的东西都暴露在外,仓库堆积的物品没有东西遮盖。公于是统筹安排,使东西都得到了妥善安排。于是,仓库都盖上了遮雨器具。暴雨停歇之后,粮食按照石来统计,共有一百三十万,兵器以及其他物品都保管完好没有损害。起初灾难发生,公命令军队严加警戒,一直到灾难停止,人们没有乘机偷窃的,里巷安定,人民生活安宁。

只有州北面,自从与契丹和好互通使者之后,城墙、望楼等防御守备设施废弃荒芜,无人修缮,都已经习以为常了。公于灾难发生之后以兴坏起废为己任,知道百姓已不堪重负,于是就向朝廷申请,征用临近各路多余的兵士为劳力,费用取自治理黄河剩余的钱财，又用钱千万到真定购买木材。所需都准备好之后，于是开始建造新城，方圆十五里，高大坚固，完全超过了旧有规模。城上有敌楼、战屋总共四千六百间。以前，州正门过于狭小简陋，此次拆除之后扩大重建。其余倒塌的房屋全都得到了修缮，又恢复了从前的面貌。环视四周，可见断案听讼有了新的办公处所，休憩燕乐也有了新的地方，粮食有了高大的米仓，货物也都有了储存的地方，宾客官吏也都有安居的住所。又用余力修筑南北甬道若干里，人们终于可以摆脱泥泞，行走在平坦的大道上了。自从七月二十七日开始动工，到十月二十日完工。其间所用人力共有若干万若干千若干百个工时；耗费竹木、苇席、砖瓦，共有若干万若干千若干百。但灾难刚刚发生的时候，财产匮乏，百姓流离失所，州人都认为这一工程艰巨浩大，不经过数年时间，城池房屋是没法修复的。可是从开始兴建只经过了一季三个月时间就已全部完工了，这都是由于公运筹帷幄、鼓励督导，于内殚精竭虑，于外耗尽体力，才能如此迅速地得到恢复。事情上闻朝廷之后，于是降下诏旨予以嘉奖。

从前郑国火灾，子产救死扶伤，修缮房屋，处置得妥当合理，史书记载了下来。卫国遭遇狄人侵略，卫文公修建城池、房屋，符合百姓的心愿，诗人写作歌谣《定之方中》加以歌颂。如今瀛州地震造成的灾害与郑国的火灾、卫国的寇难没有两样。公防御、修缮处置有方，与古人相同。所以瀛州的士大夫们都想要刻石表彰公的丰功伟绩，而我的伯父正好在公幕府中参与公的军政，于是写来书信，嘱托我将这些业绩记录下来。我不能推辞，所以就写了这篇记文，希望后世能够知道公曾经在此地辛苦工作过。

广德军①重修鼓角楼记

熙宁元年冬，广德军作新门鼓角楼成。太守合文武宾属以落之，既而以书走京师，属巩曰："为我记之。"巩辞不能，书反复至五六，辞不获，乃为其文曰：

盖广德居吴之西疆、故鄣②之墟，境大壤沃，食货富穰，人力有余，而狱讼赴诉、财贡输入，以县附宣，道路回阻，众不便利，历世久之。太宗皇帝在位四年，乃按地图，因县立军，使得奏事专决，体如大邦。自是以来，田里辨争，岁时税调，始不勤远，人用宜之。而门闳隘庳，楼观弗饰，于以纳天子之命，出令行化朝夕，吏民交通四方，览示宾客，弊在简陋，不中度程。

治平四年，尚书兵部员外郎知制诰钱公公辅守是邦③，始因丰年，聚材积土，将改而新之。会尚书驾部郎中朱公寿昌来继其任，明年政成，封内无事，乃择能吏，揆时庀徒，以畚以筑，以绳以削，门阿是经，观阙是营，不督不期，役者自劝。自冬十月甲子始事，至十二月甲子卒功。崇墉崛兴，复宇相瞰。壮不及僭，丽不及奢。宪度政理，于是出纳；士吏宾客，于是驰走：尊施一邦，不失宜称。至于伐鼓鸣角，以警昏昕；下漏数刻，以节昼夜：则又新是四器，列而栖之。邦人士女，易其听观，莫不悦喜，推美诵勤。

夫礼有必隆，不得而杀；政有必举，不得而废。二公于是兼而得之，宜刻金石，以书美实，使是邦之人，百世之下，于二公之德尚有考也。

[题解]

自古新官上任三把火，钱公辅与朱寿昌更不是昏聩无道之人，故而两人新上任自然是想要有所作为。而新建城池楼观是最能直接体现政绩的方式，即使是今天也依然沿用不辍。这是一件很普通的事情，既没有《清心亭记》、《阆州张侯庙记》等记文因事情的独特可以翻出一些新的花样，也不如瀛州大灾之后的重建意义重大。即使是与《繁昌县兴造记》相比，似乎也没有繁昌县那样破败而有亟待改造的必要。由此可知此文实在没什么可写的，也难怪曾巩要反复辞谢。既然是无法推辞不得不勉力而为，故而文章也确是没什么新意。然而恰恰内容上的苍白反倒更加衬托出手法上的独特。曾巩为了避免单调乏味，在手法上别出心裁，使用了大量的四字句，类似于铭文的写法。这种骈文化的倾向，使文章带有了一定的"韵律"。在欧阳修领导的古文运动大行其道的当时，作为欧阳修的得力弟子，恪守儒家先王之道的曾巩可以说是古文运动的积极鼓动者。我们看他任中书舍人时写的许多制文都是尽量以散语成句，就可以深刻地感受到这一点。而此文正与他的兴趣相左，也可以说是一种被逼无奈的新变吧。

[注释]

①广德军：属江南东路，治所在广德，即今安徽广德。②故鄣：秦曾设置鄣郡，治所在鄣县，即今浙江省安吉县安城镇西北。西汉将鄣县改为故鄣县，属于扬州刺史部丹阳郡。③尚书兵部员外郎知制诰钱公公辅守是邦：兵部员外郎，宋前期无职事，为文臣迁转寄禄官。知制诰，掌管草拟诰命，与翰林学士分别掌管内、外制。钱公辅（1021~1072），字君倚，常州武进（今江苏常州市）人。皇祐元年及第。嘉祐中，进知制诰。英宗即位，谪为滁州团练使。第二年，知广德军。熙宁五年卒，年五十二。

[译文]

熙宁元年冬季，广德军建造新门鼓角楼落成。太守率领文武官员以及各方宾客聚会相庆,不久写信寄到京师,嘱托我说:"为我们写一篇记文吧。"我推辞自己才拙,然而书信反复寄来达五六次,实在推辞不过,于是就写下这篇记文,以为:

广德位于吴地的西面、西汉故鄣县旧地,辖区范围广阔土地肥沃,物品富饶,人丁兴旺,但是断案诉讼、赋税贡品的上缴都要到宣州去办理,道路险阻,百姓多有不便,如此状况已经由来已久了。太宗皇帝在位的第四年,终于按照地理形势,在此地设立军级地方行政单位,由此可以独立处理事务,与大州没有两样。从此以后,民间诉讼、每年的赋税征调才开始不需要跑那么远的路了,人民因此感到很是便利。可是城门低矮,楼宇房舍都很陈旧。在这样的条件之下,听候天子的命令,发布政令推行教化,官员百姓外出交游四方,带回宾客于本地游玩,这些建筑都显得很破败,很是不雅观。

治平四年,尚书兵部员外郎知制诰钱公辅镇守此地,恰逢风调雨顺,于是开始囤积物资,将要加以改造翻新。恰巧此时尚书驾部郎中朱寿昌前来接替钱公继任,第二年政通人和,境内平安无事,乃选择能干的官员,安排好时间,召集好民工,有的抬土,有的筑墙,有的丈量,有的修改,既兴建了城门屋宇,又营造了官观城阙。既不用人监督,也不要限定期限,百姓自己勤奋工作。从冬季十月十九日开始动工,到十二月二十日完工。高大的城墙拔地而起,多层的高楼相互俯瞰。虽然雄壮但并没有违反制度,虽然华丽但并不奢靡。法度政令,于此中上传下达,士人官员于此地往来,都显得尊贵有体,合乎时宜。其他击鼓鸣号用来报时,用漏壶数刻数来计算时间,都使用上了新的设备,摆放得井井有条。此邦百姓,看到焕然一新的面貌,都欢欣雀跃,盛赞两公的功德。

礼有必须隆重的地方,不能随便减少;政务有一定要兴办的事情,不能随便废弃。二公于此兼而有之,应当刻于金石之上,记载下他们的优秀政绩,使此邦的百姓百代之后,尚且能够了解到二公的恩德。

广德湖记

鄞县①张侯图其县之广德湖，而以书并古刻石之文遗予曰："愿有纪。"

盖湖之大五十里，而在鄞之西十二里。其源出于四明山，而引其北为漕渠，泄其东北入江②。凡鄞之乡十有四，其东七乡之田，钱湖③溉之；其西七乡之田，水注之者，则此湖也。舟之通越者皆由此湖，而湖之产，有凫雁鱼鳖、茭蒲葭菼、葵莼莲茨之饶。④其旧名曰莺脰湖，而今名，大历八年令储仙舟之所更也。贞元元年，刺史任侗又治而大之。大中元年，民或上书请废湖为田，任事者左右之，为出御史李后素验视，后素不为挠民以得罪，而湖卒不废。刺史李敬方与后素皆赋诗刻石以见其事。其说以谓当是时湖成三百年矣，则湖之兴，其在梁齐之际欤！

宋兴，淳化二年，民始与州县强吏盗湖为田，久不能正。至道二年，知州事丘崇元躬按治之，而湖始复。转运使言其事，诏禁民敢田者。至其后，遂著之于一州敕。咸平中，赐官吏职田，取湖之西山足之地百顷为之，既而务益取湖以自广。天禧二年，知州事李夷庚始正湖界，起堤十有八里以限之。湖之滨，有地曰林村砂末，曰高桥腊台，而其中有山曰白鹤，曰望春，自太平兴国以来，民冒取之，夷庚又命禁绝，而湖始复。天圣、景祐之间，民复相率请湖为田，州从事张大有案行止之，而知州事李照又言其事，报知至道诏书，照以刻之石，自此言请湖为田者始息。而康定某年，县主簿曾公望又益治湖。

至张侯之为鄞，则湖久不治，西七乡之农以旱告。张侯为出营度，民田湖旁者皆喜，愿致其力。张侯计工赋材，择民之为人信服有知计者，使督役而自主之，一不以属吏，人以不扰，而咸劝趋。于是筑环湖之堤，凡九千一百三十四丈，其广一丈八尺，而其高八尺，广倍于旧，而高倍于旧三之二。鄞人累石堙水，阙其间而扃以木，视水之小大而闭纵之，谓之碶⑤。于是又为之益旧，总为碶九，为埭⑥二十。堤之上植榆柳，益旧总为三万一百。又因其余材为二亭于堤上以休，而与望春、白鹤之山相直，因以其山名。山之上为庙，一以祠神之主此湖者，一以祠吏之有功于此湖者。以熙宁元年十一月始役，而以明年二月卒事。其用民之力八万二千七百九十有二工，而其材出于工之余。既成，而田不病旱，舟不病涸，鱼雁茭苇、果蔬水产之良皆复其旧，而其余及于比县旁州。张侯于是可谓有劳矣。

是年，予通判越州事。越之南湖，久废不治，盖出于吏之因循，而至于不知所以为力，予方患之。观广德之兴，以数百年，危于废者数矣，繇屡有人，故益以治。盖大历之间，溉田四百顷，大中八百顷，而今二千顷矣。则人之存亡，政之废举，为民之幸不幸，其岂细也欤？故为之书，尚俾来者知毋废前人之功，以永为此邦之利，而又将与越之人图其废也。

张侯名峋，字子坚，以材闻，去而为提举两浙路常平广惠仓、兼管勾农田差役水利事⑦，方且用于时云。

[题解]

曾巩在熙宁二年的冬天写了《越州鉴湖图序》，这篇文章则写于春季。正如文后所说，他是有心于越州鉴湖的治理，所以对于广德湖的兴废谈得非常详细，因此此文可以看做是《越州鉴湖图序》的前奏。一般而言，写这样的文章必然少不了对湖光山色的描摹，若对此一派风光熟视无睹，就文人而言也实在太煞风景了。即使是从未谋面，岂不知"海日天鸡"正是文人的好手段。然而曾巩的这两篇文章却是少见得很，一个像调查报告，一个则只关心日用民生。唯一算得上描写一点湖景的也只是"而湖之产，有凫雁鱼鳖、茭蒲菱菼、葵莼莲茨之饶"。我们可以说这是性格使然，因为曾巩给人的似乎就是不苟言笑的印象。然而在诗歌中他却又有着大量抒情写意、吟花弄月之作。在曾巩的创作中，文体的不同会带来内容上的很大差异，这是在宋代众多作者中较为少见的。我们在他的诗歌尤其是律诗中绝少看到针砭时弊、反映民生的作品。而相反，在散文中则几乎无抒情写意之作。像《拟岘台记》那样的作品少之又少，且不以为长。他似乎是儒家"诗言志"的忠实信徒。在诗歌创作中他也作了一些新的尝试，但主要都是在古体创作中，就总体而言则是守成有余而创新不足，不如他的散文那样花样迭出。

[注释]

①鄞县：属两浙路明州，为明州治所，即今浙江宁波市。②江：指大浃江，即现在的甬江，经定海即现在的镇海入海。③钱湖：又名东钱湖，在鄞县以东。④凫雁鱼鳖、茭蒲菱菼、葵莼莲茨之饶：茭，即茭白，又名菰笋、菰手、茭笋。蒲，香蒲。菱，初生的芦苇。菼（tǎn），初生的荻。葵，富含黏液的滑菜。莼，多年生水草，茎上和叶背有黏液，嫩叶可以做汤菜。莲，莲藕。茨，茨菰。⑤碶：水闸。⑥堨：堵水的土坝。⑦去而为提举两浙路常平广惠仓、兼管勾农田差役水利事：常平仓、广惠仓都属于政府兴办的义仓，丰年增价买粮，灾年减价卖粮。太宗淳化三年六月始设常平仓，神宗熙宁二年九月十二日，始置提举常平广惠仓官，闰十一月诸路设提举常平广惠仓、兼管勾农田差役水利事，总领本路常平仓、免役、河渡、农田水利、保甲义勇等事。

[译文]

鄞县张侯为该县的广德湖画了一幅地图，将地图、书信以及当地古代的刻石文字都带给我，说："希望您写一篇记文。"

广德湖范围五十里,在鄞县西十二里。发源于四明山,在湖的北面修筑一条运河,由东北流入大江。鄞县共有十四个乡,东面七个乡由钱湖灌溉,西面七个乡的田地由此湖灌溉。舟船到越州都要经过此湖,湖中的水产,有凫雁鱼鳖、茭蒲菱芡、葵莼莲茨,极为丰富。此湖原先叫做莺脰湖,如今的名字是唐代宗大历八年县令储仙舟更改的。唐德宗贞元元年,刺史任侗又拓宽了湖面。唐宣宗大中元年,百姓上书请求将此湖开垦为农田,当地的一些官员也暗中相助,上级部门派御史李后素前来视察,后素实事求是,不怕得罪当地的官员与百姓,不赞成废湖,由此这个湖终于没有被废弃掉。刺史李敬方与后素都曾赋诗刻于石碑之上以记载这件事情。其中说当时湖已经存在三百年了,如此推算,此湖的出现,大概是在南朝的梁、齐之际吧!

宋朝建国,太宗淳化二年,百姓开始与州县里的官吏私自盗取湖地为农田,长久得不到制止。至道二年,知州丘崇元亲自查办,湖地才得到恢复。转运使向朝廷汇报了这件事,朝廷降下诏旨,禁止百姓私自开垦农田。至此以后,这命令就明确地被列为一州的法令。真宗咸平年间,赐给官员职田,于是选取湖西面山脚下的土地一百顷为本地官员职田,由此以后官员就开始不断盗取湖地扩大职田面积。天禧二年,知州李夷庚开始重新确定湖地的范围,从大堤开始十八里为界线。湖岸边,有叫做林村砂末、高桥腊台的地方,其中又有山叫做白鹤、望春,自从太宗太平兴国以来,百姓私自盗取,夷庚又命令严加禁止,由此湖地才得到恢复。仁宗天圣、景祐年间,百姓再次相互倡议请求废湖为田,州从事张大有视察之后再次加以制止,而知州李照向上级部门汇报了这件事,批复意见是按照至道诏书办理,李照就把诏书刻在石碑之上以此作为警戒,从此以后就再也没有请求废湖为农田的意见了。后康定某年,县主簿曾望又进一步修治了广德湖。

到张侯镇守鄞县的时候，广德湖已经长久没有治理了，西面的七个乡报告了旱情。张侯谋划操办，百姓在湖旁耕种农田的都非常欢喜，自愿效力。张侯计算好工时，征调好所需材料，选择百姓中值得信赖精明强干的人，使他们自己管理工程，而不委派一个官吏，这样百姓都感到很是方便，于是都自告奋勇、积极奔走。于是修建了环湖大堤，共有九千一百三十四丈长，宽一丈八尺，高八尺，宽度超过了旧有规模的一倍，而高度则增加了三分之二。鄞县百姓堆砌石块，堵塞水道，修建水闸，中间设置一个木门，根据水量的大小酌情开闭，这叫做碶。这次修缮扩大了旧有的规模，总共修建了九座碶，二十个土坝。大堤上种植榆柳，也超过原有数量，总共有三万零一百棵。又用剩余的材料修筑了两座亭子，作为休憩的场所。两亭正与望春、白鹤两山相对，因此也就取了这两个名字。山上有两座庙宇，一座用来祭祀主宰此湖的湖神，另一个用来祭祀有功于此湖的官员。熙宁元年十一月开始动工，到第二年二月完工。其间使用民力八万二千七百九十二个工时，而所用材料则是从不出工的人家征集的。工程完工之后，农田不再闹旱灾，舟船不再因干旱而无法航行，游鱼、大雁、茭白、荻苇，以及瓜果蔬菜等水中所产都恢复了原来丰富的收成，其利益更旁及临近的州县。张侯真可谓劳苦功高。

这一年我通判越州。越州南湖，长久废弃得不到治理，其原因是由于官员因循苟且，以至于不知道该怎么办，我正为此犯愁。看到广德湖的治理情况，数百年来，几次濒临被废弃的危险，正是由于屡次有能臣干吏，才越发完善。大概大历年间，此湖可灌溉四百顷农田，大中年间可以灌溉八百顷，而如今更达到了二千顷了。如此可见，能臣的有无，政务的废兴，直接关系到百姓的幸福与否，这难道是小事吗？所以写下这篇记文，希望使后来者不要荒废了前人的辛劳，以此可以永远让此湖造福此地，同时也正可以以此为鉴，与越州的人民谋划南湖的兴废。

张侯名峋，字子坚，以有才干而闻名于世，离任后为提举两浙路常平广惠仓、兼管勾农田差役水利事，正有用于当世。

齐州二堂记

齐滨泺水，而初无使客之馆。①使客至，则常发民调林木为舍以寓，去则撤之，既费且陋。乃为之徙官之废屋，为二堂于泺水之上以舍客，因考其山川而名之。

盖《史记·五帝纪》谓："舜耕历山，渔雷泽，陶河滨，作什器于寿丘，就时于负夏。"郑康成释：历山在河东②，雷泽在济阴，负夏③，卫地。皇甫谧释：寿丘在鲁东门之北。河滨，济阴定陶西南陶丘亭是也。④以予考之，耕稼陶渔，皆舜之初，宜同时，则其地不宜相远。二家所释雷泽、河滨、寿丘、负夏，皆在鲁卫之间，地相望，则历山不宜独在河东也。《孟子》又谓舜东夷之人，⑤则陶、渔在济阴，作什器在鲁东门，就时在卫，耕历山在齐，皆东方之地，合于《孟子》。按图记，皆谓《禹贡》所称雷首山⑥在河东，妫水出焉。而此山有九号，历山其一号也。予观《虞书》及《五帝纪》，盖舜娶尧之二女乃居妫汭，则耕历山盖不同时，而地亦当异。世之好事者，乃因妫水出于雷首，迁就附益，谓历山为雷首之别号，不考其实矣。由是言之，则图记皆谓齐之南山为历山，舜所耕处，故其城名历城，为信然也。今泺上之北堂，其南则历山也，故名之曰历山之堂。

按图，泰山之北，与齐之东南诸谷之水，西北汇于黑水之湾，又西北汇于柏崖之湾，而至于渴马之崖。盖水之来也众，其北折而西也，悍疾尤甚，及至于崖下，则泊然而止。而自崖以北，至于历城之西，盖五十里，而有泉涌出，高或至数尺，其旁之人名之曰趵突之泉。齐人皆谓尝有弃糠于黑水之湾者，而见之于此。盖泉自渴马之崖，潜流地中，而至此复出也。趵突之泉冬温，泉旁之蔬甲经冬常荣，故又谓之温泉。其注而北，则谓之泺水，达于清河，以入于海，舟之通于济者皆于是乎出也。齐多甘泉，冠于天下，其显名者以十数，而色味皆同。以予验之，盖皆泺水之旁出者也。泺水尝见于《春秋》，鲁桓公十有八年，公及齐侯会于泺。杜预释：在历城西北，入济水。然济水自王莽时不能被河南，而泺水之所入者清河也，预盖失之。今泺上之南堂，其西南则泺水之所出也，故名之曰泺源之堂。

夫理使客之馆，而辨其山川者，皆太守之事也，故为之识，使此邦之人尚有考也。熙宁六年二月己丑记。

[题解]

这篇文章可以说是后来桐城派主张的义理、辞章、考据三项标准之考据类的突出代表，通篇都是对两座堂屋所涉及的有关地理的考证。此类文章易流于枯燥，这就要求论述不能拖泥带水。就文体而言，这是一篇记文，并不是学术论文，故而考证也必须以简洁为主。但简洁却又不能疏漏，言简又要意赅，因此在取舍之中要颇费一番思量。曾巩是颇善于这类理性思考的，这篇文章可以作为此类作品的一个典型。桐城派的高手姚鼐赞叹其"作考证文字，可以为法"。这篇文章与《广德湖记》相比更是有过之而无不及，《广德湖记》还有几句"凫雁鱼鳖"的描写，而此文全是历数沿革，考证源流，以尽"太守之事"。从中我们不难看出，由于家累繁重的操持，这位三十九岁方才考中进士的曾巩有着极强的责任心。描述一件事物，首先想到的是自己的职守、百姓的利益，故而这样一个极易惹出风花雪月之情的题材，到了他的手中，竟是如此肃穆。他的所长与所短是这样的泾渭分明。

[注释]

①齐滨泺水,而初无使客之馆:齐,齐州,属京东东路,治所在历城,即今山东省济南市。泺水,源出今山东省济南市西南,北流入北清河(济水流经济南的一段,即今黄河)。使客,有的注本解释为使官、宾客。使客就是官派使者,无宾客意。宾客旅游也不至于"调林木为舍以寓,去则撤之",如此兴师动众。②河东:指今山西西南角,黄河转弯处。③负夏:又名瑕丘,在今河南濮阳以南。④以上所引郑玄、皇甫谧注均见裴骃所著《史记集解》。定陶,即今山东省定陶市,从东汉一直到皇甫谧所在的魏晋时代都是济阴郡的郡治所在地。⑤《孟子》又谓舜东夷之人:《孟子·离娄章句下》:"孟子曰:'舜生于诸冯,迁于负夏,卒于鸣条,东夷之人也。'"⑥雷首山:即今山西省中条山脉西南端,在今山西永济县南部。《尚书·禹贡》:"壶口、雷首,至于太岳。"杜佑《通典》卷一七八《州郡八·古冀州》对此注曰:"雷首在今河东郡河东县,此山凡有八名,即历山、首阳山、薄山、襄山、甘枣山、中条山、渠猪山、独山等名是也。"《史记》卷一《五帝本纪》"舜耕历山"下《正义》引《括地志》说:"蒲州河东县雷首山,一名中条山,亦名历山,亦名首阳山,亦名蒲山,亦名襄山,亦名甘枣山,亦名猪山,亦名狗头山,亦名薄山,亦名吴山。此山西起雷首山,东至吴坂,凡十一名,随州县分之。"另外《水经注·河水》又记载其俗称为尧山。河东的雷首山的确是离定陶、雷泽过于遥远,但曾巩所以为的济南的南山也离定陶太远。舜所耕种的历山当在雷泽,在今鄄城以南,定陶以北。如此负夏、定陶、雷泽、历山才可谓"地相望"。

[译文]

齐州濒临泺水,起初没有使客住的馆舍。使客到了以后,常常是征集百姓调运木材建筑馆舍而居住,使客离开以后再将其拆除,既浪费财物也不美观。于是我到任之后就拆除官府废弃的房屋,建造了两座堂屋在泺水之上以接待使客,再考察当地的山川而给它取个好名字。

《史记·五帝纪》说:"舜耕种于历山,打鱼于雷泽,造陶器于河水边，做日用器件于寿丘，乘着时节去负夏做生意。"郑康成解释说：历山在河东，雷泽在济阴，负夏在卫国。皇甫谧解释说：寿丘在鲁东门的北面。河滨在济阴郡定陶西南的陶丘亭。以我的考察，耕种与制陶、捕鱼，都是舜早年所做的事情，因此应当在同时，地点也不应当相距太远。以上郑康成、皇甫谧解释的雷泽、河滨、寿丘、负夏都在鲁国与卫国之间，靠得很近，相望可见，因此历山不应该单独在河东。《孟子》又说舜是东夷人，那么制陶、捕鱼在济阴，制作生活器件在鲁国东门，做生意在卫国，耕种的地点历山在齐国，这些都是东方的地方，与《孟子》所说正相符合。地方志都认为《禹贡》所说的雷首山在黄河以东，妫水出于其中，而这座山有九个名称，历山就是其中的一个。我看《虞书》及《五帝纪》，记载舜娶尧的两个女儿居住在妫汭，与耕种历山并不同时，故而地点也应当有差异。世上喜欢多事的人，看到妫水出于雷首，于是就牵强附会地认为历山为雷首山的别号，并没有考察实际情况。因此可以说，地方志都认为齐州的南山为历山，舜曾经在此耕种，所以城市的名称就叫做历城，这是可信的。如今泺水上面的北堂，南面正对着历山，所以就把它叫做历山堂。

按照地方志，泰山的北面与齐州东南各山谷里水流向西北汇入黑水湾，又向西北流入柏崖湾，一直到渴马崖。由于水流众多，流向西北时气势汹涌，等到了渴马崖下却又安静了下来。这座山崖的北面距历城西面五十里的地方有一股泉水喷涌而出，高度有时达到数尺，住在旁边的居民把它叫做趵突泉。齐州人都说曾经把米糠丢在黑水湾，而在此地竟然又看到了。因此泉水应当是从渴马崖下面流出，潜伏于地下，一直流到这里才流了出来。趵突泉水冬天很温暖，泉水旁边的蔬菜经历整个冬季都长得很好，所以又把它称做温泉。此泉水流向北面就叫做泺水，一直流到清河，从而入海，舟船若要驶向济水都必须从此经过。齐州多甘美的泉水，天下第一，有名的就有十几个，颜色、味道都相同。以我的考察，这些泉水都是从泺水旁边涌出的。泺水曾经出现于《春秋》中，鲁桓公十八年，桓公与齐侯盟会于泺水。杜预解释说：在历州城西北，通向济水。济水自王莽之时因干旱而不能流经黄河以南，而泺水所流入的是清河，杜预大概是失误了。如今泺水之上的南堂，其西南就是泺水的源头，所以把它叫做泺源堂。

修缮使客的馆舍，由此辨别山川形势，这是太守的职责，所以将此记载下来，使此州的百姓能够知道这些地理的来龙去脉。熙宁六年二月己丑记。

襄州①宜城县长渠记

荆及康狼，楚之西山也。水出二山之门，东南而流，春秋之世曰鄀水，左丘明传，鲁桓公十有三年，"楚屈瑕伐罗"，"及鄀，乱次以济"是也。其后曰夷水，《水经》所谓汉水又南过宜城县东，夷水注之是也。又其后曰蛮水，郦道元所谓夷水避桓温父名，改曰蛮水是也。②秦昭王三十八年，使白起将，攻楚，去鄀百里，立堨，壅是水为渠以灌鄀。鄀，楚都也，遂拔之。③秦既得鄀，以为县。汉惠帝三年，改曰宜城。宋孝武帝永初元年，筑宜城之大堤为城，今县治是也。而更谓鄀曰故城。鄀入秦，而白起所为渠因不废。引鄀水以灌田，田皆为沃壤，今长渠是也。

长渠至宋至和二年，久隳不治，而田数苦旱，川饮食者无所取。令孙永曼叔率民田渠下者，理渠之坏塞，而去其浅隘，遂完故堨，使水还渠中。自二月丙午始作，至三月癸未而毕，田之受渠水者，皆复其旧。曼叔又与民为约束，时其蓄泄，而止其侵争，民皆以为宜也。

盖鄀水之出西山，初弃于无用，及白起资以祸楚，而后世顾赖其利。郦道元以谓溉田三千余顷，至今千有余年，而曼叔又举众力而复之，使并渠之民，足食而甘饮，其余粟散于四方。盖水出于西山诸谷者其源广，而流于东南者其势下，至今千有余年，而山川高下之形势无改，故曼叔得因其故迹，兴于既废。使水之源流，与地之高下，一有易于古，则曼叔虽力，亦莫能复也。

夫水莫大于四渎，而河盖数徙，失禹之故道。至于济水，又王莽时而绝，况于众流之细，其通塞岂得如常？而后世欲行水溉田者，往往务蹑古人之遗迹，不考夫山川形势古今之间同异，故用力多而收功少，是亦其不思也欤？

初，曼叔之复此渠，白其事于知襄州事张瑰唐公。公听之不疑，沮止者不用，故曼叔能以有成。则渠之复，自夫二人者也。方二人者之有为，盖将任其职，非有求于世也。及其后言渠堨者蜂出，然其心盖或有求，故多诡而少实，独长渠之利较然，而二人者之志愈明也。

熙宁六年，余为襄州，过京师，曼叔时为开封，访余于东门，为余道长渠之事，而诿余以考其约束之废举。余至而问焉，民皆以谓贤君之约束，相与守之，传数十年如其初也。余为之定著令，上司农。八年，曼叔去开封，为汝阴，始以书告之。而是秋大旱，独长渠之田无害也。夫宜知其山川与民之利害者，皆为州者之任，故余不得不书以告后之人，而又使之知夫作之所以始也。

曼叔今为尚书兵部郎中、龙图阁直学士。八月丁丑曾巩记。

[题解]

这篇文章开篇即以考证入手，似乎又要充分施展其所长。但其谋篇与《齐州二堂记》并不相同，后者全篇都以考证来架构，而此篇考证只是文章的一个组成部分而已。在考证了长渠的由来之后，则转而开始叙述现今长渠的治理修缮情况。随着工程的圆满完成，又自然过渡到对完成原因的探讨。最后再回过头来交代写作此文的目的与原因，文章显得完整而丰满。与此相比，可以看到《齐州二堂记》只是相当于这篇文章的第一部分，缺了第二、第三个部分，而第四个部分交代写作原因也是一笔带过。这大概是因为二堂是自己所建，若详细描写建造经过，更进而总结成功经验，则有自夸自赞之嫌。其结尾的短促也可看出曾巩是有意而为，格外突出整篇文章考证的意味，这可以算是一种新风格的大胆尝试吧。《齐州二堂记》的这种剑走偏锋与本篇的各部分均衡发展，显示出曾巩文章创作的多变性，以及他不同凡响的艺术魅力。

[注释]

①襄州：属京西南路，州治在襄阳（今湖北襄樊市）。②又其后曰蛮水，郦道元所谓夷水避桓温父名，改曰蛮水是也：《水经注》："夷水，蛮水也。桓温父名夷，改曰蛮水。"③壅是水为渠以灌鄢。鄢，楚都也，遂拔之：鄢，在今湖北宜城东南。鄢没有成为楚国的都城，离鄢最近的都城是楚国在春秋时的第二都城上鄀，位于鄢的东南。此时楚国的都城在郢，即今湖北江陵。《史记》卷五《秦本纪》："（秦昭襄王）二十八年（周赧王三十六年，前279），大良造白起攻楚，取鄢、邓。"《资治通鉴》卷四："（周赧王）三十六年，秦白起伐楚，取鄢、邓、西陵。"白起接连攻克鄢、邓、郢、蓝田、夷陵、竟陵、安陵、西陵，楚国被迫将都城迁到陈（即今河南淮阳），秦在此地建立南郡，白起也因此役被封为武安君。

[译文]

荆山与康狼山是楚国的西山，有河水发源于两山之间，向东南流淌，春秋时代叫做鄢水，左丘明所作的《春秋左氏传》说：鲁桓公十三年，"楚国屈瑕讨伐罗国"，"到了鄢水，次序混乱地渡水而过"。这之后又叫做夷水，《水经》说汉水流过宜城县的东面时，夷水流入其中。到后来又叫做蛮水，郦道元《水经注》中说为了避讳桓温父亲的名字，夷水改名为蛮水。秦昭王三十八年，派大将白起攻打楚国，在离鄢一百里的地方堆上筑坝，壅堵水流并修筑一条水渠以灌鄢城。鄢是楚国的都城，于是就被攻打下来了。秦国得到鄢之后，就把它设为县。汉惠帝三年，改为宜城。刘宋孝武帝永初元年，修筑宜城大堤建造新城，就是如今的县城。又把鄢称为故城。鄢纳入秦国版图之后，白起所修筑的河渠并没有被废弃，于是引鄢水灌溉农田，田地肥沃，这就是如今的长渠。

长渠到宋至和二年，长久毁坏而得不到治理，农田也屡次苦于干旱，襄州百姓饮水都发生困难。县令孙永孙曼叔就率领在长渠四周开垦农田的百姓修理渠道毁坏的地方，将狭隘低矮之处扩大，于是又恢复了原貌，使水流又重新回到渠中。从二月十八日开始动工，到三月十五日完工，农田又得到了灌溉。曼叔又规定百姓按时蓄水灌溉，这样就制止了纷争，百姓都心悦诚服。

鄢水发于西山，起初并没有什么用处，到白起以此祸害楚国，而后世代都反而依赖它而获利。郦道元认为可以灌溉三千多顷农田，如今已有一千多年，曼叔又带领大家将其修复，使渠水流经地区的百姓既能获得丰收，也能饮上甘甜的河水，多余的粮食运到四方。河水发源于西山各山谷之中，所以水源充足，流向的东南方地势又很低，至今一千多年，山川、地势都没有什么改变，所以曼叔能够依据旧有的形势，使河渠在被废弃之后又重新得到了修复。假使河水的源头、高下的地势发生改变，那么曼叔虽然用力去做也不可能使河渠恢复旧貌。

中国的河流没有比长江、黄河、淮河、济水这四条河流更大的了，黄河屡次改变流向，已经不是大禹治水时的原有河道了。至于济水，在王莽的时候也绝流了，更何况众多细小的河流，它们在后世的兴废又岂能和旧有的面貌相比？而后世想要修水利工程灌溉农田，往往只是一味地遵循古人旧有的遗迹，不去考虑山川形势古今的差异，所以费了很多力气却收效很小，这大概就是他们不善于思考的缘故吧？

起初，曼叔修复这条河渠时，将此事禀报给襄州知州张瑰张唐公。公听信不疑，对于劝阻的意见不予采纳，由此曼叔才能够有所成就。可见这条河渠的修复，真是得力于这两人啊。两人的所作所为是为了恪尽职守，不是有求于世人的赞誉。后来谈论河渠的人蜂拥而起，然而他们都别有用心，所以多欺诈而少实效，唯独长渠功效卓著，由此两人的心志也越发彰显于天下。

熙宁六年，我出任襄州，路过京师的时候，曼叔当时正在开封府任职，到东门来拜访我，和我谈起了修治长渠的事情，而委托我考察一下长渠管理措施的实施情况。我到任之后寻访民间，百姓都说这是贤明君子制定的规则，相互都严格遵守，传了几十年依然如初。我由此将之确定为规章制度，上报司农寺。熙宁八年，曼叔离开开封府，到汝阴赴任的时候，我写信将此事告诉了他。而这一年秋季大旱，唯独长渠周围的农田没有遭灾。由此越发知道山川与百姓的利害都是州官的职责所在，所以我不得不详细写明告诉后来者，同时也使他们知道应该以何者为治理的要务所在。

曼叔如今为尚书兵部郎中、龙图阁直学士。八月丁丑曾巩记。

徐孺子①祠堂记

汉元兴以后，政出宦者，小人挟其威福，相煽为恶，中材顾望，不知所为。汉既失其操柄，纪纲大坏。然在位公卿大夫，多豪杰特起之士，相与发愤同心，直道正言，分别是非白黑，不少屈其意，至于不容，而织罗钩党之狱起，其执弥坚，而其行弥励，志虽不就而忠有余。故及其既殁，而汉亦以亡。当是之时，天下闻其风、慕其义者，人人感慨奋激，至于解印绶，弃家族，骨肉相勉，趋死而不避。百余年间，擅强大，觊非望者相属，皆逡巡而不敢发。汉能以亡为存，盖其力也。

孺子于时，豫章太守陈蕃、太尉黄琼辟皆不就。举有道，拜太原太守，安车备礼，召皆不至。盖忘己以为人，与独善于隐约，其操虽殊，其志于仁一也。在位士大夫，抗其节于乱世，不以死生动其心，异于怀禄之臣远矣。然而不屑去者，义在于济物故也。孺子尝谓郭林宗曰："大木将颠，非一绳所维，何为栖栖不皇宁处？"②此其意亦非自足于丘壑，遗世而不顾者也。孔子称颜回："用之则行，舍之则藏，惟我与尔有是夫。"③孟子亦称孔子：可以进则进，可以止则止，乃所愿则学孔子。④而《易》于君子小人消长进退，择所宜处，未尝不惟其时则见，其不可而止，此孺子之所以未能以此而易彼也。

孺子姓徐名稚,孺子其字也,豫章南昌人。按图记:章水北径南昌城,西历白社,其西有孺子墓;又北历南塘,其东为东湖,湖南小洲上有孺子宅,号孺子台。吴嘉禾中,太守徐熙于孺子墓隧种松,太守谢景于墓侧立碑。晋永安中,太守夏侯嵩于碑旁立思贤亭,世世修治。至拓跋魏时,谓之聘君亭。今亭尚存,而湖南小洲,世不知其尝为孺子宅,又尝为台也。予为太守之明年,始即其处,结茅为堂,图孺子像,祠以中牢,率州之宾属拜焉。汉至今且千岁,富贵堙灭者不可称数。孺子不出闾巷,独称思至今,则世之欲以智力取胜者,非惑欤?孺子墓失其地,而台幸可考而知。祠之,所以示邦人以尚德,故并采其出处之意为记焉。

[题解]

此文开篇很有一些讲究,虽然文章是关于徐孺子的,但起首一大段写的似乎是与徐孺子为人处世完全不相同的另一类人。这些人是"趋死而不避",而徐孺子则是退隐蛰伏,如此大的落差自然会造成一种强烈的阅读期待。随后笔锋陡然一转,放出胜负手,以为"忘己以为人,与独善于隐约,其操虽殊,其志于仁一也",接着引出孔、孟予以有力论证。这种顾左右而先言他的写法,就是想通过对绿叶的详细描绘,强力衬托出鲜花的姹紫嫣红。徐孺子的退隐与胆小畏缩完全是两回事,就如同后世嵇康蛰伏于家中以打铁为乐,他们的这种退隐与积极进取一样,都体现了一种高尚的道德情操,这就是徐孺子最值得尊敬的地方,也是曾巩最为景仰的地方。所以为其修建了一座祠堂加以祭奠,告诫世人道德的伟大远远超过凭借智勇所得的一时之利。其实,曾巩于此中高度宣扬的正是他自己的信念与理想。

[注释]

①徐孺子:徐稚(97~168),东汉豫章南昌(今江西南昌)人,字孺子。家贫,以耕稼为业。屡被征辟、荐举而不就。后卒于家。②孺子尝谓郭林宗曰:"大木将颠,非一绳所维,何为栖栖不皇宁处":此段话见《后汉书》卷八十三《徐稚传》。郭林宗(128~169),即郭泰,又写为郭太,字林宗,东汉

太原介休（今山西介休东南）人。家世贫贱。游于洛阳，太学生推其为领袖，名震京师。卒于家。③此句见《论语·述而》。④此句见《孟子·公孙丑章句上》：孟子曰："非其君不事，非其民不使；治则进，乱则退，伯夷也。何事非君，何使非民；治亦进，乱亦进，伊尹也。可以仕则仕，可以止则止，可以久则久，可以速则速，孔子也。皆古圣人也，吾未能有行焉；乃所愿，则学孔子也。"

[译文]

汉和帝元兴以后，宦官把持朝政，小人作威作福，相互勾结作恶，普通人瞻前顾后不知道该怎么办。汉朝既然皇权旁落，朝政也随之大坏。然而在位的公卿大夫，多是卓尔不群的英雄豪杰，他们相互激励，同仇敌忾，秉持正道，慷慨直言，是非分明，不曲意奉承，由此不被奸臣所容，于是罗织罪名，狱讼四起。然而他们的信念越发坚定，志行越发高洁，虽然最终愿望没能实现，但显示了他们彪炳千古的赤胆忠心。所以到他们亡故之后，汉世也就灭亡了。正当此时，天下士人听说了他们的风范，仰慕他们的节义，人人慷慨激发，以至于辞去官职，抛家别子，亲戚们相互勉励而英勇就义，毫不动摇。一百多年间，倚仗强大的权势，心怀非分之想的人络绎不绝，然而都左右观望不敢轻举妄动，汉朝能够在衰败之中延续这么长的时间，都是由于他们在全力支撑的结果。

孺子在当时，豫章太守陈蕃、太尉黄琼都极力征召他，然而他都予以推辞。后来以有道德而被举荐，任命为太原太守，为他准备好舒适的车马以及隆重的礼仪，然而他始终不赴任。舍身忘我地实现自己的理想与独善其身退隐山林，他们所秉持的操守各不相同，但最终归于仁义之道则是相同的。身在官位的士大夫，于乱世中保持高尚的气节，不顾及一己之安危，这与贪慕禄位的大臣相比真是相差太远了。他们不愿辞去官职，是因为心怀济物安邦的信念。孺子曾经对郭林宗说："大树将要倾倒，这不是一根绳子就可以拉得住的，又何必为此而拼命奔走没有一天安宁呢？"这话的意思并不是自己满足于山林退隐生活，将世事不负责任地遗弃不顾。孔子曾称赞颜回："若用我的话我就去做，若不用我的话我就归隐，这种处世方式只有我和你能够做到啊。"孟子称赞孔子：可以进取就进取，可以辞职就辞职，我的愿望就是学习孔子。而《周易》对于君子小人之间的矛盾斗争，对于是该谦退还是进取，所采取的恰当方法未尝不是遇到合适的时机就积极有为，世道不行时就退隐，这就是孺子没有改变归隐思想的原因所在。

  孺子姓徐名稺，孺子是他的字，他是豫章南昌人。地理志记载：章水流经南昌城北，向西经过白社，它的西面有孺子墓。又向北流经南塘，它的东面是东湖。湖的南面在一小洲上有孺子的旧居，名叫孺子台。东吴孙权嘉禾年间，太守徐熙在孺子墓道上种上松树，太守谢景在墓旁立了一块碑。西晋惠帝永安年间，太守夏侯嵩在碑旁又建了一座思贤亭，代代修缮不废。到了拓跋氏建立的北魏时期，这个亭子就叫做聘君亭。如今亭子还在，而湖南面小洲上的旧居，世人已经不知道那曾经是孺子住过的房屋，又曾经叫做孺子台。我来这里出任太守的第二年，开始在这里编结茅草建造了一座祠堂，挂上孺子图像，祭上猪、羊，率领州里的宾客僚属一起拜祭他。汉代至今已有一千多年了，富贵之人不知有多少都消失于历史的长河中，而孺子不出故乡，却能至今都令人思念。如此可见世上想要倚仗智勇好强斗胜的人岂不是太糊涂了吗？孺子的坟墓已经不知道在什么地方了，而他的旧宅还是可以考证而知的。祭奠他，是想以此告知此邦人士应该崇尚道德，所以一并将他的处世思想记载下来写成这篇记文。

道山亭记

闽故隶周者也，至秦开其地列于中国，始并为闽中郡。自粤之太末，与吴之豫章，为其通路。①其路在闽者，陆出则阸于两山之间，山相属无间断，累数驿乃一得平地，小为县，大为州，然其四顾亦山也。其途或逆坂如缘絙，或垂崖如一发，或侧径钩出于不测之溪上，皆石芒峭发，择然后可投步。负戴者虽其土人，犹侧足然后能进。非其土人，罕不踬也。其溪行，则水皆自高泻下，石错出其间，如林立，如士骑满野，千里下上，不见首尾。水行其隙间，或衡缩蟉糅，或逆走旁射，其状若蚓结，若虫镂，其旋若轮，其激若矢。舟溯沿者，投便利，失毫分，辄破溺。虽其土长川居之人，非生而习水事者，不敢以舟楫自任也。其水陆之险如此。汉尝处其众江淮之间而虚其地，盖以其狭多阻，岂虚也哉？②

福州治侯官③，于闽为土中，所谓闽中也。其地于闽为最平以广，四出之山皆远，而长江在其南，大海在其东，其城之内外皆途，旁有沟，沟通潮汐，舟载者昼夜属于门庭。麓多桀木，而匠多良能，人以屋室钜丽相矜，虽下贫必丰其居，而佛、老子之徒，其宫又特盛。城之中三山，西曰闽山，东曰九仙山，北曰粤王山，三山者鼎趾立。其附山，盖佛、老子之宫以数十百，其瑰诡殊绝之状，盖已尽人力。

光禄卿、直昭文馆程公为是州，④得闽山嵚崟之际，为亭于其处，其山川之胜，城邑之大，宫室之荣，不下簟席而尽于四瞩。程公以谓在江海之上，为登览之观，可比于道家所谓蓬莱、方丈、瀛州之山，故名之曰道山之亭。闽以险且远，故仕者常惮往，程公能因其地之善，以寓其耳目之乐，非独忘其远且险，又将抗其思于埃垆之外，其志壮哉！

程公于是州以治行闻，既新其城，又新其学，而其馀功又及于此。盖其岁满就更广州，拜谏议大夫，又拜给事中、集贤殿修撰⑤，今为越州，字公辟，名师孟⑥云。

[题解]

据《福州府志》，此文作于元丰二年，曾巩刚刚由此地转知明州。这篇文章写得很有意思，开篇讲了一大段闽地的坏话，若非身临其境者实难写得如此触目惊心。接下来又对福州大加称赞，险恶与安乐形成强烈的反衬，这似乎是欲扬先抑的惯用手法。《徐孺子祠堂记》中就曾有过与之近似的对比。然而我们在他对福州的称赞中总感到言不由衷，他大部分夸赞的都是屋宇如何巨丽，这本已潜含奢靡的隐意。其中又着重讲到"佛、老子之宫以数十百，其瑰诡殊绝之状，盖已尽人力"，我们只要想到《鹅湖院佛殿记》等文章中他一以贯之的力反佛、道的坚定思想，就不难看出，对于福州他也是没多少好感。既无好感却又要写出它的好来，是为了这篇文章的主人公程师孟能"因其地之善，以寓其耳目之乐"做一铺垫。因此，可以说第一段是曾巩自己心境的真实写照，第二段则是写给程师孟的。之所以曾巩对此地毫无乐意，就在于"闽以险且远，故仕者常惮往"，对于宋朝人而言，到这地方实在是个苦差，总担心与家人辞别而去无异于生离死别。曾巩在《辞龙图阁知福州状》、《福州上执政书》等文章中反复哀求调离此地，正是这一恐惧心理的真实反映。在苦熬一年多之后，他终于可以逃离这个恐怖的地方，回过头来再写这篇文章心情自然要轻松许多，竟会联想到飘飘欲仙的尘外之乐。虽然这与"道山"这一亭名有关，但若身在福州，恐怕他也是没有这种心绪来描摹这一乐意的。此时的乐与开头的险又形成一个强烈的对比，与其说是在赞誉程公的豁达，不如说是在描写曾巩自己的轻松。然而面对这一个"壮哉"的豁达，曾巩不知又将作何感想呢？

[注释]

①自粤之太末，与吴之豫章，为其通路：太末，三国东吴将大末县改为太末，隋后又改名龙丘县，治所在浙江龙游县。豫章，汉豫章郡，治所在今江西南昌。②汉尝处其众江淮之间而虚其地，盖以其狭多阻，岂虚也哉：此处曾巩所述有误。事见《史记》卷一百一十四《东越列传》，迁徙当地百姓至江淮之间的直接原因是东越王余善造反，"于是天子曰东越狭多阻，闽越悍，数反覆，诏军吏皆将其民徙处江淮间。东越地遂虚"。③福州治侯官：福州，属福建路。侯官，今福建福州市。④光禄卿、直昭文馆程公为是州：光禄卿，全称光禄寺卿，宋前期没有具体职事，只是文臣迁转官阶。直昭文馆，馆职名，淳化二年始除授。⑤又拜给事中、集贤殿修撰：给事中，宋前期为文臣迁转寄禄官，正五品上，元丰改革官制后为门下后省长官，审核朝廷颁布的重要文件，如有不当即驳回。集贤殿修撰，正六品，属高等馆职，多是三路监司、在京府寺监所带。⑥师孟：程师孟（1009~1086），吴中（今江苏苏州）人。景祐元年及第，熙宁元年知福州，任满后熙宁三年知广州，六年再任，九年召还为给事中，判都水监。熙宁十年十月出知越州，元丰三年改知青州。致仕，元祐元年卒，年七十八岁。

[译文]

闽地从前隶属于周朝，到秦朝时拓展到此地将其纳入中国的版图，开始合并为闽中郡。越地的太末，与吴地的豫章都是通往中原的交通要道。闽地的道路，陆地上为大山阻隔，群山连绵起伏没有间断，要经过好几个驿站才能看到一块平地，小的就建一县城，大的就建一座州城，然而四周仍然是山脉环绕。道路有的像是走钢丝，有的像是悬挂在山崖边的一根发丝，有的又斜傍于万丈深溪之上，都是山石嶙峋，要仔细考虑之后才能落脚行走。手提肩挑的行人虽然都是当地人，也要小心谨慎然后才能前进。若不是当地人，没有不摔跟头的。沿着山溪行走的时候，水流都是从高处奔腾而下。乱石林立错杂道中，犹如漫山遍野的军队，千里之地上下其间到处都是，看不到首尾。溪水流淌于石林的缝隙间，或是回旋流转，或是四处溅射，其形状有的像是盘结在一块的蚯蚓，有的像是虫镂图案，有的旋转如车轮，有的激发如飞箭。舟船在其中行驶，要选择最恰当的时机，否则稍失毫厘就会船毁人亡。即使是土生土长的当地百姓，不是从小就谙熟水性，也不敢驾驶舟船在其中航行。其地水陆道路的艰险就是如此。汉代曾经将此地的百姓迁徙到江淮之间，不让百姓在此地生活，就是因为这里过于狭窄危险，由此可见这里的危险是名副其实啊。

福州的治所在侯官，在闽地位于正中间，所以称为闽中。这里相对于全闽而言是最平坦宽广的地方，四周的山脉都很远，闽江从南面流过，大海在它的东面，城的内外都通道路，旁边有沟渠通潮汐，船载着货物日夜往来于家家户户。山上长满高大的树木，工匠也多才干，人们以房屋修造得富丽堂皇相夸耀，即使是下等贫户也要把房屋修整漂亮，而佛、老信徒更是把宫殿修造得特别富丽。城中有三座山，西面的叫做闽山，东面的叫做九仙山，北面的叫做粤王山，三山成鼎足之势。山上修建了百十座佛教、道家的宫殿，其瑰奇绝伦的装饰竭尽人间之所能。

光禄卿、直昭文馆程公就任此州，有感于闽地雄伟险峻的山势建造了一座亭子，在此亭中，山川的秀美，城市的全貌，宫殿的壮丽都可以一览无余。程公以为身居江海之上，登高远望，可以与道家所说的蓬莱、方丈、瀛州三座仙山相比，所以就取名道山亭。闽地道路危险而且遥远，所以官员都不肯到此地做官，程公能够欣赏此地的美景，寄托自己的耳目之乐，并不是仅仅能够忘掉这里的遥远与艰险，而且能将自己的心志寄托于尘世之外，他的志向真是高远啊。

程公在此州以政绩优秀而闻名于世，既修缮了城池，又翻新了学舍，在这些工作之余又建了这座亭子。他任满之后换任到了广州，拜谏议大夫，又拜给事中、集贤殿修撰，如今就任越州。程公字公辟，名师孟。

越州赵公①救灾记

熙宁八年夏，吴越大旱。九月，资政殿大学士、右谏议大夫知越州赵公，前民之未饥，为书问属县：灾所被者几乡，民能自食者有几，当廪于官者几人，沟防构筑可僦民使治之者几所，库钱仓廪可发者几何，富人可募出粟者几家，僧道士食之羡粟书于籍者其几具存，使各书以对，而谨其备。

州县吏录民之孤老疾弱、不能自食者二万一千九百余人以告。故事，岁廪穷人，当给粟三千石而止。公敛富人所输及僧道士食之羡者，得粟四万八千余石，佐其费。使自十月朔，人受粟日一升，幼小半之。忧其众相蹂也，使受粟者男女异日，而人受二日之食。忧其且流亡也，于城市郊野为给粟之所，凡五十有七，使各以便受之，而告以去其家者勿给。计官为不足用也，取吏之不在职而寓于境者，给其食而任以事。不能自食者，有是具也。能自食者，为之告富人，无得闭粜。又为之出官粟，得五万二千余石，平其价予民。为粜粟之所，凡十有八，使籴者自便，如受粟。又僦民完城四千一百丈，为工三万八千，计其佣与钱，又与粟再倍之。民取息钱者，告富人纵予之，而待熟，官为责其偿。弃男女者，使人得收养之。

明年春，大疫，为病坊，处疾病之无归者。募僧二人，属以视医药饮食，令无失所恃。凡死者，使在处随收瘗之。

法，廪穷人，尽三月当止，是岁尽五月而止。事有非便文者，公一以自任，不以累其属。有上请者，或便宜多辄行。公于此时，蚤夜惫心力不少懈，事细钜必躬亲。给病者药食，多出私钱。民不幸罹旱疫，得免于转死；虽死，得无失敛埋，皆公力也。

是时，旱疫被吴越，民饥馑疾疠，死者殆半，灾未有钜于此也。天子东向忧劳，州县推布上恩，人人尽其力。公所拊循，民尤以为得其依归。所以经营绥辑先后终始之际，委曲纤悉，无不备者。其施虽在越，其仁足以示天下；其事虽行于一时，其法足以传后。盖灾沴之行，治世不能使之无，而能为之备。民病而后图之，与夫先事而为计者，则有间矣；不习而有为，与夫素得之者，则有间矣。予故采于越，得公所推行，乐为之识其详，岂独以慰越人之思，将使吏之有志于民者，不幸而遇岁之灾，推公之所已试，其科条可不待顷而具，则公之泽岂小且近乎！

公元丰二年以大学士加太子少保②致仕，家于衢。其直道正行在于朝廷、岂弟之实在于身者，此不著。著其荒政可师者，以为《越州赵公救灾记》云。

[题解]

曾巩于元丰二年改任明州，五月移知亳州。明州紧邻越州，当其到亳州赴任时途经越州，一路听说了许多赵抃救灾的事迹，有感而发写成了这篇文章。干旱连着瘟疫，是前所未有的大灾难，而赵抃却能临危不乱，越发显示出他的英明与干练。作为一个同样欲大有为的官员，曾巩自然不会放过这个很好的学习机会，将其救灾的经过原原本本详细记载了下来。既是为了歌颂赵抃，更是为了总结经验教训。由《齐州二堂记》等文章所体现出来的曾巩以文为用的创作主张，在这里也得到了充分体现。此文又一次展现了曾巩叙事的好手段，我们从《越州鉴湖图序》中早已领教了他这一让人瞠目的本领，而此处可以说是要言不烦。在此类文章中他都喜欢罗列大量数据，一方面可以看出他对数字的敏感；另一方面，犹如汉代的六马石庆，也由此能够感受到他的谨慎。而尤为重要的是，这些都透露出曾巩为人的务实与理性。这似乎就是他的文名要远高于他的诗名，而在文章创作中又特以叙事与论理见长的主要原因吧。

[注释]

①赵公：赵抃（1008~1084），字阅道，号知非子，衢州西安（今浙江衢州）人。景祐元年及第。至和元年召为殿中侍御史，号称铁面御史。治平四年九月擢右谏议大夫，拜参知政事。熙宁三年出知杭州。十二月徙知青州。五年知成都，七年移知越州。十年，复知杭州。元丰二年，以太子少保致仕，居于衢州。七年卒，年七十七岁，赠太子少师，谥清献。②太子少保：从二品，无职事，执政官退休时所带官衔，或用作文臣迁转官阶。

[译文]

熙宁八年夏季，吴越地区大旱。九月，资政殿大学士、右谏议大夫知越州赵公在百姓尚没有发生饥荒的时候就发公函询问下属各县：旱灾涉及几个乡镇？百姓能够有多少人不受饥荒？有多少人需要救济？沟渠堤坝等水利设施需要雇佣百姓修治的有多少？库存钱款、粮食能够发放多少？富人可以募捐粮食的有多少家？和尚、道士、学生吃不完的粮食登记在册的有多少？使下属各自呈报上来，以便做好防范旱灾的各项准备工作。

州县官员登记孤寡衰老、疾病贫弱、不能自给的百姓共二万一千九百多人禀报上来。依照过去的旧例，每年周济穷人，只发放粮食三千石就可以了。然而公征集富人捐募的以及僧道学生多余的粮食共得四万八千多石，以此补足救灾的费用。使需粮救济者从十月初一开始，每人得粟每天一升，幼小者减半。又担心分发粮食时百姓相互拥挤，于是使灾民男女分别隔日领取救济，每人领取两天的口粮。又担心他们流亡他乡，就在城市郊野设置救济站共有五十七个，使他们各自方便领取，并告知离开家乡的人不得领取。若官员不够使用，就选择不在现职而寓居于本地的官员，发给月俸让他们办差。不能自给的百姓就采用如上各项措施；能够自给的百姓，就告知富人不得囤积居奇。又出官库粮食五万二千多石，低价卖给百姓。外卖公粮的机构共有十八个，使百姓各自方便购买，就像是接受赈济一样。又雇佣民工修缮城墙四千一百丈，共用工三万八千人，按照劳动量发给工钱，再给他们两倍的粮食。百姓若是借贷，就告知富人尽管借予，等待庄稼收获之后，官府来督促百姓还款。被遗弃的子女，使人可以任意收养。

第二年春季，发生大瘟疫，于是设置病坊，安置有疾病而无家可归者。招募僧侣二人，嘱托他们治病照顾饮食，不要让这些病人失去依靠。凡是病死的，使各地随时埋葬。

依照法令，救济穷人，三个月后就要停止，这一年一直到五个月才停止救济。事情有的不适合官府法令规定的，公一人独自承担责任，不推卸责任给属下。有提出建议的，只要是有用的就立刻施行。公在此时，早晚劳神费力没有丝毫懈怠，事无大小一定要亲自过问。给病人发放的药品、饮食，多是公自己掏钱购买的。百姓不幸身染疾病，由此能够免于死亡；虽然因病亡故，也能及时得到安葬，这些都是公的功劳。

当时干旱、瘟疫遍及吴越地区，百姓饥饿染病，死亡近半，灾难从没有像当时那样严重的。天子为之忧劳，州县推布天子的恩德，人人尽力而为。公在此州救死扶伤，百姓尤其得到了良好的安置。公在当时出谋划策，前后制定了各种应对措施，可以说是详细周到，关怀备至。他赈灾救难虽只是在越州，然而他的仁爱之心足以昭示天下；救灾虽只是一时之事，但所制定的各项应对措施足以流传后世。灾害的发生，太平盛世不能完全杜绝，但可以进行充分的准备。百姓遭受疾苦之后再想办法，与事先就能未雨绸缪，两者之间有很大的差距；匆匆忙忙地应对，与训练有素地恰当处理，两者之间也同样是有着很大差异。我过去在越州走访,得知公推行的各项措施,乐于将它们记载下来,这不仅是为了抚慰越州百姓的思念之情,更重要的是使那些有志为民的官员当不幸遇到灾难发生的时候,就能按照公曾经行之有效的办法去处理,如此就能不费多少时间准备周到,由此可见公的恩泽哪里是仅仅局限于一地和眼前呢!

公于元丰二年以大学士加太子少保退休,居家于衢州。他在朝廷的直道正行,在家庭的孝悌仁德这里就不说了。只是记载他可以让人师法的救荒政策,以此写成《越州赵公救灾记》一文。

归老桥记

武陵①柳侯图其青陵之居,属予而叙,以书曰:武陵之西北,有湖属于梁山者,白马湖②也。梁山之西南,有田属于湖上者,吾之先人青陵之田也。吾筑庐于是而将老焉。青陵之西二百步,有泉出于两崖之间而东注于湖者,曰采菱之涧。吾为桥于其上,而为屋以覆之。武陵之往来有事于吾庐者,与吾异日得老而归,皆出于此也,故题之曰归老之桥。

维吾先人遗吾此土者,宅有桑麻,田有秔稌③,而渚有蒲莲。弋于高而追凫雁之下上,缗于深而逐鱣鲔④之潜泳。此吾所以衣食其力而无愧于心也。息有乔木之繁阴,藉有丰草之幽香。登山而凌云,览天地之奇变;弄泉而乘月,遗氛埃之溷浊。此吾所以处其怠倦而乐于自遂也。吾少而安焉,及壮而从事于四方,累乎万物之自外至者,未尝不思休于此也。今又获位于朝,而荣于宠禄,以为观游于此,而吾亦将老矣,得无志于归哉?又曰:世之老于官者,或不乐于归,幸而有乐之者,或无以为归。今吾有是以成吾乐也,其为我记之,使吾后之人有考,以承吾志也。

余以谓先王之养老者备矣,士大夫之致其位者,曰"不敢烦以政",盖尊之也。而士亦皆明于进退之节,无留禄之人,可谓两得之也。后世养老之具既不备,士大夫之老于位者,或摈而去之也,然士犹有冒而不知止者,可谓两失之也。今柳侯年六十,齿发未衰,方为天子致其材力,以惠泽元元之时,虽欲遗章绶之荣,从湖山之乐,余知未能遂其好也。然其志于退也如此,闻其风者亦可以兴起矣,乃为之记。

[题解]

　　文章紧扣"归老"铺展开来,这确是吾国官僚制度中积重难返的一个老话题。而宋朝重文轻武,则更是如此。如吴奎《论以礼法待君子》中所说:"在位殊未有引去者。"虽然大臣们也以"养老之具不备"为辩,如吕公著就上奏请求给退休官员增加至四分俸钱,但大部分官员往往都是贪于高位的虚荣,怯于退归的冷落而紧握宝印不放。故而对于柳侯的山水之乐,曾巩是大加赞扬,可谓"明于进退之节"。然而话又说回来,贪位者又未尝不喜乐山水。身心焦躁之际,优游山林,何乐而不为?严介溪不也有"结茅楚水枫林下,拥膝长吟任此身"这样恬淡的诗句?在历朝历代官僚政客当中,且官且隐,更有以隐为进者比比皆是。真正淡泊名利而甘于、乐于归隐者,实在是少之又少。柳侯若真心向隐,也不枉子固欲借此砥砺世风的良苦用心了。

[注释]

　　①武陵:为荆湖北路鼎州的州治所在地,今为常德市。②白马湖:在今湖南常德市西,又名白蟒湖。刘禹锡《采菱行》:"白马湖平秋日光,紫菱如锦彩鸳翔。"③秔稌:明宋应星《天工开物·稻》:"凡稻种最多。不黏者,禾曰秔,米曰粳;黏者,禾曰稌,米曰糯。"④鳣鲔(zhān wěi):鱼名。鳣,即鲟鳇鱼。鲔,鲟鱼和鳇鱼的古称。

[译文]

　　武陵柳侯用图画描绘出他位于青陵的居所,嘱托我写一篇记文,来信说:武陵的西北,有一个湖在梁山,叫白马湖。梁山的西南,有块田地在湖中,这是我先人的青陵田。我在此修筑了一座屋舍想于此处养老。青陵向西二百步,有一股泉水从两座山崖之间流淌出来向东注入湖中,叫做采菱涧。我在湖上面修建了一座桥,又盖了一所房屋将其遮蔽住。若有事从武陵与青陵屋舍之间往来,以及他日我得以告老还乡,都要经过这座桥,所以给它题了一个名字叫做归老桥。

我的先人留给我这块土地,宅中有桑麻,田中有秔稌,而湖水中有香蒲、莲蓬。在天空中可以弋射上下翻飞的野鸭与大雁,在水中可以垂钓四处游动的鲟鱼和鳝鱼。我由此可以自食其力,从而问心无愧。休憩之时有高耸的树木浓阴密布,偃卧之时有丰缛的嫩草清香扑鼻。登高山置身青云之上,可以一览天地奇景;嬉戏清泉,戴月而归,退尽尘世的污浊。我由此得以疗养疲倦的身心,舒心乐意。我年轻的时候生活安定,到成年之后为工作而奔走四方,疲惫于万物对于身心的牵累,未尝不想在此修养身心。如今在朝廷为官,宠以优厚的俸禄,而我在此游览,感到自己终将衰老,难道没有归隐的想法吗?又写道:世上老于官场的人或许不高兴归隐;偶尔有乐于归隐的人,或许又没有可归之处。而如今我有这样一块田地以成全我归隐的乐意,希望为我记载下来,使我的后人可以阅读,由此而继承我的志向。

我认为先王养老的方法可以说是非常完善了,士大夫退休了,就说"不敢再用政务来麻烦你",这是尊重他们。而士大夫也深明按时退休之大义,没有硬赖着不走的,可以说是两全其美了。后世养老的方法既不完善,士大夫年老之后有的就被赶走,而士大夫确也有贪念禄位而不知节制的,这可以说是两方都有缺失。如今柳侯年届六十,齿发都没有衰落,正是为天子施展自己的才华以普惠百姓的时候,虽想要舍弃官位的荣耀,享受湖光山色的快乐,但我知道还是不能满足其心愿的。然而他是如此有志于隐退,听说了他的高风亮节的人士也可以有所感触了,于是为他写了这篇记文。

洪渥传

洪渥,抚州临川人。为人和平,与人游,初不甚欢,久而有味。家贫,以进士从乡举①,有能赋名。初进于有司,辄连黜,久之乃得官。官不自驰骋,又久不进,卒监黄州麻城之茶场以死②。死不能归葬,亦不能还其孥。渥里中人闻渥死,无贤愚皆恨失之。

予少与渥相识,而不深知其为人。渥死,乃闻有兄年七十余。渥得官时,兄已老,不可与俱行。渥至官,量口用俸,掇其余以归,买田百亩居其兄,复去而之官,则心安焉。渥既死,兄无子,数使人至麻城抚其孥,欲返之而居以其田。其孥盖弱力不能自致,其兄益已老矣,无可奈何,则念辄悲之。其经营之犹不已,忘其老也。渥兄弟如此无愧矣。渥平居若不可任以事,及至赴人之急,早夜不少懈,其与人真有恩者也。

予观古今豪杰士传,论人行义,不列于史者,往往务摭奇以动俗。亦或事高而不可为继,或伸一人之善而诬天下以不及,虽归之辅教警世,然考之《中庸》或过矣。如渥之所存,盖人之所易到,故载之云。

[题解]

曾巩善于叙事论理除了表现为叙事的妥帖周详,论理的精到高远之外,还在于他的文章或者有《移沧州过阙上殿劄子》、《越州鉴湖图序》这样洋洋洒洒长达数千字的弘文，更有短至《墨池记》、《洪渥传》这样仅有三百多字的短章，而且长有长的妙，短有短的巧，这确是难能可贵。小小篇章，普通人物却写得情韵悠扬。文章叙述的是极平常的兄弟深情，然而曾巩于夹缝中施展腾挪之妙，对于弟弟突出的是极贫贱穷困之下的爱兄之情，对于哥哥强调的是极衰朽之下的亲弟之谊。两个极端使小小情事，流光溢彩。曾巩这种近似于无中生有的作法才真正显出高手的高超之处。

[注释]

①以进士从乡举：宋代殿试及第以前称为进士有三种情况。一为业进士，即尚未参加乡试的举子，又称习进士、举进士。二为乡进士，即参加乡试合格获得参加礼部试的举子，又称乡贡进士、贡举人、取解进士。三为奏名进士，即礼部考试合格可上奏皇帝参加殿试的举子，此为正奏名进士。也有屡试不第者也可酌情参加殿试，此称特奏名进士。洪渥当为第二类，即乡进士。②辛监黄州麻城之茶场以死：黄州，属淮南西路，治所在黄冈（今湖北黄冈东）。麻城，在今湖北麻城以东。

[译文]

洪渥，抚州临川人。为人很是平和，与别人交往，起初觉得他很是无趣，但日久天长反而觉得他越来越有趣。洪渥家中贫穷，乡试合格被选拔到中央参加礼部试，以善于辞章而出名。他一开始被委派到有关部门，却接连遭到辞退，许久才得到一官半职。在官场不能飞黄腾达，又许久不得升迁，最终在监管黄州麻城茶场任上死去。死后不能回归家乡安葬，家中的孩子也无法返回故乡。家乡人听说他死了，人们无不惋惜他的离去。

我年轻的时候与他相识，但对他不是很了解。洪渥死后，才听说他有一个哥哥已经七十多岁了。洪渥得到一官职，他的哥哥已经很老了，不能与他一道赴任。渥到任之后，节衣缩食，将节省下来的钱款带回家乡，买了一百亩田地供他哥哥居住养老，再回到任上时才算安心。洪渥死后，哥哥没有儿子，屡次派人到麻城安抚洪渥的儿女，想要他们返回家乡住在洪渥原先买的这百亩田地上。洪渥的儿女因为太小没法照顾自己，而洪渥的哥哥也越发衰老了，无可奈何之余，一想到这就越发悲伤。哥哥仍然不顾年迈不断经营料理家务。渥兄弟之间有如此深情，可以彼此无愧了。洪渥平时看上去好像办不成什么事，等到解人之急时，则早晚不怠，他帮助人真是对人有恩德。

我历览古今英雄豪杰的传记，评论人的行为道义不见于史传，往往是选择奇闻异事以满足世俗的好奇心。也有的事迹过于高绝，不是一般人能够做到的，或者为了夸赞一人的善行而诬蔑天下人都做不到，虽然他的出发点也是为了辅助教化警戒世人，但是以《中庸》的思想来衡量则未免过分了。像洪渥的道德义举是人人都容易做到的，所以写了这篇传记将他记载下来。